阅读点亮人生

青少年必读的30部世界名著

杨映雪◎著

中国文史出版社

图书在版编目（CIP）数据

阅读点亮人生：青少年必读的 30 部世界名著 / 杨映雪著 .
-- 北京：中国文史出版社，2023.7
ISBN 978-7-5205-4214-2

Ⅰ . ① 阅… Ⅱ . ① 杨… Ⅲ . ① 世界文学—文学欣赏—
青少年读物 Ⅳ . ① I106-49

中国国家版本馆 CIP 数据核字（2023）第 137671 号

责任编辑：徐玉霞

出版发行：**中国文史出版社**
社　　址：北京市海淀区西八里庄路 69 号院　　邮编：100142
电　　话：010-81136606　81136602　81136603（发行部）
传　　真：010-81136655
印　　装：廊坊市海涛印刷有限公司
经　　销：全国新华书店
开　　本：16 开
印　　张：20.5　字数：350 千字
版　　次：2025 年 1 月北京第 1 版
印　　次：2025 年 1 月第 1 次印刷
定　　价：59.80 元

序

高尔基说：书是人类进步的阶梯。

雨果说：书籍是造就灵魂的工具。

拜伦说：一滴墨水可以引发千万人的思考，一本好书可以改变无数人的命运。

……

青少年是祖国的未来、民族的希望，肩负着时代赋予的重任。青少年时期，不仅具有旺盛的求知欲、较强的接受能力，而且也是价值观、人生观逐渐成熟的关键时期，一本好书，不仅有助于激发青少年的阅读兴趣、唤醒其阅读活力，而且也将给青少年留下永恒的文化记忆。

本书精心甄选了30部曾经深深影响过一代又一代年轻人的世界文学名著——《堂吉诃德》《鲁滨逊漂流记》《红与黑》《雾都孤儿》《基督山伯爵》《简·爱》《飘》《老人与海》……这些作品连同隐藏在作品后的大师们，继承并开创了人类文明史，他们代表着一个个时代文化与精神的最高峰。

这30部世界文学巨著，是一次空前的思想盛宴，读者可以静心聆听伟人们穿越历史与时空的声音，触摸他们高贵的思想与灵魂，感受深邃、厚重的人生哲理与智慧。

这不是一套纯粹意义上的"文学名著读本"，针对青少年阅读需求，本书将着重从作品对读者的鼓舞与激励的角度，而非单纯是从文学或艺术的角度来阐述和剖析这些作品，试图通过作者本身，通过作品里面的人物在生活、工作、情感上的遭际来展现他们洞察生活、人性、感情、世事的能力和技巧，激励和引导青少年读者汲取他们的教训和智慧，提高并完善自我，笑对人生，走向成功。

本书对每部名著分设 4 个栏目，即心灵呓语、品味经典、对话人物、作者·作品，从多个角度对这些名著给予剖析与评说，集知识性、趣味性、鉴赏性、指导性于一体。其中，"心灵呓语"是对原著核心精神高度而凝练的概括；"品味经典"与"作者·作品"两部分主要用以体现本书的内容，"品味经典"是对原著内容的浓缩，"作者·作品"是对该作家及作品的时代背景、作者生平、创作契机、题材来源与人物原型等情况进行介绍，使读者对作者的思想、特点乃至作者本人与作品主人公的关系等有一定的了解；对读者的指导性主要体现在"对话人物"栏目，我们以这个栏目为平台，通过讲述作品主人公的经历、遭遇、奋斗，结合现实生活，给读者提供思考和想象的空间。

让我们与塞万提斯、笛福、司汤达、狄更斯、大仲马、夏洛蒂·勃朗特、托马斯·哈代等时代的伟人、巨匠们站在一起，他们的故事，他们的教诲，他们智慧、高尚、清洁的灵魂，将如茫茫夜空中一盏盏明亮的灯，点亮我们的人生之路！

目录

CONTENTS

1.《堂吉诃德》

——理想是生命的旗帜

作者：米盖尔·德·塞万提斯（西班牙）

出版时间：1605 年

推荐理由：一部受到马克思、恩格斯、列宁等革命导师及雨果、席勒、歌德、拜伦等文学大家赞誉的伟大著作。

心灵咒语

理想是生命的旗帜

雨果曾经说过："人有了物质才能生存，人有了理想才谈得上生活。"理想就像沙漠中的一片绿洲，就像寂静夜空里的一颗明星，它滋润了我们孤独而寂寞的灵魂，激活了我们疲惫而茫然的生命。

倘若给理想一种颜色，理想应该是红色的，是浓重而悲壮的红，只有如此的浓重，才能取代生命里黑色的悲凉，也只有这样的悲壮，才能以"风萧萧兮易水寒，壮士一去兮不复还"的精神穿透生命里厚重的压抑和无奈，如一面舒展的旗帜般飘扬在精神的天空，醒目地标示着生命的存在。

没有理想的人生是空洞、轻飘、没有意义的，在这样一个开放、自由、多元、个性的时代里，每个人都有权利按照自己的意愿来选择自己的未来，追求自己想要的生活，每个人都有自己的理想与信念，都有一幅关于未来的美好蓝图，一个人的一生，就是不断实现自己的梦想、证实自己的过程。

任何理想的实现，都不是一蹴而就的，都需要经过长久的努力与奋斗。实现理想的过程如同一场激烈而漫长的战争，在当下这个讲求功利，浮躁、茫然的时代，人们更多的只是在冲动而心虚地渴望梦想，臆想理想，却少有承受痛苦的耐力，少有追逐到底的执着。

与为了理想义无反顾、执着追求、不懈战斗的堂吉诃德相比，今天的我们显得那么的胆怯、懦弱。或许，我们并不缺少理想，我们缺少的是堂吉诃德的那份执着和坚韧，缺少他那种为捍卫信仰、道德和正义，敢于追求、无私忘我、不怕挫折、不惧打击、竭尽全力、战斗到底的勇气与精神。

品味经典

50 岁的老单身汉吉哈诺先生住在西班牙的拉·曼却，他整天沉浸在骑士侠义小说里，梦想做一个勇敢的骑士游侠，冒险、闯荡天涯，扶危济困，扫尽世间不平，扬名天下。

他找出一套祖传下来的破盔甲，反复擦拭之后穿在了身上，家里那一匹瘦得皮包骨的老马也被他拉上了征战的路途，他花费了四天的时间给这匹老马起了个好名字叫"驽骏难得"，也给自己起了个名字叫"堂吉诃德·台·拉·曼却"。他选了邻村一位村姑作为他的意中人，并宣誓终身为她效劳。他还给自己做了把长枪，找了面盾牌，一切准备妥当之后，他就离家出走去做他的游侠事业，他先后三次出巡，闹过不少笑话。

第一次冒险行动中，他想要解救被地主绑在树上痛打放羊的孩子，他命令地主给孩子松绑，并如数付给孩子工钱，地主被吓得一一照办。但他走了以后，地主又把小孩重新绑在树上，狠狠抽打一顿。后来，他又遇到一个商人，想让他承认他的意中人是绝世佳人，商人不买账，两人打斗起来，结果他被打得满身是伤，爬不起来，被过路的邻居横放在驴背上送回了家。

堂吉诃德的家人和朋友痛心于他被骑士小说毒害到这种程度，强行烧毁了他所有的骑士小说。但他还是很顽固地认为"世上最迫切需要的就是游侠骑士，游侠骑士道的复兴全靠他一人"。他暗中说服老实憨厚的邻居桑丘·潘沙做他的随从，一起冒险，条件是有朝一日让他做海岛总督。

他们来到郊野，远远望见三四十架风车，堂吉诃德把这些风车当成巨人，不听桑丘·潘沙的劝说，横托着长枪就向风车冲杀上去，结果被风车连人带马都甩了出去，他翻滚在地，狼狈不堪。最终，他们因为干出了一系列疯疯癫癫的傻事，被别人锁在笼子里装上牛车拉回了家。

第三次是堂吉诃德听说萨拉果萨城要举行比武大会，不顾家人劝阻，再次踏上征程。途中他们遇到了拿他们寻开心的公爵夫妇，公爵夫妇把桑丘派到一个小镇当"海岛"总督，尽管桑丘把小镇"海岛"治理得井井有条，他们二人还是受尽公爵的残酷捉弄几乎丧命。

堂吉诃德所做的这些事没有一件事不失败，贻笑于现实社会，而他却浑然不觉，依旧我行我素。在幻想中，他把磨坊的风车当作巨人，挺枪拍马冲去，结果被扇叶打得落花流水，半天不能动弹。他把穷旅店当作魔堡、把妓女当成贵妇，受尽别人嘲弄。他把理发师的铜盆当作魔法师的头盔，把皮酒囊当作巨人的头颅，不顾一切地提矛出战。他把羊群当作魔法师的军队，纵马大加杀戮。他又莫名其妙地杀散押解囚犯的士兵，释放了囚犯，却被他们虐待，闹出无数荒唐可笑的事情。

堂吉诃德的这些行动不但给别人造成伤害，也把自己弄得头破血流，遍体鳞伤。在一系列冒险生涯中，他被打掉牙齿，削掉手指，丢了耳朵，弄断肋骨，但他执迷不悟，一直闹到险些丢掉性命，才被亲友送回家。回到家里，可怜的堂吉诃德就发起了高烧，一连躺了六天，起不了床。临终前，他醒悟过来，对围拢在他身旁的家人和朋友表示"对骑士小说已经深恶痛绝了"，叮嘱他的外甥女"要嫁个从未读过骑士小说的人"，否则就取消她的财产继承权。

对话人物

1. 堂吉诃德

堂吉诃德的形象是多面化的，一会儿是荒诞不经的梦想家，一会儿又是一个具有真理与正义的斗士，既可笑又可怜。他是一个有着伟大信仰的人，一个愿意为信仰、为人类而献身的人，他是一个热情的人文主义者。

在现实中，堂吉诃德饱受挫折，尽管他满腔真诚，却总是四处碰壁，沉浸在幻想中的他，完全丧失了对现实的判断，在他眼里，处处有妖魔为害，事事有魔法师捣乱，因此他不分青红皂白，对着臆想出来的敌人横冲直撞，乱劈乱刺，屡战屡败，屡败屡战，伤痕累累，直至临死时才幡然醒悟。但是，没有谁可以否定堂吉诃德维护正义、拯救世人、甘愿牺牲自身生命的无畏精神。

堂吉诃德痛恨专制残暴，同情被压迫的劳苦大众，见义勇为，从不胆怯退缩。他具有民主、平等的思想，尊敬妇女，主张个性解放、男女平等、恋爱自由，他心地善良、幽默可亲、学识渊博，这些精神在当时那个社会环境里显得难能可贵。堂吉诃德是一个只身向旧世界挑战的孤单骑士，他执着于他那理想化的骑士道思想，不怕人们议论与讥笑，不怕侮辱与打击，即使在现实中碰得头破血流，也毫不后悔。他越是把自己认作救世的英雄，就越落得个丑角的下场；他为人处世越严肃认真，就越显得滑稽荒唐；他的行为以喜剧情节开始，最终却以悲剧告终，他的失败，是一个人文主义者的悲剧。

启迪与思索

这个世界越来越精彩，也越来越浮躁，在精神的迷茫与颓废里，高贵的理想与信仰逐渐被琐碎的凡俗事物和名利物欲所肢解，实用主义大肆盛行，追逐物欲的人们离美好与善良越来越远，人们的心灵也越来越颓靡空虚，在百无聊赖中消磨时光。英雄的可贵之处不在于他是否有一个完美的结局，而

在于他在捍卫思想和追求梦想的行动中表现出来的精神，堂吉诃德的信仰是
不合时宜的，但他追求信仰的精神却真诚感人。也许有人会嗤笑堂吉诃德孩
子般的幻想，会把他当成一个疯子，不过这并不妨碍我们对他的欣赏与肯定，
任何时候，一颗赤子之心连同一种一往无前的生命意志，都是极其可贵的。

堂吉诃德的追求是否正确、是否合理并不重要，重要的是他那份敢于
抛弃平庸而世俗的生活的勇气与魄力，他那份对理想世界"路漫漫其修远
兮，吾将上下而求索"的执着，那份除暴安良、惩恶扬善、扶贫济弱的善
良之心与正义感。一种主义，一种信仰，可能时过境迁，逐渐为世人所冷落，
但一个人的人格和精神，一个民族、一个时代的人格和精神，却具有永恒
的感召力。

"一个形似疯子的骑士就是一个疯子，一个形似骑士的疯子依然是骑
士。"如今，为了生活而蝇营狗苟、疲于奔波的我们，已经丧失了堂吉诃
德的这份天真与勇气，面对乏味平庸且世俗的生活，我们又能给自己怎样
一份梦想？面对梦想的时候，我们又有多少决心与勇气来实践呢？在现实
中，还有谁会像堂吉诃德那样，面对生活的乏味与庸俗保有一颗简单的赤
子之心？

2. 桑丘·潘沙

桑丘·潘沙善良、淳朴、乐观、风趣、能吃苦，是当时西班牙农民群众
的代表，这个出色的"配角"，随堂吉诃德一路走来，演出了一幕幕人间喜剧。
他身上最大的优点就是他的务实精神。他一直保持着清醒的头脑，保持着清
醒的对现实的判断力，这一点正是堂吉诃德所不具备的。

桑丘也有一些缺点，比如目光短浅，狭隘自私，爱占小便宜等。他一心
只想当上总督，让他驼背的老婆坐上金光闪闪的马车。在跟主人"行军"路
上的遭遇连同堂吉诃德的人文主义理想对他的影响，使他的视野逐渐扩大，
思想逐渐产生变化，任总督期间他忠于职守、廉洁奉公、断案如神，成为一
个具有人文主义精神的农民。

启迪与思索

桑丘与堂吉诃德两个人互相影响，互相感染，逐渐融为一个不可分割的整体。他们虽然出身与性格各不相同，但他们从不同的方面代表了人类普遍的思想感情。

德国诗人海涅曾认为堂吉诃德和桑丘合起来才是小说的真正主人公；朱光潜先生在评价堂吉诃德与桑丘这两个人物时说："他们一个是可笑的理想主义者，一个是可笑的实用主义者。但是堂吉诃德属于过去，桑丘·潘沙却属于未来。"

如果说，堂吉诃德给了我们追求理想的激情，那么，桑丘·潘沙则给了我们一个恰到好处的提醒：理想是可贵的，但是我们脱离不了现实。倘若我们在现实中不能站稳脚跟，又何谈改变现实、实现理想？作为时代的新人，需要人文主义的理想精神，但也需要务实主义精神，理想脱离了现实，就只能是不切实际的空想，甚至成为一个笑话，怎样在现实与理想的浅吟低唱里品出生活的味道来，值得我们加以思索。

作者·作品

作者

塞万提斯出身于破落贵族家庭，父亲是个穷医生。他只读过几年中学，自学成才。曾作为红衣主教的随从去意大利，接触到意大利的文学和艺术，受到了人文主义的影响。后来他又随军四处作战，在勒邦德海战中身负重伤，左臂残废。回国途中，因被海盗俘虏，做了五年奴隶。

1580 年，一次偶然的机会他被亲友赎回国，回国后，他再度开始从事创作。因生活所迫，当过军需员和收税员，在收税中得罪了权贵和教会，数次被诬下狱，这使他看到了社会的黑暗和人民的不幸。他的著名代表作《堂吉诃德》，就是在狱中酝酿成熟的。

1605 年，《堂吉诃德》上集出版；1615 年，该书下集出版。塞万提斯的作品还有历史剧《奴曼西亚》、短篇小说《惩恶扬善故事集》、长诗《巴尔纳斯游记》以及《八出喜剧和八出幕间短剧集》等。

塞万提斯对于在西班牙风行一时的荒诞的骑士传奇深恶痛绝，他把消灭骑士文学看成是将西班牙从封建主义的锁链里解放出来的一项不可缺少的思想启蒙，并郑重地宣布自己的创作就是为了这一幕。《堂吉诃德》出版后，社会上迷恋骑士小说的狂热大为减退，西班牙从此再未出版一部骑士小说。

1616 年 4 月中旬，塞万提斯完成了他最后的长篇小说《贝尔西莱斯和西希思蒙达》，三天后，这位西班牙乃至全世界最有学识的思想家和最伟大的小说艺术家溘然辞世。

西班牙为了纪念这位"拉美文学之父"，特别设立了一个"塞万提斯文学奖"，以塞万提斯的名字命名，每年授奖一次，凡以西班牙语进行创作者，不论国籍，只要作品优秀，都可以成为这个奖项的获得者。颁奖仪式由国王亲自主持，在塞万提斯的故乡举行。这个奖项被誉为"诺贝尔西班牙语文学奖"。

作 品

《堂吉诃德》是塞万提斯的代表作，也是文艺复兴时期欧洲最重要的一部长篇小说。小说共 2 卷，出现的人物近 700 个，描绘的场景从宫廷到荒野遍布全国，揭露了 16 世纪末到 17 世纪初正在走向衰落的西班牙王国的各种矛盾，谴责了贵族阶级的荒淫腐朽，展现了人民的痛苦和斗争，触及了政治、经济、道德、文化和风俗等诸方面的问题。小说一方面针砭时弊，揭露批判社会的丑陋黑暗；另一方面赞扬除暴安良、惩恶扬善、扶贫济弱等优良品质，歌颂了黄金世纪的社会理想。所有这些，都是人类共同的情感，它可以穿越时空，对每个时代、每个民族都具有永恒的价值，在相隔四个世纪之后，仍激励着每一个读者。

古往今来，理想和现实都是人类的一个不可调和的矛盾体，《堂吉诃德》深刻而生动地揭示了这种矛盾，经受住了时代的考验。真正经典的著作，永远都会给人以不同的感受，给人以深刻的启迪，不同时代的人，不同生活经历的人，不同人生理想目标的人，都会有着不同的理解，这样的作品，才会经久流传。毫无疑问，《堂吉诃德》正是这样一部作品。

《堂吉诃德》刚出版时，人们只把它看作一个逗人发笑的滑稽故事，一个小贩叫卖的通俗读物。它最早受到重视是在 17 世纪的英国，英国小说家菲尔丁强调了堂吉诃德的正面品质，他指出，这个人物虽然可笑，但同时又叫人同情和尊敬；到了 18 世纪，法国人则把这个西班牙骑士改装成一位有理想、讲道德的法国绅士；到了 19 世纪，在浪漫主义的影响下，堂吉诃德又变成一个悲剧性的角色，既可笑又可悲。

据不完全的统计，《堂吉诃德》已用 80 种文字出版了 3000 多个版本，曾受到马克思、恩格斯、列宁及席勒、歌德等革命导师及著名作家的高度赞誉。笛福曾自豪地称："鲁滨逊具有一种堂吉诃德精神。"福克纳更是每年读一遍《堂吉诃德》，声称："就像别人读《圣经》似的。"如今，堂吉诃德已经成为世界文学中的经典形象，成为脱离实际、耽于幻想、主观主义的代名词。

当人类可贵的激情与梦想逐渐被冰冷的现实、漫天横流的物欲所吞没时，人们比任何时候都怀念那面随风飘扬在人性天空中的精神旗帜；当这个世界真的不再需要堂吉诃德式人物的时候，我们丢失的岂止是天真与勇气？无论怎样，人生还是需要梦想，需要激情，需要一些憧憬的，否则，人生会是怎样的苍白与乏味？

在理想与现实的夹缝中，我们该怎样给自己开辟一条希望之路？该以什么样的姿态站立在理想与现实的舞台上？

"疯子"堂吉诃德的时代远去了，一个呼唤英雄，呼唤理想，捍卫道德、正义和信仰的时代则刚刚开始……

这正是《堂吉诃德》这部伟大作品的现实意义。

2.《鲁滨逊漂流记》

——绝境中永不言弃

作者：丹尼尔·笛福（英国）

出版时间：1719年

推荐理由："如果奇迹就是超乎寻常，那么它常常是在对逆境的征服中显现的。"笛福的《鲁滨逊漂流记》对培根的上述名言做了最好的诠释。

心灵吩语

不向绝境屈服

作家贾平凹说："人活在这个世上，苦也罢，乐也罢，最重要的是心中要有一泓清泉。"对一个在生活的风雨中飘摇、闯荡的人来说，没有什么比心中的那泓清泉更重要。

在生活中，我们经常会遇到各种各样的困难，有时甚至会坠入绝境。但是，从另外一个角度来说，在这个世界上，从来没有真正的绝境，有的只是绝望的思维。只要心灵不干涸，再荒凉的土地，也会变成生机勃勃的绿洲。而心中的那泓清泉，将是滋润我们心田，引领我们走出绝境的力量。一个具有大无畏冒险进取精神的人即使在恶劣的情况下也终将会成为一个成功者，一个主宰时势的英雄。

人活着总是多灾多难，总是要面临痛苦与危险的挑衅，要想活着就得和人生决斗，成功的最大意义就在于绝望向希望的逆转，身处绝境，能够拯救自己的恰恰就只有自己。人生的况味在于依靠自我证明自我，自己是走出绝境的唯一指路人。人生的况味在于和绝境的争斗，面对绝境时永不言弃，这就是人类不屈的伟大精神。

人们在遇到挫折与困难时，会很容易地把自己投入一个臆造的所谓绝境中。然而，谁能为绝境划一个明确的界限？谁又能确定处在绝境中就没有任何转机？只要有心，只要不屈服现实，每个人都能在绝境中为自己找到一个出口。古往今来，那些勇于扼住命运的咽喉、善于在绝境中寻找出口、用心探寻希望的人们，每个人身上都会有一串神奇的故事，都会有一种令我们叹服与感动的精神。

一个人是否面临绝境，来自我们内心的感受，感受是可以为我们所控制的。在困境与绝境中，我们看到的是希望还是绝望往往决定着我们面对困难与考验时的态度。在绝境中，我们必须比任何人都相信自己、依靠自己、鼓励自己，必须给自己一个提示，去催发我们内心深处潜伏的力量，让这力量引领我们走出绝境。

《鲁滨逊漂流记》的主人公鲁滨逊的历险经历，激励了一代又一代的读者，它使我们明白：人类前行的历史恰似在荒野中前进，随时可能陷入绝境。但是，只要心中有希望，不放弃、不妥协，黎明，终究会冲破黑夜的封锁；雨露，终究会滋润干涸的大地，绝境中的我们终究会迎来伟大的新生。

正如弗兰西斯·培根所说：所以《圣经》之《旧约》把顺境看作神的赐福，而《新约》则把逆境看作神的恩眷，因为上帝正是在逆境中才会给人以更深的恩惠和更直接的启示。

品味经典

　　鲁滨逊出身于一个体面的商人家庭，渴望航海，一心想去海外见识一番。他瞒着父亲出海，第一次航行就遇到大风浪，船只沉没，他好不容易才逃出性命。第二次出海到非洲经商，赚了一笔钱。第三次又遭不幸，被摩尔人俘获，当了奴隶。后来他划了主人的小船逃跑，途中被一艘葡萄牙货船救起。船到巴西后，他在那里买下了一个庄园，做了庄园主。他不甘心于这样的发财致富，再一次出海，到非洲贩卖奴隶。船在途中遇到风暴触礁，船上水手、乘客全部遇难，唯有鲁滨逊幸存，只身漂流到一个杳无人烟的孤岛上。他用沉船的桅杆做了木筏，一次又一次地把船上的食物、衣服、枪支弹药、工具等运到岸上，并在小山边搭起帐篷定居下来。接着他用削尖的木桩在帐篷周围围上栅栏，在帐篷后挖洞居住。他用简单的工具制作桌、椅等家具，猎野味为食，饮溪里的水，渡过了最初遇到的困难。

　　鲁滨逊开始在岛上种植大麦和稻子，自制木臼、木杵、筛子，加工面粉，烘出了粗糙的面包。他捕捉并驯养野山羊，让其繁殖。他还制作了陶器等工具，保证了自己的生活需要。虽然这样，鲁滨逊一直没有放弃寻找离开孤岛的办法。他砍倒一棵大树，花了五六个月的时间做成了一只独木舟，但船实在太重，无法拖下海，只好前功尽弃，重新另造一只小的。

　　鲁滨逊在岛上独自生活了 17 年后，一天，他发现岛边海岸上都是人骨，生过火，原来外岛的一群野人曾在这里举行过人肉宴。鲁滨逊惊愕万分。此后他便一直保持警惕，更加留心周围的事物。

　　直到第 24 年，岛上又来了一群野人，带着准备杀死后再吃掉的俘虏。鲁滨逊发现后，救出了其中的一个。鲁滨逊把被救的野人取名为"星期五"。此后，"星期五"成了鲁滨逊忠实的仆人和朋友。接着，鲁滨逊带着"星期五"救出了一个西班牙人和"星期五"的父亲。不久有条英国船在岛附近停泊，船上水手闹事，把船长等三人抛弃在岛上，鲁滨逊与"星期五"帮助船长制服了那帮水手，夺回了船只。他把那帮水手留在岛上，自己带着"星期五"和船长等离开荒岛回到英国。此时鲁滨逊已离家 35 年，他在英国结了婚，生了三个孩子。

妻子死后，鲁滨逊又一次出海经商，途经他住过的荒岛，这时留在岛上的水手和西班牙人都已安家繁衍生息。鲁滨逊又送去新的移民，将岛上的土地分给他们，并留给他们各种日用必需品，满意地离开了小岛。

对话人物

鲁滨逊

英国青年鲁滨逊不安于中产阶级安定平庸的生活，三次出海经商。因遇海盗被摩尔人俘获，做了几年奴隶后逃往巴西，成了种植园主。为解决劳动力缺乏问题，在去非洲贩卖黑奴途中遭遇风暴后，只身漂流到一座无人荒岛。他在岛上生活了 28 年，他战胜悲观情绪，建住所、制器皿、驯野兽、耕土地，用各种方法寻找食物。终于战胜自然，改善了生活环境。在第 24 年救了一个野人，经训练成为自己忠实的奴仆。后又获得新的居民，成为该岛的统治者。最后乘英国商船回国。

启迪与思索

鲁滨逊历险后的奋斗历程是人类文明史的缩影，他在荒岛上能生存这么长的时间，并且胜利走出荒岛，靠的是不屈的信念和毅力，是一种永不妥协、永不放弃的精神。这就是这部作品，这个人物，至今不失光彩的原因。此外，鲁滨逊能够在荒岛上生活几十年，也是得益于他丰富的社会经验。

活着是一种存在的状态，相对于死，生活是我们活着的一种姿态，人一生下来就是一个不断经历苦难的历程，这个历程永远没有边界。鲁滨逊是当之无愧的强者，他将对人生的绝望化为对生命的渴望，化为对未来的憧憬。鲁滨逊最伟大的地方就是他教会了我们该如何活，也教会了我们该如何生。

当孤独、寂寞、无助缠绕在你身边时，你是否会绝望，感慨造化弄人，甚至在极度绝望中失去继续活着的信念？如果把你投放到一片荒无人烟，没有生活用品、没有住所，只有一片大海和一片树林的孤岛上，只凭一艘废船上的一丁点儿食物、枪支、弹药和其他并无多大用处的东西，你能单独在上面生活长达28年吗？你能在上面建造起自己的城堡、种植庄稼吗？你能单靠一个人的智慧克服重重的困难吗？

任何事情都是两方面的，安逸的生活炼不出精干的水手，平静的湖面造不出时代的伟人，环境优越、生活舒适，往往会诱发惰性，阻碍人们成长，而恶劣的环境却能激人奋发，使人立志改变处境，因而促使一个人成长。像哲学家说的那样，人生并不满布绚烂的朝霞，它是由痛苦、磨难、快乐的丝线织成的网。

古罗马哲学家塞涅卡说过一句名言："真正的伟大，即在于以脆弱的凡人之躯而具有神性的不可战胜。"在绝境中，只有扼守希望，坚信未来，永不放弃，坚持战斗，才可以感动上苍，顽强地存活下来，改变自己的命运。这正是鲁滨逊给我们的启示。

作者·作品

作者

丹尼尔·笛福，1660年出生于英国伦敦，笛福的父亲詹姆斯·福从事屠宰业，双亲都是长老会教徒，不信仰英国国教，笛福自己也在长老会的学校里接受中等教育，但没有上过大学。

笛福曾经从商，但是遭到失败，甚至于1692年破产。随后他为了谋生，干过各种工作，如政府的情报人员等，同时从事写作。1696年，他成了一家伦敦砖瓦厂的经理。

笛福不信仰英国国教，这使他在政治上拥护信仰新教的威廉三世。1702年笛福发表了一本小册子《消灭不同教派的捷径》，用反讽手法猛烈抨击托利党当局迫害不同教派，被逮捕。经过审判，笛福被判入狱六个月，并从

1703 年 7 月 31 日起戴枷游行三天。

笛福则在狱中针锋相对写了诗歌《枷刑颂》。这使他在游行过程中，民众将其当作英雄看待，向他投来的不是石块而是鲜花，并且为他的健康干杯。

辉格党首领罗伯特·哈利非常欣赏笛福的才华，在他的干涉下，笛福获得了释放。哈利希望笛福创办杂志以争取民众对自己的苏格兰—英格兰联合政策的支持。笛福在哈利支持下于 1704 年创办了《法国时事评论》。

1708 年哈利失势，笛福继续支持其继任者戈多尔芬，直到 1713 年杂志停办。

笛福在 59 岁时开始写小说，1719 年第一部小说《鲁滨逊漂流记》发表，大受欢迎。同年又出版了续篇。1720 年又写了《鲁滨逊的沉思集》。此后，他写了四部小说：《辛格尔顿船长》《摩尔·弗兰德斯》《杰克上校》《罗克萨娜》。此外他还写了若干部传记，如《聋哑卜人坎贝尔传》《彼得大帝纪》；几部国内外游记，如《新环球游记》《罗伯茨船长四次旅行记》《不列颠全岛纪游》。

据说笛福曾与 26 家杂志有联系，有人称他为"现代新闻报道之父"。他的作品，包括大量政论册子，共达 250 种，无一不是迎合资产阶级发展的需要，写城市中产阶级感兴趣和关心的话题。

笛福在西方文学发展史上占据着一个特殊的位置，他的小说继承了文艺复兴时期西班牙流浪汉小说的传统，往往写一个出身低微的人，靠机智和个人奋斗致富，获得成功。社会不容许这种人出头，他或她只好不择手段，干一系列欺骗、盗窃以至出卖肉体的勾当。笛福出于清教徒的道德观，总是对他笔下的主人公表示悔恨，立誓不干坏事，但环境又一再迫使主人公违背誓言。

笛福对他所描写的人物理解较深，他善于描写个人在不利的环境中如何克服困难。他的主人公有聪明才智，充满活力，不信天命，相信"常识"。他的小说，情节结构不落斧凿痕迹。他尤其擅长描写环境，细节逼真，虚构的情景写得使人如身临其境，不由得信服。他的小说语言自然，不引经据典，故事都是由主人公自述，使读者感到亲切、真实，他的小说表达了追求个性解放、勇于冒险的进取精神。

作　品

18 世纪初，在英格兰的大街小巷，人们到处议论着一个传奇的人物，讲述着一个离奇的故事：1704 年，水手塞尔科克登上了一艘海盗船去寻找宝物，没想到，中途与船长发生了争吵，结果被遗弃在一个荒岛上，随身只带了一点武器与一本《圣经》。弹药用完之后，他只好靠快跑追捕山羊，徒手觅食，过着茹毛饮血般的原始生活，后来，他居然跑得比一般的猎狗还快。就这样，他一个人在荒岛上生活了下来，直到四年以后，航海的人们发现了他……

1711 年，塞尔科克回到了伦敦，并在报刊上讲述了自己的经历，他成了闻名一时的人物。他没想到的是，这段传奇般的冒险经历激发了一个作家的灵感，不久，以他的故事为原型的小说就发表了。这位才华横溢的作家便是丹尼尔·笛福，这部经典之作便是脍炙人口的《鲁滨逊漂流记》。虽然《鲁滨逊漂流记》一直到笛福将近 60 岁时才出版，但是，它依然为笛福带来经久不衰的声誉。

《鲁滨逊漂流记》一经问世便风靡英国，特别受水手、士兵、小商贩、小工匠及其他小资产者所喜欢。这本书至今仍经久不衰，在世界各地感动了一代又一代的读者。小说从初版至今，已出了几百版，几乎译成了世界上所有文字。被誉为英国文学史上的第一部长篇小说，成了世界文学宝库中一部不朽的名著。

《鲁滨逊漂流记》最吸引人的地方是主人公惊险、新奇、真实的个人经历，但是其深层的吸引力却是普遍存在的人类的孤独感在读者心中产生的共鸣。其实每个身处闹市的人又何尝没有孤独的感受，而流落荒岛的鲁滨逊正是我们每个人的知音，笛福的《鲁滨逊漂流记》让每个人都在其中找到了自己的影子。

《鲁滨逊漂流记》表现了强烈的资产阶级进取精神和启蒙意识，以极大的篇幅描写了鲁滨逊落难荒岛，不畏艰难，自耕自力，与恶劣环境作斗争的一幕幕动人情景，歌颂了人的智慧和勤劳的美好品德。鲁滨逊这一英雄形象是 17 世纪英国资产阶级心目中的英雄人物，是西方文学中第一个理想化的新兴资产阶级者形象，他的故事感动和鞭策了千千万万的读者。如今，在西方，"鲁滨逊"已经成为冒险家的代名词。

你是否厌倦了眼下恬静的生活？你想不想独自生活在一个岛上十几年或几十年？如果你是鲁滨逊，如果你不幸流落到孤岛，能活下去吗？又能干些什么？想些什么呢？或许，我们一辈子也不会有鲁滨逊这样的历险机会，但是，我们应该学习他这种不怕困难、乐观向上的精神，无论何时何地都坚强地活下去，哪怕只有一线希望也要争取，决不能放弃，要像鲁滨逊那样有志气、有毅力、有智慧，勇敢坚强，凭自己的双手创造财富，取得最后的胜利。

生命就是一次历险。如果怕失败、怕风浪、怕波涛、怕打击，那最好永远待在温室里。但是，这样你能够找到自己生存的价值吗？正如鲁滨逊所说的那样："不成功就决不放手。"倘若我们以这样一种姿态活着，还有什么困难克服不了？还有什么压力承受不住？身处绝境中，只有征服自己才能征服绝境，那些真正意识到自己力量的人永不言败，对于一颗意志坚强满怀希望的心来说，任何地方都蕴藏着希望的光芒！

3.《红与黑》

——别让野心毁了你

作者：司汤达（法国）

出版时间：1830 年

推荐理由：《红与黑》是法国批判现实主义文学的奠基之作，19 世纪欧洲文学史中第一部批判现实主义杰作，也是美国作家海明威开列的必读书，1986 年法国《读书》杂志推荐的理想藏书。

心灵吃语

别让野心毁了你

人人都在追求幸福，但是，不少人并不知道什么是幸福，怎样才能幸福。我们对幸福的定义是：幸福是一种持续时间较长的对生活的满足和感到生活有巨大乐趣并自然而然地希望持续久远的愉快心情；人本主义心理学家马斯洛说：人满足了由低到高层次的生理需要、安全需要、归属和爱的需要、尊重的需要、自我实现的需要，就是幸福的；普希金说：幸福的特征就是心灵的平静；科威特女作家穆尼尔·纳素夫说：真正的幸福只有当你真实地认识到人生的价值时，才能体会到。

关于幸福你是怎么想的呢？你是否有一个关于幸福的答案，是否拥有自己的幸福观念?

幸福的人生一定有正确的思想观念,有正确的思想观念才会有正确的行为,有正确的行为才会有正确的习惯,有正确的习惯就会有正确的性格,有了正确的性格就会有好的命运,有好的命运,人生就一定会幸福。

一个人幸福与否,根源还在他的思想观念,保持正确的思想观念,是拥有幸福的根本,真正的幸福只属于那些用智慧和思想来追求幸福的人。

《红与黑》的主人公于连可以说是一个很有上进心的青年。他一生都在为了改变自己的身份和命运而努力,他一直在谋求他所以为的幸福。但是,他的幸福,他关于幸福的理解是偏颇甚至荒谬的,他的那些追求和想法已经超越了他本身的需要,成为一种和贵族阶级较真、攀比,跟他们斗争的野心。他最大的快意就是获得贵族阶级的认可,甚至是超越他们,为了达到这个目的、这些野心,他忘乎所以,不择手段。他凭借自己的努力和才智,很快就改变了自己的身份和处境,步入了上层社会,荣升贵族行列,但是,他的野心却使他丧失了对自我的清醒认识,扭曲了他最根本的改变自身命运,创造美好生活的目的,最终走向了毁灭。

人类的野心是无限的,大到宇宙,小到一粒米,无所不包。做人要有理想,甚至可以有野心,但前提是坚持做人的底线,一个人如果陷入深不见底的野心的沟壑,就难以再爬出来,就会沦为物欲和权势的囚徒,失去快乐、自由、平和的心境。即使你拥有再多的名望与权势,也一样快乐不起来,名利与幸福之间是不成正比的。

事实上,一个人的野心越大,他失去的自由也越多。在这个功利社会里,一个人对名利的追求是可以理解的,但名利是一把双刃剑,要恰到好处,要加以正确的引导与克制,倘若利欲熏心,忘乎所以,名利反过来就会束缚他,使他成为名利的囚徒和奴隶,往往会因此毁了幸福人生、大好前途。

《红与黑》中于连的悲剧人生再次验证了这个道理。

品味经典

维立叶尔城的市长德·莱纳为了显示自己比全城的人都要高出一等，决心请一个家庭教师，木匠的儿子于连因为精通拉丁文，被市长看中，请到家里。

于连从小就疯狂地崇拜拿破仑，渴望自己有一天会像拿破仑那样做世界的主人。他还想当神父，因为他看到一个不到 40 岁的神父竟然能拿 10 万法郎的薪俸，比拿破仑的手下大将还多。他投拜在神父西朗的门下，虚心钻研神学，仗着好记性他竟然把一本拉丁文的《圣经》只字不差地背了下来，这事轰动了全城。

市长德·莱纳年轻漂亮的妻子是在修道院长大的，她一直很厌恶像丈夫那样庸俗粗鲁的男人。她认为男人"除了金钱、权势、勋章的贪欲以外，对于一切都是麻木不仁的"。因为和丈夫之间感情的不和谐，她把自己的全部心思都放在教养三个孩子身上。未见到于连之前，她认为他也就是一个满面污垢的乡下佬，见面时，却不由自主地喜欢上了这个皮肤白皙、眼光温柔动人的年轻人。喜欢于连的不仅德·莱纳夫人一个，她的女仆爱丽沙也对于连动了心，但于连断然拒绝了她。德·莱纳夫人得知此事，心里异常高兴，她对于连产生了一种从未有过的感情。

在一次纳凉时，于连无意间触到了德·莱纳夫人的手，德·莱纳夫人闪电一样把手缩了回去。于连以为德·莱纳夫人看不起他，他下决心，一定要再握住这只手。第二天晚上，在桌子底下，他紧紧握住了德·莱纳夫人的手，满足了自己的自尊心。

在爱欲与道德谴责中，德·莱纳夫人彻夜难眠。她决定疏远于连，冷淡这个充满锐气和傲气的年轻人，可于连不在时，她又忍不住想他。

于连摸透了德·莱纳夫人的心思，变得更大胆，趁着深夜闯进她的房里。起初德·莱纳夫人很生气，但当她看到"两眼充满泪水"的于连时，便心软起来。她甚至为自己没在 10 年前爱上于连感到后悔。但于连却没有这样的想法，他只是出于一时的野心，像做一场游戏一般。

皇帝驾临维立叶尔城时，在德·莱纳夫人的安排下，于连当上了仪仗队队员。他很好地利用了这次机会，在公众面前大出风头。

不久之后，德·莱纳夫人最心爱的儿子突然病危了，她认为这是上帝对自己的惩罚，陷入深深自责中，整天去教堂祈祷忏悔。

女仆爱丽沙为了报复于连，也因为嫉妒德·莱纳夫人，把他们俩通奸的事暗中告诉了贫民寄养所所长——哇列诺先生。哇列诺先生是这座城市的另一个重要人物。他花了一万两千法郎得到了这个职位。在很多人眼中他是个标准的美男子，就连市长大人也惧他三分。

以前，哇列诺先生曾因贪恋德·莱纳夫人的美色，碰了一鼻子灰，一直耿耿于怀，他趁机给市长德·莱纳先生写了一封告密信。但德·莱纳害怕把事闹大，失去财产和名誉，吞下了这口气，装糊涂。

爱丽沙又向西朗神父告发了这两个人的不轨关系，西朗神父把于连安排到城贝尚松神学院进修。去神学院的第三天夜里，于连就冒险赶回维立叶尔与德·莱纳夫人私会。

院长彼拉神父是西朗神父的老相识，对于连特别关照。由于成绩优秀，院长让于连当了新旧约全书课程的辅导教师。后来，他因为受到排挤而辞职，临走前院长介绍他给木尔侯爵当秘书。

聪明勤快的于连很快获得了侯爵的青睐和器重，侯爵委派他到伦敦去搞外交，还赠予他一枚十字勋章。于连完全适应了上层社会的生活，成了一个花花公子，甚至迷住了侯爵的女儿玛蒂尔德小姐。

玛蒂尔德小姐读过许多浪漫主义的爱情小说，一直对 3 世纪前的一段家史铭记在心：她的祖先木尔是皇后玛嘉瑞特的情夫，被国王处死后，皇后向刽子手买下了他的头，在深夜里亲自把它埋葬在蒙马特山脚下。玛蒂尔德十分崇拜皇后的这种为爱情而敢冒天下之大不韪的精神，她的名字玛蒂尔德就是皇后的爱称。

于连并不喜欢玛蒂尔德，甚至特别讨厌她的清高傲慢，但他想征服她，享受征服者的乐趣。玛蒂尔德知道于连出身低微，跟自己不般配，但她认为敢爱上与自己地位悬殊的人，是一种伟大和勇敢的浪漫主义感情。很快她就委身于他了。和于连的关系让她内心充满矛盾，只要于连稍许表露出对她的爱慕，她又感到愤怒，并因此侮辱他，甚至公开宣布不再爱他。

木尔侯爵让记忆力惊人的于连列席了一次保王党人的秘密会议，会后，木尔侯爵吩咐于连把记在心里的会议记录冒着生命危险带到国外去。于连克服重重困难，与外国使节接上了头。在那儿他遇到了俄国柯哈莎夫王子，这是个情场老手，柯哈莎夫王子得知于连的苦恼后，建议于连假装去追求另一个女性，以达到降伏玛蒂尔德的目的。于连回到巴黎后，按柯哈莎夫王子的授意，征服了玛蒂尔德这个骄傲的女人，虚荣心得到极大的满足。

不久，玛蒂尔德怀孕了，她写信告诉父亲，请求他原谅于连并成全他们的婚事。侯爵给了他们一份田产，允许他们结婚后搬到田庄去住，又给于连寄去一张骠骑兵中尉的委任状，授予他贵族称号。穿上军官制服的于连陶醉在野心成真的快乐中，两天后，刚做中尉的他就在心里盘算要在30岁时当上司令。

一天，于连突然收到了玛蒂尔德的急信，原来德·莱纳夫人给木尔侯爵写信揭露了他们的关系。恼羞成怒的于连立即赶回维立叶尔，向正在教堂祷告的德·莱纳夫人连开两枪，德·莱纳夫人当场中枪倒地。

于连因开枪杀人被捕入狱，狱中他逐渐冷静下来，悔恨自己的行为，他一切的野心都已经破灭了。

德·莱纳夫人并没有死，伤愈后她买通狱吏使于连免受虐待。玛蒂尔德也从巴黎赶来探监，为营救于连四处奔走。最终，法庭判处于连死刑，于连拒绝上诉，也拒绝做临终祷告，在一个阳光明媚的日子里，他走上了断头台。

玛蒂尔德买下了于连的头颅，按照她敬仰的玛嘉瑞特皇后的方式，亲手埋葬了自己情人的头颅。德·莱纳夫人在于连死后的第三天，亲吻着她的儿子，离开了人间。

对话人物

1. 于连

于连一直到死，都在努力改变着自己底层人的身份，在他内心深处有一个他给自己建立起的"理想自我"，为了这个"理想自我"能被现实社会的人们所认可、所接纳，他付出了自己的一切，甚至是生命。

于连的成功是由两个女人缔造的，这两个女人见证和推动了他的成功，也见证了他的死亡。于连和德·莱纳夫人的爱情始于于连的诱惑，止于德·莱纳夫人的征服；于连和玛蒂尔德小姐的爱情则始于玛蒂尔德的主动争取，止于于连的消极排拒。于连的两次爱情也是他破除心智的迷障走向清醒的过程。

于连的身上也有很多优点，他为实现自己的野心和目标，靠的是自己出众的才能和顽强的奋斗，而不全是靠他人的施舍。他始终没有放弃对个人荣誉和尊严的捍卫。他拒绝怜悯，也不容别人玷污他的爱情。

于连最光辉的一笔在于他面对死亡的大义凛然，他拒绝了未婚妻玛蒂尔德让他签名获得特赦，免于死刑的请求。他不愿苟且活着，他对于当时不平等的法国社会已经绝望，已经万念俱灰。最后在德·莱纳夫人的请求下，面对两个爱他的女人他还是妥协了，可是在法庭上他再次选择了死，他没有唯唯诺诺地辩解、求饶，而是勇敢地痛斥那些坐在审判席上的上流人士，揭露他们的可耻与虚伪，并预言法国革命就要来临。虽然，他只要承认自己是出于精神错乱或者是嫉妒，就可以保全性命，但是为了捍卫自己的高贵人格，他拒绝了一切好意，把自己送上了断头台，即便是爱情都不能使他回心转意。在此时的于连心里，人格高于生命，并高于爱情。

于连的奋斗和抗争是个人英雄主义的表现，他的"野心"，只不过是一个小人物在那个时代对现实的不满和反抗。他是一个真正意义上的孤独者，他高傲的灵魂就像天空的孤星一样，离群索居，让人凄然。

启迪与思索

在狱中，在德·莱纳夫人来探望于连的时候，他对德·莱纳夫人说："你要知道，我一直爱着你，我只爱你一个人。"在生命的尽头，于连终于知道真正的幸福不是金钱、名利、地位，而是真挚的爱情。

于连并不是一个没有爱的人，他只是不知道该如何去爱。于连的爱，是扭曲的，他的爱被太多繁杂的情绪所掩盖，最终被过于冷酷的生存环境所扼杀，他的爱里包括了太多仇恨与征服的成分，于是他注定将为此承受痛苦。

在世界每个角落都存在着高傲、热情、自私、多疑、野心与自尊兼备的"于连"。从于连身上，我们每个人都能或多或少地找到自己的影子。我们和他一样，对前途和命运充满渴望与希冀，也满怀飞黄腾达、出人头地的欲望。我们也早就忘却了最初的理想，最初的爱。我们一边成长，一边想方设法遮蔽起我们纯真的本质，我们何尝不是在重复上演着于连的悲剧？我们又何尝不是新时代的于连？

如果于连大难不死，能否走出监狱，走向真诚的生活，走向幸福呢？或许会吧，监狱与其说是终结于连幸福的坟墓，不如说是萌生希望的摇篮。

午夜时分，有谁会清晰地想起自己孩提时向往的快乐和幸福呢？有谁能清楚地知道何为爱情，何为未来呢？又有谁知道给自己的野心和梦想一个提醒呢？

美国作家马克·吐温曾说："幸福就像夕阳，人人都可以看见，但多数人的眼睛却看向别的地方因而错过机会。"于连的悲剧就是最好的诠释，也是对我们的提醒与警告！

2. 德·莱纳夫人

德·莱纳夫人16岁便嫁给德·莱纳先生，30岁成了三个孩子的母亲。可她却从没有体验过爱的温暖。丈夫是一个自私而粗俗的人，丝毫不关心她和三个孩子。不幸的是，她对这种没有爱情的婚姻已经习以为常，她甚至已经麻木得意识不到自己的不幸。

于连打破了德·莱纳夫人平静的生活，唤醒了她内心深处沉睡着的感情，使她的生活有了情趣。她美貌动人，心地纯洁善良，对于连的贫穷十分同情，对他的生活关怀备至，最终她为于连的才华而倾倒。她身不由己地爱上了这个年轻的家庭教师。

德·莱纳夫人受到了爱情的诱惑也承受了爱情的折磨。她是信奉天主教的教徒，她一直认为和于连之间的感情是一种罪恶。她爱得越深，痛苦也就越深。后来，她给于连写了几封信，都被神父扣下了，她感到于连已经把她忘了，孤独沮丧的她成了天主教的狂热信徒。她只能在宗教里面寻求一丝精神寄托。可悲的是，她信任的宗教不但没有减轻她的痛苦，反而给她造成了更大的不幸，逼着她亲手毁灭自己所爱的人。

于连出于报复对德·莱纳夫人开了枪，之后，她与于连和解，于连在人生的尽头也知道了她珍贵的爱。于连死后，第三天，这个善良而悲凉的女人便撒手人寰。

德·莱纳夫人同样是一个悲剧人物，可贵的是她始终那样善良、真实和宽容。即使是在于连因罪入狱，即将上断头台的时候，她也没有怨恨和抛弃他，没有顾及别人的嘲讽，每天去监狱里陪他一段时间，这种接纳和谅解，成为于连生命的救赎，也成为她对自己的救赎。这种情爱，以完整的接纳和体谅，宽宥了一切生命中的伤痕与不完满，抚平了他们内心深处的伤痕和虚无。

启迪与思索

什么是爱呢？法国作家雨果说，"把宇宙缩减到唯一的一个人，把唯一的一个人扩张到上帝，这才是爱"。但是，怎样去爱呢？尤其是一个已经结婚的女子，在这样的一份婚姻之外的爱里，怎样面对自己的丈夫和家庭呢？当一份感情破灭的时候，是否有勇气走出颓废的围城呢？人生有多少激情可以发掘，生命之爱又有几次？

现实中，当一个女人，锁定了目标，不顾一切，热烈、执着地扑向爱情的时候，是否应该多一分理智与冷静呢？任何的爱与婚姻都要接受道德与法律的裁判与拷问，一份"不自然的关系"对一个女人来说是否是一种桎梏呢？一份为背叛与怀疑所玷污了的爱情怎样才可以洗涤得洁净如初呢？

火炽的热情，强悍的心，会给渴望爱情的人以爱的滋润，可也会将人们拖入万劫不复的深渊。在爱情里，无论是女人还是男人都是需要维护自己和爱的尊严，疯狂、极端的爱情注定不会有完美的结局，失去理智约束的情欲终将撕碎幻境里的爱情。

3. 玛蒂尔德

玛蒂尔德由于父亲的权势和自己的美貌自然成了众多贵族青年追求的对象。但是，她对这些贵族的公子哥们没有兴趣。她讨厌他们的单调和乏味，她等待的是一位像中世纪骑士那样勇敢并富于冒险精神的"英雄"，她看不起周围那些一想到冒险就吓得脸色发白的贵族子弟。

平民出身的于连，引起了玛蒂尔德的兴趣，她听见于连敢于对她的母亲表示不满，非但没有见怪，反而认为他有骨气，对他产生了好感。当那些贵族青年出于嫉妒，当她的面攻击于连时，她非但不生气，反而从这些人的取笑中认定于连是最杰出的人。甚至在于连因为她的狂怒要用剑杀死她时，她也感到这是于连对她刻骨而深沉的爱。

于连对玛蒂尔德越是冷淡和疏远，她就越是想了解和接近他。于连的才能使她钦佩，于连的风度气质使她着迷，于连的思想也和她一拍即合。玛蒂尔德认为于连就是她所遇到的一个难得的具有勇敢精神的英雄。她从他身上看到了她所敬仰的祖先的影子，她毫无顾忌地对他以身相许。由于双方地位悬殊，玛蒂尔德承受了非常大的压力，有来自家庭的，有来自贵族阶层的，更有来自她自己内心的。她爱于连，希望跟他接近、交往，可事过之后，又会有一种委身于一个仆人的感觉。内心的矛盾，反映出来就是对爱情的忽冷忽热，反复无常。往往头天夜间同枕共席、信誓旦旦，第二天便形同陌路。后来她发现自己怀孕以后，坚决要和于连结婚，于连入狱后，她带着身孕四处活动，甚至不惜求助于父亲的仇人来营救于连。于连死后，她跟她的祖先波里法斯的情人玛嘉瑞特皇后那样，抱着他的头颅，亲自将他安葬，并出重金用意大利雕刻的大理石把坟墓装饰起来。这一切，玛蒂尔德都做得义无反顾，她认为自己的行为也是一种英雄的行为。

启迪与思索

玛蒂尔德小姐出于对贵族生活的厌倦，一直幻想一桩轰轰烈烈不平凡的爱情，幻想出来的爱是不健康、不可取的，她和于连的爱情始终处于一种证实自我的过程，是一场较量，甚至是一场战争，两个人你来我往，开展了一场爱情拉锯战，这场战争没有胜者。

人世间，无人不向往真正的爱情，爱情之美丽、之飘逸，足以让权者卑微，让贱者尊贵，美好的爱情应当是柔和而轻松的。当爱情发展到类似于战争时，爱情已经失去了它的光彩，它不再是美好的享受，而是一种痛苦的挣扎，这样的爱情注定会走向毁灭。任何时候，爱和幸福都需要智慧，需要理智的约束、经营。

真正的爱情是神圣的，是让我们幸福、快乐的，需要我们以一颗虔诚的心灵来追求，不能为了孤单、财富、欲望、仇恨、权势、名誉出卖和玷污爱情。

真正的爱，是给予不是霸占，是相互的理解与奉献，当爱与自私、偏激以及罪恶和阴谋结伴时，就不是真爱，而是对爱的扭曲和践踏。

作者·作品

作者

司汤达原名亨利·贝尔，出身于格勒诺布尔小城一个思想保守、信仰宗教的富裕律师家庭。母亲早逝，父亲和继母对他的压制使他从小憎恨自己的家庭。他从小受外祖父影响较大，这个年老的医生是启蒙思想的信仰者，他培养了司汤达对启蒙思想的爱好和对文学的兴趣。

司汤达的童年是在资产阶级大革命的岁月中度过的，深受时代气氛的感染。像当时许多崇拜拿破仑的青年一样，司汤达也渴望冒险事业，梦想有朝一日建立功勋，统率千军万马，成为耀武扬威的将领，为此，他加入远征意大利的队伍，随军来到米兰。

1801 年底，司汤达脱离军队，住在巴黎，一面做着小官，一面研究唯物主义哲学和各国文学，从事创作。在文学上，他特别赞赏莎士比亚，他的现实主义文艺思想在这时开始形成。在宗教问题上，他比卢梭等人的泛神论更进一步，是个无神论者，否定神权和上帝。他从来不相信世界上有真正的信徒，教士永远是伪君子。在后来的作品中，他对天主教会和传教士的罪恶做了大胆的揭露和批判。

拿破仑彻底垮台后，司汤达建立军功的梦想也随之彻底破灭。波旁王朝复辟后，慑于复辟王朝的恐怖统治，他离开巴黎前往意大利米兰，在这里旅居了七年。这七年当中他受意大利生活、风俗、人情影响非常深。

1821 年夏天，奥地利警察怀疑他参与了烧炭党人的密谋，将他驱逐出米兰，他被迫重返巴黎。

1823—1825 年，司汤达发表著名的文艺评论集《拉辛和莎士比亚》，对伪古典主义进行了尖锐的批判。由于他提出了旗帜鲜明的现实主义创作主张，这部著作被认为是批判现实主义的第一篇美学宣言。

1827 年在参与论争的同时，司汤达写出自己第一部长篇小说《阿尔芒斯》，他在小说前言中发出了"我们的世纪是一个令人感到痛心的世纪"的感叹。

1829 年，司汤达发表了著名的以意大利生活为题材的短篇小说《法尼娜·法尼尼》，通过革命与爱情的尖锐冲突，歌颂意大利烧炭党人献身祖国的高尚情操，揭露贵族阶级自私的本质。

1830 年在法国历史上是划时代的，在司汤达的文学生涯中也是划时代的。这一年，他构思了他的两部伟大小说《红与黑》和《巴马修道院》，后一部直到 1839 年才完成。

1842 年 3 月，司汤达长眠在蒙马特墓地。他的墓志铭是："阿果里·贝尔，米兰人，写作过、恋爱过、生活过。"

作 品

1827 年底，司汤达在《法庭公报》上看到了一则报道，在格勒诺布尔神学院，有个青年学生叫安托万·贝尔德。他出身于一个贫苦的手工业者家庭，父亲是个掌马匠。他身体瘦弱但却聪明灵秀。布朗格村的一位本堂神父很喜欢他，把他当成自己的孩子一样看待。在神父的帮助下，贝尔德于 1818 年进入了格勒诺布尔的小修院。1822 年，他得了一场重病，被迫中断学业，本堂神父就把他介绍给米肖先生——一位富有的律师家当家庭教师。

贝尔德为美貌的米肖夫人所吸引，和她产生恋情，此事被米肖先生察觉后，他遭到了辞退。后来，贝尔德又进入格勒诺布尔神学院学习。但一个月后，他就被院长勒令退学。贝尔德父亲得知他的丑闻，一气之下将他乱棍打出，他从此有家难回。几经周折，贝尔德又被介绍到德·科尔东先生家里去担任家庭教师。然而不到一年的时间，他又诱惑了科尔东的女儿，并遭到了与前次同样的厄运。

贝尔德一直深爱着米肖夫人，他从未间断过给米肖夫人寄送痴心的情书，并且还幻想着再次回到米肖家里当家庭教师。对前途的绝望和强烈的嫉妒长时间折磨着他。渐渐地，他给米肖夫人的情书中就充斥了怨恨、责骂甚至恐吓的词句。他认为他所有的不幸，都是米肖夫人造成的，米肖夫人背叛了他，忘记了自己的誓言。他提出要和米肖的现任家庭教师决斗，并威胁说如果米肖夫妇不设法改变他的命运，他将和米肖夫人同归于尽。

米肖夫妇害怕贝尔德真的干出可怕的事情，再加上对他仍有恻隐之心，曾经竭力帮助他找工作，但由于他"品行"的问题，没有人愿意接受他。

悲剧终于发生了，失去理智的贝尔德在一个星期日的早晨，带着两把手枪来到教堂，枪杀了带着两个孩子来做弥撒的米肖夫人，并开枪自杀，贝尔德自杀未遂，被法庭判了死刑，他 25 岁的年轻生命结束在断头台上。

《红与黑》就是司汤达根据这个故事艺术加工而成的。《红与黑》起初的标题为《于连》，1830 年定名为《红与黑》，并有副标题"1830 年纪事"。

《红与黑》是一本关于自由、尊严、权力、欲望及爱的伟大作品，一幅爱恨交织、血火交融、生死难同的悲壮图画。捧起它，你欲罢不能。《红与黑》问世 50 年后，它金子般耀眼的光泽才逐渐为人们所发现。因《红与黑》的艺术成就，人们称司汤达为"现代小说之父""文学大师"。《红与黑》在今天仍被公认为欧洲文学艺术的宝石，一百多年来，被译成多种文字广为流传，并被多次改编为戏剧、电影。

《红与黑》中于连的时代已经过去了，但是，新的于连时代依旧在继续着，在现实世界的每个角落里，都有高傲、热情、自私、多疑、野心、虚荣与自尊交织的"当代于连"的存在；数不清的"当代于连"在无形或有形中重蹈于连的覆辙，不经意地重演着他的悲喜人生。无论承认与否，今天的我们仍然活在一个"红与黑"的世界里，我们就是"当代于连"；都有着红与黑的特质，都在爱、欲望、激情和虚荣，阶级歧视，自我世界中迷茫、彷徨，为了将来所谓的更好的生活，大家都在拼死拼活，钩心斗角，甚至不择手段忘乎所以。有多少人不为欲望所狂，不为名利所累？

有野心、有欲望不是最危险的，最危险的是丧失了对自我的约束与把握，丧失了对未来与生活的准确定位，被野心毁了自己的美好前程和感情，于连的悲剧是一个提醒，提醒我们吸取教训，驾驭好自己的欲望和野心。

4.《雾都孤儿》

——在命运的颠沛中坚持到底

作者：狄更斯（英国）

出版时间：1838 年

推荐理由：狄更斯希望通过小奥利弗表现出善的定律——能在各种逆境中生存，直至最后胜利。读了《雾都孤儿》，你会有一种强烈的感觉——他的目的达到了。

心灵呓语

生命的韧性

这是一个特别容易给人希望也特别容易毁灭人的希望的世界，遭到破灭的常常是珍藏在我们心底的最殷切的希望。在命运的颠沛中，最可以看出一个人的气节。气节不是每个人都能有的，但生活中的挫折与打击几乎是每个人都会遇到的。

现实生活中，我们每个人都有各自的苦恼与困惑，也时刻在接受着生活的磨砺与考验。在动荡的人生中，能够使我们站起身来，对抗困境的莫过于坚强的品质了，这样的坚强是一种血性的力量，是我们生存和发展的根本。无论环境怎样恶劣，世界怎样复杂，我们都应该保持一份善良、博爱的胸怀，给自己快乐，给别人幸福。

命运绝不是一个人一出生就命中注定的，如果你尽力去改变，也许命运就会掌握于手掌之中。没有拼搏没有抗争就认命的人，只配当命运的木偶，敢于挑战而又勇于拼搏的人，才是自己命运的主宰者。勇敢者总是在主动迎接生活，主动面对挑战与艰难，树立起理想的旗帜，追求充实的人生。在生活的战场上，总有一些人临阵而逃，成为令人鄙夷的弱者，也总有一些人顶住压力和考验，蜕变为宠辱不惊，笑看人生的强者。人生难免遭受挫折和不幸，没有谁会一辈子一帆风顺，真正的成功者很明白这一点，他们从不言败，失败对于他们来说只是暂时的失利，他们会继续努力直至胜利。相反，如果一个人在逆境中没有继续奋斗的勇气，那他就是真的输了。

英国前首相丘吉尔说："一个人如果真的想要成功，那么整个世界都会为他让路。"《雾都孤儿》中的主人公奥利弗·退斯特的坎坷经历告诉我们：身处险恶之中，只要内心保持一份正义和真诚，不屈服于罪恶与黑暗，守住自己的底线，始终怀有一份爱心与上进心，就能得到正义力量的理解、帮助，走出困境，改变自己的人生。

在命运的颠沛中，面临的痛苦、折磨和灾难不是最可怕的，最可怕的是丧失自我，丧失对爱与正义的坚守，丧失对未来的信心。俗话说："天行健，君子以自强不息。"坚定的意志、执着的追求、积极乐观的人生态度是人生永恒不变的主题，正义总会战胜邪恶，困难总会过去，坚持到底就是胜利。

品味经典

主人公奥利弗·退斯特是一名出生在济贫院的孤儿，从小过着无衣无食、备受欺凌的日子。由于不堪棺材店老板娘、教区执事邦布尔等人的虐待而独自逃往伦敦，不幸的是，他刚一到伦敦就被骗入贼窟。

窃贼团伙的首领费金试图把奥利弗训练为扒手为他赚钱。奥利弗被指派随同窃贼伙伴"机灵鬼"和贝茨上街执行任务时，被误认为偷了一位叫布朗洛的绅士（恰巧是他父亲生前的好友）的手绢而被警察逮捕。一个好心的书摊老板出面相救，指出小偷另有其人，解救了无辜的小奥利弗。由于奥利弗病重昏迷，且容貌酷似友人生前留下的一幅少妇画像，布朗洛收留他在家中治病，布朗洛及其女管家比德温太太对他无微不至的关怀，使奥利弗第一次感受到人间的温暖。

窃贼团伙害怕被人收留的奥利弗会泄露团伙的秘密，在费金指示下，赛克斯和南希费尽心机，趁奥利弗外出替布朗洛归还书摊老板的图书的时候将他绑架回贼窟。在费金试图惩罚毒打奥利弗的时候，南希挺身而出保护了奥利弗。费金用威胁、利诱、灌输等手段企图迫使奥利弗成为一名窃贼，做他的摇钱树。

一天黑夜，奥利弗在赛克斯的胁迫下到一座富人家的大宅院里行窃。正当奥利弗准备趁爬进窗户的机会向主人报告时，被管家发现后开枪打伤。窃贼仓皇逃跑时，把奥利弗丢弃在路旁水沟中。受伤的奥利弗在雨雪中慌乱爬行，无意中又回到那家宅院，昏倒在门口。好心的主人梅丽夫人及其养女罗斯小姐收留并庇护了他。

巧合的是，这位罗斯小姐正是奥利弗的姨妈，但双方都不知道。在梅丽夫人家，奥利弗真正享受到了人生的温馨和美好。费金团伙不会轻易放过奥利弗。有一天一个名叫蒙克斯的人来找费金，这人是奥利弗同父异母的兄长，由于他的不肖，他父亲在遗嘱中将全部遗产给了奥利弗，除非奥利弗和蒙克斯是一样的不肖儿女，遗产才可由蒙克斯继承。为此蒙克斯出高价买通费金，要他使奥利弗变成不可救药的罪犯，以便霸占奥利弗名下的全部遗产，并发泄自己对已去世的父亲的怨恨。正当蒙克斯得意扬扬地谈到他如何和班布尔夫妇狼狈为奸毁灭了能证明奥利弗身份的唯一证据的时候，被南希听见。南希见义勇为，同情奥利弗的遭遇，冒着生命危险，偷偷找到罗斯小姐，向她报告了这一切。

正当罗斯小姐考虑如何行动时，奥利弗告诉她，他找到了布朗洛先生。罗斯小姐就和布朗洛商议了处理方法。罗斯小姐在布朗洛陪同下再次和南希会面时，布朗洛获知蒙克斯即他的已故好友埃得温·利弗得的不肖儿子，决定亲自找蒙克斯交涉，但他们的谈话被费金派出的密探听见，赛克斯就凶残地杀害了南希。

南希之死使费金团伙遭到了灭顶之灾，费金被捕后上了绞刑架，赛克斯在逃跑中失误被自己的绳子勒死。与此同时，蒙克斯被布朗洛挟持到家中，逼他供出了一切，事情真相大白，奥利弗被布朗洛收为养子，从此结束了他苦难的童年。

为了给蒙克斯自新的机会，奥利弗把本应全归他继承的遗产分了一半给他。但蒙克斯劣性不改，把家产挥霍殆尽，继续作恶，最终锒铛入狱，死在狱中。

对话人物

1. 奥利弗

奥利弗如此年轻就遭受了这么多折磨，但是，在他瘦弱的躯体下，有着一颗坚强的心和一种坚强的力量。奥利弗承受着巨大的痛苦，但他对美好生活的向往，对生命的向往，是支持他前进的力量，并最终迎来美好的生活。

最令人感动的是奥利弗在窃贼集团的经历，窃贼们试图把奥利弗也训练成一个小偷，但奥利弗不甘沉沦，勇敢地逃了出来。他两次落入贼窟，两次被逼伙同他人行窃，而两次都拒绝下手，且在后一次因向宅主示警而负伤。他宁愿继续流浪，也不愿做一个小偷。

奥利弗是一个心胸宽广而善良的人。面对试图独吞家庭财产的哥哥和迫害他的费金，他都给予了宽容，将自己应得的财产给了哥哥一半，在费金临死前还去监狱探望安慰他，并为他的死流泪。他的美好品行也得到了回报，罗斯小姐、布朗洛先生，以及梅丽夫人、比德温太太、南希都是因为他这美好的品行而对他出手相助。

启迪与思索

奥利弗给现实生活中的我们做出了榜样，一个人的生长环境会因为一些外在因素发生改变，但是，一颗积极向上、善良正义的心，始终是不会变的。

我们心中要始终有一个不能撼动的底线。环境是外因，自己的信念和精神才是内因。无论在什么样的环境里，无论和什么样的人在一起，面临多少诱惑和压力，我们都应该给自己一个提醒，时刻保持善良、真实、诚挚、正义的心，给自己一份对未来的希冀与期望。始终对爱、对生活充满信心，懂得感恩那些帮助我们、温暖我们、鼓励我们的亲人、朋友、师长，永远积极努力地生活和进取。也只有这样，我们才能得到别人的帮助与鼓励，才能在爱的温暖中逐渐成熟成长。

2. 南希

南希初次露面的时候，已经是一个职业化的青年女贼了。此时，她已为赛克斯所霸占，成为他的情妇。南希参与了找回奥利弗的任务，却又在贼首费金将要对奥利弗棍棒相加时挺身而出，一把夺下他手中的大棒扔进火里，救了他。可见她的内心里还藏着未曾泯灭的良知与同情心。她也是一个苦命的孩子，她的遭遇比奥利弗更悲惨。同样无父无母的她，不到 5 岁就被迫去偷去扒。稍有不从，就要受皮肉之苦，一干就是 12 年。其中的血泪辛酸、屈辱痛苦，或许只有她自己知道。

南希骨子里并不坏，她之所以参与盗窃和其他的行动是因为慑于费金和赛克斯的淫威，当然其中也有她自暴自弃的原因。她并没有意识到自己的未来，在那样的环境里也不允许她有自己的思想。当费金高举大棒向奥利弗挥去的时候，当赛克斯欲纵恶狗向夺门而逃的奥利弗扑去时，她震惊了，不顾一切地夺下了大棒，声嘶力竭地阻止了猛扑的恶狗。她从奥利弗身上想到了自己，奥利弗的今天，就是她的昨天，她的今天无疑就是奥利弗的明天。痛定思痛之后，她开始了对自我、对奥利弗的拯救，开始了对罪恶的反抗。

这个过程是悲壮的，她为了这样的反抗和自救牺牲了自己的生命，这个过程是她的灵魂经受洗礼的过程。她大义凛然地帮助奥利弗脱离苦海，舍生忘死的壮举，令人刮目相看，肃然起敬。

南希的反叛让费金预感到了自己末日的来临，进行垂死挣扎，首先必须除掉南希。老谋深算的费金没有自己动手，他易如反掌地利用暴戾多疑的赛克斯，向南希举起了无情的屠刀。南希就此结束了年轻的生命。但正是她的死所召唤出来的惊天动地的社会正义力量，注定了邪恶势力的代表——费金团伙的灭顶之灾。她生前有过许多过失甚至罪恶，但她已用生命和鲜血将这一切涤荡干净了。她那升入天国的是一个虽伤痕累累却依然纯真的灵魂。

启迪与思索

南希的生，南希的死，都是那么的沉重与悲怆，她为了奥利弗牺牲自己的壮举感染了每一个读者。她的经历告诉我们，一个人出生于苦难甚至黑暗与罪恶的环境中并不是最可怕的，最可怕的是对光明、正义与善良的放弃，是对救赎自我灵魂的放弃，是自甘堕落自取灭亡的迷失。无论在什么样的环境里，遇到什么样的压力，只要心中始终保持着一片纯洁，一颗善良的心，种种磨难并不能成为一个人堕落或迷失的理由，在黑暗与混沌的环境里，反而更能显示出一个人的人格修养，更能显示出一个人出淤泥而不染的晶莹品质。

3. 蒙克斯

蒙克斯很清楚自己有奥利弗这么一个弟弟，他到伦敦不是为了和弟弟团聚，而是要把阻挡他独吞父亲遗产的障碍除掉。他经过明察暗访，得知奥利弗落入贼首费金手中，于是他秘密与费金接头，和他达成了肮脏的交易，只要费金能长期控制奥利弗，令其终身为贼乃至入狱，他将以重金相酬，并立下书面契约为凭。为了更彻底地毁灭证明弟弟身世的证据，阴险歹毒的蒙克斯还从贫民习艺所头目班布尔夫妇手中赎出母亲的临终遗物扔进了泰晤士河，在这之前，蒙克斯早已将父亲的遗嘱付之一炬。

弟弟奥利弗对他的宽恕以及费金的死并没有唤醒他迷失的灵魂，他最终挥霍了自己的财产，死在监狱里，而他的弟弟奥利弗则得到了善报。

启迪与思索

生活中，像蒙克斯这样为了财产利益而倒行逆施、为非作歹的人也不少，或许他们作恶手段是不一样的，但是，他们丑陋阴险的面貌、卑劣的心态、罪恶的灵魂都是一样的，连他们的下场都一样，无一不是搬起石头砸自己的脚，自毁前程，落得个可悲的下场。

俗话说，"上帝叫谁先灭亡，他就叫谁先发狂"。这是一个充满诱惑的时代，在利益与金钱面前保持一颗善良的心、懂得人间真情与正义的重要性、坚守人类的本性，是每一个有道德、有良知的人应该做到的。一切贪婪、肮脏、龌龊的行径注定会破灭，蒙克斯的下场已经给那些有着澎湃欲望与阴谋的人们提了醒。

4. 费金

老犹太费金是个值得玩味的人物，他的形象和莎士比亚的《威尼斯商人》中的犹太商人夏洛克一样复杂，他的人格是分裂的，这样的人格是他的生存环境造成的。他是个坏人，但是，多少还残存着一缕温情。尽管他教唆着孩子们偷盗，但这个贼窝里却充满了欢声笑语；尽管费金常常被人辱骂成老混蛋、老怪物，特别是赛克斯，但在那群孩子面前从来没有面目狰狞、恶语相向。最后在我们眼里的是一个衣衫褴褛、紧紧抓住救命稻草的可怜老人形象，临死之前的他让人又怜又恨。

启迪与思索

其实，费金心里知道自己是个什么样的人、在做着什么样的事，他甚至早就预料到了自己最终的下场。他不过是一个悲剧性的人物，他的堕落与毁灭也是那个时代造成的。他的经历告诉我们一个开明、正确、充满正义、秩序井然、爱憎分明的社会环境是多么的重要。

一个人无论多么卑劣，内心里都应该有一杆灵魂的秤，应该时刻有一种对于自我的约束，对于心灵的反省，在忏悔与反省中达到人性的完美。或许你能逃脱得了社会和法律的制裁，逃脱得了人们的指责与怪罪，但是，逃脱不了内心深处灵魂的自我反省与审判。无论怎样的环境和压力都没有任何借口为自己的罪行开脱。一个向上、向善的人才能有所发展，所有的罪恶行径都是短命的，都将接受正义之剑的裁判，所谓"多行不义必自毙"正是这个道理。

作者·作品

作者

查尔斯·狄更斯出身于海军小职员家庭，10 岁时全家被迫迁入负债者监狱，11 岁就承担起繁重的家务劳动。曾在皮鞋作坊当学徒，16 岁时在律师事务所当抄写员，后担任报社采访记者。他只上过几年学，全靠刻苦自学和艰辛劳动成为知名作家。

狄更斯一生共创作了 14 部长篇小说，还有许多中、短篇小说和杂文、游记、戏剧、小品。其中最著名的作品是写于 1854 年的，描写劳资矛盾的长篇代表作《艰难时代》和写于 1859 年的，描写 1789 年法国革命的另一篇代表作《双城记》。

在马克思提出表扬的作家名单上，查尔斯·狄更斯名列榜首。人们经常说狄更斯是伟大的幽默家，但更重要的是，他是文学史上伟大的革新家。他描写为数众多的中下层社会的小人物，他以高度的艺术概括、生动的细节描写、妙趣横生的幽默和细致入微的心理分析，塑造了许多令人难忘的形象，真实地反映了英国 19 世纪初叶的社会面貌，具有超强的感染力，并形成了他独特的风格。

从来没有人能像狄更斯那样更好地代表他那个时代的精神，没有一个作家能比他更了解贫苦民众和无家可归者的疾苦。狄更斯的一生一直都在讲述着故事，或者是编造着善意的谎言，他喜欢夸张，是为了让这世界更明亮些。

他形成的任何印象和看法对他来说都是真实的。如果他认为是真实的，那么所有的人就一定也会认为是真实的，这就是他身为一个小说家的力量所在。

作　品

《雾都孤儿》标志着狄更斯文学生涯的真正开始。狄更斯21岁时，还是一名鲜为人知的速记员。当时他把主要精力都用在为各家报纸和期刊写随笔和短篇故事上。

1836年下半年，25岁的狄更斯应出版商理查德·本特里的约请，担任《本特里》杂志的主编，并且以笔名"博兹"在写两部长篇小说，其中一部次年2月起在《本特里》杂志连载两年，并于1838年10月出版单行本。这本全书53章的小说就是《雾都孤儿》，原名《奥利弗·退斯特历险记》。

《雾都孤儿》是狄更斯第一部伟大的社会小说，在世界文学史上占有重要位置。小说主要反映刚刚通过了济贫法的英国社会最底层生活。在这部伟大的作品中，狄更斯在创作上爱憎分明、形象生动的特点得到了很充分的体现。

《雾都孤儿》问世一百多年来，早已成为世界各国读者最喜爱的经典作品。小说中那个愚蠢、贪婪、冷酷的教区干事"邦布尔"在英语中已成了骄横小官吏的代名词，并由此衍生出"妄自尊大，小官吏习性"等词义。邦布尔先生婚后训斥老婆"哭能够舒张肺部，冲洗面孔，锻炼眼睛，并且平息火气"，这句话收入了美国哥伦比亚大学出版社的新版《哥伦比亚名言辞典》。《雾都孤儿》后来被改编成了电影、动画片、连环画等，被搬上了荧屏、舞台。2005年，电影大师罗曼·波兰斯基导演拍摄的《雾都孤儿》更是得到了世界各国人民的称赞与喜爱，再次展示出这部伟大著作的独特魅力。

狄更斯曾经在为《雾都孤儿》写序时说：我希望通过小奥利弗表现出善的定律——能在各种逆境中生存，直至最后胜利。应该说，狄更斯的目的达到了，他借助他的小说《雾都孤儿》，借助小主人公奥利弗颠沛流离的命运和遭遇，给了我们一次思索人生、叩问自我的机会。

在命运的颠沛中，每一个人都面临着前所未有的考验与磨砺，对善良与正义的坚持、对人性的叩问、对自我的救赎，是人类永恒的话题。无论什么时候，无论我们的生命处于什么样的环境中，我们都应该坚守着一份善良与正义，在饱受磨难和挑战，悲伤和失望的时候，能够对未来怀有坚定的信心，只有这样，希望之门才会为我们而打开。

5.《基督山伯爵》

——人生中的等待与希望

作者：大仲马（法国）

出版时间：1844 年

推荐理由：一部洋洋洒洒 100 多万字的小说，居然能让人读得津津有味而不觉冗长；一部表现复仇这一不知重复过多少遍的旧主题的通俗小说，居然能历时一个半世纪之久畅销不衰。无论从哪个角度看，这都是一部雅俗共赏的佳作。

心灵呓语

人生中的等待与希望

　　人生就是一个等待与希望的过程，在我们短暂却又漫长的一生中，总会有些或长或短的等待在上演，等车、等通知、等人、等机会、等爱，在绝望中等待希望，在逆境中等待转机，在哭泣中等待微笑，在幼稚中等待成熟，在分离时等待相聚，在糊涂时等待清醒，在发展中等待成功……只要你愿意，只要你认为值得等待，你可以等到老、等到死、等到地老天荒、等到海枯石烂。即使所有人的等待都像是飞蛾扑火，但在等待中也深深掩藏着我们的希望与幸福。面对此起彼伏甚至茫然无序的等待，我们应该保持一份安静而理智的心态，无论等待的结果是什么，都应以平和宽容的心态，来享受等待的过程。

《基督山伯爵》最后一章有这样一段话："世上没有幸福和不幸，有的只是境况的比较，唯有经历苦难的人才能感受到无上的幸福。必须经历过死亡才能感受到生的欢乐。活下去并且生活美满，我心灵珍视的孩子们。永远不要忘记，直至上帝向人揭示出未来之日，人类全部智慧就包含在两个词中：等待和希望。"这段话是主人公唐泰斯历经劫难之后的真实感悟。他临走时在一封信中，对他的朋友说出了这番值得每一位读者细细品味的话。

我们每个人都希望自己能顺利完成自己的目标，达到自己的理想，远离厄运与痛苦，但在现实生活中，这又是不现实的，如果我们真的无法改变已经发生的厄运，那就勇敢地去接受它，很多时候，厄运并不能置人于死地，反而有可能会成为命运的新起点。唐泰斯的经历就证明了这一点。

读完小说《基督山伯爵》，了解了基督山伯爵传奇般的人生，我们能够深刻领悟到，没有等待时的孤独怎会有相遇时的美丽；不穿越黑暗时的迷雾又怎能看到黎明时的阳光；有多少此刻的坚忍就有多少彼时的欣慰；有多少此刻的等待就有多少彼时的幸福。

在人生的逆境与低谷中，当我们用平和的心态去感受等待，欣赏等待，接受等待，我们就会惊喜地发现，原来人生中的等待也是如此曼妙的一件事，而希望就在等待中逐渐显露真容。

品味经典

1815 年 2 月底，爱德蒙·唐泰斯回到马赛港，他是埃及王号远洋货船年轻的代理船长，途中老船长不幸病死了，临终前几天，他曾托唐泰斯把船开到一个小岛上去见囚禁中的拿破仑，拿破仑委托唐泰斯带一封密信给在巴黎的亲信。唐泰斯准备这次回国就和相爱多年的女友结婚，然后一同前往巴黎去完成任务。

　　令唐泰斯想不到的是，一场厄运正在等着他。在货船上当押运员的邓格拉斯一心要取代他的船长地位，唐泰斯的情敌弗南对他也是又嫉又恨。这两个心怀不轨的家伙勾结到一起，写了一封告密信送到当局手中。

　　5 月，唐泰斯在举行婚礼之际被捕了，代理检察官维尔弗负责审理这个案子，他发现密信的收信人就是自己的父亲。为了确保自己的前途，他宣判唐泰斯为极度危险的政治犯，唐泰斯因此被当局投到孤岛上的死牢里。

　　无辜的唐泰斯在死牢里度过了 14 年的时光。狱中他曾有过自杀的念头，走出监狱、平反昭雪、找到未婚妻的信念支撑着他活了下去。

　　逃狱的老神父在挖地道时，因为计算错误，将地道的出口挖在唐泰斯的牢房。他和神父成了好朋友。在老神父的引导下，唐泰斯意识到自己是被那些混蛋陷害了。

　　唐泰斯跟神父学会了好几种语言，并得知了一个秘密：在一个叫作基督山的小岛上埋藏着一笔财宝。老神父病死后，唐泰斯灵机一动，钻进了装神父尸体的麻袋中，狱卒将他当作神父扔进了大海。唐泰斯用刀划破麻袋游到了附近的一个小岛上。次日，一只走私船救了他，他很快和那些船员们成了朋友。

　　唐泰斯利用四处游荡的机会，在基督山岛找到了宝藏，他一下就成了一个亿万富翁。他现在的目标只有一个，那就是复仇，现在他已经有了最有力的资本。

　　唐泰斯决定在复仇之前，先要报恩。埃及王号的船主摩莱尔先生是一个忠厚、勇敢而且热情的人。他曾在唐泰斯落难时为他四处奔走，还照顾过唐泰斯的老父亲。后来他破产了，绝望当中，他准备自杀。唐泰斯知道之后，替他还清了债务，送给他女儿一笔优厚的嫁妆，还送给他一艘新的埃及王号。

　　在报答了曾在他危难之际给过他无私帮助的人之后，唐泰斯开始一步步准备自己的复仇计划。通过多方打探，他证实了邓格拉斯、弗南和维尔弗陷害自己的详情，并得知自己的未婚妻梅塞苔丝已经被骗同弗南结了婚，而自己的老父亲也在病中抑郁而死，仇恨之火越燃越旺，他满心都是复仇的烈火。

8年之后，唐泰斯回到了巴黎，他化名为基督山伯爵，身份是银行家。此时，维尔弗是巴黎法院检察官，唐泰斯成了银行家，弗南成了伯爵、议员，三个人都飞黄腾达，地位显赫。

基督山伯爵复仇的目标首先是弗南，基督山伯爵早就摸清了他的历史，现在假借他人之手在报纸上披露了弗南当年在希腊出卖和杀害了阿里总督的事实，引起了议员们的质询。基督山伯爵收养的阿里总督的女儿出席作证，当众揭发了他与土耳其人的无耻交易，不但把城堡拱手相让，而且把他的恩主杀害，并把恩主的妻子、女儿作为一部分战利品，卖得40万法郎的罪行。审查委员会断定弗南犯了叛逆罪和暴力迫害罪，这使得弗南名誉扫地，狼狈不堪。

弗南本来寄希望于儿子同基督山伯爵决斗，以此雪"耻"，但他的妻子（基督山伯爵先前的未婚妻——梅塞苔丝），早就认出了基督山伯爵就是唐泰斯，她把真相告诉儿子。最后儿子不顾自己的名声，与基督山伯爵讲和，并决定同母亲一起抛弃沾满了鲜血的家产，不辞而别。

无奈之下，弗南只有自己去找基督山伯爵决斗。决斗时，基督山伯爵用很冷淡的口吻嘲讽他，并对他说出了自己的真实身份。失魂落魄的弗南回到家里，正遇上自己的妻子和儿子离家出走——一个去乡下隐居，一个去投军，害怕与绝望下，他开枪自杀了。

基督山伯爵的第二个仇人就是邓格拉斯。基督山伯爵为了取得邓格拉斯的信任，拿出欧洲大银行家的3封信在邓格拉斯那里开了3个可以"无限透支"的账户，慑服了邓格拉斯。之后他收买了电报局的雇员，发了一份虚报军情的电报，诱使邓格拉斯出售债券，折损了一笔巨款。

基督山伯爵将一个逃犯——维尔费和邓格拉斯夫人的私生子打扮成意大利亲王的儿子，介绍给邓格拉斯。为了避免银行的倒闭，邓格拉斯将女儿嫁给了"亲王之子"。在婚礼上，宪兵逮捕了这个逃犯，让邓格拉斯出了大丑。在无奈之下，邓格拉斯窃取了济贫机构的500万法郎逃往意大利。途中，他落在了基督山伯爵的强盗朋友的手上，他们先把他饿得半死，然后以10万法郎的高价向他出售一顿饭，直到把他的 500 万法郎全都榨光。邓格拉斯被迫为自己所犯的罪行忏悔。此时基督山伯爵出现了，向他公开了自己的身份。最后，基督山伯爵给了他 5 万法郎让他自谋生路，邓格拉斯饱受折磨和惊吓，头发全白了。

基督山伯爵最大的仇人是维尔弗，他决定不惜任何手段全面摧毁维尔弗。基督山伯爵利用维尔弗家庭内部的一个破绽：利用维尔弗的后妻之手毒死了维尔弗的前岳母、老仆人。基督山伯爵对维尔弗前妻的孩子进行暗中保护，将她送到了基督山岛上。

审理那个险些成了邓格拉斯女婿的逃犯杀人案的检察官就是维尔弗。在基督山伯爵的授意下，逃犯当众说出了自己的身世。维尔弗知道已落到一个复仇之神的手里，他仓皇万分地逃回到家里，却发现妻子因为罪行败露已经服毒自杀，并毒死了自己心爱的儿子，在巨大的打击之下维尔弗疯了。

基督山伯爵大仇已报，他深深地感谢上帝。在他看来，他所做的一切都是秉承上帝的旨意。他说："现在我的工作完成了，我的使命终止了。巴黎，告别了！"于是，他同收养的阿里总督的女儿海蒂远走高飞了。

对话人物

1. 基督山伯爵

一封告发信将唐泰斯拉到了永不见光明的黑牢里。当他拥有了自由和财富之后，复仇成为支持他活下去的唯一信念。出狱后，他费尽心机和财力，设计了一个周密的复仇计划，然后以一个神秘的、无所不能的形象出现在巴黎社交界，对那些曾经毁灭他的人——实行严厉的报复。面对仇人，进行复仇时，基督山伯爵没有被仇恨冲昏头脑，他的良知从未泯灭，他的人格亦未扭曲，他始终保留着高贵善良的心。当他看到维尔弗无辜的孩子小爱德华成了他复仇的牺牲品，以及他曾经的未婚妻、弗南的妻子和她的儿子阿尔培·马瑟夫以高贵的心忍受着他所赐给的不幸时，他第一次怀疑自己是否有权利做这一切。

当基督山伯爵帮助莫莱尔一家摆脱困境的时候，当他从一个被诅咒的家族中救出他的一个女儿的时候，当他答应梅塞苔丝不杀仇人之子的时候，这个高贵的心灵映出了金子般的光辉。他的性格里贯穿始终的节制，即面对财富、美色、仇恨的不贪婪，在达成一生最大的心愿后，他悄然地放弃了原有的财富，只身远走他乡。最后，海蒂公主让基督山伯爵重新相信爱，开始去过一种全新的生活。

启迪与思索

基督山伯爵在给瓦朗蒂娜和莫雷尔的信中说道："在上帝垂顾，为人类揭开未来之前，人类的全部智慧都包含在这两个词语中：这就是'等待'和'希望'。"其实，这段话是他在历经磨砺和沉浮之后的真实心得，是他宝贵的人生体验和智慧。他将这宝贵的体验和智慧，分享给了他的朋友。他自己也正是依靠这"等待"和"希望"才度过了他生命中最艰辛困苦的岁月，尽管他身陷牢狱，命运多舛，但是他对未来始终抱着一份希望和信心，他一直在等待东山再起的机会。

一个人要想成就大业，就要有基督山伯爵这样坚强的意志和乐观的精神。"不经历风雨，怎能见彩虹"，只要我们坚强、乐观，不断超越自己，挑战自己，坚定自己的追求和信念，就一定能达到目的，成为一个有所作为的人。

2. 梅塞苔丝

梅塞苔丝是无罪且无辜的，基督山伯爵的被捕，打碎了她的生活，甚至连一丝希望都没有留给她。她不知道他为什么被捕，不知道他被关在哪里，不知道被判的什么刑，是死是活。梅塞苔丝能等他一年半，已经超出一个弱女子所能承受的限度了。当她终日以泪洗面地站在海边眺望等待时，她也在忍受不知名的恐惧和孤独，和基督山伯爵在狱中的痛苦相比她的痛苦有过之而无不及。作为一个弱女子，在那样的环境下，她不可能等他一辈子，她除了嫁人再无选择。

梅塞苔丝并不是完全软弱的女子，在她儿子要与基督山伯爵决斗时，她以其超人的勇气与魄力化解了这场冲突，保住了她爱的两个人的性命，她把年轻时的一切都告诉了她的儿子，作为一个一直受儿子爱戴的母亲，告诉儿子这一切她将顶着多么大的压力。

难得的是基督山伯爵并没有怨恨她，并且仍然很敬重她，可他已经不爱梅塞苔丝了，这倒不是因为梅塞苔丝背叛了他，而是因为经过 24 年的分离，他已经不再是过去的他，她也不再是过去的梅塞苔丝，两个人 24 年不同的经历和心路历程使他们成了两条道上跑的车，不可能再走到一起了。

正如梅塞苔丝所说，她是活在两座坟墓之间的人，一座是死了的埃德蒙·唐泰斯的墓，她爱过他，另一座是她丈夫的墓，她虽赞同杀死他，但仍然要为他而祈祷。浩瀚的大海边，伫立着她等待的身影，24 年前，她望眼欲穿地等待着她的恋人，24 年后，她同样望眼欲穿地等待着她的儿子，命运的轮回是如此的巧合，又是如此的冷酷，梅塞苔丝的一生注定了她要在等待与希望中度过。在基督山伯爵多灾多难的命运中，在他的复仇计划中，曾经是他未婚妻的梅塞苔丝无疑是一个很尴尬的角色，她是一个彻头彻尾的悲剧性的人物。她是受伤害最大，牺牲最多，付出最多的一个。

启迪与思索

面对同样多灾多难的人生，梅塞苔丝没有抱怨，也没有被这一切重荷所压倒，这个看上去很脆弱的女人，以一副大海般宽阔的胸怀承受了命运赐予她的一切，包容了爱也包容了恨，在丧夫与失子之后，毅然吞咽下所有的泪水与痛楚，带着一颗沧桑而创伤的心，开始她新的"希望"和"等待"。从她身上我们看到了一种伟大的生命韧性，看到了"希望"和"等待"赋予人生的强大动力。我们明白了，在人生之路上处处充满了艰难险阻和种种困惑，稍有不慎，我们就会深陷其中，在探索和征服命运的进程中，没有坚强的意志是不行的。胆小悲观的人，永远与幸福无缘，而坚强乐观的人则会战胜命运，主导人生。学会"等待"与充满"希望"是一个人承受负荷、冲出逆境、走向未来的精神动力。

作者·作品

作者

大仲马是法国 19 世纪浪漫主义作家，名亚历山大，受洗时用母姓仲马。

特殊的家庭出身和经历使大仲马形成了反对不平、追求正义的叛逆性格。大仲马自学成才，一生创作的各种类型作品达 300 卷之多，主要以小说和剧作著称于世。大仲马被别林斯基称为"一名天才的小说家"，他也是马克思"最喜欢"的作家之一。

经过时间的无情淘汰，大仲马的大多数小说早已被人遗忘，甚至绝迹。目前在世界各地广为流传的只有《基督山伯爵》《三个火枪手》等几部作品。

大仲马被后人美誉为"通俗小说之王"，《基督山伯爵》这本充满传奇色彩的通俗小说给大仲马带来了巨额稿酬，使大仲马原本就豪爽大方、挥霍成性的生活更加奢侈。

大仲马以"基督山伯爵"自居，并在圣日耳曼昂莱山脚下濒临塞纳河的地方买下了一大块地皮，准备建筑他梦想的豪宅——基督山城堡。从此，大仲马经常在城堡里大宴宾客，饮酒作乐。可惜好景不长，几年工夫，大仲马就把自己的财产挥霍一空，不得不把城堡拍卖给他人。

大仲马私生活放荡不羁，他和与自己原本同住一楼的女裁缝卡特琳·拉贝同居了很长时间。拉贝给他生了个儿子，就是后来在文学声誉上大大超过他的小仲马。这时候，大仲马又和一个戏剧编辑的女秘书好上了，便抛弃了拉贝。直到 7 年后他成为巴黎有名的剧作家时，才认下小仲马，但是他始终没有承认拉贝是他的妻子。尽管他后来一直抚养着小仲马，并担负着拉贝的生活费用，但小仲马的内心一直与他有一种说不清的隔阂。特别是大仲马横加干涉小仲马的爱情这件事，给小仲马的心灵深处留下了难以愈合的伤痕。

小仲马改写的话剧《茶花女》初演时，大仲马因为反对拿破仑三世发动政变，正在布鲁塞尔苦度短期的流亡生涯，小仲马给他打去电报："巨大的成功！就像你的剧本初次上演时所获得的成功一样！"大仲马真是又嫉妒又骄傲。

当后来又有人再次把大小仲马父子的作品做比较后，认为大仲马的所有作品加在一起也比不过小仲马的一本《茶花女》时，大仲马幽默地说："我从我的梦想中汲取题材，我的儿子从现实中汲取题材；我闭着眼睛写作，我的儿子睁着眼睛写作；我绘画，他照相。"

大仲马 68 岁时停止写作，他并非厌倦了创作，而是因为他爱上了一个漂亮的美国女演员阿达·孟肯。他要在有限的余生里认真地享受一下真正的爱情。不幸的是，阿达·孟肯在一次演戏时从飞驰的马上掉下来摔死了。埋葬了自己的心上人之后，喝得醉醺醺的大仲马在晴空下打着一把蓝色的雨伞，来到儿子小仲马家里，一坐下就大声说："我的孩子，我是到你这儿来等死的。"

半个月以后，大仲马去世。

2002 年 11 月 30 日，大仲马去世 132 年后，他的遗骨由希拉克总统迎进了巴黎先贤祠，大仲马成为进入此地的第 70 位名人。

作　品

《基督山伯爵》的情节主线取材于巴黎警察局档案保管员邦舍的《回忆录》。《回忆录》中记载，年轻鞋匠弗朗索瓦·比果即将与一个美女结婚，朋友卢比昂出于妒忌，诬陷他是英国间谍，使他被当局逮捕入狱。随后卢比昂抢走了他的妻子。7 年后，走出监狱的比果发了一大笔意外之财，成为富豪，他化名约瑟夫·吕歇返回巴黎，展开复仇计划，他杀死了卢比昂一家和其他仇人之后，逃到英国。在他于 1828 年病逝后，法国司法当局才从知情者那里知道了这一惊天大案。

大仲马在这个故事的基础上，与马盖合作创作了《基督山伯爵》。马盖自 1839 年与大仲马合作，二人同游西班牙、阿尔及利亚，一起写出《阿赫芒塔尔骑士》《希勒旺迪尔》《三个火枪手》《基督山伯爵》等多部长篇小说，直至 1851 年两人分手。尔后，马盖声明放弃他应有的一切版权，并致函大仲马：

"能当法国最杰出小说家的合作者，我感到十分荣幸。"

可以说《基督山伯爵》这部小说的主人公基督山伯爵的前半生是用悲剧铺成的，这场悲剧像是一场浓雾一样，结结实实地淹没了他。他为此付出了极其惨重的代价，不仅饱尝了牢狱之苦，而且失去了前程和家庭。满怀仇恨的他在获得财富和自由之后开始了疯狂的复仇行动，虽然他基本上达到了他复仇的目的，但是他永远失去了他年轻时所具有的善良、淳厚的品性，变得心狠手辣，不择手段，居心叵测，像一个从坟墓里爬出来的吸血鬼，失去了内心的快乐与宁静。其实，人类最强大的力量，不是拥有以牙还牙的手段和置人于死地的狠心，而是一笑泯恩仇，握手言和放弃杀戮的宽容和智慧。

遗憾的是，人生不能重来，假如一切可以重来，大彻大悟之后的唐泰斯或许不会变成复仇的基督山伯爵，他会怀着他那颗可爱、善良、充满希望的心和他美丽的公主过着平静的生活，这何尝不是一种幸福？

好在，还有许多新的"等待"与"希望"摆在我们生命的路上，而这正是我们的未来之所在。

6.《简·爱》

——自尊自立自爱的女人最美丽

作者：夏洛蒂·勃朗特（英国）

出版时间：1847 年

推荐理由：十多年前，有个美丽的女孩在她珍藏的《简·爱》扉页上写下了这样的一段话："这本书是我阅读的第一本也是最钟爱的一本世界名著，它告诉了我怎样做一个自强的女人，去争取爱和幸福。"如今，那个女孩依然很美丽，同时她也过得很幸福。

心灵吃语

美丽女人应如是

"你以为，因为我穷，低微、不美、矮小，我就没有灵魂没有心吗？你想错了！我的灵魂跟你的一样，我的心也跟你的完全一样！要是上帝赐我财富和美貌，我一定要让你难以离开我，就像我现在难以离开你。我现在与你说话，是我的精神与你的精神说话，就像两个人都经历了坟墓，我们站在上帝跟前，是平等的，因为我们是平等的。"

安静下来，听听这铿锵而激扬的声音吧，听听简·爱用灵魂、用生命、用尊严、用爱来发出的宣言。

从那一刻起，整个世界都记住了这个叫简·爱的女人，记住了这个关乎爱与尊严的宣言。在这一刻，简·爱就是世上最美丽的女人，她整个生命都是发光的，透着美丽与魅力。

什么样的女人才是美丽的女人呢？真正美丽的女人不一定要有闭月羞花、倾国倾城的美貌，婀娜窈窕的魔鬼身材。但凡是美丽的女人，一定会有自尊、自爱、自强、自立的修养，一定会有一颗温柔却又坚挺的灵魂，一定会凭自己的能力和智慧为美好的生活而奋斗，在任何环境下都不做男人的附庸和傀儡。这样的女人才能得到真正的爱和尊严，才是最美丽、最有魅力的女人。反之，那些失去尊严的爱，失去灵魂的美丽，则永远难以长久。

女人，不因为美丽而可爱，却因为可爱而美丽。最美的女人是懂得自尊自爱的女人，最美的女人，是自强自立的女人，最美的女人也是最富有自信心与智慧的女人，最美的女人也是最有智慧与魅力的女人。

再也没有哪部作品能像《简·爱》一样完整、真实地诠释一个女性的心理状态，展现出女性内心中令人惊讶的勇敢的力量。身为一个女性最为重要的是，独立走出一条自重、自尊、自强、自立的路，只有女性自己才能拯救自身，除此，别无选择。

任何人都应该走一条自重、自尊、自强、自立的路，要知道，只有自己才能拯救自己。简·爱平凡的外表下面隐藏着不屈的灵魂，在这个平庸的世界上显得异常珍贵，璀璨夺目。她的不屈不挠、勇于抗争的精神赫然指明了一条新的道路，告诉天下所有的人："切勿失去自我、失去尊严、失去爱的智慧和能力。"

品味经典

简·爱父母早亡，一直寄居在舅舅家，舅舅病故后，狠心的舅母把她送进了孤儿院。孤儿院的孩子们每天都在遭受蹂躏和摧残，性格倔强的简·爱更是受惩罚的重点对象，有一次，校长甚至命令她站在一张木凳上示众。在这里，简·爱认识了她的好朋友海伦，可怜而善良的海伦，在那个严寒的冬天，被病魔夺走了年轻的生命。

10 年后，长大成人的简·爱决定离开孤儿院，去过自由自在的生活。简·爱得到一个去做家庭教师的机会，临行前，她捧着一束鲜花来到海伦墓前，向她的朋友告别。

在桑菲尔德庄园住下来时，简·爱才知道负责招聘她的费尔法克斯太太只不过是这里的女管家，而主人罗切斯特先生现在还在外旅行，没有回来。

罗切斯特先生的养女就是简·爱未来要负责教育和引导的学生，她是罗切斯特先生从巴黎带回来的。她的母亲曾是罗切斯特先生的情妇，这个放荡女人欺骗他说这个孩子是他亲生的。罗切斯特先生很明白这孩子不是他的，但还是在那个女人死了之后，把孩子领回家，当亲生女儿一样抚养。

平静的日子过了一天又一天，简·爱却始终没有见到主人回来。简·爱在一个黄昏外出散步时，不慎惊扰了骑在马上的罗切斯特先生。回家后，她才知道他就是庄园主罗切斯特，就是雇佣她的主人。

几次接触之后，简·爱觉得罗切斯特先生是个性格阴郁而又喜怒无常的人。一天深夜，睡梦中的简·爱被一阵惊悚的狂笑声惊醒，听到门外好像有人走过。她从床上爬起来，循声出门走下楼，她发现罗切斯特先生的房门是开着的，他床上竟然着起了火。简·爱赶紧叫醒睡梦中的罗切斯特先生，二人合力把火扑灭了。罗切斯特先生告诉简·爱说这事可能是仆人伯莎干的，他要简·爱别把这事声张出去。

第二天清晨，醒来的简·爱想起夜间发生的事情，很为罗切斯特先生担心。可仆人告诉她，主人一早就出门去了。罗切斯特先生一去多日，简·爱感到生活中好像少了点什么。

罗切斯特先生终于回来了，还带来了一大群服饰华丽的贵客，其中有个很漂亮的女人叫布兰奇。古堡里顿时热闹非凡，人们都在传言，罗切斯特先生要和这位美人结婚了。

简·爱见罗切斯特先生和布兰奇小姐一副很亲密的样子，心里很酸涩，便悄悄地转身离去。

一天，在罗切斯特外出时，家里来了一个蒙着盖头的吉卜赛人。当轮到给简·爱算命时，她发现这个神秘的吉卜赛人就是罗切斯特装扮的，他想借此试探她对他的感情。这时庄园里又来了个名叫梅森的陌生人，当晚他被三楼的神秘女人咬伤了，简·爱帮助罗切斯特给他包扎好伤口，把他秘密送走了。

简·爱一直等到送梅森的罗切斯特先生回来，她怕他会有什么危险。当简·爱对罗切斯特先生提到楼上的疯仆人时，他显得非常痛苦，恳求她别再逼他回答这个问题。在这次交谈中，简·爱不自觉地流露出了对罗切斯特的真情。

不久之后，里德太太派人来找简·爱，说她病危要见她一面。回到舅母家中，里德太太给她一封信，这封信是三年前简·爱的叔父寄来的，向她打听侄女的消息，并把自己的遗产交给简·爱。里德太太谎称简·爱在孤儿院病死了，直到临终前良心发现才把真相告诉她。

简·爱回来后，罗切斯特向简·爱求婚，简·爱答应了他，两人高兴地忙着筹备他们的婚礼。

婚礼前夜，简·爱从梦中惊醒，看到一个身材高大、面目可憎的女人正在穿戴她的婚纱，并充满仇恨地把婚纱撕成碎片，罗切斯特告诉她那不过是一个梦。

第二天，当简·爱醒来时，发现晚上的一切都是真实的，她不知道这是为什么。

婚礼如期举行，那晚被疯女人咬伤的梅森闯进来制止了婚礼的进行，说罗切斯特先生已娶过一个妻子，这女人就是他姐姐，她还活着。

罗切斯特先生悲愤地向众人讲述着自己的不幸，这个疯女人，是他的妻子。她家三代有疯病，在新婚之夜，她就想杀死他。罗切斯特不忍心把她送到疯人院去。就是她在罗切斯特的房间放火，也是她撕碎了简·爱的婚纱。

事情过后，罗切斯特先生乞求简·爱不要把他生平第一次找到的爱情拿走，但简·爱不愿作为情妇留在他身边。趁着天黑，简·爱带上来时的简单行装悄悄地离开了桑菲尔德庄园。路上，她仅有的积蓄花光了，只能沿途乞讨，最后晕倒在牧师圣约翰家门前，被圣约翰和他的两个妹妹救了。

简·爱暂时在圣约翰家住了下来，圣约翰帮她谋了一个乡村教师的职位。

一段时间后，圣约翰接到家庭律师的通知，说他的舅舅约翰·简去世了，留给简·爱 2 万英镑，要圣约翰帮助寻找简·爱。圣约翰发现简·爱就是他的表妹，简·爱执意要与圣约翰兄妹们分享遗产。

圣约翰要去印度传教，临行前向简·爱求婚，他坦率地告诉她，他要娶她并不是因为他爱她，而是因为他需要一个很有教养的助手。简·爱觉得虽然她应该报答他的救命恩情，但却不能拿自己的爱情来做交换。为了不让圣约翰难堪，她请他再给她一些时间考虑一下。

就在简·爱准备做决定的时候，她感觉罗切斯特在遥远的地方呼喊她，她决定回到他身边。

简·爱再次回到桑菲尔德庄园时，整个庄园已成为一片废墟。仆人告诉她，一天夜里，那个疯女人逃出来，放火点燃了古堡，爬到将要烧塌的屋顶上大喊大叫，罗切斯特先生跑上去救她，可她还是跳下去烧死了，罗切斯特先生也被一根着火的木头砸瞎了双眼。

简·爱听到罗切斯特先生还活着，高兴地流下了眼泪。她立即动身赶往他所在的那个农场。

他们终于结婚了，在简·爱的悉心照料下，两年之后，罗切斯特的一只眼睛复明了，他看到了简·爱为他生下的第一个孩子。

对话人物

1. 简·爱

简·爱幼年时就失去双亲，过着寄人篱下的悲惨生活。舅妈的嫌弃，表姐表兄的辱骂与毒打，佣人们的鄙夷与欺辱，并没有让她屈服；相反，弱小孤苦的她挺直了身躯，勇敢地反抗这些人的残暴行径。

寄宿学校的生活同样是苦不堪言的，幸运的是简·爱遇到了海伦·彭斯，海伦温顺、聪颖和无比宽容的性格一直影响着简·爱，使她以后面对种种困难都不再屈服、抱怨，懂得了爱和忠诚。

简·爱对冷酷的校长和摧残她们的教师深恶痛绝，积极反抗和抨击。而海伦在宗教思想的麻痹下逆来顺受，最后被迫害致死。

在爱情上，简·爱始终保持着个人的尊严，尽管布兰奇小姐是大家闺秀，态度又很傲慢，说话咄咄逼人，但简·爱总是从容面对，不卑不亢。当简·爱发现自己爱上主人罗切斯特先生后，她并没有因此而放弃爱情，她坚信：人在精神上都是平等的。爱情应该建立在精神平等的基础上，而不应该取决于社会地位、财富和外貌，只有男女双方彼此真正相爱，才能得到真正的幸福。她的爱情是纯洁高尚的，她对罗切斯特的财富不屑一顾，之所以钟情于他就是因为他能平等待人。当罗切斯特问简·爱还需要什么时，她立刻回答说："你的尊重，而我也报之以我的尊重，这样这笔债就两清了。"她表达爱情的方式不是甜蜜的赞美，温柔的话语，更不是乞求和依附于人，她追求的是两颗心的平等结合。这种自信的气质使她获得了罗切斯特由衷的敬佩和真挚的爱戴。

简·爱追求一份真正意义上的完整爱情，当得知罗切斯特还有一个疯了的合法妻子时，她毫不犹豫地离开了他。简·爱意识到自己受到了欺骗，她的自尊心受到了戏弄，因为她深爱着罗切斯特，哪个女人甘心被自己最信任、最亲密的人所欺骗呢？

当圣约翰向简·爱求婚，要她以他的妻子和助手的身份去往印度传教时，简·爱虽然认为他是个好人，救过自己，她应该报答他，但还是拒绝了他的求婚。在简·爱看来，圣约翰并不爱她，他爱的是上帝。他只是为了给自己找个助手，找一个便利于传教的工具。报答他的恩情和做他的妻子是两回事，她无法忍受他的权威，无法忍受他独裁和霸道的感情，讨厌被他控制。她说："我不是鸟，没有网子能网住我，我是有独立意志的自由人！"更重要的是简·爱心里爱的人是罗切斯特。她对罗切斯特的爱是炽烈的，像殉道一般，愿意为他做任何牺牲，不会因他身体上的残缺而弃之不顾。

启迪与思索

简·爱像个斗士一样，捍卫着自己的尊严，她不做金钱的奴隶，不做男人的附庸，不屈服于权势，她的灵魂永远是独立的。她用自己的行动和语言向世人宣告：男女之间是平等的，爱情必须以平等和互相独立作为基础，女性要学会维护自己的尊严，懂得平等的意义和价值。不当附属品，不做玩偶，自立、自强。加强自身的学习，像男性一样更加广泛地认识这个世界，学会维持生计的本领，巾帼不让须眉，不输于男性。

简·爱所感染我们的是她的自尊与坚强，这是一个人不可缺少的精神。我们应该学会维护自己的尊严，懂得人生来平等的意义和价值。简·爱展现给我们一种化繁为简、返璞归真、全心付出的爱情精神，这样的爱情是一种不计得失的简朴纯真的感情，它犹如一杯圣洁的水，净化着我们的心灵。

2. 罗切斯特

罗切斯特也是个苦命的人，大学毕业后，在父亲的安排下，他娶了外表靓丽但心胸狭窄、庸俗势利、脾气暴躁的伯莎小姐为妻，她与罗切斯特的志趣格格不入，难以产生精神的共鸣。罗切斯特为此备感痛苦。更加可怕的是，结婚四年之后，恣意妄为、不可一世的伯莎竟然疯了。

罗切斯特曾对简·爱说："在我 26 岁的那年，我就对生活感到绝望了。"绝望的罗切斯特离开了英国，去了欧洲大陆，为了寻找一个值得他爱的善良聪明的女子，为了寻找一份真正的可以让他以生命相许的爱情。漫游欧洲 10 年，他的愿望一次又一次地落空了，绝望悲观的他甚至靠找情妇来发泄心中的郁闷。最后，形单影只的罗切斯特带着他破碎的爱的梦想回到了桑菲尔德庄园。

在罗切斯特回家的路上，他碰到了外出办事的简·爱，并因为她发生了一起小事故。当罗切斯特第一次看到简·爱时，他就感到了"有一种全新的东西，一种新的活力和新的感觉，不知不觉传遍了我的全身"。这次相遇其

实是他真爱的开始。简·爱的那种叛逆精神、自强自尊的品质深深地征服了
罗切斯特，而罗切斯特的优雅风度和博学多识同样也征服了简·爱。

　　罗切斯特是个胸怀宽广的男人，明知道情妇的女儿不是自己亲生的，在
情妇死后仍然把孩子带到家里当亲生的一样抚养着，并专门给她请来家庭教
师，让她接受良好的教育，明知道患有精神病的妻子伯莎欺骗了自己，也没
有抛弃她，在妻子放火之后，还挺身相救，差点搭上性命，这种胸怀是值得
敬佩的。

启迪与思索

　　罗切斯特先生跟简·爱一样是一个爱情至上的理想主义者，执着的他怀
着一颗诚挚的心，在世俗、金钱和权势之外，寻找一份真正的爱情。反观现实，
在今天，像罗切斯特先生这样能够用 10 年的时间来寻找一份爱情，寻找一个
和自己过一辈子的女人的男人似乎是不多见了。

　　罗切斯特和简·爱的爱情故事也告诉我们：爱情是生命的一种本能，是
一切情感的根源，是值得我们一生追求的真理；爱情是一种纯粹的情操，容
不下半点功利世俗，就像明净的湖水，一旦被污染，水里的鱼儿便要窒息而亡。

　　想一想吧，两个原本陌生的具有不同生物属性的个体，为了一个深情的
吻，一个会心的微笑，一个怦然心动的眼神而走到一起，生死相依，患难与共，
这种感觉何其美妙！

3. 海伦

　　海伦是活在宗教信仰里的人，像一位降临尘世的美丽天使，她超凡于尘
世完全活在精神世界里。

　　作者写海伦这个人物据说是为了纪念她早逝的姐姐。与简·爱不一样的
是，她的一生都在忍让，默默地承受她所遇到的一切，甚至是她的死。即使
是被别人打骂了之后，她还是会从自己身上找错误，为别人开脱。当简·爱
提到她是否想到离开这里时，她说不想。虽然她的理由很好、很充分，说到

上帝，说到自己的信仰，但是简·爱还是从她的话里听出了一种无法表达的忧愁。

常人无法企及、无法理解海伦的超凡，包括简·爱。海伦的生命虽然短暂，但却发出了流星般耀眼的光芒。她的一生，有如落日一般辉煌、悲壮，可歌可泣。

海伦死后 15 年，她小小的坟墓上竖了一块大理石柱，上面除了她的姓名外还刻着"我将再生"，这是对海伦精神最好的诠释。

启迪与思索

在现实中，海伦这样的性格是一种缺陷。社会是讲究互动的，人们出于各自的利益，在面对经济、生活、情感等问题的时候，都要进行交涉。一味地妥协和忍让，往往会使自己面对更多的贬抑与指责。有些人就是会把情绪发泄在别人身上，而没有丝毫的愧疚感，更谈不上理解别人的委屈。

不仅仅是在感情上，在工作和生活中，也只有积极互动，学会捍卫自己的权利和尊严，才能获得别人的肯定，激发自己向上的斗志和创新意识，在公平合理的基础上进行合作，才能双赢。任何东西都有个度，超越了这个度就不好了，做人做事都是如此。

当然，从另外一个角度来看，海伦的宽容、忍让以及她那博大的胸怀，是令人钦佩的。生命太短促了，不值得把它花费在怀恨和记仇上。倘若每个人都能站在对方的立场上去理解别人，体谅别人，关心别人，多看到一些美好的事物，乐观地对待生活，我们的生活中一定会充满阳光。

4. 圣约翰

圣约翰是一个知识渊博、长相英俊的传教士，但是他不会享受生活的乐趣，一天到晚忙于工作，他认为，工作是高于一切的，甚至包括生命和爱情。对于他这种观点，简·爱坚决反对，因为简·爱认为爱情是高贵的，我们不应该牺牲爱情而工作；相反，是为了爱情才工作。简·爱的这种观点是最人性的，而圣约翰的爱情观则背离了人性需求。

他明明知道自己喜欢上了年轻貌美的罗莎蒙德，同样，罗莎蒙德也十分爱慕他，罗莎蒙德的父亲也十分赞同这门亲事，尽管圣约翰不是很有钱，但是他的才华和出身可以弥补这样的缺陷。然而，圣约翰为了他的伟大事业——到东方印度传教而十分痛苦地压抑了这份感情。

当圣约翰发觉简·爱是一个有见识、有才智的女子的时候，他就向简·爱求婚，不是因为他爱简·爱，而是因为他觉得如果娶简·爱为妻，对他的事业将是一个很大的帮助。

简·爱拒绝了他的求婚，她认为嫁给圣约翰就意味着失去了平等，失去了自由，同样失去了自尊的权利，这些东西是简·爱一生都执着追求的，怎么能为了圣约翰而放弃呢？何况她并不爱他，没有爱怎么能结婚，生活在一起呢？

最终，圣约翰离开英国，去了印度，踏上了他为自己选定的道路。

启迪与思索

圣约翰是一个虔诚的基督传教士，其实他并不爱简·爱，但想要简·爱和他一起到印度去，过传教士的那种"无性无爱"而"双宿双栖"的生活。圣约翰在感情上是自私的，他以献身事业的借口，自私地要求简·爱和他结婚，投身于他的事业，他所谓的爱是带着极大的功利性的，尽管他对简·爱很好，但是，这不是爱。

在这个过于理性和功利的世界里，爱情变得敏感而易碎，时时遭遇犹豫、困顿——也许我们不幸到连个可以寄托爱情的人都没有，也许爱上一个不爱自己的人，也许辜负了深爱自己的人，又或许，相爱了却不懂爱情，只有在伤害与被伤害后，才能幡然醒悟。如今，几乎很少听到关于真爱的故事了，生活里到处都是急功近利的"爱情"，现在的人爱情观越来越功利和现实，物质追求淹没了精神追求，实用理性掩盖了审美激情。有些男女双方从最初恋爱到最后结婚，整个过程都像是一场游戏，不是把爱情或婚姻当作目的，而是当作手段，以此追求享乐与刺激，或者物质上的收获。男女双方都越来越注重索取和获得，忽视奉献和给予，彼此都缺乏责任感，务实、功利的商业化态度彻底地肢解了爱情。

捷克作家米兰·昆德拉在小说《慢》中表达了自己对爱情的看法："很难想象有速成的爱情，突如其来的幸福往往会被证明为适得其反，然而我们的世界赋予速度和效率太多的荣誉及价值，对它们的追求使我们在自己生存的社会中感到迷失与陌生。""现代生活追求'短、平、快'，但爱情不能发生得太快、太功利，它应该与生活的步调保持一点距离。这样，除了短暂的激情外，爱情还能给人的生活带来愉悦，带来韵味。"

事实已经证明，实用主义与浪漫主义的冲突从来都是爱情的悲剧，浪漫爱情被永久地囚禁在了古典文化中，现代人很难再受到"茶花女"和"梁祝"的感动与"蛊惑"了，像王小波说的那样，"一个没有浪漫和审美的世界是残酷的"，尽管所有壮丽的山峦都变成了"商业价值"的矿山，尽管"生活正在不可避免地走向庸俗"，但是我们还是期望看到崇尚真爱、奉献真情的人，期望一种超越"实用原则"的爱情，不愿意看到浪漫和审美的世界的"伤逝"，不愿意看到"实用主义"将所有的一切都变成自己操控的工具，包括人的爱情和人本身，人类的爱情和感情应该恢复本来所具有的神圣性和尊贵性，再也不会成为我们逃避责任和感情的工具和借口。这是《简·爱》带给我们的一次严肃而深沉的再思考。

作者·作品

作者

《简·爱》的作者夏洛蒂·勃朗特和《呼啸山庄》的作者艾米莉·勃朗特是姐妹。由于父亲经济的困窘，不得不把夏洛蒂和艾米莉的两个姐姐及弟弟，送进由慈善机构创办的寄宿学校。那里的环境和生活条件很差，加上创办人苛刻的管束和严厉的处罚，冻饿和体罚便成了孩子们惯常的生活。不久，肺病夺去了两个姐姐的生命，父亲把夏洛蒂姐弟三人领回家中，使他们逃离了死亡的魔窟。

1831年，夏洛蒂进入罗赫德寄宿学校学习，这里的情况截然不同，夏洛蒂不但学业上很有长进，而且日子也过得十分愉快。虽然只待了一年零四个月，但这儿温馨的生活给她留下了难忘的印象。

后来夏洛蒂在1835年返回罗赫德任教，两个妹妹跟随读书，抵去部分酬金，三年后离去。1838—1842年她与妹妹们辗转各地，以家庭教师为生。但因为这一职业地位低下，薪金微薄，又使姐妹们天各一方，难以相聚，她们毅然决定自己创办学校。经过种种努力但最后还是没有成功，这时她们的父亲病倒了，才华横溢的弟弟也染上了酗酒和吸毒的恶习，沦为废人。家庭经济的压力越来越大，在这种极度困难的情况下，夏洛蒂和妹妹们开始了写作。

她们姐妹三人经常聚在一起，如饥似渴地读书、绘画和写作。书本开启了她们的心扉，提高了她们的修养；多难的生活使她们早熟，善于洞察世情；独特的经验为创作提供了充足的源泉，于是当她们的创作热情喷薄而出的时候，世界文学史上便奇迹似的在同一年、同一个家庭，诞生了三部传世之作：夏洛蒂·勃朗特的《简·爱》，艾米莉·勃朗特的《呼啸山庄》和安妮·勃朗特的《阿格尼斯·格雷》。

除《简·爱》外，夏洛蒂还创作了《雪莉》《维莱特》《教师》，这些都是她之后的作品，虽然评价都很不错，但都不及《简·爱》的影响力大。

作 品

　　《简·爱》的问世曾经轰动了 19 世纪的文坛，是世界文学史上的一部经典传世之作，征服、吸引了成千上万的读者。小说通过简·爱与罗切斯特之间一波三折的爱情故事，塑造了一个出身低微、生活道路曲折，却始终坚持维护独立人格、追求个性自由、主张人生平等、不向命运低头的坚强女性。

　　这是一部带有自传色彩的长篇小说，是夏洛蒂用自己的心与强烈的精神追求写成的一本书，包含着无限的情感和个性魅力，为女性赢得了一片灿烂的天空。它阐释了这样一个主题：人的价值等于尊严加爱。

　　故事中，简·爱所追求的爱情是真正意义上的纯粹的爱情，没有半点虚假造作，自尊、自重、自立、自强，为理想和爱情执着追求，任何时候不放弃、不丧失自己的尊严和人格，这是简·爱的精神魅力。她对自己的命运、价值、地位的思考和把握，对自己的思想和人格的理性认识，对幸福和情感的坚定追求，都是值得当今经济社会下的新时代女性思考与学习的。

　　现实中，大多数人都在为生存奔波和努力，都面临着许多的诱惑与考验，在这个日趋浮躁和冷漠的时代里，以自由的灵魂、独立的人格、公平的意识来追求和捍卫爱情的人越来越少了，迷失在都市里的我们，很有必要重新审视一下我们日渐坍塌、腐朽的精神世界，很有必要与《简·爱》进行一番灵魂的对话，很有必要在精神的天堂里忏悔、反省一回。

7.《德伯家的苔丝》

——性格决定命运

作者：托马斯·哈代（英国）

出版时间：1891年

推荐理由：这是一部跨越时空的杰出著作，以至于当代著名艺术家布鲁姆说，《德伯家的苔丝》差不多诞生一个世纪了，可我们读到它时，还时常觉得是在读当代的作品，仍然按捺不住对它的崇敬。

心灵吃语

性格决定命运

"性格"一词源于希腊语，意为雕刻的痕迹或戳记的痕迹。它是指个人对现实稳定的态度和习惯化了的行为方式。那么什么是"命运"呢？

所谓"命运"是指一个人在人生道路上的境遇。人的命运就是客观现实的反映。人总是与周围世界处在错综复杂的联系和矛盾中。一个人从离开母体到能够独立生活，开始融入群体，随着年岁和阅历的增加，个人的天性渐渐显露，在生活的历练和环境的熏陶下，会不自觉地对生活有一种基本的态度。一个人一旦意识到自己内心深处最想要的是什么，他就知道自己应该去向何方了，他就会形成自己特有的性格。

《德伯家的苔丝》的作者托马斯·哈代有一句名言：性格和偶然性决定命运。通俗点说，在现实生活和人生道路上，一个人具有什么样的性格，抱着什么样的心态，往往决定了他一生的命运。哈代在此书中说过这样一段话："也许我们渴望知道，当人类的进步到达完美的顶点时，人类的直觉更加敏锐了，把我们颠来倒去的社会机器配合得更加紧密了，在那个时候，时代的错误会不会得到改正；不过这种完美现在是无法预言的，甚至也是不可能想象出来的。我们知道的只是，在目前的事例中，就像在千百万的事例中一样，不是一个完美整体的两个部分在一个完美的时刻互相碰到了一起；而是与其相配的一半迷失了，孤零零地在世上漂泊，浑浑噩噩地等待着，一直等到先前那个时刻的到来。也就在这种糊里糊涂等待的笨拙延宕中，生出了种种焦虑、失望、恐惧、灾难，以及种种短暂的离奇的命运。"哈代的说法无疑是他对人类命运的某种看法，他的这样一种态度，使《德伯家的苔丝》这个故事中始终弥漫着强烈的宿命感。

哈代运用种种预兆来表达面对不可逆转的命运时，人类的无能和无奈。像故事的女主人公苔丝一样，现实中大多数人都曾经怀有对抗"上帝"改变自己命运的意图，都想做自己命运的主人，有的人战胜了命运，成了胜利者，而有的人则屈服于命运，成为命运的奴仆。

苔丝的悲苦人生，是由她的生存环境决定的，更是由她的性格决定的。性格的缺陷决定了她人生的缺陷。不一样的性格决定了不一样的心态，而不一样的心态也就注定了不一样的命运。

品味经典

生性懒惰，又好喝酒的德北先生家境十分贫寒，全家 9 口人仅靠一匹老马耕种点土地来勉强维持生活，5 月末的一个傍晚他又喝得酩酊大醉。

由于醉酒的父亲不能去送货，德北 17 岁的长女苔丝勇敢地替父亲去送货。路上，她赶的马车与邮车相撞，老马被撞死，全家的生活来源没了着落。

为了摆脱家庭困境，苔丝听从母亲的安排，去有钱的德伯太太那里认亲。德伯太太是个性格怪僻的瞎眼老太婆，她的儿子亚雷是个花花公子。他一看见美丽的苔丝，便起了占有她的歹心。

9月里一个星期六的晚上，亚雷的阴谋得逞了，罪恶的亚雷趁苔丝熟睡之际夺走了她的贞操。苔丝又气又恨回家后，把自己的遭遇告诉了母亲，母亲唯一不安的只是亚雷不打算娶她，苔丝为此很是伤心。

很快，谣言四起，苔丝遭到了村里人的讥笑和嘲讽，她只能躲在家里不出门。更糟糕的是，苔丝怀孕了，不久，一个小生命降临了，但没多久就夭折了。没有人同情，更没有人帮助苔丝，她决定离开这些无情的人，忘记这痛苦的过去，到一个陌生的地方开始新生活。

春天来临了，苔丝第二次离开家，在塔布篱牛奶厂当了一名挤奶的女工。在这里，她认识了一个年轻人安琪·克莱。克莱是一个牧师的儿子，他在牛奶厂学习挤奶技术，他看上了美丽而天真的苔丝，认定只有她才是最完美的女人。在共同的劳动生活中，他俩逐渐产生了恋情。

克莱决定放弃家里为他安排的门当户对的婚姻，娶苔丝为妻。苔丝虽然心里十分爱克莱，可是过去失身的耻辱压得她透不过气来，内心十分痛苦。她几次想把过去的事告诉克莱，话到嘴边又咽了回去。她觉得不把过去告诉克莱，对他来说就是一种欺骗。在临近结婚的前几天，她鼓起勇气写了封信向克莱说明往事。谁知这封信塞进了地毯下，克莱没有看见。结婚那天，苔丝从地毯下发现了信，失望地毁掉了它，决定在当天晚上告诉丈夫。

新婚的夜晚，在苔丝还没告诉克莱自己过去前，克莱先坦白他曾在伦敦和一个素不相识的女人过了48小时的放荡生活。苔丝立刻就原谅了他的过去。她觉得自己犯下的罪过并不比丈夫的大。但万万没有想到，当苔丝说出自己的遭遇时，克莱却不肯原谅她，任凭苔丝怎样哀求，他都无动于衷，他遗弃了苔丝，独自一人去了巴西。

苔丝默默地忍受着、等待着，希望有一天能和克莱重修旧好。在劳动中，她把自己漂亮的脸蛋和身材尽量用衣物遮裹起来，把自己往丑陋处打扮，以避免可能会遇到的男人们的纠缠。为了保全克莱的名誉，回娘家后她没有对父母说出丈夫出走的事，对外也隐瞒自己是克莱太太的身份。她把克莱留给她的生活费都补贴给了家里，自己生活无着，四处流浪打短工。

一年后的一天，苔丝听到一个教徒在讲道，那教徒竟是欺凌她的亚雷·德伯。4 年前亚雷还是满口的污言秽语，如今却满口仁义道德，这种伪善面目使苔丝感到恶心。亚雷见了苔丝后，把他的讲道、教义统统抛开，又跑到农场对苔丝纠缠不休。苔丝受不了沉重的体力活儿和亚雷无休止的纠缠与威胁，给克莱写了封情辞恳切的长信，哀求他来救她脱离苦海。与此同时，和苔丝一起做工的女友也给克莱写了一封信，希望他赶快回来保护自己的妻子。

远在巴西的克莱吃了不少苦头，害了一场热病，务农的理想破灭了，他开始追悔过去，并认识到自己对苔丝的行为不公正，太残忍。于是他从巴西返回英国寻找自己的妻子，决心与她重归于好，但一切都已经太晚了。

原来苔丝在父亲去世后，等不到克莱的回信，为了解决母亲和 5 个弟妹无处安身、无经济来源的困难，又和亚雷同居了。克莱看到这种情况，黯然离开了。

克莱的归来使苔丝万分痛苦，她觉得自己的一生都被亚雷毁了。在绝望中，她用餐刀杀死了亚雷，追上离去的克莱。两人一起踏上逃亡之路，在荒野的一所空房子里他们度过了婚后最幸福的几天。一天，内心备受煎熬的苔丝躺在祭坛上，对克莱说，希望他能在自己死后娶妹妹丽莎为妻。

追捕他们的警察没过几天就发现了他们，苔丝被警察押送着，安详地走上了刑场，克莱遵照苔丝的嘱托，带着苔丝的妹妹，开始了新生活。

对话人物

1. 苔丝

苔丝为了全家人的生计去远亲家打工，因年幼无知被亚雷骗去贞操，成了一个"堕落"的女人，受到社会舆论的非议。后来苔丝与青年克莱相爱，又因为新婚之夜坦诚失去贞操的事情被丈夫遗弃；出于高度的家庭责任感和自我牺牲精神，苔丝再次违愿沦为亚雷的情妇；最后因丈夫回心转意愤而举起复仇的利刃，成了一个杀人犯，付出生命的代价。

苔丝是美的象征和爱的化身，她美丽、纯洁、善良、质朴、仁爱和容忍，她敢于自我牺牲，勇于自我反抗，始终对生活抱有美好的愿望。女性的温柔和勇敢在她身上融成了一体。

苔丝从亚雷那里出走，是想追求物质上的独立；她向克莱坦承过去，是想追求精神上的平等。但是当时的观念和体制显然无法包容这种超前的思维方式，在亚雷的观念里，得到爱情的方式就是给女人物质上的依靠；在克莱的观念里，男人可以有荒唐的过去，但女人则必须绝对的贞洁。所以苔丝在绞刑台上香消玉殒，这是一场叛逆者的悲剧。

苔丝的性格是有很大缺陷的，这样的性格缺陷使她的叛逆与勇敢很不彻底，她不能彻底摆脱传统道德对自身的羁绊，她在受到世俗舆论、传统道德戕害的同时，同样按照传统的贞操观来衡量自己的清白，她比别人更不能忘记自己的"耻辱"，无法忘记过去，更无法卸掉背在自己身上的十字架。她在大胆地反抗传统道德的同时，又囿于它的观念成为传统维护者，传统道德扭曲了苔丝的人性和心灵。但是，这并不妨碍我们赞叹苔丝的至真至诚，赞叹她不屈于权势和金钱，忠于感情敢爱敢恨的精神，她从不虚伪地活着，为维护自己的人格可以吃任何苦，尽管在那个充溢着虚伪的世界中，她不被任何人同情和理解，甚至家人也嘲笑她，但她始终没有低下高昂的头颅。

苔丝的悲剧，除了她性格的缺陷，还有当时男性中心社会中强固的妇女贞操观念。哈代在否定苔丝的思想行为的同时，始终与这一观念针锋相对，批判的矛头直接指向维护这一观念的社会和基督教教会。苔丝对世俗成见陋习的态度是从怀疑到否定，直到反抗，最后以自己年轻的生命付出了高昂的代价。

启迪与思索

纯洁天真的苔丝因缺乏防备心和自我保护意识，被骗失贞，未婚生子，陷入世俗的鄙夷和歧视中；又因为她的善良和诚恳，她与近在眼前的新婚幸福失之交臂，成为一个弃妇；后来，更是因为执着于自己的激烈情绪，举起复仇的利刃，成了一个杀人犯，付出生命的代价。

可怜的苔丝似乎总是受到命运的嘲弄和伤害，在这场悲剧里，有时代的原因，有与苔丝发生感情纠缠的两个男人的原因，但苔丝本身的性格缺陷才是造成悲剧人生的根本。苔丝的反抗精神是很不彻底的，她脆弱而摇摆的性格决定了她不能从根本上坚强地站起来，走自己的道路，坚强地反抗和改变一切，她只能无奈而又绝望地挣扎在命运的淫威下，忍气吞声地将所有的不幸吞进肚里。她对自我的认识，对社会的认识也都是片面的，她甚至根本没有认识到一个女人在面对爱情与婚姻的时候，究竟应该怎样保持自己的独立意识。

导致苔丝悲剧的不是盲目的无从追究责任的命运，而是环境和社会的力量，苔丝悲剧性的人生告诉我们：如果苦难落在一个生性懦弱的人头上，他逆来顺受地接受了苦难，那就不是真正的悲剧。只有当他表现出坚毅和斗争的时候，才有真正的悲剧，也就是说，悲剧全在于对灾难的反抗。当不幸和苦难降临时，苔丝仍然做殊死的抗争，以自己的生命为代价去超越它们，显示出超常的精神力量、惊人的生存欲望和抗争精神，把人的生存本质、人的自由意志和生命力提升到超然的高度。有些时候，人生就是一场战争，生活就是一种冲突，而这战争和冲突，对任何一个女性来说都显得无情和残酷。一系列悲剧性的遭遇，毫不留情地将这个可怜的女人推落悬崖，没有给她一点退路。终于，苔丝爆发了，爆发得如此歇斯底里，如此决绝，如此血腥。

苔丝幻想以杀人来摆脱自己被包养的命运，以获得重回爱人怀抱的自由，她的愿望是好的，方法却是错的，她再一次因不理智的个性做出了错误的选择，断送了自己的幸福。这个在命运面前总是出不对牌的女人，就以这样一种激进偏颇的方式，退出了人生的舞台，令人叹惋。

2. 亚雷

很多人对亚雷是嗤之以鼻的，说他是维多利亚时代的恶棍、流氓无赖和玩弄女性的资产阶级花花公子，正是他趁人之危诱奸了纯洁的苔丝后，才有了后来苔丝遭到丈夫克莱的抛弃，亚雷可谓苔丝悲剧命运的始作俑者。后来，他又对苔丝进行百般地纠缠，进而以苔丝的家庭幸福引诱、要挟苔丝做他的玩物，从而达到对苔丝的第二次占有的目的，并导致了她的彻底毁灭……总之，亚雷被看作十恶不赦的罪人。但另有一部分人却认为，亚雷虽然做了不可原谅的坏事，但并非完全十恶不赦，他还存在着未泯的良心。他家世良好，年轻潇洒、风度优雅，完全可以有另一种体面的门当户对的感情生活，可他始终对苔丝念念不忘，即使是她嫁人了又被抛弃，还是接受了她，还是爱她，也因为这爱，他最后死掉了。

从此可以看出，亚雷是个复杂的人物，他既有放荡纵欲、愚昧无知的缺陷，也有敢于面对困难，反省自己，在认识到自己的错误以后，敢于去承认错误、承担责任，对于心爱的人慷慨大方，关心体贴等优点。所以，亚雷是一个值得同情的悲剧人物。

其实，是亚雷把苔丝推向了悲剧的人生，但真正杀死苔丝的是克莱而不是亚雷。新婚之夜，当苔丝坦白自己的伤心过往时，这个曾经堕落过的男人马上翻脸不认人，他把苔丝看成了一个骗子，一个故作纯洁的罪恶女人，无情而冷酷地抛弃了她。最终，把苔丝逼上了死路。

启迪与思索

亚雷并不是一个十恶不赦的人，但是，读者还是对他有一种难以饶恕的恨，无法否认是他那放荡的习性毁灭了一个纯真少女的一切。但我们不能完全否认他对苔丝的爱，他对苔丝是有爱的，如果他对苔丝没有爱的话就不会在关键时刻帮助她的家人了，就不会对她念念不忘。只不过他的这种爱是自私的，在他心目中的爱就是占有，就是凭借自己的优势来占有这位美丽的可人儿。他的爱是不平等的爱，是他自以为是的爱。为了这爱，最终他丢掉了自己的性命。

亚雷对苔丝的爱，再次让我们看到大师的爱情故事往往是在讲一场又一场的背叛，被命运捉弄的两个人，互相折磨，成为彼此的桎梏，这是人世间最残酷的情感。

这个世界上，或许最说不清楚的便是男女之间的爱和恨了。爱是圣洁、美好的，但并不是所有的人间深情，最终都能够修成正果，最戏剧、最残酷的一种，就是宿命般地彼此毁灭。

我们必须承认，理想归理想，现实就是现实，真正的爱情就在虚无缥缈的幻觉和欲望后面，需要我们自己去找到，男女之间真正的爱情首先应该建立在个性平等和思想独立的基础之上，应该是忘我的相互付出和扶助，应该是精神和灵魂的彼此融合，应该是由两个人的小爱升华为对家庭对社会的中爱、对宇宙对生命的大爱，也只有真正的爱情，才不会有痛苦和血腥，才能让两个人一起到达幸福的彼岸。

3. 克莱

克莱不像他的两个哥哥那么庸俗。他鄙视阶级偏见和等级观念，厌弃都市繁华生活，自愿到乡间务农，他力图实现自己的理想，成为一个大农场主。克莱向往自然、淳朴、清新的生活，不愿意娶有钱人家的小姐，而要娶农家姑娘为妻。他对女性温文尔雅，对恋爱问题严肃认真，认为如果要爱，就要认真，就要负责任。正是由于克莱身上这些闪光之处使苔丝改变初衷，答应了他的求婚，狂热地爱上了他。

然而，他们的爱情一开始就注定是一场悲剧，克莱爱苔丝，没有苔丝爱他那样彻底与无私，他更趋于理性和"轻灵"。克莱自己也有过放荡行为，并得到苔丝的原谅，但是却不肯原谅、饶恕原本无辜的苔丝；他灵魂深处仍旧深深地烙有本阶级的印记，他仍从传统贞操观来看待一个女人的纯洁与否。

如果说是亚雷毁坏了苔丝的肉体，那么克莱带给她的则是精神上的毁灭与打击，是他摧毁了苔丝的精神支柱，扑灭了爱情在她心中刚刚唤起的希望，令她万念俱灰，丧失了生活的勇气。如果说苔丝第一次受到亚雷的欺骗和凌辱是由于她年幼无知，贫穷无依，那么第二次又被迫回到亚雷身边，则是克莱的冷酷无情使然，从而也就更加深了苔丝的不幸。

克莱在抛弃苔丝后，远涉异国来到巴西，饱受生活磨难之后，才真正了解人生，才认识到自己所固守的传统道德是何等的迂腐，既坑害了苔丝，也坑害了自己。内心的悔恨，对苔丝的思念，使他又重新去找苔丝，然而，苔丝的幸福早已被他断送了，一切都已无法挽回。

启迪与思索

克莱的性格同样是有很大缺陷的，他没有魄力给自己一个宽阔的胸怀，像苔丝接受、宽容他一样，接受和宽容苔丝，没有意识到苔丝的可爱与可贵，更没有意识到自己对苔丝的伤害，不知道自己愚昧的思想观念和优柔寡断的个性就是毁坏他们幸福爱情与人生的罪魁祸首。

克莱给我们，特别是给那些正在爱情中的男人们提了醒：爱是伟大无私的，如果你深爱一个女人，请接受、包容她的过去，因为过去也是她的一部分，是她心灵的一部分。如果你不能接受她的过去，你就永远不能走进她的内心，她那颗深爱你的心。情到深处是理解，爱到深处是包容，为了爱，让我们的心像蓝天、大海一样宽广、无私。好好珍惜已经拥有的一切，不要在失去的时候才后悔莫及。当一个人追忆遥远的过去，真实与想象的界限总是那样令人失望、模糊和混乱，生命与爱的魅力就在于此，它需要我们用一生的时间去品味。

作者·作品

作者

托马斯·哈代生于英国西南部的一个小村庄，毗邻多塞特郡大荒原，这里的自然环境日后成了哈代作品的主要背景。他的父亲是石匠，但爱好音乐，父母都重视对哈代的文化教育。

1856 年哈代离开学校，给一名建筑师当学徒。1862 年前往伦敦，任建筑绘图员，并在伦敦大学进修语言，开始文学创作。哈代的文学生涯开始于诗歌，后因无缘发表，改为小说创作。他的第一部长篇小说《计出无奈》问世于 1871 年。成名作是他的第四部小说《远离尘嚣》。从此，他放弃建筑职业，致力于小说创作。

哈代一生共发表了近 20 部长篇小说，其中最著名的当属《德伯家的苔丝》《无名的裘德》《还乡》《卡斯特桥市长》。诗 8 集，共 918 首，此外，还有许多以"威赛克斯故事"为总名的中短篇小说，以及长篇史诗剧《列王》。哈代最动人的小说都以"威赛克斯"（假想的英格兰西南部的郡）为背景。他作品的活力来自他对这个地区人们的语言、习俗和生活方式的深刻了解。他还有意识地努力把希腊悲剧的主题移植到英国小说中来。

哈代同时也是一位造诣非凡的诗人。他把自己的诗看得比小说更重要，他的诗作很多，其中一小部分表达了高度提炼和深刻的个人感情，这可能是他最优秀的文学成就。哈代一生对希腊悲剧、莎士比亚悲剧研读不已，并受叔本华悲剧意识影响，认同近代科学思想上的怀疑派论调，致使他对人生的见解持悲观宿命论。他认为人类文明无论发展到何种地步，人类始终无法摆脱宿命的捉弄，这一思想极大地影响了他的创作。

哈代在 19 世纪后半叶所写的小说和诗作中所表达的思想早已超越了他所生活的维多利亚时代，提前跨入了 20 世纪中叶。他在婚姻、道德、宗教、教育、妇女解放等问题上所持的观点与现代人的观点有着惊人的相似之处。正是这种独特的传统与现代的糅合使哈代的作品能经久不衰，常读常新。

哈代的作品揭示了在资本主义影响下英国农村逐步走向瓦解的真实图景，反映了农户、小商人、下层妇女等穷苦劳动人民的悲惨遭遇。当他看到宗法制的古风遗俗横遭破坏，普通人追求幸福的愿望成为泡影时，便力图从神秘力量的作用去寻求解释，从而使他的作品带有较浓重的悲观和宿命的色彩。但哈代的悲观绝不是妥协和懦弱，而是一种直面不幸的真实和勇敢，因而具有积极的意义。

哈代在作品中表现出来的非传统的哲学思想、美学观点、表现技巧、创作模式，使他高于与他同时代的人，吸引着艾略特（Eliot）、劳伦斯（Lawrence）这类艺术大师。当代许多作家和成名人物，也都或多或少地从他的创作中得到启发。

在英国文学史上，哈代一生跨越了两个世纪，有着但丁一样的独特地位。他以自己的现实主义创作继承和发扬了英国文学传统，又以自己独特的创作模式融合了现代意识和现代情愫，成为英国文学中一架承上启下的桥梁。哈代不仅属于英国，也属于所有的时代和整个世界。

作　品

《德伯家的苔丝》是哈代最优秀的长篇小说之一。作品真实地反映了一个农村姑娘短暂而悲惨的一生。哈代用深情的笔墨塑造了一个小人物的悲剧命运，一个纯洁女人的无辜毁灭。小说主人公苔丝这一形象是哈代对人类世界最伟大的贡献。

一百多年过去了，女主人公苔丝的形象也早已树立在世界文学画廊之中，她所拥有的人性与灵魂深处的巨大魅力，使她成为最动人的女性形象之一。

相对于大"环境"而言，苔丝只是一个小人物，她身上闪现的不是时代迸发的火花，不是进军的号角，不是摧枯拉朽的力量，而是人类善良、质朴、勤劳、自我牺牲、渴望自由的美德。苔丝的艺术魅力就在于她以自身的毁灭来维护人的尊严、情操和美德，攫取我们全部的怜悯和同情，这便是悲剧的魅力。

作者借助苔丝这个形象对当时虚伪的道德标准予以严厉的抨击。一个人道德的纯洁在于心灵的纯洁，不在于一时的过错，尽管苔丝有过迷失，有缺点，但她仍然是"一个纯洁的女人"。这个世界上根本没有完人，一个人的完美体现在对人生的理解、对生活的热爱、感情的丰富和忠实的爱情之中，只有从这样的完美中才能产生出纯洁来。

哈代严厉批评了克莱代表的资产阶级的伦理道德，指出它已经成为人们精神上的枷锁。苔丝就是这种世俗偏见的牺牲品。哈代正是通过苔丝的悲惨遭遇，无情揭示出这种伦理道德的伪善及其劣根性，把它的残酷本性一一暴露出来。

所谓"性格决定命运"，除了社会与时代的原因，苔丝的悲剧与她性格的缺陷、精神的迷失也是分不开的。她对现实缺乏理性而独立的认识，始终没有能够给自己一个清晰的人生方向，没有给自己的感情一个准确的定位，没有足够的保护自我、立足现实的意识，哈代传神地写出了苔丝性格中的矛盾性和悲剧性，在更深层次揭示了传统道德观念对苔丝精神的毒害，以及人类精神独立与自省的重要性。

在时代的激流中，给自己的人生一个准确的定位和方向，努力完善自己的性格、提高自我的思想觉悟，开阔眼界，放开心怀，经营好自己的工作、生活和情感，是我们避免苔丝的悲剧、走向成功的根本。

8.《牛虻》

——做一只为信仰起舞的牛虻

作者：艾捷尔·丽莲·伏尼契（爱尔兰）

出版时间：1897 年

推荐理由：对中国人最有影响力的外国小说之一，曾经激励过无数和新中国共同成长的几代人。上海复旦大学教授顾晓鸣在《想念牛虻》的话剧赏析讲座上说："牛虻的信仰和命运选择并非革命时期所独有，这与当代年轻人对人生的思考和选择有很多共通的地方。"

心灵呓语

做一只为信仰起舞的牛虻

萨特说，世界上有两样东西是亘古不变的，一个是悬在我们头顶上的日月星辰，另一个是藏在每个人心底的高度信仰。

那些在历史长河中涌现出的无数杰出人物，他们的内心无不蕴含着一个坚定不移的信念，或是为民族的崛起而奋斗，或是为人民的解放而努力，或是为事业的发展而拼搏，他们用自己的行动告诉我们：生命的意义在于对信念的坚持，在于对信仰的追求，而生命的价值则在于为信念、为信仰而奋斗的过程。

你是否像那些杰出人物、时代精英一样，有自己的信仰呢？你的信仰是什么呢？你是否具有他们那样的执着精神呢？

"不管我活着，还是我死去，我都是一只牛虻，快乐地飞来飞去。"走向刑场前，牛虻如是说。他为了自由、理想、革命、祖国，毫不犹豫地抛弃了家庭、爱情、生命，抛弃了他的一切，他坚强而执着地追求着真理，以他超人的勇气和非凡的毅力投入他的信仰和理想中。

在现实生活中，如果没有坚强的精神，豁达的心态，我们难以直面起伏的人生。如果没有一份对于生命、对于未来、对于爱的坚定信仰，我们同样无法在这个喧嚣浮躁的社会里找到心灵的归宿。倘若我们有了牛虻这种"为信仰赴死如散步"的无畏精神，任何困难都不会阻挡我们前进的脚步。

品味经典

六月里一个炎热的傍晚，大学生亚瑟·勃尔顿正在比萨神学院的图书馆里翻查一大沓讲道稿，院长蒙泰尼里神父慈爱地注视着他。

亚瑟出生在意大利的一个富商勃尔顿家中，名义上他是勃尔顿与后妻所生，但实际上他是后妻与蒙泰尼里的私生子。亚瑟从小在家里受异母兄嫂的歧视，又看到母亲受他们的折磨和侮辱，心里很不是滋味，却始终不知道事情的真相。亚瑟崇敬蒙泰尼里神父的渊博学识，把他当作良师慈父，以一片赤诚之心回报蒙泰尼里对自己的关怀。

当时的意大利正遭到奥地利的侵略，青年意大利党争取民族独立的思想吸引着无数的热血青年。亚瑟决定献身于这项事业。蒙泰尼里发现了亚瑟的活动后十分不安，想方设法加以劝阻。但亚瑟觉得做一个虔诚的教徒和做一个为意大利独立而奋斗的人是不矛盾的。在一次秘密集会上，亚瑟遇见了少年时的女友琼玛，悄悄地爱上了她。

蒙泰尼里调到罗马当了主教，警方的密探卡尔狄成了新的神父。在他的诱骗下，亚瑟在忏悔中透露了他们的行动和战友们的名字，以致他连同战友一起被捕入狱。琼玛也以为他们的被捕都是亚瑟告的密，在愤怒之下打了他的耳光。亚瑟痛恨自己的幼稚无知，对神父竟然会出卖自己感到震惊，同时蒙泰尼里神父是他生身父亲的事情也让他知道了。他最崇仰尊敬的人居然欺骗了他。这一连串的打击使他陷入极度痛苦之中，几乎失去理智。他用一个铁锤打碎了心爱的耶稣蒙难像，之后，伪装了自杀现场只身流亡到南美洲。

在南美洲，亚瑟过着人间地狱般的生活，13年的流浪和风雨磨炼了亚瑟，回到意大利时，他已经是一个坚强、冷酷、老练的"牛虻"了。他受命于玛志尼党，揭露教会的骗局。他用辛辣的笔一针见血地指出，以红衣主教蒙泰尼里为首的自由派实际上是教廷的忠实走狗。牛虻赢得了大家的喜爱。此时，他又遇见了琼玛，但琼玛已认不出他了。牛虻和他的战友们积极准备着起义。在一次偷运军火的行动中被敌人突然包围，牛虻掩护其他人突围，自己却因为蒙泰尼里的突然出现而垂下了手中的枪，不幸被捕。

牛虻的战友们设法营救他，但牛虻身负重伤，晕倒在越狱途中。敌人决定迅速将他处死。前来探望的蒙泰尼里企图以父子之情和放弃主教的条件劝他归降；牛虻则动情地诉说了他的悲惨经历，企图打动蒙泰尼里，要他在上帝（宗教）与儿子（革命）之间做出抉择。但他们谁都不能放弃自己的信仰。蒙泰尼里在牛虻的死刑判决书上签了字，自己也痛苦地发疯致死。

刑场上，牛虻从容不迫，慷慨就义。在狱中给琼玛的一封信里，他写上了他们儿时熟稔的一首小诗：无论我活着，还是我死去，我都是一只牛虻，快乐地飞来飞去！

捧着牛虻的遗信，琼玛豁然顿悟：牛虻就是她曾经爱过而又冤屈过的亚瑟。

对话人物

1. 牛虻

童年的亚瑟，幼稚而天真，他对反动势力认识不清，甚至盼望他的神父会起来率领革命党人为统一意大利而战。残酷的现实粉碎了他的幻想，也促使他最终觉醒，他开始了自己的人生道路与信仰之路。他背叛了他出身的阶级，背叛了他曾信仰的上帝，走上了革命的道路，投入火热的斗争，在血与火的斗争中成长为一个成熟而坚强的革命战士，用笔和枪与教会和奥地利人作战，勇敢地为意大利的自由事业献出了自己的生命。

"我将走进院子，怀着轻松的心情，就像是一个放假回家的学童。"这段话是牛虻行刑前给琼玛写的信里面的一段话，面对死亡，他没有流露出一丝的胆怯。他那种傲然的精神以及那种毫无畏惧的勇气将永远鞭策激励着我们。牛虻虽然不是一个完美的毫无瑕疵的英雄，但他却是一个活生生的有血有肉的人物。他的性格是复杂的，他的缺点和优点一样突出。他曾经幼稚激进过，也有忧伤脆弱的一面。无法调和的仇恨、感人肺腑的爱情、矢志不渝的追求，贯穿了他的一生，牛虻坚韧、刚毅、勇敢的性格是一种闪光的精神，已经超越了时空，获得了永生。

启迪与思索

牛虻给我们留下的思索是：人到底该为什么活着，应该以怎样一种精神来面对生活，来从事自己的事业，来面对自己的信仰呢？

牛虻在遗书里写下这样一段话，感动了无数的读者：我没想到他们这么快就重新动用审讯和处决的手段。我知道如果你们这些留下来的人团结起来，就会给他们猛烈的反击，你们将会实现为之奋斗的宏伟大业。至于我，对待死亡将会怀着轻松的心情，走进院子，就像是一个放假回家的孩童。我已经完成了我这一份工作，死刑就是我已经彻底完成了这份工作的证明。他们杀了我，因为他们害怕我，我心何求？

这就是他——牛虻，一个为了自己的革命信仰，甘愿被命运折磨的人！从牛虻身上我们得到启迪：我们虽平凡渺小，但是只要咬牙坚持，像只牛虻一样不停叮咬，终有一天能唤醒那匹沉睡的骏马。

也正如海明威所说："一个人可以被摧毁，但是他不会被打败。人的肉体和骨头会腐烂，来自尘土归于尘土，但是精神不死。"牛虻死了，英雄走了，但浩气长存。

2.蒙泰尼里

蒙泰尼里是一个悲剧性的人物，是一个利益集团的牺牲品。红衣主教的社会角色让他时刻听从他的上帝的指令，藏起他那一颗在尘世里驿动的心灵。他不是神，他无从逃避他是牛虻父亲的身份，这使他心里满藏怜爱的情感，当他以为儿子因他而死之后，他怀着"一颗破碎的心"苟活在人世间，不断地祈求、希冀基督的宽恕。对于他，活着，或许是最大的痛苦。然而，他的上帝接着跟他开了一个更大的玩笑。它要让他接受更多的苦难，给他更大、更残酷的考验。

于是，上帝安排蒙泰尼里"已经死去"的儿子牛虻再次和他见面。上帝让他们站在了完全对立的位置上，让他们面对面地斗争，以此来考验他的忠诚。最终，他没有辜负他的上帝，没有放弃他的信仰，他选择牺牲自己儿子的性命，来解救人类的苦难，以效忠他信奉了一辈子的上帝。

蒙泰尼里亲眼看着自己的儿子被射杀。他的儿子死了，被人们掩埋在牢狱旁边的土坑里。蒙泰尼里用他儿子的生命换来了他主管教区的短暂和平。

蒙泰尼里很快发现，他错了。原来，他希冀的可以救赎人类苦难的上帝，甚至连他自己微小的灵魂都救赎不了。他后悔了。醒悟后，愤怒的蒙泰尼里摔碎了他那盛着圣体的盒子，完成了他这苦痛的一生里最伟大的心灵抉择。他毅然决然地和他的儿子站在了一起。他控诉了上帝，他背叛了他的一生赖以存在的信仰。他不能活了，于是，他死了，死于莫须有的"心脏扩张破裂症"。

蒙泰尼里的这一种叛逆要比牛虻艰难百倍。他的背叛是对他所从属的那个在当时占绝对统治地位的阶级的最大讽刺。革命者亚瑟们没有完成的任务，由他完成了。

启迪与思索

蒙泰尼里在对宗教与他所奉献、所追随的那个阶级的信仰中，丢失了自我，但后来他又以彻底的决裂与反抗，找回了自我。尽管这种寻找是以决然的背叛开始的。

我们生活在一个相互关联的社会群体之中，总要依靠或者投身某种机制或集团中，我们在依赖集体的过程中，也很容易丧失自我，丧失个人的独立性。

所谓的个人独立是相对而言的，并不是要跟集体脱离，个人独立也并不代表真正的成功，圆满的人生必须拥有成功的人际关系，人与人相互依赖的关系必须以个人的真正独立为先决条件。现实中，每个人都背负着属于自己灵魂的十字架，每个人都面临着诱惑和选择，面临着妥协和抗争。而每一次的选择，都是对我们命运的审判和裁决，我们应该谨慎地面对每一次的选择，不要做违背良心与真理的事情，更不要做权势与金钱的傀儡，生活是公平的，它会对一切做出公判，幸福与快乐永远属于有高尚信仰、有纯真灵魂、有正义与爱心的人。

3. 琼玛与绮达

琼玛一直为误打了亚瑟一个耳光而愧疚，在这样的心灵重负里生活了 20 年。她一直以为是她的一记耳光杀害了亚瑟，她为此甚至有过自杀的念头。由于她陷入难堪的心境里难以自拔，她父亲做出了举家搬迁到伦敦的决定。也就是在伦敦她和同样为亚瑟的死感到痛苦的乔万尼结合了。他们的婚姻好像是对亚瑟自杀的献祭。

琼玛的人生是多舛的，她和乔万尼结合不久有了个孩子，不幸的是，不久丈夫因为肺病离开了她，就在乔万尼要死的那几天，他们唯一的孩子又因猩红热夭折了。

亚瑟又回来了，但他已经不是亚瑟，他成了牛虻，并且带着满身的伤痕和脸上那可怕的刀疤。他和琼玛成了同事。在他们合作的开始，琼玛是厌恶这个恶毒的自以为是的男人的。牛虻也一直未告诉他们他的真实身份。但是她一次次从牛虻那里窥探到亚瑟模糊的影子，她从他手的动作里看到了小亚瑟的动作和表情。但是也未能彻底地证实过。直到最后牛虻死了，他给了琼玛一封信说明了一切，也向琼玛表达了一生的爱意。

琼玛哭成泪人儿，这位革命女性从未如此哭过，这遗憾与痛苦或许将与她终生相随。

牛虻把自己和绮达的关系看成是丑恶的纠葛，从不让她进入自己的生活。绮达在牛虻眼中只是一个随时可以抛弃的摆设，一个供他发泄性欲的工具，只是一个给人愚弄、给人开玩笑的活物罢了。

牛虻从来不曾爱过绮达，但也否认自己存心伤害她。他还说自己不相信也不尊重"传统的道德法典"，认为"男女之间的关系，只不过是个人的喜爱和不喜爱的问题"。

在感情上，牛虻是有愧于绮达的。这个女人是可怜的，她没有得到社会的任何承认，得到的只是玩弄与唾弃，忘记牛虻去走自己的路或许是最好的做法。

启迪与思索

牛虻与琼玛、绮达之间的感情纠葛，一直是一个争议不休的话题。琼玛与绮达代表了最典型的两种女人。一种是琼玛那样，有道德、有理想的女人，这样的女人可以做爱人和同志；而绮达则是头脑单纯却风情万种的那种女人。琼玛是男人理想的爱人，而绮达则是倾泻欲望的对象。

爱情需要激情更需要理智，该爱什么样的人，该怎样来面对自己的爱情是一个很严肃的问题，不能因为寂寞孤独，因为贪图一时的情欲而葬送、亵渎了自己美好的感情。任何时候感情和性的混乱都有两面性，玩弄感情，贪恋情欲，终究会影响一个人的心态和生活，现实中那一幕幕因爱情和性引起的人生悲剧，就是最有力的证明。

作者·作品

作者

艾捷尔·丽莲·伏尼契，爱尔兰女作家，出生于爱尔兰科克市。父亲乔治·蒲尔是个数学家，在伏尼契未满周岁时便去世了，母亲只好带领全家迁居伦敦。

由于父亲早逝，伏尼契从小便养成了坚强的性格。

1885 年伏尼契毕业于柏林音乐学院，学成后伏尼契于 1887 年回国，结识了一些流亡伦敦的各国革命者，对她政治思想和文学创作影响最深的是俄国民粹派作家克拉甫钦斯基，在这位作家的支持和鼓励下，伏尼契到俄国旅游了两年，与当时彼得堡的革命团体有过不少接触。这期间，她在一位沙皇将军家里做家庭教师，利用自己的特殊身份作掩护，替俄国革命者传递信件、衣服、物品。

回到英国后，伏尼契先后结识了恩格斯、普列汉诺夫、赫尔岑等伟大人物，思想受到了他们这些人的很大影响。后来曾受她帮助的波兰革命家米哈依·伏尼契从西伯利亚逃到伦敦见到她，两人于 1892 年结为夫妇。

夫妇二人常与汇集在伦敦的各国政治流亡者来往，其中的意大利爱国者特别令她感动，她从他们那里汲取了文学创作的素材，后来她特意到意大利住了一段时间，于 1897 年创作出了一部反映意大利人民革命的小说，这就是日后举世闻名的《牛虻》。

《牛虻》女主人公琼玛身上带有她自己的某些影子。伏尼契后来又陆续写过一些小说，如带自传色彩的长篇小说《奥丽维亚·拉塔姆》、以牛虻出走后的经历为题材的《中断了的友谊》等，这些小说比起《牛虻》来，无论在思想上或艺术上都颇为逊色。

伏尼契晚年迁居美国纽约，苏联文学界人士曾到她纽约的寓所访问，并为她放映根据小说《牛虻》改编的电影。

作　品

《牛虻》一书是作者伏尼契受到当时身边革命者的献身精神的激励后写成的。它生动地反映了 19 世纪 30 年代意大利革命者反对奥地利统治者、争取国家独立统一的斗争，成功地塑造了革命党人牛虻的形象，牛虻已成为世界文学人物画廊中不可或缺的人物形象。

《牛虻》于 1897 年在英国出版，问世之际，正是欧洲各国民族民主革命高潮之时，因此受到了广泛的欢迎，影响非常深远。它直接影响了《钢铁是怎样炼成的》的作者奥斯特洛夫斯基。苏联卫国战争中，卓娅、苏拉和以奥列格为首的青年近卫军都受过《牛虻》的教育和影响，当时库班地区还有一支著名游击队命名为"牛虻"。

小说题名《牛虻》，是源于作者对古希腊哲学家苏格拉底的尊崇。苏格拉底曾被诬告用哲学腐蚀青少年而被宗教法庭判处死刑，临刑前他对审判官说："真正意义上的行动是不应当考虑生命危险的，我被神派到这个城市里来，好比是马身上的一只牛虻，职责就是刺激它赶快前进。"伏尼契赞美这种坚持信仰、宁死不屈的崇高精神，赋予她作品的主人公这种精神和"牛虻"这个名字，小说也因此得名。

小说《牛虻》自1897年出版以来，被译成多种文字在世界各国广为流传。在我国自1953年翻译出版后，发行量达百万册之多，是当年中国最畅销的翻译小说，是人尽皆知的经典作品。

在20世纪，《牛虻》《简·爱》《红与黑》并列成为最轰动中国的三大外国经典文学名著。

《牛虻》再次给我们上了一堂关于"精神与信仰"的课。我们不能没有精神，失去了精神，我们就不能成为真正的人；我们也不能缺少信仰，没有信仰，我们就是一具行尸走肉。信仰是精神的支柱，崇高的信仰如一盏指路灯，赋予我们无穷的精神力量。这股精神力量鼓舞我们直面人生，勇敢承受生活的艰难，也使我们以更加超脱的态度看待生与死。

《牛虻》告诉我们，有对事业孜孜不倦的追求，对爱和真理的执着与忠诚，对正义与理想的向往和捍卫，人类就有希望和未来……

9.《约翰·克利斯朵夫》

——做命运的英雄

作者：罗曼·罗兰（法国）

出版时间：1912 年

推荐理由："在你要战胜外来的敌人之前，先得战胜你内在的敌人，你不必害怕沉沦堕落，只消你能不断地自拔与更新。"看着傅雷为他翻译的《约翰·克利斯朵夫》的献词，你是否觉得有必要来感受一下这部伟大作品带给我们心灵的震撼？

心灵呓语

做命运的英雄

曾经有一个年轻的学生问罗曼·罗兰："您能够给我的人生一些指导吗？"

罗曼·罗兰说："没有人可以指导你的人生。人生就像在波涛汹涌的大海里航行的一叶扁舟，船上的乘客只有你一个人，你必须自己把握小船的航向。"这个学生是幸运的，因为他得到了大师的指点。而现实中的我们却没有这个学生幸运。我们活在一个灵魂跟不上脚步的高速运转的时代，时常感到巨大的茫然和混沌像雨水一样淋湿我们心灵的天空。

太多的束缚，太多的压力，太多的浮躁，攒成一股强大的力量，紧紧地将我们前进的锚钉死在起航的大道上。渐渐地，我们开始沉默，不再反抗，也不再去梦想，我们开始了我们灵魂的凋零，开始习惯这个浮躁的时代。

可是，我们真的可以在有了诸多的劣迹、诸多的罪恶之后，全身而退吗？历史已经证明，从来没有一份罪恶能逃得过清算，从来没有一份善行没有得到回报，当历史的车轮碾碎了我们这些人渺小的尸骨后，我们的后人终会给予我们最残酷的定论，我们难以逃脱这最终的追问与谴责。

《约翰·克利斯朵夫》的主人公克利斯朵夫就具备了一个伟大人物应该具有的一切品质——天分过人、热情、抗争的精神，以及那一个自由奔放的灵魂。他的存在，他的伟大，告诉我们：任何时候，执着于信仰与生命的英雄，都是值得尊崇的，在英雄的眼里，即使生命是一场悲剧，他也会使出全身的精神与气力奋力向前，在悲剧中挣扎、抗争，直到生命的最后一刻，这才是真正地活着，才不会辜负生而为人的机会。

一个人，一个民族，要想活在一个充满爱与阳光的环境里，必须具备这样的英雄般的胸怀与气质。

品味经典

约翰·克利斯朵夫出生在德国莱茵河畔一座小城的音乐世家，祖父曾是王府乐队的指挥，父亲嗜酒成瘾，以致家境逐步败落。

祖父很喜欢小克利斯朵夫，常带他到田野漫步，给他讲古代的英雄故事。这使他从小就萌发了做大人物的想法。做厨娘的母亲胆小善良，一天，他遭到少爷、小姐作弄，他因反抗受到毒打，母亲还让他赔礼下跪，这使他感到非常难过，更气愤人间的不公。

祖父送他一架旧钢琴，还带他到剧场欣赏歌剧，引起了他对音乐的兴趣，他常常自己爬到椅子上去按琴键。父亲发现了他的这个爱好，天天用戒尺逼他练琴，想让他将此作为攀附权贵的手段。

克利斯朵夫一边流泪一边弹琴，他对音乐厌恶透顶的同时，内心也被音乐占据，他不由自主地爱上音乐，并立志把一生都献给自己所喜欢的艺术。

在祖父的努力下，他成功地在宫廷开了自己的专场音乐会，他的表演受到全场欢迎，被公爵夸为"再世莫扎特"。

克利斯朵夫 11 岁时被任命为宫廷音乐联合会的第二小提琴手，跟管风琴师学和声，他学多种乐器，用他的收入弥补家庭生活的困难。生活的重担压在他的身上，把他压得喘不过气来。只有舅舅能带给他快乐，舅舅引导他呼吸田野清新的空气，到生活中去创作真正的音乐。

克利斯朵夫边接受音乐教育，边参加乐队演奏，很快他就升任第一小提琴手，他立志将来要写出伟大的作品。

一次赴乡间野餐，克利斯朵夫在渡船上结识了一个博学多闻的青年奥多，两人成为至交。他也认识了奥多的邻居，参议官太太克里赫的女儿弥娜。弥娜和克利斯朵夫年纪相仿，很赏识他的天赋和品格，对他产生了好感。弥娜的母亲以出身、门第和财产为由极力反对他们的感情，克利斯朵夫悲愤交加地离开了。

爱情的伤害还未平息，父亲又醉死在沟里，两个弟弟都外出谋生，剩下他与母亲相依为命，他们换到了一处更简陋、更便宜的住所。房东的外孙女洛莎迷恋他，可是他爱上了开小针线铺的年轻寡妇萨皮纳。不料，萨皮纳突然患流行性感冒去世了，悲痛之余，他又和帽店女职员阿达相爱，但很快被这个水性杨花的女人抛弃。再次的打击使他消沉下去，整天和一些不三不四的朋友泡在酒馆里。舅舅帮助教育他突破情欲之网，重新振作精神，埋头音乐创作。

克利斯朵夫懊丧地发现，所谓大师的作品无不充满着虚假和造作。他义无反顾地撕毁了以前俗套的乐曲，批评了几乎所有德国古典音乐大师的虚伪。守旧势力说他"标新立异"认为他"完全疯了"，曾喜爱他的大公爵也开始反感他，他举办的新作品的音乐会受到了挫折和冷落。

就在事业受挫时，他受人利用，在杂志上发表了多篇音乐评论，把那些乐队指挥、演奏家、歌唱家乃至观众都得罪了。他被冷落排挤，最终远走他乡。临行前，他去参加农庄的节日舞会，因一个姑娘不愿和醉酒的军官跳舞而遭打，他打抱不平打死了军官，被解救的姑娘让他到巴黎避难，他匆匆地给母亲留了一张便条就逃走了，他出了边境，到了法兰西。

在巴黎，克利斯朵夫过着艰苦的生活，一方面他要找工作糊口，另一方面他又不肯亵渎音乐艺术。最后，他为一个肉店老板女儿葛拉赛、一个汽车制造商的女儿史丹芬以及她的表妹葛拉齐亚教授钢琴。葛拉齐亚充满爱心，经常为克利斯朵夫的不幸命运而痛苦。

在别人的引荐下，克利斯朵夫参加了巴黎文艺界的活动，用交响诗的形式写成了话剧，并拿到剧院去演出。在巴黎他找到了志同道合的朋友青年诗人奥里维。克利斯朵夫的一切都得到葛拉齐亚的深切关注，她一直在为无法给克利斯朵夫提供帮助而伤心。

克利斯朵夫随奥里维到平民中去，他看到了法国潜藏的生机。他要求团结抗暴，扫除贵族气息，而奥里维醉心宗教，梦想有一个爱一切的公平世界。

几年之后，克利斯朵夫的《大卫》在法、德两国的演出获得巨大成功，以前被喝倒彩的《伊芙琴尼亚》也被重新发现，受到热烈欢迎。大家公认克利斯朵夫是天才，他的生活也因此出现了转机。这时，克利斯朵夫发现自己和奥里维都爱上了工程师的女儿雅克琳，他主动退出，促成他们的婚约，并搬到别处居住。

克利斯朵夫的名气越来越大，但又一次遭到别人的陷害，出版商篡改克利斯朵夫的作品，使他陷入困境。很快，他发现他的命运又有了改变，奥国大使馆还邀他前去演奏。原来当年狂热爱他、曾是他学生的葛拉齐亚，当上了奥国的伯爵夫人，是她在暗中保护他，使他又一次得以脱身。

不久，"五一"节那天，他和好朋友奥里维参加游行运动，奥里维为救一个被挤倒的孩子被人群踏在脚下，他在混战中刺死了一名施暴的警察，也不得不逃往瑞士。在瑞士，他思念亡友，心都要碎了。心情平息之后的他和一个医生的妻子发生了关系。事后，他无法原谅自己的不道德行为，托词离开隐遁到一个小村里。

在一次散步的时候，他偶遇已丧夫的葛拉齐亚，两人陷入重逢的喜悦，虽然葛拉齐亚的儿子阻止两人的结合，他们仍在心心相印中获得了满足。

十年过去了，克利斯朵夫开始重新思索人生，他感到自己为创作以道德为目标的最高艺术已无能为力了，他把上帝当作心灵的寄托和理想的归宿。这时，他的作品在欧洲各地演奏并极受欢迎。他在德国杀死军官的旧案已经撤销，在法国打死警察的事也被人遗忘。他可以自由来往于德法之间。但克利斯朵夫想逃避巴黎的伤心往事，自愿留在瑞士。在葛拉齐亚的支持下，克利斯朵夫接受了巴黎的邀请，去指挥几场音乐会，他的演出引起巨大轰动，连过去反对他的人也捧他了。

晚年的克利斯朵夫誉满欧洲，他继续创作，但他的作品已不像早年那样风雷激荡，而是和谐恬静。葛拉齐亚去世后，克利斯朵夫也闭门不出，他在弥留之际，脑际自慰：“我曾经奋斗，曾经痛苦，曾经流浪，曾经创造。让我在你的怀抱中歇一歇吧。有一天，我将为新的战斗而再生！”

对话人物

1. 约翰·克利斯朵夫

约翰·克利斯朵夫的一生是痛苦的，然而也是充实和充满激情的一生。虽然他的生活时常被各种不如意所打扰，如亲人的离去，对立阶级人士的讥讽，爱情的失利等。但是他永远都不曾忘记自己作为一个艺术家的理想，始终如一地坚持自己的音乐梦想。他的前半生都是不成功的，演出多次失败，辛辛苦苦创作出来的钢琴曲无人认可，他的音乐与当时的审美观不符，但是他对自己充满了信心，不断奋斗，不断改进自己的音乐，坚信总有一天自己会得到社会承认。

他淡泊名利，追求音乐是因为音乐可以带给他心灵的平静和慰藉，而不是企图利用音乐来获取名利。在他还没有成功的时候，他不会为了别人的施舍而出卖自己的音乐；即使当他在晚年获得巨大成功时，他也和以前一样，保持着一颗平常心，不被荣誉所羁绊，而是更加执着地追求自己的音乐梦想。

约翰·克利斯朵夫是一个反抗、进取、超越的形象，他通过顽强的奋斗，冲出了贫穷的市民阶层的局限，突破了德国小市民庸俗、虚荣、麻木、鄙陋氛围的窒息，排除了上流社会冷酷现实与金钱关系的束缚，超越了当代欧洲文化的传统与现状，成了世界级的艺术大师。

约翰·克利斯朵夫是一切偶像、一切权威的挑战者，他是一切虚伪、低级、庸俗、保守、腐败、消极的社会现象与文化现象的不妥协的否定者。他不迎合时尚，他敢反抗潮流，他具有强悍的个性，铮铮的铁骨。他集英雄精神、行动意志与道德理想于一身，他提供了一个强人的范例，展示出一个超人与英雄的意境。

启迪与思索

约翰·克利斯朵夫的整个人生历程就是一段混沌、暧昧、矛盾、骚乱的历史。顽强的意志，出众的才华，被更趋强势的社会传统与民族劣根性拘囚在樊笼里。他时刻在和社会搏斗，和过去的历史搏斗，更要和人类固有的种种劣根性搏斗。

一个人唯有在这场艰苦的战争中得胜，才能打破人生的禁锢踏上成功之道。也只有具备约翰·克利斯朵夫这样一种慷慨激昂、坚韧执着的性格才能经得起命运的考验，才能抵抗住一切卑鄙和可憎的邪恶势力的算计与压榨。只有在心里有一种永不放弃、永不妥协的力量，才能支持一个人在逆境里获得新生。

约翰·克利斯朵夫真实地活着，也真实地看着这个世界，真实地奋斗与生活，坚定地奉献爱与真诚。

他的经历告诉我们，想要有一个成功的人生，首先你得做一个真的勇士，永远能够用一颗天真的心去体验宇宙间的万象，永远相信心灵的力量，相信理想的力量。也许我们穷尽一生，也不会有约翰·克利斯朵夫那样的传奇经历，但是他应该成为我们生活的榜样。不论我们要经历什么，我们都应该像他那样不屈不挠，永远保持战斗者的姿态，真诚而勇敢地生活，做命运的英雄。

2. 高弗烈特舅舅

"孩子，这不是最后一次呢。人不是要怎么就怎么的。志愿和生活根本是两件事。别难过了，最要紧的是不要灰心，继续抱住志愿，继续活下去。其余的就不由我们做主了。一个人应当做他能够做的事情，竭尽所能。"这是舅舅经常对克利斯朵夫说的话。

如果说克利斯朵夫的祖父和父亲为克利斯朵夫的音乐打下了基础的话，那么他的舅舅则为他的思想打下了基础。高弗烈特只是一个普通的杂货小贩，但他对生活、对艺术有着自己独到的见解。他鼓励克利斯朵夫在生命中"尽其所能"，却反对他探求和沾染一些本不属于他自己的东西。在克利斯朵夫被家人吹捧成神童而沾沾自喜时，是他给克利斯朵夫当头一棒使他清醒。他在克利斯朵夫年幼的心灵中播种下爱的种子，他使克利斯朵夫明白了应在艺术上采取何种道路：那就是——"顺其自然"。他反对做作的品质给克利斯朵夫的一生造成了极大的影响。他让克利斯朵夫明白了人生在世的意义——那就是尽可能地表现并超越自我。

启迪与思索

高弗烈特舅舅是克利斯朵夫精神的导师和引路人，可以说是他成就了约翰·克利斯朵夫，深刻地影响了他的一生。在我们的身边，在我们的生活和工作中我们也需要这样一位重要人物。

当青春懵懂的我们一脸惶惑地走在这个世界上，我们太需要一种引导了，在我们的旅途中也总有那么一些仁爱、热诚的人提着明灯，为我们照亮前行的路。譬如，我们的父母、老师、朋友、上司、同事……能遇见这些人，得到他们的引导，我们又是何其幸运。他们就像黑夜中的星星，努力地散发出自己的光芒，让我们看见光，看见希望，鼓足与生活斗争的勇气与信心。当你想要放弃的时候，当你踌躇茫然的时候，想想那些一直陪在我们身边，为我们点亮信念之灯火的人吧，请想想他们的温情与期望，想想他们的鼓励与鞭策，我们有什么理由沮丧，有什么资格停止追逐的脚步呢？勇敢执着地为自己的未来打拼，奋勇向前，并且将这关爱与鼓励传递下去，是我们对他们最好的回馈。

3. 奥里维

奥里维和克利斯朵夫的友谊堪称世界上最伟大的友谊。他们一个对音乐如痴如醉，一个陷入文学的殿堂无法自拔。在他们没有得到社会的承认时，他们互相鼓励帮助，携手共度困境。虽然他们来自两个国度，但是他们的情谊已经超越了国度，超越了阶级和信仰，他们的心是融汇在一起的，像亲人一样在乎着爱着对方。他们一个是无时无刻不在和生活战斗的现实主义者，一个是有点懦弱的理想主义者，虽然他们在种族、宗教和民族问题上意见有分歧，但是这些差别丝毫不能使他们的友谊减少一点点，而是使他们的友谊更加刻骨铭心。他们一起吞下痛苦的果实，一起品味成功的喜悦，随时准备为朋友牺牲自己。当克利斯朵夫的母亲去世的时候，为了帮他凑齐回家的盘缠，奥里维不惜当掉自己几件家传的首饰，并且把自己的伙食费都搭上去了。而当克利斯朵夫得知奥里维去世的消息时，他几乎就要和他一块去了。他发现他已经离不开奥里维了。

在他们的友谊生涯中，也出现过一个插曲。奥里维自从和雅克琳结婚后，便把对克利斯朵夫的爱完全转移到了雅克琳的身上。他和雅克琳沉醉在爱情的甜蜜中，冷落了克利斯朵夫。但是，后来雅克琳背叛了他，扔下他与儿子和情夫跑了。这时，克利斯朵夫没有借机嘲讽和报复他，还是像以前那样对待他，安慰他，甚至为了激起他对生活的热情而刺激他。

启迪与思索

很多人会感动于这两个男人之间如此真诚的友谊，感动于这种知己的力量。能够拥有这样的友谊、这样的知己是一个人莫大的幸运。世间最美好的东西，莫过于有几个头脑和心地都很正直的朋友。

这样的情谊是在长期共同学习、工作、生活中产生的，是在利益一致和相互依恋的基础上建立起来的相互信任、相互尊重、相互关心、相互帮助的关系。这样一份情谊对我们的心灵、工作和生活都起着极大的促进作用。它可以鼓舞我们的斗志，振奋我们的精神，帮助我们克服困难、创造成绩，温暖我们疲惫冷漠的心。

任何一个人都需要友谊，需要几个好朋友，一个人如果离开了社会，离开了人群，离开了朋友，他就无法在社会上生存和发展，在精神上就会感到非常孤独、寂寞。一个人也许有很多朋友，却一定不会有很多真正的知己。知己是能够在心灵上相通，能够相互理解、相互敬慕的人。知己是能够相互体谅，以心相悦、以心相伴的人。

俗话说："人生知己难得。"你有多少知己？你又是谁的知己？

4. 葛拉齐亚

她在很小的时候就爱上了约翰·克利斯朵夫，她以一个儿童的心去爱他。她出生于一个意大利世家，她具有宁静、和谐、高尚、纯洁、仁慈的特质，她是约翰·克利斯朵夫心目中的罗马女神。约翰·克利斯朵夫非常想和葛拉齐亚结婚，可是葛拉齐亚始终不同意。她害怕他们成为夫妻后那种日常的琐事会把他们的感情磨蚀掉，她更愿意和他保持朋友关系。约翰·克利斯朵夫只能接受这种关系，和她做一个好朋友。在约翰·克利斯朵夫临近死亡时，葛拉齐亚和他说了一句带有总结性的话：你已经越过火线了。

葛拉齐亚小心翼翼地保护着约翰·克利斯朵夫的内心，使其免受伤害。他们之间除了爱情，还有一种类似于母子之爱的感情。葛拉齐亚给了约翰·克利斯朵夫无微不至的照顾，在一定程度上充当了约翰·克利斯朵夫——这个内心永远保持着赤子之心的老小孩的母亲的角色。她使约翰·克利斯朵夫在年老的那段时日里始终保持着平稳的心绪，没有因为失去奥里维和安娜而做出过激的行为。这无疑对他艺术风格的最终形成，起到了不小的贡献。

启迪与思索

"要是有人问我想些什么，那么我脸上表示着的谦卑的神情，只回答你一个字：爱！"这是约翰·克利斯朵夫见到葛拉齐亚时所想到的。爱一贯都是谦卑的。爱的过程，本就是一道深邃的风景。

"每个人的心底都有一座埋藏爱人的坟墓。他们在其中成年累月地睡着，什么也不来惊醒他们。可是早晚有一天，——我们知道的，——墓穴会重新打开。死者会从坟墓里出来，用她褪色的嘴唇向爱人微笑；她们原来潜伏在爱人胸中，像儿童睡在母腹里一样。"这样的爱在葛拉齐亚与克利斯朵夫身上体现了。他们两个人互相尊重，彼此理解，达到了心灵与肉体的交融。他们的爱情揭示了一个深刻的道理：爱，并不是占有。灵魂的相通和心灵的默契才能使我们拥有纯洁而纯粹的爱。

作者·作品

作者

罗曼·罗兰，这个名字就像一颗恒星，永久地闪耀着光芒。这位法国著名作家和音乐史专家，以他文学作品中的高尚理想和他描绘不同种类人物时具有的同情以及对真理的热爱而影响了世界文学史，在世界文学领域里，罗曼·罗兰占据着一个举足轻重的地位。

1866 年罗曼·罗兰出生在法国中部的一个小城镇克拉姆斯，小的时候他身体很弱，但他的心灵却有着非凡的敏感，莫扎特、贝多芬等的音乐使他入迷，莎士比亚的剧本对他更具有奇异的魔力。1889 年，罗曼·罗兰从高等师范学校毕业，作为官费生前往罗马研究历史。

1892 年回国后，他先后在巴黎几家中学和巴黎大学教授音乐史课程。在 19 世纪 90 年代发生的德雷福斯事件的影响下，信守个人主义的罗曼·罗兰不由自主地为社会主义思想所吸引。

罗曼·罗兰初期的文学活动集中于历史戏剧的创作，那时他认为戏剧是直接影响群众的最有效的手段。他的戏剧创作主要成就是以 19 世纪末法国资产阶级革命为题材的"革命戏剧"。面对现代资产阶级精神道德的沉沦，他要"以共和时代的烈焰重新点燃民族的英雄主义精神和信仰"。罗曼·罗兰前期的"革命戏剧"共有《群狼》等 4 部。

罗曼·罗兰希望建立起一种不是供少数人消遣，而是为群众提供精神养料的"人民戏剧"。他还为此写了一系列论文，汇成《人民戏剧》一书。可是他的这一努力从资产阶级那里得到的却是指责，这使他更痛切地感到被利己主义腐蚀着的资产阶级社会空气的龌龊。"让我们把窗子打开！让我们把自由的空气放进来！让我们呼吸英雄的气息！"他这样大声疾呼。

1914 年，第一次世界大战爆发，当时罗曼·罗兰正在瑞士。战争使这位和平主义者和人道主义者精神上感到莫大的痛苦。在这年的 9 月，他发表了《致霍普曼的公开信》，谴责这位德国作家为德国帝国主义的战争宣传效劳。接着他又写了一系列反战的文章，揭露这场战争的罪恶性质，后来，他把这些文章汇编成著名的文集《超脱于混战之上》。

1915 年，为了表彰"他的文学作品中的高尚理想和他在描绘各种不同类型人物所具有的同情以及对真理的热爱"，罗曼·罗兰被授予诺贝尔文学奖。20 世纪 30 年代，罗曼·罗兰积极投身于进步的政治活动，他担任国际反法西斯委员会主席，声援西班牙人民的反法西斯斗争，并出席巴黎保卫和平大会，对人类进步事业作出了一定的贡献。

罗曼·罗兰用豪爽质朴的文笔刻画了在时代风浪中，为追求正义、光明而奋勇前进的知识分子形象。他是一个有广泛国际影响的作家，也是著名的社会活动家，他的一生为争取人类自由、民主与光明进行了不屈的斗争。

作　品

《约翰·克利斯朵夫》是一部洋溢着人道主义精神、散发着浓烈的文化艺术气息、闪耀着智慧灵光的作品，同时又是一幅生活的画卷，一组人物的雕塑。

罗曼·罗兰借助小说里的几个主要人物，从不同的角度、以不同的程度体现这种精神：对博爱人生观的宣扬、对结合着基督精神与一切正直思想的宽容与向往、对诚挚友爱的追求、对劳苦大众的同情、对济世方案的探讨、对缔造全新社会与全新文化的憧憬、对个性发展与社会义务相结合的重视，用主人公的一生经历去反映现实社会一系列矛盾冲突，弘扬人道主义和英雄主义。

毋庸置疑，《约翰·克利斯朵夫》中的思想文化内涵、艺术气息、人格力量、人道主义，是历史长河中至今最良性的一部分积淀，是人类精神发展中最优秀的一部分积累。可以说，这部小说是20世纪初叶人类伟大的忏悔录。

《约翰·克利斯朵夫》不只是一部小说，还是人类的一部伟大史诗，它所描绘歌咏的不是人类在物质方面而是在精神方面所经历的艰险，不是征服外界而是征服内心的战绩。它是千万生灵的一面镜子，是古今中外英雄圣哲的一部历险记，是贝多芬式的一阕大交响乐。正如罗曼·罗兰在本部作品第一页中所写的献词一样，"献给一切在黑暗中英勇抗争的人"，正因如此，这部作品被称为一部描写英雄的史诗，它属于那些为自己的梦想、为了美和力量不断奋斗的人。

在《约翰·克利斯朵夫》中，罗曼·罗兰写的虽然只是一个艺术家的一生，但他用其不朽的奋斗精神和不竭的力量，给予每一个在内心深处渴望自由和交流的灵魂一次又一次的安抚。

10.《人生的枷锁》

——解除人生的枷锁

作者：威廉·萨默赛特·毛姆（英国）

出版时间：1915年

推荐理由：无论如何，这都是一部能带给现代人启迪与思索的著作。正如美国著名批判现实主义作家西奥多·德莱塞所说：《人生的枷锁》是一部"融汇了作家真挚感情，体现了作家真实思想的感人之作，是艺术大师毛姆的'天才的著作'"。

心灵吃语

解除人生的枷锁

人的一生中，往往身负许多的枷锁，无论是精神上、生理上还是心灵上的，从出生、成长、恋爱、婚姻、事业等都是一副副枷锁。

"人生的枷锁"意味着人生的本质便是一副枷锁，纵然将来人性或可日臻完善，作为人生本质的痛苦和无聊仍然不会退却，只要你活着，你就必然背负这样的枷锁，没有理由，因为这就是人生本身的属性。在人生之枷锁上，人性的确是最牢固的一颗钢钉。

《人生的枷锁》的主人公菲利普坎坷的人生经历告诉我们：人生的要义

就是在一次又一次的追求、一次又一次的尝试与探索中实现的，人从一出生就被生活这副枷锁牢固地锁住，我们在生存与死亡之间挣扎喘息。但这正是上苍对我们的考验，凡是那些坚持追求、超越自我、能经得起考验的人，都会获得解除这副枷锁的智慧和能力，都会在超越了自我和诸多枷锁的束缚之后，获得自己想要的人生。

人生的起点都是一样的，终点也是一样的，不一样的是过程，是思想和生命的高下。有的人一生都被生活驾驭，而有的人一生都在驾驭生活。巨大的差距和冰冷的现实告诉我们：一个人能承受多少压力和磨难，就能创造多少胜利和奇迹。我们应该带着宽容的心态去看待人生中的种种羁绊，带着积极的心态去面对人生的艰难和困惑，相信总有一天，所有的苦涩和磨难都会转换成甜蜜与快乐，而我们终将在解除那一副人生的枷锁之后，获得自由。

品味经典

菲利普自小失去父母，身体残疾，被寄养在冷酷无情的当牧师的大伯家中。由于他的身世和他的残疾，他在学校里受到同学、老师的嘲笑和欺侮，在这样的环境里，他养成了孤僻、内向、敏感、善于思考的性格。

成年后，菲利普没有遵从伯父的安排成为神职工作者，而是先后到德国和法国学习。在德国，他彻底抛弃了他的宗教信仰，在法国，他又抛弃了从事绘画的艺术梦想，他通过学习，成为一名医生。

在法国巴黎，菲利普遇到了各种各样的人，穷困潦倒的法语老师克罗迪，终日无所事事、爱慕虚荣、喜欢高谈阔论的诗人海沃德，无绘画才能却立志献身艺术的穷学生范妮，落魄文人克郎肖，善良的公司小职员阿尔特涅……年轻时，他们无一不是有着远大的理想，但奋斗一生，到头来却发现，理想就像美丽的肥皂泡，一一破灭了，他们要么在困厄中过着毫无希望的日子，等待着死亡的来临，要么就只能含恨离开这个世界……范妮的经历让菲利普认识到了自己在艺术上的毫无希望，他毅然决定抛弃从小的艺术梦想，像父亲一样，成为一名医生。

身体的残疾，宗教的束缚，做画家的梦想，都是菲利普的人生枷锁，但是，更沉重的枷锁则是他的爱情。那些女子，无论他爱过的，还是不爱的，都在他的人生中留下了或重或淡的痕迹。

菲利普先后与五名女子有过复杂的感情纠葛。在他渴望有一场艳遇的20岁，遇到了来伯父家里度假的37岁的威尔金森小姐，和她有了一段风流韵事，这就是他难以直面的初恋；在巴黎，贫穷的范妮爱上了他，还没有来得及表白就因贫困的绝境，上吊自杀；他和乐观温柔的庸俗小说作家诺拉有过一段温馨的同居生活；对虚荣无情、庸俗的酒店女招待米尔德丽德产生过刻骨铭心的爱情；最后，在阿尔特涅的女儿——安静温柔的姑娘莎莉的怀抱中找到了爱情的归宿。

实际上，在这样多次的爱情中，在那么多为他所爱的女子中，他真正爱的，只有米尔德丽德。这是一场复杂的恋爱。米尔德丽德庸俗透顶，只喜欢金钱，虚荣而无情，他恨她，鄙视她，并因自己爱上她而鄙视自己，可是他就是爱她，每次她受到别的男人的欺骗和伤害来到菲利普这儿，菲利普都给她温柔的抚慰与安定的生活，为了她，花尽了自己仅有的一点积蓄，流落街头。但最后，菲利普终于从对她的感情中解脱了出来，而米尔德丽德，这个以嫁人作为终身衣食的庸俗女子，最后也被人玩弄、抛弃，沦落为街头的"卖笑女子"，消失在伦敦的灯红酒绿之中。

莎莉是善良的公司小职员阿尔特涅的大女儿，一个美丽而充满柔情的姑娘。菲利普并不爱她，但30岁的他已经明白，生活本身是虚无的，并没有什么意义，爱情对自己，也已经并不重要，他要做的，只是和别人一样，从纷繁复杂、毫无意义的生活琐事中给自己一种生活……工作、结婚，生儿育女，最后悄然去世。这是最简单然却又是最完美的人生格局。莎莉能够给予他这一切。这让他感觉很幸福。

他们计划着要到南方某个面临大海的小渔村，开一个诊所，"在望得见大海的地方租幢小房子，眺望着打眼前驶过的一艘艘大轮船，目送它们驶向那些他永远到不了的地方"。

对话人物

1. 菲利普·凯里

菲利普是个有思想、有个性的青年，他患有先天性跛足，更不幸的是在他九岁那年父母相继去世，使他被寄养在伯父家，童年的灾难扰乱了他的正常生活。因为先天性的跛脚，使他从小就被周遭的朋友嘲笑、排斥，他只好在深夜或旁边没有人的时候默默哭泣。但是偶尔的温存又会顿使他觉得那些与他不相干的外界还有一些魅力，他在极端的痛苦与微弱的光芒间踌躇。于是他虔诚地向上帝祈祷，真挚的祷告，却没有得到任何的帮助，于是他决定放弃信仰。因为母亲的早逝，他始终缺乏关爱，忧郁使他变得敏感、沉默，他终日与阴暗的角落为伴，甚至绝望到感觉生命是毫无意义的。

后来，菲利普终于得到善良人的救助，心里才豁然有了一线光明。伯父的病故也使他理所当然地继承了一笔财产。在生命辗转至 30 岁的时候，菲利普走出了生命的谷底，他以温柔的心态去对待每一个人，无论是病人还是女人。他都付出关怀，甚至是米尔德丽德，最后，他遇见了健康、自然、沉静的女孩——莎莉，虽然她不是菲利普的最爱，却抚慰了菲利普长久以来受伤的心灵。

启迪与思索

菲利普从来没有停止过困惑和思索，他的人生就是一个接一个的追求，一次又一次的思索，但是，他却怎么也想不清楚自己追求的是什么，需要的是什么，那些追求到最后都成为难以承受的疑问，于是他的人生变成一堆飘动着的问号。这些问号变幻成一副巨大而沉重的枷锁，不经意间挟住了他。

菲利普在质疑，面对生命的存在与苦闷，探索"人生的意义"的过程也是他真正成熟的过程，虽然这个过程有太多令人烦恼的事情，有太多的沉重与痛苦，但是，如果没有烦恼，没有对未知的探索与思考，人活着就没有意思。

菲利普最后挣脱的枷锁是生活的意义，他最终知道，生活没有意义。把幸福当成衡量生活的唯一标准是愚蠢的。人生的感受是综合的，人生的内涵也是复杂的，甚至苦难，甚至无聊，甚至孤单，我们都要一并承担下来，用它们来描绘我们生活的美丽图案。

菲利普的爱情经历跟他的命运一样多灾多难，但是，这并不是绝对的错误，他始终在寻求一份踏实的爱，一份安全感。这个寻找既是他追寻爱情的过程，也是他自我印证与完善的过程。

人生就是一个不断寻找不断奔跑的过程，既然上苍赐予我们生命，我们就有责任珍惜它。如果你热爱生活，热爱你所做的事，那么你的一生就不会走进死胡同。找出你真正想做的事，然后就努力去做，这就是生活，而毅力是成功的先决条件，如果你用力不断地敲门，总会有人应的。关键是你要去敲，不停地敲，并且不断变换敲击的角度和对象，直到那个合适的人出现。

2. 米尔德丽德

尽管米尔德丽德一无情趣，二不聪明，思想平庸，浑身充满市井之气，没有教养，缺乏温柔，忸怩作态，苍白发绿的皮肤，不讨人喜欢的身材，令人厌恶的俗气发式。尽管菲利普清楚地知道这一切，他仍然狂热地爱上了米尔德丽德，连他自己都无法解释为什么会爱上这样庸俗无知、粗野卑劣的女人。自始至终，米尔德丽德对菲利普不但无情而且毫无感觉。

米尔德丽德是一个毫无优点却盲目骄傲的女人，菲利普是一个天性敏感盲目爱恋的男人。不得不说，是菲利普的纵容溺爱，造就了之后冷漠无情的米尔德丽德。最终，米尔德丽德被人玩弄、抛弃，沦落为街头的"卖笑女子"。

启迪与思索

菲利普对米尔德丽德这样一个世俗、无情、冷血、唯利是图、没有爱情的女人表现出令人感到吃惊的死心塌地，与其说他在爱着这个人，毋宁说他爱上了这样一种境况，即一种惯性的爱情。

菲利普已经无法判断究竟是什么使他对这样一个女人如此着迷，甘心为其奉献一切，他只希望能够继续爱她，继而得到她的回馈，或许只是浅浅的一笑，或是几句甜言蜜语，而她究竟能否给菲利普同样的回馈？他已经无法顾及或者思考，或者说这样的思考，这样的理性一旦出现在米尔德丽德面前便分崩离析。

菲利普对米尔德丽德的爱令人难以理解，令人觉得不可思议，就如《生命不能承受之轻》中托马斯于特蕾莎，是"非你不可"；他对米尔德丽德的爱有如《乱世佳人》中的白船长于郝思嘉，什么都可以包容，而且那么持久。

实际上，爱情给人带来的折磨远远胜于它短暂的似春日一般的欢乐。在某些时候，爱情是荒谬的，它离理智很远，离疯狂很近，一旦陷入爱情，人也就变得不可理喻，什么傻事都能做得出来。菲利普的理智告诉他，这个女人天生一副铁石心肠，全然不懂什么叫爱情，可他偏偏缘木求鱼，想从她那里得到爱情，想为她做每一件自己力所能及的事情，而且从不后悔，像走火入魔了一样。

现实中的菲利普、米尔德丽德不在少数，爱与被爱，永远是一个说不清楚的话题。而怎样爱，怎样被爱是一个值得我们认真思考的事情。无论是对爱的背弃还是对爱的亵渎都是不正确的态度，无论任何时候都不要辜负一个深爱你的人，你可以拒绝，你可以不爱，但是不可以伤害。

3. 莎莉

莎莉是菲利普的好朋友，善良的公司小职员阿尔特涅的大女儿，一个温柔安静的姑娘。她可谓完美的女子形象，年轻、漂亮、聪明、温柔，她一直默默爱着菲利普。菲利普对她的感情不算深厚，也谈不上热烈，于他而言，与莎莉在一起很自在、很舒心，无须过多修饰，不用太多顾虑，他知道，就在他身边，有个人会一直爱着他，无声无息地，默默不语地，宁静如水地。他渴望妻子、家庭、爱情，他对这些的需要比世间任何其他东西都更为迫切，于是，他下定决心向莎莉求婚，跟她一起去有大海的南方，开一个诊所。

启迪与思索

莎莉没什么特别的见识，她的善良、勤劳类似诺拉，她有独特的青春活力，她是一个非常理智而成熟的女人，她身上具有一种使菲利普在遭遇挫折后返璞归真的魅力，她像一个母亲召唤游子一样，以自己的爱使菲利普放弃了周游世界的梦想，留下来和她结婚，过安定的生活。莎莉带有母性色彩的爱情让菲利普感动，也让他骚动不安的心逐渐安静下来，正如一个作家所说："经历沧桑的男人需要原野一样的女人包围他们。"如果说，父性是一个男人成熟的标志，那么，母性也应该是一个成熟女人不可或缺的部分。菲利普像一个调皮的孩子，在外面野了一圈，回来后，走进莎莉为他而开的家门，她是菲利普回归现实生活的一个点，从某个角度上来讲，爱是人类灵魂回归的终点，类似菲利普的游走与回归的历程是大多数人的心灵成长史。

在书的结尾处："菲利普笑吟吟拉起莎莉的手，把它紧紧攥在自己的手里……只见那儿马车啦、公共汽车啦，来来往往，穿梭不息，人群熙来攘往，步履匆匆，朝着各个不同的方向涌去。此时，太阳当空，光芒四照。"在这里，菲利普和莎莉的"牵手"这一动作具有非同寻常的意义，男人和女人真正的亲密交融，不需要用嘴唇或者身体的接触来体现，嘴唇和身体的接触在某种程度上可能更代表人的情欲，而牵手，却代表着无欲的信赖和彼此的托付，这才是人类爱情的极致。这是个美好的结局。

作者·作品

作者

萨默赛特·毛姆出生在巴黎。父亲是律师。小毛姆不满 10 岁，母亲和父亲就先后去世，他被送回英国由伯父亨利·毛姆抚养。孤寂凄清的童年生活，在他稚嫩的心灵上投下了痛苦的阴影，养成了他孤僻、敏感、内向的性格。幼年的经历对他的世界观和文学创作产生了深刻的影响。

1892 年初，毛姆未遵从伯父让他进牛津攻读神学的安排，而去德国海德堡大学学习了一年。在那儿，他接触到德国哲学史家昆诺·费希尔的哲学思想和以易卜生为代表的新戏剧潮流。同年毛姆进入伦敦圣托马斯医学院学医，为期五年的习医生涯，不仅使他有机会了解到底层人民的生活状况，而且使他学会用解剖刀一样冷峻、犀利的目光来剖析人生和社会。他的第一部小说《兰贝斯的丽莎》，正是根据他从医实习期间的所见所闻写成的。

从 1897 年起，毛姆弃医专事文学创作。在接下来的几年里，他写了若干部小说，但都反响平平。他转向戏剧创作，获得巨大成功，成了红极一时的剧作家。不久，他中断戏剧创作，用了两年时间潜心写作酝酿已久的小说《人生的枷锁》。

第一次世界大战期间，毛姆先在比利时火线救护伤员，后入英国情报部门工作，到过瑞士、俄国和远东等地。这段经历为他后来写作间谍小说《埃申登》提供了素材。战后他重游远东和南太平洋诸岛，1920 年到过中国，写了一卷《中国见闻录》。1928 年起毛姆定居在地中海之滨的里维埃拉，直至 1940 年纳粹入侵时，才仓促离去。

两次世界大战的间歇期间，是毛姆创作精力最旺盛的时期。20 世纪 20 年代及 30 年代初期，他写了一系列揭露上流社会尔虞我诈、钩心斗角、道德堕落、讽刺有闲阶级荒唐行径的喜剧，如《周而复始》《比我们高贵的人们》《坚贞的妻子》等。这三个剧本被公认为毛姆剧作中的佳品。1933 年完稿的《谢佩》是他的最后一个剧本。

第二次世界大战期间，毛姆到了美国，在南卡罗来纳、纽约和文亚德岛等地待了六年。1944 年发表长篇小说《刀锋》。小说出版后，反响热烈，特别受到当时置身于战火的英、美现役军人的欢迎。

1946 年，毛姆回到法国里维埃拉。1948 年写出最后一部小说《卡塔丽娜》。

毛姆晚年享有很高的声誉，英国牛津大学和法国图鲁兹大学分别授予他名誉文学博士学位。1954 年，在他 80 寿辰的时候，英国女王授予他颇为显赫的"荣誉团骑士"称号。同年 1 月 25 日，英国著名的嘉里克文学俱乐部特地设宴庆贺他的 80 寿辰；在英国文学史上受到这种礼遇的，只有狄更斯、萨克雷、特罗洛普三位作家。

1961 年，他的母校德国海德堡大学授予他名誉校董称号。

毛姆在法国里维埃拉去世，去世后，美国著名的耶鲁大学建立了档案馆以资纪念。

作　品

《人生的枷锁》是毛姆的代表作，带有明显的自传色彩。书中主人公菲利普·凯里童年和青年时期的辛酸遭遇，大多取材于毛姆本人早年的生活经历；他在这个人物身上，更是倾注了自己的思想感情和切身感受。但是，《人生的枷锁》并非自传，而是一部带有自传色彩的小说，里面事实和虚构不可分割地交织在一起。在这本小说里，毛姆打破了事实的拘束，虚构了某些重大情节，塑造了菲利普这一人物形象。

《人生的枷锁》发表于 1915 年。实际上，毛姆在 1897 年完成了第一部小说《兰贝斯的丽莎》之后，就立即着手写自传体小说《斯蒂芬·凯里的艺术气质》。此书完稿后未获出版，而作家本人再也没有勇气去读它，任其撇在一边。

根据毛姆自传资料记载，毛姆写这部作品，先后两易其稿，酝酿、构思长达数十年，这是一部精心构思、精心创作的巨著。正如他对一位友人说的那样："有教养的人们常常问我：'你为什么不再写一部《人生的枷锁》这样的小说呢？'我回答他们说：'因为我只有一次生命。我花了30年才收集到写那部小说所需的材料。'"

《人生的枷锁》的主人公菲利普一直在孜孜不倦地探索着人生的意义，一次又一次地寻找着答案，却又百思不得其解，最终，在经历了一番痛苦而残酷的折腾与磨难之后，他开悟了，他意识到："人生就像一条波斯地毯，虽说色彩斑斓，令人眼花缭乱，实质上却毫无意义。注定偶然的际遇和注定残缺的人性让人生无论从决定论还是从非决定论角度看，都是一具枷锁。"

菲利普在他荆棘丛生的人生道路上，经受了一番痛苦的折磨，并在内心深处留下了难以愈合的创伤。在他眼里，世界和人生是悲观而沉重的，但是，他不糊涂，也不绝望。他只是在按另一种方式来审视和评判世界与人生。他承认"人生毫无意义"，并不意味着人生真的就没有任何意义，也不是说他就比那些热情洋溢地过着有意义的生活的人们更没有意义。恰恰相反，这是一种可贵的清醒。这是一个超脱的论点，以一种以讥嘲或悲悯的眼光看待人生更能认识到人生的本质，更懂得人生虚无的可怕，放下枷锁才可以解开枷锁，从而更加积极主动地去探索和发掘人生的意义。

《人生的枷锁》之所以不朽，最重要的是它包含了很多形而上的东西，它直通人的灵魂，告诉人们如何认识自己、认识世界、认识人生。人生或生活的价值在于其本身，不在于怎样描述它，也不在于怎样将它变成入画的题材。不幸、苦难也许是永远存在的，但必定有着瞬间的幸福，人们正是从这瞬间的幸福中捕捉它所激发的情感的涟漪，汲取生活所需要的全部激情。

11.《钢铁是怎样炼成的》

——不要虚度了宝贵人生

作者：尼古拉·奥斯特洛夫斯基〔苏联〕

出版时间：1934 年

推荐理由：年轻的也罢，年纪大的也罢，读过的也罢，没有读过而想读的也罢，都认为《钢铁是怎样炼成的》是一本值得一读的好书。〔此书译者黄树南语〕

心灵吃语

生命的价值

人最宝贵的东西是生命，生命属于人只有一次。人的一生应该是这样度过的：当他回首往事的时候，他不会因为虚度年华而悔恨，也不会因为碌碌无为而羞耻。这样，在临死的时候，他就能够说："我的整个生命和全部精力，都已经献给世界上最壮丽的事业——为人类的解放而斗争。"这段话，说这段话的人，连同《钢铁是怎样炼成的》这本书曾经鼓舞和影响了几代人。

生命是一个很广的概念，在这个概念下包含着许多具体的内容，比如人性、人格、人权、尊严、名声、荣誉、幸福、自由、地位、财富、爱与恨、生与死、欢乐与痛苦、信念与意志、信仰与追求等。生命是有意义的，生命的意义对于每个人都是相同的，但却在不同的人身上上演着不同的画面。一个人生命的长短并不是最重要的，重要的是我们怎样度过这些日子，有的人的生命绚丽多姿，有的人的生命却毫无价值。

每个人从出生那天起，就已经开始了向死亡的迈进，时间是一个善于隐身的杀手，它隐蔽而又小心地剥夺着我们的生命，不管我们的生命灌注了多么华美还是多么暗淡的生活，都会有一个最后的归宿：死亡。无一例外——这就是生命的严峻性。然而，生命的结果并不重要，重要的是过程。就像是一条河流，虽然最终会消失在浩瀚的大海中，但是它毕竟经历了生命的流淌，所有的活力已经显现在流淌的过程中。从这个意义上来说，任何生命都是伟大的，这个世界因为有了生命，才显现出它的高贵与优雅，因此，我们没有理由去藐视生命，更没有理由去践踏生命。

作为一个生命个体，我们每个人都有义务去追问生命的存在，都有责任去拷问生命的内涵和人生的意义。

人生短暂，生命宝贵，经不起挥霍也不容虚度，浪费时光、挥霍生命的人与行尸走肉没有两样。人生与生命都需要经营和提升，无论遇到多少困难和挫折，我们都不能熄灭自己心目中梦想的火焰。经济潮流中，残酷的竞争使我们战战兢兢如履薄冰，稍有不慎便会惨遭失败，甚至是淘汰。

所谓"强者有为"，真正的强者不是遇不到困难，而是遇到困难时，拥有勇于直面困难的勇气和不屈不挠的生命韧性。我们能否依靠坚强的意志，坚持我们的理想和原则；能否以我们的毅力和信念创造奇迹，缔造成功；能否将我们生命的智慧和力量融入生活和人生中；能否对我们的社会和我们身边的人们有所奉献，这些都是衡量我们是否实现真正的生命价值，不曾虚度人生的根本。

历史只接纳那些精彩的生命片段，人们也只会向那些强健的生命样本投注崇敬的目光。人生是生命的舞台，每个人都应该找寻自己的角色，演绎自己的精彩，活出生命的价值。

品味经典

保尔·柯察金出身于贫困的铁路工人家庭，早年丧父，全凭母亲替人洗衣做饭维持生计。12 岁时，母亲把他送到车站食堂当杂役，在那儿他受尽了凌辱。他憎恨那些欺压人的饭店老板，厌恶那些花天酒地的有钱人。

"十月革命"爆发后，帝国主义和反动派妄图扼杀新生的苏维埃政权。保尔的家乡乌克兰谢别托夫卡镇也经历了外国武装干涉和内战的岁月。红军解放了谢别托夫卡镇，但很快就撤走了，只留下老布尔什维克朱赫来在镇上做地下工作。他在保尔家住了几天，给保尔讲了关于革命、工人阶级和阶级斗争的许多道理，朱赫来是保尔走上革命道路的引导人。

在一次钓鱼的时候，保尔结识了林务官的女儿冬妮娅。一天，朱赫来被白匪军抓走了。保尔到处打听他的下落，在匪兵押送朱赫来的途中，保尔猛扑过去，把匪兵打倒在壕沟里，与朱赫来一起逃走了。由于波兰贵族李斯真斯基的儿子维克多的告密，保尔被抓进了监狱。在狱中，保尔经受住了拷打，坚强不屈。为迎接白匪头子彼得留拉来小城视察，一个二级军官错把保尔当作普通犯人放了出来。他怕重新落入魔掌，不敢回家，遂不由自主地来到了冬妮娅的花园门前，纵身跳进了花园。由于上次钓鱼时，保尔解救过冬妮娅，加上她又喜欢他"热情和倔强"的性格，他的到来让她很高兴。保尔也觉得冬妮娅跟别的富家女孩不一样，他们都感受到了朦胧的爱情。为了避难，他答应了冬妮娅的请求，住了下来。几天后，冬妮娅找到了保尔的哥哥阿尔青，他把弟弟送到喀察丁参加了红军。

保尔参军后当过侦察兵，后来又当了骑兵。他在战场上是个敢于冲锋陷阵的战士，而且还是一名优秀的政治宣传员。他特别喜欢读《牛虻》《斯巴达克斯》等作品，经常给战友们朗读或讲故事。在一次激战中，他的头部受了重伤，但他用顽强的毅力战胜了死神。他的身体状况使他不能再回前线，于是他立即投入了恢复和建设国家的工作中。他做团委的工作、肃反工作，并忘我地投入到艰苦的体力劳动中去。特别是修建铁路的工作尤为艰苦，秋雨、泥泞、大雪、冻土，大家缺吃少穿，露天住宿，而且还有武装匪徒的袭扰和疾病的威胁。

在这一段时间里，他和冬妮娅的爱情产生了危机。等到在修筑铁路时又见到她的时候，她已和一个有钱的工程师结了婚。保尔在铁路工厂任团委书记时，与团委委员丽达在工作上经常接触，两人逐渐产生了感情。但他又错把丽达的哥哥当成了她的恋人，因而失去了与她相爱的机会。

在筑路工作要结束时，保尔得了伤寒并引发了肺炎，组织上不得不把保尔送回家乡去休养。半路上误传出保尔已经死去的消息，但保尔第四次战胜死亡回到了人间。病愈后，他又回到了工作岗位，并且入了党。由于种种伤病及忘我的工作和劳动，保尔的体质越来越坏，丧失了工作能力，党组织不得不解除他的工作，让他长期住院治疗。在海滨疗养时，他认识了达雅并相爱。保尔一边不断地帮助达雅进步，一边开始顽强地学习，增强写作的本领。

1927 年，保尔已全身瘫痪，接着又双目失明，肆虐的病魔终于把这个充满战斗激情的战士束缚在床榻上了。保尔也曾一度产生过自杀的念头，但他很快从低谷中走了出来。这个全身瘫痪、双目失明并且没有丝毫写作经验的人，开始了他充满英雄主义的事业——文学创作。保尔忍受着肉体和精神上的巨大痛苦，先是用硬纸板做成框子写，后来是自己口述，请人代录。在母亲和妻子的帮助下，他用生命写成的小说《钢铁是怎样炼成的》终于在 1934 年出版了。保尔拿起新的武器，开始了新的生活。

对话人物

1. 保尔·柯察金

保尔是一个在布尔什维克党的培养下，在革命烽火和艰苦环境中锻炼出来的共产主义新人的典型形象。他以爱憎分明的阶级立场、崇高的道德风貌、高昂的革命激情、奇迹般的生命活力和钢铁般的坚强意志，谱写着把一切献给党和人民的壮丽诗篇。

他是一个自觉的、无私的革命战士，他总是把党和祖国的利益放在第一位。在那血与火的战争年代，保尔和父兄们一起驰骋疆场，为保卫苏维埃政权，同外国武装干涉者和白匪军浴血奋战，表现了甘愿为革命事业不怕牺牲的献身精神。在那医治战争创伤，恢复国民经济的艰难岁月中，他又以全部热情投入和平劳动之中。虽然他曾经金戈铁马，血染疆场，但他不居功自傲，也没有考虑个人的名利地位，只想多为党和人民做点事情。党叫他修铁路，他去了；党调他当团干部，他去了，而且都是豁出命来干。为了革命，他甚至可以牺牲爱情。他爱丽达，但受"牛虻"的影响，要"彻底献身于革命事业"，所以按照"牛虻"的方式与丽达来了个不告而别。在全身瘫痪、双目失明后，他生命的全部需要，就是能够继续为党工作。正像他所说的："我的整个生命和全部精力，都献给了世界上最壮丽的事业——为人类的解放而斗争。"

保尔又是一个平凡且伟大的英雄人物。在他的履历表中，没有什么惊天动地的伟大业绩，他总是从最平凡的小事做起。面对疾病的沉重打击，他也曾产生过自杀的念头，而且就是在他与病魔抗争的英雄主义激情中，他也曾有过"左派"幼稚病的危险。保尔后来也终于认识到他不爱惜身体的行为不能称为英雄行为，而是一种任性和不负责任。因此，保尔是伟大的，也是平凡的，他是在革命的烈火中逐渐历练成熟起来的钢铁战士，是一个有血有肉的、让人感到亲切的榜样式人物。

启迪与思索

保尔光辉而充实的一生是何等的令人敬佩，他九死一生的历程向我们昭示着一个真理："人活着，最重要的是战胜自己。"保尔将生活和生命的意义都演绎到了极致，他是一个纯粹的、大写的人，他的精神激励了一代又一代的青年人。

作家郁达夫曾说："一个不珍惜自己的英雄的民族，是没有希望的民族。"今天，新的时代仍然需要保尔精神，保尔虽然不在了，但他的精神永存，他留给我们的是青年人身上所应具有的积极进取、顽强勇敢、热爱生活、永不退缩的高贵品质。他仍然是值得我们崇拜的榜样和偶像，是值得我们敬仰和学习的英雄。

奥斯特洛夫斯基在解释这部作品的标题时说："钢是在烈火里燃烧，高度冷却中炼成的，因此它很坚固。我们这一代人也是在斗争中和艰苦考验中锻炼出来的，并且学会了在生活中不灰心丧气。"天将降大任于是人也，必先苦其心志，劳其筋骨，饿其体肤，空乏其身，行拂乱其所为……保尔的经历使我们明白，只有百炼才能成钢，只有经过漫长的黑夜，才会有黎明的来临。因此，在人生的苦难与挫折面前，我们要保持一种坚毅的精神，像保尔那样勇敢地迎接人生的考验，才会达到生命的高度。

2. 冬妮娅

冬妮娅，这个美丽的乌克兰少女，她有咄咄逼人的蓝色而深邃的目光，栗色的长发，有时扎成粗大的辫子，有时甩在脑后，微微翘起的嘴唇，一袭水兵式的蓝白相间的衣裙，热情奔放中透着羞涩，含情脉脉中透着诱惑。由于阶级出身的关系，她没有和当时许多的青年一样去参加保卫苏维埃政权的伟大斗争。但这无妨于她的美丽，她是属于爱情的，一种无比美丽的散发着湖蓝色迷人梦幻的爱情。她是个有思想的女子，她最大的不幸是爱上了革命化身的保尔。即使她深深地爱恋过这个人，他们也有过浪漫愉快的时刻，可曾经朦胧美好的初恋，最后无疾而终。保尔在革命与爱情中注定选择革命，爱情就成了革命的敌人，两者之间阶级和思想的距离也愈拉愈远。

保尔和冬妮娅的爱情忧伤而怅然，但是他们都没有为这份夭折的爱情而过度悲伤。后来他们甚至对彼此产生了鄙夷，在保尔看来，裹着裘皮大衣的冬妮娅是一条俗不可耐的寄生虫；而在冬妮娅眼中，脏兮兮的铁路工保尔简直就是对她眼睛的亵渎。这是一种无言而悲伤的结局，他们人生的起点和终点都不一样，注定在爱的道路上失之交臂。

启迪与思索

在很长一段时间里，"冬妮娅"这三个字以及她身上所特有的异国情调曾经温暖过无数渴望爱情的年轻的心灵。甚至可以说那时的"冬妮娅"就是"爱情"的代名词，"爱情"在读者心中随着少女冬妮娅的出现而滋长，并辉煌一时，像冬日里一颗滚烫而又倔傲的孤星唤醒了那一个时代的人们。这份凄绝的爱情，给了那一特定时代的年轻人一种"欲爱不能"的精神洗礼，从而深刻体会了爱的崇高与难觅。

冬妮娅和保尔的爱情，有身份与环境的原因，有政治立场的原因，但是，也有彼此思想和思想隔膜与变化的原因。年少的时候他们都是小孩子，没有工作，不必过于担心生计，也不必考虑未来，忧虑很少，两个单纯的孩子在一起自然快乐。后来他们都长大了，生活的追求发生了变化，一个希望在风雨中历练自己，一个希望过平安富裕的小日子，生活是具体的，所以他们两个之间一定会产生分歧。

在现实中，男女双方地位的差异不是最可怕的，可怕的是思想的差异。所以爱人之间要多沟通交流，培养共同的爱好，互相理解与支持，这样才不会在精神的道路上越走越远。

3. 朱赫来

朱赫来是一个共产党员，一个坚强的红军战士，勇敢、机智，善于领导和组织群众，他在革命斗争中很好地团结了广大的工人并教育了无数的青年，保尔·柯察金就是深受他的教育和培养而成长起来的。

启迪与思索

朱赫来可以说是保尔的精神导师，他影响了保尔的一生，是他推动着保尔走向革命事业，成为一个真正的革命者。在我们成长的过程中，我们也需要，也会或者也曾遇到这样的导师，譬如，我们的老师，我们的长辈，我们的朋友和师兄。正是因为有他们在思想上的引领、学习上的指导、生活上的关心、心理上的疏导，我们才能顺利地走出校园，实现自己的追求和价值，正确地确定自己的人生观、世界观、价值观，正是有了他们的辅助，我们才能快乐地成长到今天。

作者·作品

作者

奥斯特洛夫斯基出生在乌克兰一个工人家庭，父亲是一家酿酒厂的季节工，母亲在大户人家当厨娘，家境十分贫寒。因此，他只念了三年的书，10岁左右就开始干活谋生。贫困屈辱的生活培养了他对旧世界的仇恨和反抗性格。13岁时，他就开始积极参加革命活动。

1918年，奥斯特洛夫斯基的家乡一度被德国军队占领，他冒着生命危险去完成组织上交给自己收集敌人情报和将革命布告贴到德军司令部哨兵棚上的任务，他机智、勇敢、不怕牺牲的精神，得到了同志们的赞扬。

1919年7月，奥斯特洛夫斯基的家乡成立了共青团，他成了第一代共青团员，并参加红军奔赴前线同白匪军作战。第二年在一次激战中，他的头部、腹部多处受伤，右眼因伤而丧失了80%的视力。严重的伤痛使奥斯特洛夫斯基不得不离开队伍。然而，伤势刚刚有所好转，他就以高度的革命自觉性转入劳动建设，先是到一家铁路工厂当助理电机师，后又自愿报名参加突击队，投入修筑铁路的艰苦劳动。在工地上，他染上了伤寒并患了风湿病，常处于昏迷状态。这场大病还未痊愈，他又积极参加在第聂伯河上抢捞木柴的紧张劳动。因为长时间泡在齐腰深的冰水中，致使风湿病更加严重，又很快并发了多发性关节炎、肺炎，从此身体状况日趋恶化，到1929年，他全身瘫痪，双目失明，完全失去了活动能力，但他并不因此悲观消沉，他表示："只要心脏还没有停止跳动，就要使自己成为一个对党有用的人。"

学习文学创作是躺在病床上的奥斯特洛夫斯基找到的"进入生活的入场券"。1927 年底，奥斯特洛夫斯基在与病魔作斗争的同时，创作了一篇关于科托夫骑兵旅成长壮大以及英勇征战的中篇小说。两个月后小说写完了，他把小说封好让妻子寄给敖德萨科托夫骑兵旅的战友们，征求他们的意见，战友们热情地评价了这部小说，可万万没想到，手稿在回寄途中被邮局弄丢了。这意外的打击对他来说，实在是太残酷了，但这并没有挫败他的坚强意志，在参加斯维尔德洛夫共产主义函授大学学习的同时，他开始构思规模更大的小说——《钢铁是怎样炼成的》。

1934 年《钢铁是怎样炼成的》顺利出版，获得了巨大的成功，他被吸收为苏联作家协会会员。随后，奥斯特洛夫斯基开始创作另一部三部曲长篇小说《暴风雨中诞生》，继续自己的革命与创作之路。

作　品

《钢铁是怎样炼成的》的第一部，是在莫斯科一间 19 平方米的陋室里诞生的，那间小屋，当年住了 9 个人。其时，奥斯特洛夫斯基已瘫痪在床，只有一双手还能活动。

尽管视力已严重恶化，他仍坚持整夜读书。奥斯特洛夫斯基习惯在夜里摸黑写，第二天白天再给学生们讲述各章节，然后再根据他们的意见进行修改。第一部分写完后，他一共打印了三份，其中一份寄给了《青年近卫军》杂志社。杂志社起先并不相信书中发生的事都是真的，直到杂志社主编亲眼见到了奥斯特洛夫斯基，才答应刊登。

1934 年，《钢铁是怎样炼成的》出版，两年后，奥斯特洛夫斯基就去世了。《钢铁是怎样炼成的》是一部自传性的小说，小说中的许多故事都来自作者的亲身经历，因此读来更加真实可信，亲切感人。但作者又不拘泥于生活事实，对人物和情节做了大量典型化处理。无论是从思想内容还是从艺术形式来看，这部小说都可以称为 20 世纪 30 年代的苏联文学中最优秀的作品之一，是人们爱不释手的读物，仅在苏联，这部作品就以 61 种文字印刷了 600 多次，发行量达 3000 多万册。

　　主人公保尔的生命虽然短暂，但保尔精神却飞越时空，超越国界，在今天仍然得到了弘扬和升华。保尔精神在社会发展的不同历史时期被赋予了不同的内涵，身残志更坚、追求无止境的保尔精神，对现在年青一代的成长仍具有很强的现实意义和深远的历史意义。保尔的故事、保尔的精神告诉我们："一个人只来这世上一次，我们的生命是短暂的，唯一的，也是最宝贵的，我们应该积极地热爱生命、享受生命。只有保持强烈的生命意识，不辜负青春年华，不虚度人生，无愧于时代和国家，才能体现出我们的生命价值和人生意义。"

12.《飘》

——明天会更好

作者：玛格丽特·米切尔（美国）

出版时间：1936 年

推荐理由：半个多世纪以来，《飘》这部传奇般的小说一直位居美国畅销书的前列，被视为当代女性必读的"人生四书"之一。

心灵呓语

明天会更好

我们在世上活着，无论活在哪个时代都不容易，总会遇到一些困境和意外，没有谁的一生都是一帆风顺的，任何人都会遭逢厄运，如果生活只是晴空丽日而没有阴雨笼罩，只有幸福而没有悲哀，只有欢乐而没有痛苦，那么，这样的生活根本就不是生活——至少不是人的生活。生活对每个人都是一样的，不一样的是我们面对生活时的态度。在厄运和挫折里最强大的敌人是我们自己，要想实现自己的理想，跨越困境，必须先战胜自己，只有如此，才能体味胜利的欢喜、人生的真谛。

很多时候，生活和精神的困惑总会毫无理由地降临到我们的身上，将未曾设防的我们击倒在地，许多时候，在人生的诱惑和打击面前，我们的内心总会充满恐惧和怀疑，站在人生的十字路口不知道何去何从，而《飘》却让我们看到了生命的另外一种风景。《飘》的伟大之处在于它不仅指出了问题所在，也给我们解决问题找到了一种可能——那就是爱。对爱的信仰拯救着每个人。同时，《飘》也给了我们一次思考人生的机会，当你陷入迷茫、忧伤、痛苦、绝望中时，你是否清楚自己的人生为何会如此被动？是否意识到这样一种局面除去命运本身，更多的是因为我们自身条件的局限，因为自身的不理智、短视、愚蠢造成的呢？"明天又是新的一天了"，在灾难与绝望中，你是否也会如《飘》的女主人公斯嘉丽这样如此地告诉自己？是否也有这样一份乐观和从容？是否能够承受住生活与命运对你的考验与磨砺？

历史已经证明，这种意识和思考是一种极其可贵的精神和能力。那些面对困难，永不低头、永不退缩，以积极的态度去迎接挑战的人，往往能够战胜困难，成为生活的强者，而那些屈服于困境、态度消极的人，往往很早就被生活甩在后面，抛弃在胜利与幸福的边缘。

品味经典

1861 年美国南北战争爆发前夕，塔拉庄园的千金小姐斯嘉丽爱上了另一庄园主的儿子艾希利，但遭到艾希利的拒绝，他选择了斯嘉丽温柔善良的表妹梅兰妮为终身伴侣。

出于妒忌和报复，斯嘉丽抢先嫁给了梅兰妮的弟弟查尔斯。战争很快爆发了，艾希利和查尔斯都应征入伍，上了前线。很快查尔斯就在战争中死去了，斯嘉丽成了寡妇，但她内心仍然对艾希利念念不忘。

在医院举行的一次义卖舞会上，斯嘉丽认识了风度翩翩的商人白瑞特。白瑞特爱上了斯嘉丽，开始追求斯嘉丽，但遭到斯嘉丽的拒绝。

战争中，美国南方军遭到失败，亚特兰大城里挤满了伤兵。斯嘉丽和表妹梅兰妮自愿加入护士行列照顾伤兵。这时，从前线传来消息，北方军快打过来了，很多人惊慌失措，大批的人开始逃离家园。不巧的是，这个时候梅兰妮却要临盆了，斯嘉丽只好留下来照顾她。

在北方军大军压境之日，斯嘉丽哀求白瑞特帮忙护送她和刚生下孩子的梅兰妮回塔拉庄园。白瑞特说他不能看着南方军溃败而不助一臂之力，他要参加战斗，保卫自己的家园。他留下一把手枪给斯嘉丽和她拥吻告别。斯嘉丽冒险独自勇敢地驾驶马车回到塔拉庄园，这时家里已被北方军士兵洗劫一空，母亲也在惊吓中死去。

很快，战争结束了，人们的生活依然困苦。从北方打过来占了地盘的统治者要庄园主缴纳重税，斯嘉丽在绝望中去亚特兰大城找白瑞特借钱，但却得知他因为挪用公款，已被关进监狱。回来的路上，斯嘉丽遇上了她妹妹的未婚夫暴发户弗兰克，为了要重振破产的家业，她诱骗弗兰克和自己结了婚。结婚后，斯嘉丽在弗兰克经营的木材厂里非法雇佣囚犯，并和北方来的商人做生意。

白瑞特利用自己的各种关系使自己恢复了自由，他与斯嘉丽再次相遇，持续着往昔的关系。弗兰克和艾希利因为加入了反政府的秘密组织，在一次集会时遭北方军包围，弗兰克中弹身亡，艾希利负伤逃走，斯嘉丽再次成为寡妇。此时，白瑞特前来向她求婚，为了过上好日子，她终于答应与一直爱她的白瑞特结婚。

婚后，斯嘉丽夫妻二人住在亚特兰大的豪华大宅里，一年后，女儿邦妮出生，白瑞特把全部感情投注到邦妮身上。一次，在斯嘉丽偶然翻阅艾希利的照片时，被白瑞特发现，两人大闹一场，关系破裂。斯嘉丽不为所动，仍然在艾希利生日前夕与艾希利相见，并投入他的怀抱。一时谣言四起，但梅兰妮不相信他们之间有暧昧关系，设法保护了斯嘉丽。当斯嘉丽告诉白瑞特她已经再次怀孕时，白瑞特对孩子的血缘产生了怀疑。斯嘉丽在羞怒之下追打白瑞特，不慎滚下楼梯引起流产。白瑞特出于内疚，决心同斯嘉丽言归于好，不料就在他俩谈话时，小女儿邦妮却意外坠马摔死了。

不幸的事也在另一个家庭里发生，梅兰妮因有孕在身，操劳过度卧病不起。临终前，她把艾希利和儿子托付给斯嘉丽，斯嘉丽不顾一切扑向艾希利的怀中，紧紧拥抱他，站在一旁的白瑞特无法再忍受斯嘉丽对他的漠视和伤害，转身离去。

面对梅兰妮逝去后一蹶不振、毫无主张的艾希利，斯嘉丽终于明白，她爱的艾希利其实是不存在的，她真正爱的是白瑞特。当匆忙赶回家的斯嘉丽告诉白瑞特，她真正爱的是他的时候，白瑞特已不再相信她的表白，义无反顾地离开斯嘉丽，返回老家去寻找自己的理想。

再次被遗弃的斯嘉丽站在浓雾弥漫的院落中，她想起了父亲曾经对她说过的一句话：“世界上唯有土地与明天同在。”她决定守在她的土地上重新创造新的生活，迎接美好明天的到来。

对话人物

1. 斯嘉丽

斯嘉丽是一个勇敢坚强、乐观向上，对生活顽强抗争、不屈服于命运、处事雷厉风行、精明能干的人，她一直在倾听自己内心的声音，遵从自己的内心活着。当挫折袭来之时，她也曾无数次地失望过，但从未绝望。就像方丹老太太所说的，她们是荞麦，风一吹，低头，弯腰，吹过之后，又挺起腰板，继续更好地接受阳光。她始终有勇气站起来，高昂着头，接受风雨的洗礼。

斯嘉丽对爱情是执着的，这是她坚不可摧的信仰之一。为了兑现对艾希利的承诺，她在兵临城下、战乱突起时仍然坚持照顾她的情敌——艾希利的妻子，即将临产的梅兰妮。为了照顾虚弱的梅兰妮，她千方百计找来食物给她吃，把家里唯一的一双鞋子给她穿，而自己则饿着肚子赤着脚下地摘棉花。

白瑞特曾经打过一个形象的比喻，说斯嘉丽就像一个哭着要月亮的孩子，拱手放弃手中的幸福，且任性、倔强地死不回头。他的这番话，可谓一语中的。

当斯嘉丽忘乎所以地追求艾希利时，却忽略了白瑞特的包容和爱。她眼看着白瑞特因为她的固执冷漠而筋疲力尽，最终黯然离去。

但最后，她成熟了，清醒了，懂得了自己真正想要的是什么，那就是白瑞特，她坚信对她来说，她想要的，就一定能得到。“明天又是另外一天了！”

启迪与思索

斯嘉丽是一个始终对生活满怀热情与智慧的人，她对爱、对未来的憧憬都是坚定而执着的，尽管为形势所迫，她曾一次次地背叛过自己的内心，偏离过生活和爱的方向，但是，这个女人从来没有放弃过，她总是告诉自己，"希望还在，明天会好"，总是怀着一份积极乐观的心态面对人生。我们为她所感动的同时，也佩服她积极、务实的精神和态度，欣赏她的坚韧与智慧。

斯嘉丽的情感经历也使我们懂得要好好珍惜和呵护自己的爱情，把握自己的幸福，爱情也是有生命的，不可以任意挥霍，需要我们的精心呵护、认真经营，不要等到失去了再后悔莫及。

斯嘉丽对磨难与打击的承受力是很强的，她从来没认输、后退过，在生活中，面对突然降临的厄运与挫折，我们可能一时会被击懵，对眼前的生活失去信心。但是，决不能让这种恐惧悲观的心情长久控制我们的心，我们应该学会仰望，坚信明天会好，摒弃脚下的藤蔓和荆棘，把昨日的伤痛化为力量，勇敢地重新开始，给自己一个崭新的开始。

2. 白瑞特

白瑞特的金字招牌是他嘴角那一丝挥不去的略带嘲讽的微笑。他是个独立自我的人，不在乎社会的约束与道德的规范，他只活给自己看，只看重自己的结果，不在乎过程。他永远是那样理智、冷静。

在战争开始后，白瑞特利用战争的机会大发国难财。在和看管他的北方佬一起赌牌时，依然挥洒自如，幽默横生，虽然下一刻他就可能成为他们的刀下鬼。他挽救了十几个三 K 党人的生命，虽然用了极不光彩的手段。他深爱着斯嘉丽，却又不能让她知道，因为他最清楚她是一个会在爱她的人头上挥动鞭子的任性霸道的母狮子。他最了解斯嘉丽，胜过她自己，他们太像了。他是唯一一个在清楚地了解了斯嘉丽的为人之后还能继续爱她的人。

白瑞特用一个男人所能想到的方式去爱斯嘉丽，尽管她对他的爱视而不见。他很有耐心地等待着她醒悟的一天。爱女邦妮的出生，让他把对斯嘉丽的爱转到了小邦妮的身上。他在小邦妮身上倾注了所有的父爱，因为在他眼中，邦妮就是斯嘉丽，一个没有被战争和贫穷摧毁的完美的斯嘉丽。邦妮的夭折让他近乎疯狂，他甚至不允许下葬邦妮。梅兰妮的去世，斯嘉丽的执迷不悟，使他彻底绝望，决然离开，去寻找属于他的幸福。

启迪与思索

这个世界在很多方面并不完全符合我们的想法，只是有些人放弃了抗争和憧憬，有些人却坚持着。在这样的一种张扬个性又缺乏个性的时代，白瑞特这样的人显得异常可贵。

如果你是白瑞特，你会有他这样的智慧，有他这样的执着吗？在痛苦与绝境中，你怎样面对你的未来？你是否能勇敢地捍卫自己的理想，坚定自己的立场，相信并寻找自己的未来？

其实，生活就像在大洋上第一次航行，只有意志坚强的人才能到达彼岸；滴水穿石，不是因其力量，而是因其坚韧不拔、锲而不舍；成大事者不在于力量的大小，而在于能坚持多久，一个有决心的人，终将会找到他的道路。

3. 艾希利

艾希利是一个养尊处优的少爷，他的与众不同的家庭决定了他以后的命运。他是一个具有深刻文化内涵的人，同时也是一个极端的幻想主义者，他的性格矛盾最突出的就是表现在他对新事物的认识和接受上。对于整个战争的看法他和大部分南方人不一样，他的文化涵养使他看待事物具有和白瑞特同样敏锐而准确的理解，然而他的幻想主义思想使他的理解往往不能有实际的意义，这是他和白瑞特最大的差别。

艾希利知道这场战争的实际意义，然而这却不是他所关心的，他所关心的是他的那个梦幻的世界的毁灭。他真正关心的是属于他的那个时代，或者说是那个能够容纳他也能被他接纳的那个时代，而战争的输赢对他来说早已并不重要，重要的只是战争给他造成的无可挽救的后果。他只是一个属于安定时代的花瓶，一个只能用来观赏的花瓶而已，一旦安定失去，花瓶也就没有观赏的价值了。

他不是不明白自己的现状，他就是不愿意去改变，他宁可守着他那个已经残缺不堪的梦，也不愿意试图去改变现状，以适应新的生活，正如他自己所说，他是一个懦弱的人，因为他一直在逃避，逃避活生生的现实。他冥顽不化，拒绝接受新事物，这注定了他失败的命运。

启迪与思索

人靠两种力量活着，一是忘记过去，一是憧憬未来。可是，丧失了过去的艾希利也放弃了自己的未来。他被残酷的现实生活打败了，熄灭了心灵的火焰。他没有面对动荡生活和起伏命运的勇气，而是沉浸在对自我的指责、对过去的回味里。

理想与希望永远都是人类赖以生存和发展的根本，在任何一个社会，热爱生命、积极生活的人生态度，都是最为我们所推崇的。日常的流俗最能毁灭掉理想主义的热情之火，使得那些身怀梦想的人成为供桌上的祭品，艾希利就是这样一件祭品。

时代在发展，在冲突与碰撞中我们必须有融入世界的决心，有包容一切、承受一切的韧性，要具备与时俱进的思维和魄力，只有这样才可以跟上时代的步伐，不被淘汰。

4. 梅兰妮

梅兰妮拥有一个女人的所有美德，尽管她没有华丽的衣服和首饰，这个天使般的女人爱自己的丈夫和儿子，关心照顾身边的每一个人，她心地善良又善解人意。

尽管梅兰妮看上去很胆小，但是在斯嘉丽杀死那个北方佬时，她已经做好了准备，她手里拿着一把刀，准备为她而厮杀。她不顾自己体弱，帮斯嘉丽工作,节省自己的食物给别人。她怀着对故土的热爱,投入后方的工作中去,在医院中直面流血、牺牲和死亡。即使是斯嘉丽,也需要从她身上寻找母亲般的支持。

梅兰妮是一个敏感而又豁达的人,她看开了人世的恩怨情仇,不愿用小人之心去揣度他人,随时怀着一颗感恩的心,知道人生的艰难和不易,知道人非圣贤,世道也并不完美。正是本着这样的慈悲,她明明知道斯嘉丽对艾希利是那样迷恋,但却还是那么忠诚地守护着她,绝不允许别人说斯嘉丽的坏话。她甚至包容了艾希利的不忠,因为她知道艾希利始终是爱着她的。

梅兰妮的睿智能够穿透一切世俗的迷障,直达事物的本质。她的大度其实不是出于斯嘉丽所说的"傻",也不完全是出于一个虔诚的基督徒对上帝的敬畏,而是出于对世事的洞明、人情的练达和对生命与世界细致入微的珍惜和感恩。也正因为她对这一切的珍惜,"除了一颗心以外什么也没有"的她,才能始终如一地做艾希利和斯嘉丽的坚强后盾。

梅兰妮恬静、隐忍,有牺牲精神,始终如一地爱着自己倾慕的人。她为了艾希利能有一个女孩,付出了自己的生命,她的死亡闪烁着圣洁的光芒。尽管斯嘉丽不愿承认,但她最后还是相信了,其实她和梅兰妮是连在一起的,她不可能脱离梅兰妮而单独存在。

启迪与思索

无论在什么年代,一颗善良的心,一种达观的人生态度,都是一个人的立身之本,幸福之源。女人不是因为美丽而可爱,而是由于可爱而美丽。一个善良、豁达、懂得爱人与宽容的女人,浑身上下都有一种独特的魅力,她将用她天使般的魅力造福世人,获得世人的尊重。在现实生活中,在我们身边也有一些像梅兰妮这样的女人,或许她是我们的姐妹,或许她是我们的母亲。实际上,我们这个世界之所以有爱、有希望,正是因为她们的奉献与付出,是因为她们这样一种精神光辉的照耀。

在我们的生活、学习、工作、情感中,经常会遇到挫折、失败,我们是否有梅兰妮一样的勇敢、坚强?在面对人生风雨时,我们是否有梅兰妮一样的镇定、处变不惊、从容应对？在与朋友、亲人相处时，我们是否有梅兰妮一样的宽容、大度与善良？在面对利益得失时，我们是否有梅兰妮一样无私奉献的高尚情操？把高尚者作为一面镜子，你会照见自己的美与丑。

作者·作品

作者

在美国的一次文学聚会上，一位男士滔滔不绝地向别人介绍自己的作品，他发现旁边有一位女士很少说话，便和她搭话："夫人，你发表出版了多少作品？"

那位女士回答："只有 1 本书。"男士露出惊讶的表情，"哦，我出版的书不下 30 本。"他接着又问，"您的书名是什么？"女士神色自若地回答："是《飘》。"男士登时张口结舌，颜面扫地。

仅靠一部作品就名扬天下的作家是绝无仅有的，而美国女作家玛格丽特·米切尔便是这样一位绝无仅有的作家。

玛格丽特·米切尔的父亲是个有名的律师；她的母亲笃信天主教，是一个女权主义者。米切尔从小就爱听南北战争的故事。她的外祖母常给坐在自己膝上的小米切尔绘声绘色地讲述发生在战争中的故事。菲茨塔拉德庄园是米切尔童年的乐园，在这里经历的一切都成为她日后创作的素材。

1918 年，第一次世界大战中，18 岁的米切尔失去了她的男友亨利。1919 年初，一场流感又夺走了她母亲的生命，米切尔甚至没赶上与妈妈最后的道别。

母亲去世后，父亲失去了生活的动力和勇气，只能消极度日。失去母亲后，玛格丽特像一匹脱缰的野马，特立独行、为所欲为。在亲友们的一片反对声中，她嫁给了落拓不羁、潇洒风流的酒贩子雷德·厄普肖。蜜月刚过，他们的感情就出现了裂痕，最终，厄普肖弃她而去……

厄普肖走后，在他的朋友约翰·纳什的帮助和鼓励下，玛格丽特当上了一名报社记者。她干得很投入，也很出色。

1925 年 7 月 4 日，玛格丽特·米切尔与马什结为夫妻。婚后的米切尔保持着她我行我素的特点。米切尔在报社待了 4 年，后来因为脚受伤，走路不太方便，只好辞职在家里。马什鼓励米切尔动手写小说。

米切尔的《飘》从 1926 年开始，断断续续写了 9 年，200 多页稿纸装在一个大口袋里，没有成型，更谈不上定稿。除了马什，她也不好意思拿给别人看。

1935 年，纽约一家大出版社的主编兼副总裁来到亚特兰大，他见到了玛格丽特·米切尔，拿到了那一大堆未成型的手稿。一年后《飘》终于与读者见面了，米切尔一夜成名。《飘》发表后，米切尔的生活陷入了回复信件与官司之间。

好莱坞也没有放过这样一本"迄今为止最伟大的美国小说"，整整折腾了 3 年，这部定名为《乱世佳人》的影片和观众见面了，整个美国，甚至可以说整个世界为之轰动，玛格丽特·米切尔再次受到世人的瞩目。

1949 年 8 月 11 日晚，在去看电影的路上，因一场意外车祸，这个传奇女子走完了她不平凡的一生。

米切尔没有给这个世界留下一儿半女，这个世界却因她而留下了一部感人的小说，一部不朽的电影佳作。"战斗者是因力气已尽而死的，而不是因被征服而死的。"或许，玛格丽特·米切尔自己的话，就是对她这一生最好的总结。

作 品

《飘》以其独特的女性视角在描述美国内战的作品中独树一帜，备受读者青睐。《飘》是一部令人悲痛的心理剧，以戏剧的力量揭示出女主人公在与内心的冲突中逐渐走向成熟的过程，是一部老南方种植园文明的没落史，一代人的成长史和奋斗史。

米切尔生前曾经告诉友人："我经常在想，为什么读者会喜欢这本书。或许因为它写的是一个象征勇敢的故事，才引起读者的共鸣吧。我相信，这个世界，只要有勇气，就不会毁灭。"

《飘》自 1936 年首次出版后，在世界上被翻译成几十种文字，总共销售了几千万册。根据此书拍成的电影《乱世佳人》于 1939 年 12 月 15 日在亚特兰大举行首映，引起轰动，并迅速风靡全球，次年这部电影获得 10 项奥斯卡奖。

《飘》的女主人公斯嘉丽跌宕起伏的人生经历给了我们莫大的启迪。它使我们明白：人生中，真正的残酷不是飘摇的风雨和沉痛的磨难，而是精神的沦陷和意志的丧失，是希望和信念火焰的黯然熄灭。而真正的强者和智者，却始终不会忘记自己的方向，哪怕沉沦在黑暗与痛苦里，他也绝不失去生活的信心，不失去对美与光明的追求。

无论我们遭遇怎样的逆境和厄运，一定不能绝望、不要轻易放弃，在这个世界上，没有绝望的处境，只有对处境绝望的人。那些能干又肯干的人，都是态度积极的人。而那些站在场外袖手旁观的人，永远只能是成功的看客。只有穿越了痛楚与绝境的人才有资格去承受胜利与爱的回馈，才能拥有拥抱美好未来与明天的资本。

13.《老人与海》

——人生来不是为了被打败的

作者：海明威（美国）

出版时间：1952 年

推荐理由：海明威 1953 年获得普利策奖、1954 年获得诺贝尔文学奖都是因为他的这部《老人与海》。这部中篇小说以完美的艺术性和深邃的哲理性征服了世界文坛，也征服了不同种族、不同肤色、不同语言的读者。

心灵吃语

人生来不是为了被打败的

人生不如意之事，十之八九。活在世上，每个人都会遇到困难或阻碍，雄鹰翱翔天空，难免伤了翅膀；骏马奔驰大地，难免失蹄折骨。世上没有一种不通过蔑视、忍受和奋斗就可以征服的命运。

现在我们的生活时刻处于动荡与变化中，我们很容易因为周围的喧嚣与迷乱而迷失自我，在诱惑与刺激面前躁动不安，甚至丧失原本的人生信仰与价值观。要想成就一番事业，就需要我们有坚强的意志，豁达的心态，不能急功近利，患得患失。

人类进步的历史一向都是由那些不向逆境与磨难俯首称臣的人写下来的。世界并不是掌握在那些嘲笑者的手中，而恰恰掌握在能够经受得住嘲笑与批评仍然不断往前走的人手中。宿命论是那些缺乏意志力的弱者的借口，一个渴望更加美好生活的人必须首先是一个能够战胜自己、把握自己的人。

《老人与海》的故事告诉我们："真正的强者是打不垮的，他的身体可以倒下，但是，他的信念却永远也不会被消灭，他会战斗到生命的最后一刻，这样的生命是不败的。只有经住严冬验证的种子，才是坚实的，只有经住严冬验证的道路，才是长久的，只有经住挫折磨砺的生命，才是勇敢的。"

也许我们航行一生，也未必能够到达彼岸，也许我们攀登一世，也未曾登上人生的顶峰。但是触礁的未必不是勇者，失败的未必不是英雄，奋斗的过程远远重于奋斗的结果，只要奋斗了，争取了，努力了，就问心无愧，只要精神不倒，就是成功的人生。

品味经典

桑提亚哥是古巴的一个老渔夫，他年轻时强健有力，曾经和一个黑人比赛掰腕子，比了一天一夜，终于战胜了对手。到了晚年，他的经历和反应都不如从前，老婆死后，他一个人孤独地住在海边简陋的小茅棚里。

有一段时间，桑提亚哥独自乘小船打鱼，他接连打了 84 天，但一条鱼也没有捕到。本来一个叫曼诺林的男孩子总是跟他在一起，可是日子一久，曼诺林的父母认为老人背运，吩咐孩子搭另一条船出海，果然第一个星期就捕到三条好鱼。孩子见到桑提亚哥每天空船而归，心里非常难受，总要帮他拿拿东西。

桑提亚哥和曼诺林是忘年交，教会他捕鱼，曼诺林很爱他。村里很多打鱼的人都因为老头捉不到鱼拿他开玩笑，但是在曼诺林的眼里，老头是最好的渔夫。他们打鱼不单是为了挣钱，而是把它看作共同爱好的事业。曼诺林为老人准备饭菜，跟他一起评论垒球赛。老人特别崇拜垒球好手狄马吉奥。

他是渔民的儿子，脚跟上虽长有骨刺，但打起球来生龙活虎。老人认为自己已经年迈，体力不比壮年，但他懂得许多捕鱼的诀窍，而且决心很大，因此他仍是个好渔夫。

桑提亚哥和曼诺林相约第二天，也就是第 85 天一早一起出海。当晚他做了个梦，梦见了自己少年当水手时远航非洲见到过的在海滩上嬉戏的狮子。醒后他踏着月光去叫醒曼诺林，两人分乘两条船，出港后各自驶向自己选择的海面。

天还没有亮，老人已经放下鱼饵。鱼饵的肚子里包着鱼钩的把子，渔钩的凸出部分都裹着新鲜的沙丁鱼。鱼饵香气四溢，味道鲜美。

正当桑提亚哥目不转睛地望着钓丝的时候，他看见露出水面的一根绿色竿子急遽地沉入水中。他用右手的大拇指和食指轻轻捏着钓丝。接着钓丝又动了一下，拉力不猛。老人明白，100 英寻之下的海水深处，一条马林鱼正在吃渔钩上的沙丁鱼。他断定这是一条大鱼。这激起他要向它挑战的决心。

桑提亚哥先松开钓丝，然后大喝一声，用尽全身的力气收拢钓丝，但鱼并不肯轻易屈服，非但没有上来一英寸，反而慢慢游开去。老人想鱼这样用力过猛很快就会死的，但四个小时后，鱼依然拖着小船向浩渺无边的海面游去，老人也照旧毫不松劲地拉住背在脊梁上的钓丝。他们对抗着。

这时，桑提亚哥回头望去，陆地已从他的视线中消失。太阳西坠，繁星满天。他根据对星的观察做出判断：那条大鱼整夜都没有改变方向，夜里天气冷了，桑提亚哥的汗水干了，他觉得身上冷冰冰的。为了能坚持下去，他不断地和鱼、鸟、大海对话，不断地回忆往事，并想到了曼诺林，他大声地自言自语："要是孩子在这儿多好啊，好让他帮帮我，再瞧瞧这一切。"

破晓前天很冷，桑提亚哥抵着木头取暖。他想，鱼能支持多久我也能支持多久。他用温柔的语调大声说："鱼啊，只要我不死就要同你周旋到底。"太阳升起后，老头发觉鱼还没有疲倦，只是钓丝的斜度显示鱼可能要跳起来，这正是他求之不得的事。

正在这时钓丝慢慢升起来，大鱼终于露出水面。在阳光下，这条鱼浑身明亮夺目，色彩斑斓。它足有 18 英尺长，比他的船还要大。它的喙长得像一根垒球棒，尖得像一把细长的利剑。它那大镰刀似的尾巴没入水中后，钓丝也飞快地滑下去。

桑提亚哥和大鱼一直相持到日落，双方已搏斗了两天一夜，老人不禁回想起年轻时在卡萨兰卡跟一个黑人比赛掰腕子的经历。他俩把胳膊肘放在桌上画粉笔线的地方，前臂伸直，两手握紧，就这样相持了一天一夜。八小时后每隔四个钟头就换一个裁判，让他们轮流睡觉。他和黑人的手指甲里都流出血来。有一次黑人喝了甜酒使出全身力气，竟把他的手压下去将近三英寸，但桑提亚哥又把手扳回原来的位置，并且在第二天天亮时奋力把黑人的手扳倒，从此他成了人们心目中的英雄。

桑提亚哥和大鱼的持久战又从黑夜延续到天明。大鱼跃起十几次后开始绕着小船打转。老人头昏眼花，只见眼前黑点在晃动，但他仍紧紧拉着钓丝。当鱼游到他身边时，他放下钓丝踩在脚下，然后把渔叉高高举起扎进鱼身。大鱼跳到半空，充分展示了它的美和力量，然后轰隆一声落到水里，浪花溅满老头一身，也溅湿了整条小船。

鱼仰身朝天，银白色的肚皮翻上来，从它心脏流出来的血染红了蓝色的海水。桑提亚哥把大鱼绑在船边胜利返航。可是一个多小时后，鲨鱼嗅到了大鱼的血腥味跟踪而至抢吃鱼肉。桑提亚哥见到第一条游来的鲨鱼的蓝色的脊背。他把渔叉准备好，用绳子系住。待鲨鱼逼近船尾去咬大鱼的尾巴时，老头用刀杀死了两条来犯的鲨鱼，但在随后的搏斗中刀也折断了，他又改用短棍。然而半夜里鲨鱼成群结队涌来时，他已无力对付它们了。

船驶进小港时，人们看见船旁硕大无朋的白色鱼脊骨。望着那副骨架，桑提亚哥自问是什么打败了他，结论是："什么都不是，是我出海太远了。"

第二天早上，曼诺林来看望老头，见到他疲倦得熟睡不醒时不禁放声大哭。桑提亚哥醒来后，曼诺林给他端上一杯热气腾腾的咖啡。两人相约过几天一起去打鱼，曼诺林说他还有很多东西要学。曼诺林离去后，桑提亚哥睡着了，他又梦见了非洲的狮子。

对话人物

桑提亚哥

为了保护他的"财产"，勇敢的桑提亚哥老人与鲨鱼进行了一次又一次的搏斗。用一种孤身奋斗的强者形象，感动着每一位读者。老人处境的一步步恶化就是为了表现出海明威这一硬汉在"重压"之下所表现出的"优雅风度"。这样的重压之下，老人的失败才显得尤为悲壮。刚开始时，天天出海，但一连80多天都没有钓到一条鱼，这种失败就够"倒霉"了，后来小孩儿诺曼林的离去更让老人的处境显得黯淡凄凉，最后的遭遇更让人感到凄惨，然而就是这种"从失败仍然是到失败"的境况下，桑提亚哥完美地体现了海明威的硬汉性格。

桑提亚哥老人勇敢地承认了自己的失败，却又绝对相信自我的力量。相信他纵然失败依然勇敢无比，相信在精神上并没有败给鲨鱼，因为被消灭的是鲨鱼，而不是自己，正是基于对待失败的勇敢、毫不气馁的精神，桑提亚哥才体会到："一旦给打败，事情也就容易办了。"于是，"现在只要把船尽可能好好地、灵巧地开往自己的港口去。"当战斗已成往事，辉煌也已逝去，桑提亚哥是那么安详平静地完成剩余的工作，绝好地体现了"重压下的优雅风度"。

桑提亚哥同时选择了向大自然索取馈赠和与自然平等相处这对立的两个方面。他不是一味狂妄自大，但也没有矫饰地把自己摆在屈从的位置。大自然是他的供养者，他不得不向它索取；但他也敬畏自然生命，并尝试着承担起对自然的责任，在不侵犯他者生存权利的前提下，去实现个体生命的价值。

启迪与思索

"人生来不是为了被打败的"，"人尽可以被毁灭，但却不能被打败"。桑提亚哥就是一个典型的打不败的硬汉形象：他坚强刚毅，勇敢正直，精力充沛，面对痛苦和死亡无所畏惧，在同严酷的生活进行殊死搏斗时，从来不丧失人的尊严和勇气，表现出临危不惧的英雄气概。他展现了人类面对厄运和暴力激发出的肉体和精神的力量。他的背后是人类永恒存在的价值：自信、自强和自尊。他的形象具有象征性的哲理意义，他不仅代表他个人，他的行为也不是个人的英雄主义，而是象征了永恒的人类精神，一种永恒的、超越时空的存在，一种压倒命运的力量。

著名作家王小波在《老人与海》的书评中写道："我不相信人会有所谓的'命运'，但是我相信对于任何人来说，'极限'是存在的。再聪明、再强悍的人，能够做到的事情也总是有极限的。老人桑提亚哥不是无能之辈，然而，尽管他是最好的渔夫，也不能让那些鱼来上他的钩。他遇到他的极限了，就像最好的农民遇上了大旱，最好的猎手久久碰不到猎物一般。每个人都会遇到这样的极限，仿佛是命运在向你发出停止前行的命令。"一个人在逆境时，会遭受各种羞辱，甚至不白之冤。要是这时候愤怒反击，百般抱怨，可能受害的只会是自己，别人反而会更加看轻你。伟人之所以伟大，是因为他与别人共处逆境时，别人失去了信心，他却下决心实现自己的目标。

当英雄主义遭到嘲笑，当犬儒主义受到褒奖，当庸俗的小市民习气如泥石流般冲击着人文精神的大厦时，我们比任何时候都需要用"硬汉"的精神，都需要"硬汉"来证实人类永不言败的精神底蕴。人性是强悍的，人类本身有自己的极限，但正是因为有了老渔夫这样的人一次又一次地向极限挑战，超越它们，这个极限才一次次扩大，一次次把更大的挑战摆在了人类面前。在这个意义上，老渔夫桑提亚哥是个令人敬仰的男子汉和英雄。

桑提亚哥老人的经历告诉我们：环境越艰难困苦，就越需要坚定的毅力和信心。你对生活微笑，它也是微笑的；你对生活哭泣，它也是哭泣的。当一个人镇定地面对和承受一个又一个的打击与考验时，他灵魂的美就会闪耀出来。人生可以没有很多东西，却唯独不能没有希望。而真正的英雄则都是从这样的环境里磨炼出来的，是打不败拖不垮的。

作者·作品

作者

海明威出生在密执安湖南岸的一个小镇。母亲很有修养，热爱音乐，父亲是位医生，又是个钓鱼和打猎的能手，受父亲影响，使海明威终生热爱捕鱼和狩猎。父亲在海明威 29 岁时，开枪自杀了。

海明威 14 岁时学习拳击，在一次训练中被击中头部，伤了左眼，这只眼的视力再也没有恢复。中学毕业后，海明威到《堪萨斯明星报》做见习记者。在这里海明威掌握了新闻写作的技巧，并形成了自己的文字风格。

1918 年 5 月，海明威加入了美国红十字战地服务队，来到第一次世界大战的意大利战场。大战结束后，海明威被意大利政府授予十字军功奖章、银质奖章和勇敢奖章，获得中尉军衔。伴随荣誉的是他身上 237 处的伤痕和恶魔般的战争记忆，这时他刚满 19 岁。

1919 年夏秋，海明威写了 12 部短篇，寄给报社后全被退回。母亲警告他：要么找一个固定的工作，要么搬出去。海明威带着他的书稿从家里搬了出去。

1920 年冬天，22 岁的海明威结婚了，红发女郎哈德莉是他第一任妻子。

1923 年，海明威的第一部著作《三个短篇和十首诗》在法国一个非正式出版社出版，总共只印了 300 册。

1925 年是海明威最为穷困潦倒的一年，妻子哈德莉带着儿子离开了他。

海明威与第二任妻子波林婚后不久，第一部长篇小说《太阳照常升起》问世了。海明威因此书成为"迷惘的一代"文学流派的代表。

1936 年 7 月西班牙内战爆发，海明威借款 4 万美元为忠于共和国的部队买救护车，并拿起武器参加战斗。西班牙内战以共和军的失败而告结束，这让海明威十分难受，他写出了他一生中唯一的剧本《第五纵队》，歌颂献身于正义事业的人们。

1939 年，海明威最优秀的长篇小说《丧钟为谁而鸣》出版后不久，妻子波林与他离婚。

海明威和女作家玛莎结婚后，到中国度蜜月。他们作为战地记者写了 6 篇中日战争的报道，高度赞扬了我国人民英勇无畏的斗争精神。

海明威始终态度鲜明地反对法西斯分子，日本偷袭珍珠港，美国对日宣战的当天，海明威就参加了海军。他指挥船员在海上追踪德国潜艇近两年，寻找与德军同归于尽的机会。

1944 年 6 月，海明威随美军在法国诺曼底登陆。他率领一支法国游击队深入敌占区侦察，不断地向作战指挥部提供大量珍贵情报，因此获得一枚铜质勋章。同年，海明威与玛莎离婚。

1946 年 3 月，海明威与他第四任，也是最后一任妻子玛丽结婚。玛丽是位记者，她陪伴海明威走完生命中的最后 15 年，使他享受了天伦之乐和人间温暖。

20 世纪 50 年代初，海明威发表了他最优秀的作品《老人与海》。不久，他因此获得了普利策奖。

1954 年 1 月，海明威和妻子去非洲打猎，他们两次乘坐飞机都发生了事故，海明威拉着妻子从飞机的残骸和火焰中爬了出来。人们以为他遇难了，身受重伤的海明威躺在病床上看到了用 25 种语言文字发表的他的讣告，诺贝尔文学奖的巨大荣誉也落在他的头上。他无法亲赴瑞典领奖，只好委托驻斯德哥尔摩的美国大使代他出席庆典。

荣获诺贝尔文学奖之后的几年，海明威没有发表过重要作品，他的健康每况愈下，他完全丧失了工作能力。

1961 年 7 月 2 日清晨，海明威取下猎枪，扣动了扳机，为自己的人生画上了句号。

海明威死了，但他塑造的硬汉形象永远活着，他写下的"那些优秀、美好、真实、动人的东西"将永垂不朽。

作　品

1952 年，海明威发表了他最优秀的作品《老人与海》。这是世界文学宝库中的珍品，也是海明威全部创作中的瑰宝。该书出版仅 48 小时就销量惊人，当年就获得了普利策文学奖，1954年，海明威又因此书获诺贝尔文学奖。

《老人与海》讲述了古巴老渔夫桑提亚哥独自在海上拼搏的故事，告诫人们要勇敢地面对失败，在暴力、失败和死亡面前要保持人的尊严和勇气，保持"男子汉的风度"。

1936年，海明威为一家杂志撰写的一篇通讯中写道："有一次，一个老人独自在加巴尼斯港口外的海面上打鱼，他钓到一条马林鱼，那条鱼拽着沉重的钓丝把小船拖到很远的海上。两天以后，渔民们在朝东方向60英里的地方找到了这个老人，马林鱼的头和上半身绑在船边上，剩下的鱼肉还不到一半，有八百磅重。鱼在深水里游，拖着船，老人跟着它一天一夜又一天一夜。鱼泛到海面上，老人驾船过去钩住它。鲨鱼游到船边袭击那条鱼，老人一个人在湾流的小船上对付鲨鱼，用桨打、戳、刺，累得他筋疲力尽，鲨鱼却把能吃到的地方都吃掉了。渔民们找到他的时候，老人正在船上哭，损失了鱼，他快气疯了，鲨鱼还在船的周围打转。"

这个真实的故事其实就是《老人与海》的雏形。海明威一直在积累或是寻找一种释放的方式，将自己的内心有意识或无意识地表现出来。

《老人与海》就是海明威表现他一生的方式，老人桑提亚哥其实就是他自己的象征，"人可以被毁灭，却不可以被打败"，这几乎可以被看作海明威的"遗嘱"。

《老人与海》被威廉·福克纳誉为"这代人最优秀的一个单篇"，诺贝尔文学奖授奖词中称赞这部作品"是对一种即使一无所获仍旧不屈不挠的奋斗精神的讴歌，是对不畏艰险、不惧失败的那种道义胜利的讴歌"。

真正的大师都是用最简单的语言来表达最深刻的道理，真正的好作品都是用生命的历练做题材。《老人与海》是一曲人的颂歌，它颂扬了人的力量、人的尊严、人的勇气。在20世纪布满阴霾的西方文学天空，它是一抹最鲜明的亮色。

《老人与海》使我们懂得，对怀着百折不挠的坚定意志的人来说，没有所谓失败，那些跌倒了立刻站起来、每次坠地都像皮球一样跳得更高的人，无论他活多久，都无愧于生命的珍贵。人生的意义就在于一种精神，一种敢于承受痛苦、蔑视死亡、搏击苦难的精神。

14.《荆棘鸟》

——世界上最美好的东西总要用难以想象的代价来换取

作者：考琳·麦卡洛（澳大利亚）

出版时间：1977年

推荐理由：《荆棘鸟》自1977年问世以后，不仅成为美国十大畅销书之一，而且迅速成为风靡全球的"国际畅销小说"，先后被改编成电影，拍成电视连续剧，灌制成盒带，是整个20世纪80年代畅销书之一。

心灵呓语

像荆棘鸟那样追寻自己的梦

传说中，南方有一种荆棘鸟，一生只唱一次歌。她的歌声比世界上任何生灵的歌声都要优美动听。从离开巢穴的那一刻起，她就在寻找一株荆棘树，在寻到中意的荆棘树时，她就把自己的身体扎进那最长、最尖的刺上，在淋漓的鲜血中她放开歌喉唱出嘹亮的歌声，在奄奄一息的时刻，她超脱了自身的痛苦。她的歌声是世上最美好动听的歌声，连云雀和夜莺都黯然失色。她的生命曲终而竭，但是，整个世界都倾听到了她动人的歌声。上帝在苍穹中对她微笑，最美好的东西只能用最深刻的痛、最巨大的创伤来换取。

在荆棘的刺痛里，荆棘鸟没有惧怕也没有在意即将来临的死亡，她只是唱着，唱着，竭尽全力地唱到生命的最后一刻，直到再也唱不出一个音符……

小说《荆棘鸟》中，女主人公梅吉就是荆棘鸟的化身，一份份弥足珍贵的感情伴随着她度过了近半个世纪的风雨，她在一连串的沉痛巨创中，真正体会到了爱的刻骨铭心，在她敞开心扉学着去体察、接受母亲和女儿的感情时，她终于明白上帝所赐予的远比收回的要多，她最终宽恕了一切。无奈和彷徨过后，勇敢地选择了偿还爱的代价，她生命的意义趋向了完整。

一个人面对世界时，最需要一扇窗子，面对自我时，最需要一面镜子。通过窗子能看见世界的明亮，使用镜子能看见自己的污点。爱与生命的绝响需要有一颗睿智、豁达的心来聆听。《荆棘鸟》这个故事告诉我们：人生无常，风雨无序，生活中我们都不可避免地会遭受痛苦和磨难，没有一个人的一生是没有磨难的；相反，越是有成就的人，其人生的各种磨难也越大；每个人都可能经历死亡、疾病、天灾人祸等人生悲剧。亲人的死亡常使我们悲恸欲绝，失恋、失业使我们失去自信和安全感，孤独使我们陷入悲哀和绝望的深渊。在人生的磨砺里，我们除了通过黑夜的道路，无法到达黎明。只有穿越黑暗幽深的山谷，到达山顶的时候才会欣喜若狂。没有逆境中的苦战，哪有强者的胜利？没有战胜困难的艰辛，又哪有成功者的喜悦？

品味经典

出身于贵族之家的菲奥娜爱上了一个有名望的已婚政治家，并为他生下了儿子弗兰克。然而她爱的男人不能娶她。她的父亲以独生女未婚先孕为耻，将她下嫁给了家中的牧工帕迪。

老实的帕迪接受了菲奥娜和不属于他的儿子，一生都爱着她，崇拜她，以她为荣。沉默寡言的菲奥娜跟着帕迪在新西兰过着贫寒的生活，为他生了很多孩子。梅吉是他们的独生女。

梅吉第一次见到拉尔夫的时候才 10 岁。那是她们举家从新西兰迁到澳大利亚的第一天。那天，她站在迁移的队伍后面，呆呆地像仰望上帝一样仰望着那位穿着黑色风衣的神父。她永远都不会忘记他不顾身后扬起的灰尘，穿过她的父母和哥哥们径直向她走来，用温暖的手把她抱起来问她叫什么名字时的样子。

他爱她，从见到她的那一刻，他就莫名地迷上了她金色的头发，她的眼神乃至她的一切。在很长一段时间里，他一直试图说服自己放弃这份近乎荒谬的感情。

她依靠他，把他当作倾诉对象。他在她最信任的哥哥弗兰克走的时候开导她，在她倾注了最大心血的弟弟死了之后陪着她，甚至是他而不是她的母亲菲奥娜告诉她关于女孩子生理私密的一些事情。

她和他一起生活了7年。7年，足以使一个女孩成熟，也足以让一段感情成熟。她17岁的时候，她的姑妈玛丽·凯森——那个疯狂的浑身充满了嫉妒的老女人看出了一切，她在她死前为这两个人布下了一张充满毒液的网。

拉尔夫背叛了梅吉和她的家人，用本属于她们家的1300万英镑的财产，效忠了他的上帝，得到了晋升主教的机会。他说他是个教士，他必须恪守自己的信仰，疯狂地吻过她之后，他还是带着他的矛盾的心，迈着虚伪而兴奋的步伐去了另一个教区，而后去了雅典。

她知道等不到她的拉尔夫，他不会娶她为妻，于是带着她少女的爱，嫁给了长得很像他的卢克。卢克不爱她，女人对他来说只是一天劳动过后的床上消遣，他娶她只是为了她一年2000英镑的进账。卢克给她的是仆人的日子，是分居的生活，是一个个不会实现的假期和一个不会有的田产。他甚至在她生下他的孩子的那一天都没来照看她。

然而他——拉尔夫来了。从她的家人口中知道她结婚的消息时，他已从雅典回来成为澳大利亚的主教了。他来到了她身边，看着她的孩子出生。可他还是负气离去，因为她要的是他实实在在的感情，而不是一个"最美丽的怀念和人的形象"，而他给不了她想要的这一切。

生了女儿朱丝婷之后，梅吉在房东的劝说下去度假。在她打算接受命运，接受卢克，面对她自己选择的生活时，拉尔夫却又回来了，他说很牵挂她。

她所有的计划就这样被打破了。

在那个小岛上，她拥有了他们的第一夜。而一段幸福的日子之后，他又离开了，他要去遥远的罗马，那是他后半生的归属。她理解也接受他的离去，她知道自己爱上的是个教士，是个属于上帝的人。

他走后，梅吉选择离开卢克，回澳大利亚，回她自己的家。回家不久后，她发觉她怀孕了，为了掩饰，她去找了她的丈夫——卢克，跟他睡了一夜后又悄悄离开。她要让人们相信那是卢克的孩子，她要保守那个秘密。她要把从上帝那里偷来的他的一部分永远留在身边。

梅吉生下了儿子戴恩，她甚至开始庆幸卢克和拉尔夫长得很像，因为这样就使人们觉得长得很像拉尔夫的戴恩，也很像卢克。尽管这并瞒不住她的母亲菲奥娜。

拉尔夫再次来到时，见到了戴恩，听到了戴恩那特别像梅吉的笑声，而他却没看出来其实戴恩的一举一动都像他，他认为她又回到了卢克身边。他们依然在夜晚缠绵着，一如她所说，在那个度假的小岛和她的家都是属于她，而不是属于上帝的。然而他依然还是个教士，是个红衣主教，在激情过后他必须离开，虚伪也罢无情也罢，她已经习惯。只是她对他始终没发觉自己的儿子有点失望。

她本来想把戴恩留在家里，让他做牧工，娶妻生子。然而这个她从上帝那偷来的儿子却让她失望了。因为他决定做个教士，终生侍候伟大的上帝。一切仿佛是个玩笑，她从上帝那偷来的儿子，又被上帝索回去了。她知道要失去儿子了，她明白自己是斗不过上帝的。她决定把戴恩送到罗马，送到红衣主教拉尔夫那里去。她在给他的信上说"把偷来的还回去"，而他却始终不明白这话的意思。

她从此便没见过戴恩，哪怕是在他在罗马成为教士的仪式上。她知道儿子做得很好，知道儿子得到了包括拉尔夫在内的很多人的肯定和赞赏。他甚至会成为一个比拉尔夫更完美的红衣主教。

她一直没有去见他，总是用各种理由推辞着，其实她知道她是不愿意面对他，不愿意面对自己的失败。然而终于有一天，她必须去了。因为她的儿子死了，他们的儿子死了。为了搭救几个女子，他们的儿子戴恩，淹死在希腊冰冷的海水里，带着对上帝的虔诚，永远地离开了。

她不想让儿子魂散他乡，于是她要会希腊语的拉尔夫利用关系去希腊把她的儿子找回来。

她和他在罗马再次相见了，她 50 岁，他 78 岁。他第一次知道 26 年来他一直误解她对卢克的妥协，第一次知道他有个儿子——那个他最喜欢的晚辈，那个最崇拜他的晚辈，那个把他当作完美主教的、他心中未来的完美教士。

拉尔夫找回了他的儿子，把他埋葬在家里，和她默默地坐着，仿佛一切话语都已失去意义。一声呼喊后，他倒在她的怀里。他在生命的最后一刻，还是没有开口对她说些什么，他知道，他想说的，她都理解、都懂。

她坦然接受了自己的命运，她知道，一切都是自己选择的，要自己来面对，不为别的，只为她爱上了教士，爱上了这个欲爱不能，欲罢也不能的不合格的教士和不合格的男人，她谁都不怨恨，也永不后悔……

对话人物

1. 梅吉

女主人公梅吉，在 4 岁的时候，就有了打动人的力量，她就像她的生日礼物，被她取名"阿格妮斯"的洋娃娃一样，温顺、美丽而又可爱至极。这女性最柔美的力量，不仅打动了拉尔夫，也打动了所有的读者。

梅吉有着天生的母性，在给她的弟弟和妹妹换尿布的时候，她甚至觉得自己就是他们的母亲。她渴望有自己的孩子，做他们的母亲。母性为梅吉增添了圣洁的光芒。

梅吉天真烂漫，纯洁无瑕，甚至在 15 岁遇到初潮，单纯无知的她以为得了绝症，沉默地隐藏着自己的恐惧，像条吞吃自己尾巴的蛇。执着、坚韧是梅吉最打动人的精神力量，也是女性永久的美的力量。梅吉有着顽强的忍受力与自我克制力，从小就学会了隐藏自己心底的想法，从无怨言，习惯性地忍受附加在她身上所有的不幸和痛苦，这一点，她像极了她的母亲菲奥娜。

拉尔夫几乎就是梅吉所有的梦想，甚至是她生存的唯一信念。这个男人在梅吉的心灵里撒下了爱的种子，她对拉尔夫的爱情，一天天随着她成长，不可抗拒地发芽、开花。为了这爱情，梅吉用了她的一生来换取。梅吉就像是一只荆棘鸟，从孩童时代，就开始了寻找荆棘树，这就是她对拉尔夫的爱情的旅程。然而，她永远无法得到这个男人——这根最尖、最锋利、扎进肉体最深处的荆棘。在她纯洁的爱情和教会无上的权力间，拉尔夫最终选择了上帝，离开了梅吉和她刻骨的爱，走向梵蒂冈红毯的尽头……

在男人们一个个实现着梦想的时候，在主的名义下，无辜的梅吉独自固守着她最后的领土——德罗海达，她倔强而又顽强地承受婚姻的不幸，承受人性的扭曲，承受上帝夺走她至亲至爱的人：父亲、兄弟、拉尔夫、儿子，承受附加在她身上所有的不幸和痛苦。

梅吉在执着追求爱情的过程中受到了沉痛的重创，但是她也体会到了爱的刻骨铭心，她的生命有了完整的意义。在爱的寻找中，她理解了母亲，在失去最心爱的儿子后，她终于发现并从心底真正接受了自己的女儿。上帝并没有带走一切。戴恩这盏灯熄灭了，但朱丝婷这盏灯还亮着。花开花会落，即便消亡也会变成春泥，这无穷无尽的循环，生生不息，这便是生命的意义。

启迪与思索

如果你是女人，你会是另一个梅吉吗？你会爱上一个注定不会和你在一起的男人吗？你会像梅吉一样，在得不到爱人的时候，选择一个替身和他结婚然后绝望地分手吗？

事实上，无论什么样的爱情都需要一颗智慧之心的引导，爱情是一片不容污染的净土，爱情是人类心灵的最终寓所，是一只荆棘鸟，它的歌唱仍是我们始终如一的心跳。维护爱情，就是维护我们翱翔蓝天的翅膀；坚守爱情，就是坚守我们一生的尊严和幸福。

在爱面前，在梦想面前，你会像一只荆棘鸟一样，苦苦追寻、九死不悔吗？在追求幸福的路上，你懂得珍惜和呵护你的幸福吗？

2. 拉尔夫

本书的男主人公拉尔夫在没有遇到梅吉之前，他一心向往着罗马教堂的权力，然而他却遇到了梅吉，中了生命中最深的毒。糟糕的是，拉尔夫还像爱梅吉一样爱着他的上帝，拉尔夫就如同陷入婚外情的男人一般，游走在梅吉和上帝两者间，偷偷摸摸，彷徨无措，痛苦不堪。

当梅吉向拉尔夫示爱时，他冷漠而痛苦地摇头拒绝她，梅吉终于像他所希望的那样嫁人了，他亲眼看着他爱的女人成了别人的新娘。但是，他并没得到他想象中的救赎，而是生出了更大、更多的痛苦。这痛苦是他自己亲手造成的，他只能吞下自己种下的一切苦果。撒旦把主耶稣带到山顶上，用整个世界来诱惑他，而玛丽·凯森用 1300 万英镑诱惑了拉尔夫。拉尔夫狂笑着饮下了这杯甜蜜的毒酒，1300 万英镑成就了一个红衣大主教。这个虚伪的男人掉下了一滴激动、复杂的眼泪，将灵魂出卖给了撒旦，他在梵蒂冈得到了权力，成了红衣大主教。戴恩在一次海上救人事件中牺牲后，梅吉跑去求助拉尔夫，让他利用自己的特权把戴恩的身体带回家，为了求他帮忙，梅吉向他吐露了他是戴恩亲生父亲的秘密。拉尔夫这颗一直在地狱煎熬、翻滚的灵魂终于崩溃了，他带着苦痛、后悔与企求宽恕的心狂奔而去……

拉尔夫用他一生的痛苦换取了一个道理，那就是他不可能追求到神性，因为他有着执着的人性追求：他要得到属于一个男人的幸福，也要得到人间至高无上的权力。拉尔夫正是这样，他有着人的权力欲望，但内心深处又骄傲地认为自己可以达到神性的高度。他的一生被矛盾的思想生生割裂，想拥有没有肉欲的纯洁爱情，却最终发现原来自己一直是渴望得到这些的，他想像上帝一样去爱人类，却发现他只爱自己。他的每个对于神性的追求到最后都败给了他人性的欲望。

在麦克劳特岛上拉尔夫终于认清了自己，知道自己只是一个男人，永远成不了神。生活在人世间去追求神性，这不过是一种幻觉。他的心在痛苦中挣扎了一生。

启迪与思索

如果你是男人，你会是另一个拉尔夫吗？面对机遇、荣誉和权力的诱惑，面对自己的真爱，你会如何选择？是让理智做主，毫不犹豫地选择前者呢？还是听从自己内心的声音，选择自己的至爱？你会像拉尔夫一样选择前者，却让自己这辈子都受到内心的拷问和折磨吗？同样，你会甘愿选择后者，白白放弃那唾手可得的荣耀与尊贵吗？

爱最需要的就是真诚，真诚地面对爱情是对别人也是对自己的尊重。在我们不爱的时候，假装爱，是一件很卑鄙的事情。因为虚假的爱情总有被看穿的时候，当我们爱着，却因为某种原因假装不爱的时候，痛苦的不光是别人，还有自己。骗了别人的钱，拿了别人的东西还可以还给人家，可要欺骗了人家的感情，那就成了千古罪人。即使别人没有看破，你的日子也不好过，只要你未曾丧尽天良，你将终生承受良心的谴责，拉尔夫就是最好的证明。

实际上，在人的一生中，在情感、事业和生活上，会有很多"鱼与熊掌不可兼得"的遭遇，无所谓对，无所谓错，重要的是，无论怎样选择，都要让自己问心无愧，无怨无悔。

3. 玛丽·凯森

梅吉的姑妈，玛丽·凯森是疯狂的，这个孀居了 33 个春秋的可怜而富有的女人，唯一的儿子还在摇篮里就死去了。为了"舞权弄势"，她宁愿"弃绝肉欲"，终身"既不通达人情也没有人的弱点"。因此她被教会认为："一生都是教会的坚实栋梁，一直以相称的方式支持她的教区和教区的宗教首领。"

爱情是没有年龄界限的，这个 60 多岁的老女人无可救药地爱上了 28 岁的拉尔夫。她以一个老女人特有的嗅觉和冷静的观察力知道了拉尔夫对梅吉的爱。她恨自己的年纪，时常用妒忌的眼光追随着拉尔夫和梅吉的身影。但是，衰老和年龄并不能排除她对拉尔夫的爱，像她说的那样，"在这个蠢笨的身体之内，我依然有梦想，依然生机盎然；这些东西由于受到了我躯体的束缚而焦躁难忍"。

因为衰老，她憎恨上帝，她认为，衰老是上帝加诸给人最厉害的报复。她期望能在下地狱之前有机会告诉上帝，说他是"自私的、满腹恶意的、可怜的为信仰进行辩护的人"。如果她能够，她会将她的年纪"从窗户里扔出去 30 年"；如果魔鬼走到她面前，她会以出卖灵魂为代价换取青春。实际上，她既不相信上帝也不相信魔鬼。捐给教会的 1300 万英镑，其实是她倾泻报复欲望的子弹。

她说："拉尔夫，我爱你，因为你不想得到我，我多么想杀掉你啊！但除那样做以外，用这种办法进行报复要好得多。我不是那种高尚的人。我爱你，但是却希望你在痛苦中尖声呼喊。""你怀疑撒旦爱基督吗？我不怀疑。"这是玛丽遗书中的一句话。如此大逆不道，但又如此尖锐深刻。

玛丽爱拉尔夫，这是一种疯狂的爱，她懂得怎样让她所爱的这个人受苦受难，她要令他痛苦，永远的痛苦。她要毁灭这个她得不到的男人，她决定报复他，这个报复是在她死后运作的，但却改变了拉尔夫和梅吉的一生。

临死前，她织了张密不透风的网，并喷了最毒的毒汁，而她的猎物是拉尔夫。一切都逃不出这个女人布下的局，她起始了开头，并猜中了结局。让所爱的人在天堂里尝尝地狱的滋味，这是玛丽的想法，她成功了。疯狂的玛丽·凯森并没有错，唯一的错误就是她那具年老的身体里，还跳动着一颗活跃年轻的渴望爱情的心……

启迪与思索

如果你是女人，你会是另一个玛丽·凯森吗？在得不到所爱时就想法子报复，给对方痛苦吗？当你爱的人不爱你的时候你怎么办？

有人说，爱是有条件的，在获得和付出平衡的条件下才能维持长久。当然，获得和付出可以是物质的，也可以是精神的。可是，真正的爱应该是无私的，应该是纯精神的，是心灵深处的东西。爱，就要互相尊重，体贴，呵护。真正聪明的人应该懂得，真正的爱情要讲求奉献，讲求奉献大于索取。此外，如果把爱简单地理解为一种感觉，一种情绪，那么爱是不能成立的。

没有理性的基础，即使是爱，你也不能从中得到丝毫的愉悦。即使你的报复让对方尝到了巨大的痛苦，你仍无法获得心灵的安宁与爱的满足。

真爱一个人不一定就要占为己有，远远地看着也很好，世界上的人多得很，只要耐心寻找，总能找到自己爱的又爱自己的，双向奔赴的爱才是最美的。那些贪婪、自私、虚荣的爱在任何时候，都让人鄙夷和唾弃。

4. 菲奥娜

梅吉的母亲，菲奥娜是克利里家族第一代女性的代表。出身于贵族家庭，曾经是一位富家千金。在少女时代，爱上了有妇之夫帕吉汉，并生下了儿子弗兰克。帕吉汉为了自己的前途和声望，抛弃了菲奥娜。

为了维护家族的名誉，菲奥娜被迫嫁给了帕迪。在她的精神生活中，帕吉汉是唯一的支柱。她用尽了一生来缅怀这段短暂而痛苦的爱情。在她年近七十的时候，她依然对这个男人满怀深情，认为他是世界上独一无二的男人。

菲奥娜对感情的执着与坚韧并没有改变她的命运，她在帕吉汉心中不过是一件等待选择的物品，她心甘情愿地接受选择，即使是她被抛弃后，在她的内心深处，一切仍是以帕吉汉为中心，他是她的生命轴心。

菲奥纳与女儿梅吉的命运是这样相似，但是比起梅吉，她是幸福的，嫁给了帕迪这样一个好人，一生都爱她，崇拜她，儿女个个都爱她。长寿之余，不曾孤独，而梅吉却是真实的孤独。菲奥娜与梅吉不曾尝试着了解对方、关心对方，菲奥娜对女儿的冷漠是异常的。而最后，她们由于相似的经历而互相理解，纵然这种理解不曾热烈，但也让人欣慰了。

启迪与思索

如果你是女人，你会是另一个菲奥娜吗？在真正的爱情和世俗社会的压力下被迫选择后者，悄悄掩藏内心深处的热情，让自己痛苦地背负起一生的阴影吗？

　　菲奥娜是可悲的，她是在丈夫帕迪死后才发现自己是爱着他的。她在他活着的时候一直未曾承认和正视过自己对他的感情，但是，在获知他死去的那一刻，她一下子就明白了，她是爱他的，这个把世上最珍贵的东西都给了她的了不起的男人，是她的丈夫。可是一切都晚了。

　　作家席慕蓉说过一句话，"爱是最讲究此时此刻的"。为什么总是在失去的时候才知道珍惜呢？失去之后的后悔有什么用呢？可现实里却总有那么多的忽视和错过。学会发现和珍惜你身边的爱吧，不要让爱受伤害。

5. 戴恩

　　当梅吉充满怀疑地在"苦难中的苦难""创伤中的创伤"里不能自拔时，上帝伸出了他的怜悯之手，将"怒气与爱互相消融在十字架上"。于是，上帝让梅吉在麦特劳克海边"偷得"拉尔夫，创造了儿子戴恩。

　　可是，戴恩并不为梅吉的爱之占有而生，戴恩恰恰是为神的使命而来。他认为"作为一个男人是多么微不足道"，他是上帝的仆人，为上帝的要求牺牲而来。除了当教士，他从来就没想到要成为任何一种人，除了当教士，他什么都当不了！

　　戴恩对于宗教是虔诚的，对于上帝怀有无限忠诚的爱，他对于神性的追求是坚定的，从小就热爱宗教，并决心以拉尔夫为榜样，把自己的一切都献给上帝。仿佛是对于拉尔夫神性追求失落的弥补，戴恩神奇地保持着他纯洁的天性。他了解人类的痛苦和哀愁，了解社会的罪恶，他想为人类赎罪，同时他总觉得自己是有罪的，渴望受到磨难和考验，认为这样才能真正地接近上帝。但是这个令人失望的世界是留不住戴恩这样的人的，这个世界只让他感到痛苦，只有在教堂里他才能感到真正的内心的平和，他是属于上帝的，他乞求他的上帝把他带走。最终，戴恩在他 26 岁青春年华之际，以他完美无瑕的灵魂，"快乐"而"谦卑"地接受了上帝刺向他胸膛的"矛尖"，以近乎殉道的方式迎接自己的死亡。

　　戴恩的诞生与死亡，可以看作是上帝与梅吉言和的方式和手段，他的生恰恰是为了准备死。戴恩的生是上帝给梅吉的礼物，戴恩的死亦是上帝为与梅吉和好而献上的牺牲。梅吉正是在这份丧子的痛苦里"赢得了一种神奇的高贵"，获得了一个苦女人应该获得的"神性品质"，获得了与上帝和好的信心。当她发出"一切都是我自己造成的，我谁都不怨恨。我不能对此有片刻的追悔"的感慨时，上帝在天穹中笑了。戴恩的死，带走了梅吉最后的希望，带走了拉尔夫的生命。这场战斗里，谁都没有赢，只有上帝。

启迪与思索

如果你是男人，你会是另一个戴恩，情愿为了所谓"真我"，倾听内心神圣的呼唤吗？

戴恩并没有什么错，他一直在为了他的信仰而活着，他把自己的一切都给了他的信仰，非常彻底。在这一点上，戴恩要比他的父亲拉尔夫彻底得多，高尚得多。

一个人能够在一个很崇高的目标或者信仰下工作，即使劳累、辛苦或者危险，也是一种快乐和荣耀，一个人的最大价值就是他为理想与信仰所做的贡献、所承担的责任。

戴恩的信仰是献身和侍奉上帝，这就是他的理想，在追求理想、献身理想这一点上，戴恩是值得我们学习的。我们就需要这样一种专注、执着的精神。

其实，戴恩在故事中的角色就是人类的良心的角色，人们在他身上发现了亘古以来人类所追求的一切美好品质，他在道德性、纯粹性、完善性方面完全高于其他人，这是既令人尊敬又令人向往的属性。人们爱他，实际上就是爱这些能够提升人类的品质，如同当今人们对于信仰的崇尚与尊敬。

一个没有理想和信仰的民族，将无法自立于世界民族之林，信仰危机也将极大地弱化民族精神，阻碍一个民族强大和进步的步伐，信仰的缺失是人的功利观、道德观、理想观、人生观扭曲变异的结果。信仰的弱化与分散对一个民族来说是非常可怕的。

6. 朱丝婷

朱丝婷与她的外祖母和母亲相比，是最幸运的一个。她在经历了短暂的情感波折后，最终过上了一个对女人来说正常的生活。她是一个真实的女人，从不虚伪地面对自己，她的自我在上帝面前已经彻底地觉醒了，她不属于上帝，不属于梅吉，更不属于戴恩，她只属于她自己。

朱丝婷是三代女人中最具反抗精神的，她比她的母亲和外祖母更叛逆，她鄙夷梵蒂冈，大骂宗教是骗人的鬼把戏。甚至在她 17 岁时就表明了蔑视婚姻的态度。当梅吉问她是否想结婚时，她显示出一副不屑一顾的样子："根本不可能！哭天抹泪，像叫花子似的度过我的一生吗？向某个连我一般都不如，却自以为是的男人低眉俯首吗？哈，哈，我才不能呢！"

对于婚姻不屑一顾的朱丝婷，因为戴恩而改变。她是那么爱戴恩，甚至把他当作自己的私有财产，一个最终不会属于任何人的"私有财产"。在她心中，戴恩就是一切，她越是自私地想要占有戴恩，就越表明了她愿意为戴恩付出一切。

当戴恩死后，这一切都改变了，朱丝婷失去了她的"中心"，在无限的痛苦与自责同时，她作为女性本真的一面被唤起了。当她拒绝雷纳的时候，她的心已经不知不觉地向雷纳靠近。在她要向雷纳道别的时候，"她的一生中第一次注意到要用自己的外表让他高兴"，她开始为雷纳着想。最终接受了雷纳———一个男人，接受了婚姻，这些都是曾经被她鄙夷的。

启迪与思索

如果你是女人，你会是另一个朱丝婷吗？希冀于无时无刻不在情感上掌握主导，以高傲的姿态和敏感封闭的内心与男人保持若即若离的关系，借助狂热的工作来逃避选择，以各类借口来掩盖内心真正的失落和脆弱，始终在选择与逃避中摇摆吗？

朱丝婷骨子里向往爱，向往幸福。之前的叛逆与她的家庭背景的影响是分不开的，等她真的长大了，感受到了爱之后，就和其他女性一样接受了婚姻。其实，大多数女人对婚姻的憧憬是一样的。都希望自己轰轰烈烈地爱过之后能与自己心爱的人走入洞房，然后一起有个孩子，过一辈子。

研究表明，八成以上的男人和女人都是在结了婚之后，才知道婚姻中的爱情不是诗歌，婚姻中的生活也不是小说；对方不是罗密欧，自己也不是朱丽叶，婚姻就是每天都在柴米油盐家长里短中实实在在地生活、过日子。一位作家如是说："婚姻是窗前的一盏灯，有它在，你觉得平淡无奇；失去了它，你才知道，什么是荒山野径。"

作者·作品

作者

考琳·麦卡洛是澳大利亚当代最有影响的作家之一。考琳·麦卡洛从小就表现出不凡的艺术才能，她从5岁起就写诗歌，讲故事，学画画。

1972年，麦卡洛利用业余时间创作了第一部长篇小说《蒂姆》。这部书1974年在美国出版之后，很快被拍成电影，不但为考琳·麦卡洛带来不菲的经济收益，而且使她一夜之间成为西方文坛耀眼的明星。

1977年，麦卡洛调动自己的全部生活积累，创作出版了呕心沥血之作——《荆棘鸟》。这本书一经出版，便引起轰动，不但拍成电影广为流传，而且翻译成20多种文字在世界各地出版，成为当代世界最畅销的小说之一，仅平装本版税所得就高达190万美元，创当时美国出版界版税收入之最。

《荆棘鸟》让考琳·麦卡洛名利双收的同时，也打破了她从小就喜欢的平静与安宁。几经周折，她最终只身一人离开"骚动与喧哗的美国"，回到阔别已久的澳大利亚，并且于1980年1月定居诺福克岛。

诺福克岛是太平洋深处一座长5英里、宽3英里的小岛，距离澳大利亚东海岸尚有1000英里之遥，是一块独立的领地。考琳·麦卡洛在这座小岛上举目无亲，甚至连一个熟人也没有。经历了最初六个月的孤寂与烦躁之后，她发现这里正是她理想的天堂，她的创作热情在这座恬静美丽的小岛上一发而不可收。在岛上她又创作出版了10部长篇小说、1部传记。她在岛上写出的《罗马主人》系列在学术界引起很大的反响。

考琳·麦卡洛本身就是一只在爱的天空中迷茫的荆棘鸟，父母的不幸婚姻给她的心灵留下难以复原的创伤，她在对爱的畏惧与渴望中痛苦着，她曾经下决心终身不嫁，甚至拒绝任何男性朋友。

然而，上帝是仁慈的，他将诺福克岛赐予了考琳·麦卡洛，还在这座逃避繁华世界的庇护所里，为她找了一个可以托付余生的丈夫和幸福的家。

1984年4月13日，星期五，47岁的考琳·麦卡洛和画家也就是诺福克岛第四代主人里克·伊恩·鲁滨逊结为连理。对他们来说，这一天是他们一生中最幸福的时刻。

作　品

《荆棘鸟》是考琳·麦卡洛最为出色的作品，它是一本关于爱与命运的小说，时间跨度大（近60年），感情深邃，文笔细腻，清丽隽永。曾被誉为澳洲的《飘》，是现今最美丽的故事。有人认为她堪与《罗密欧与朱丽叶》比肩。

《荆棘鸟》的魅力征服了一代又一代人。麦卡洛的天才文笔写就了这个绝美的故事，塑造了一群栩栩如生的人物形象，使我们久久难以忘怀。

小说《荆棘鸟》的女主人公梅吉和她的母亲菲奥娜这两个坚强的女性让我们看到了女性的善良、美丽、包容与执着。她们承受着感情的巨大创伤和生活的艰苦磨难，坚强平和地生活着，以豁达宽广的心态，承受着上苍赐予的一切，她们超脱了自身的痛苦，在命运的枝头放声歌唱，不正是荆棘鸟的化身吗？

从这部作品里我们懂得了：爱情不是简单地去爱别人的问题，而是一个被爱以及证明自己有没有被别人爱上的能力的问题。

《荆棘鸟》这部小说中，所有人物都在历史和生活变迁中，在微妙复杂的情感十字路口做着选择。在现实里，我们每个人的一生也都在不停地寻找和选择，在无数的选择中继续着我们的一生。

　　生命中，真正的爱和一切美好的东西都是需要以难以想象的代价去换取的。面对荆棘丛生的人生，我们必须具备敢于正视现实的勇气，具备像荆棘鸟一样为了梦想和爱情九死不悔的精神；必须适应挑战和压力，不畏缩，不屈服，咬紧牙关，挺起胸膛，高歌生命。

15.《肖申克的救赎》

——不抛弃，不放弃

作者：斯蒂芬·金（美国）

出版时间：1982 年

推荐理由：有些鸟儿是注定关不住的，因为它们的每一片羽毛都沾满了自由的光辉。

心灵呓语

灵魂的希望与救赎

每个人心里都有无数的希望，对生活、对情感、对事业、对工作，对未来的希望，人的一生就是不断追求和实现希望的过程。

《肖申克的救赎》是一个和希望与救赎有关的故事，"希望是好事——甚至也许是人间至善。而美好的事永不消失"，这是主人公安迪一直都坚信不疑的道理，这个道理赋予了他强大的力量。他用 19 年的时间凿通了瑞德认为 600 年都无法凿穿的隧洞。当安迪爬出 500 码恶臭的污水管道，站在瓢泼大雨中的时候，我们看到信念刺穿重重黑幕，在暗夜中打出一道夺目霹雳，亮光之下，我们懦弱虚妄的灵魂在安迪张开的双臂下无地自容。"有一种鸟儿是永远也关不住的，因为它的每片羽翼上都沾满了自由的光辉。"

有些人生来就是鹰，早晚要展翅高飞，安迪的救赎与新生深深地震撼了数以百万计的读者和观众，这份感动和震撼将影响我们很长一段时间。安迪告诉忙着柴米油盐、忙着追名逐利、忙着生或忙着死的我们："只要心存希望，即便上帝已死，上帝亦在每个人的心中。面对糟糕的生活、渺茫的未来，我们能做的就是用心反抗现实，凭一种不朽的信念和顽强的生命力，去追逐理想和希望，这才是最正确的生活态度。当我们心存仁慈，以平常之心去对待所有对我们公平或者不公平的事情，不管遇到的是一种什么样的状况，我们总能泰然处之并且找到通往救赎的天堂之路。"

或许我们并没有生活在高墙之内、监狱之中，但大多数时候却生活在心灵的围城之中。对一个人来说，外在的桎梏并不是最可怕的，心灵的桎梏才是毁灭性的，哀莫大于心死。只有保持一颗渴望自由的心，才能获得真正的自由，没有希望的生活在本质上就是生活在无形的监狱中，每个人的自我都是一所监狱，只有突破自我，才能得到真正的爱与自由。

安迪对瑞德说，希望是人间至善。比生命可贵的也许是爱情，比爱情可贵的也许是自由，但比自由可贵的，那就是希望。无论生命如何不堪，都不是绝望的理由。

现实永远要比想象冷酷一万倍，与其说我们面对的是死，不如说我们面对的是生，在生的路上，希望就是现实。请尝试着给自己一份希望，试着留住一些信念。它们也许无法最终实现，也许无法让我们更有意义地活着，甚至会愈加带给我们更多的虚无，但是，我们不能没有希望，我们需要这样的激情与梦想，需要灵魂的呓语与心灵的震颤，希望的种子就隐藏在潘多拉的盒子里，我们要学会去挖掘、去等待，摆脱对外界一切力量的依赖，自己来救赎自己。

品味经典

1947 年，年轻有为的大银行副总裁安迪因涉嫌枪杀妻子和与之偷情的高尔夫球教练，被判处了两个无期徒刑，他将在肖申克监狱过完他的余生。

　　而 1927 年因谋杀罪被判无期徒刑的瑞德，被监狱的囚犯们称为"肖申克的流动商店"，他可以弄到你想要的任何东西：香烟、糖果、威士忌甚至大麻，只要你付得起钱。每当有新囚犯报到的时候，瑞德都会和大家像赌马一样在自己认为第一夜会哭泣的人身上押下赌注。这次瑞德在安迪身上下了赌注，他因此输掉了两包香烟，而那个痛哭失声央求出去的可怜鬼则被警卫队长赫德利的乱棒打死了。

　　刚刚入狱的安迪不和任何人说话，放风的时候他会像在花园里散步一样悠闲自得地走来走去。一个月后，安迪在瑞德的面前开了口，不久，安迪从瑞德手中拿到了 10 美元买来的岩石锤，他告诉瑞德用来雕刻国际象棋以消磨时间。很快，两人成了朋友。

　　1949 年的春天是安迪监狱生涯的转折，监狱要抽调 10 名志愿者去给工厂的楼顶刷沥青，神通广大的瑞德再次让自己的朋友得到了实惠，当然也包括安迪。狱警赫德利向同事抱怨哥哥的遗产税太高，机灵的安迪让赫德利相信自己能帮助他合法逃脱大笔税金，条件是给他的伙伴每人 3 瓶啤酒。于是，肖申克从未有过的一幕出现了，在温暖的春光下，10 名囚犯斜倚在楼顶，神清气爽地喝着冰镇的虎牌啤酒，而安迪却在角落里微笑着看着他那开怀畅饮的朋友们。不久，安迪又从瑞德那里弄到了一张丽塔·海华丝的巨幅海报贴到自己监舍的墙上。

　　安迪总是受到同性恋"姐妹帮"的鲍格斯的骚扰，在一次同鲍格斯的纠缠中，安迪被打得半死。作为对安迪的回报，一向残暴的赫德利知道后，将鲍格斯打成了植物人。安迪精通财税制度的特长使他逐渐摆脱了繁重的体力劳动，经过监狱长诺顿的考察，安迪被派到监狱图书馆，开始为所有的狱警提供财务指导，从报税单到申请养老金计划，面面俱到，而最重要的是，他还是诺顿的洗钱工具。

　　安迪每周都给州议会写信，要求申请一笔用于监狱图书馆建设的经费。最终，州议会拨给监狱 200 美元和一些捐赠的图书和物品，安迪在捐赠的物品中无意间发现了一张唱片，趁守卫不备，用扩音器将久违的天籁之音放给肖申克的所有狱友听，对《费加罗的婚礼》片刻的心驰神往换来安迪两周的禁闭。

已经入狱 30 年的瑞德再次被假释委员会拒绝，而此时安迪也已在肖申克待了整整 10 个年头，梦露的巨幅海报是瑞德送给他的 10 周年礼物。安迪仍在锲而不舍地给州议会写信，这次是每周两封。1959 年州议会答应每年给肖申克监狱图书馆拨款 500 美元，很快，肖申克的图书馆被改造成最好的监狱图书馆。

一个年轻囚犯汤米的到来打破了安迪平静的狱中生活，他知道谁是杀害安迪妻子和情夫的真正凶手。当安迪满怀希望地向监狱长提出重新审理案件的请求时，却遭拒绝并受到禁闭两个月的惩罚，唯一的知情人汤米也被监狱长陷害致死。

绝望的安迪变得消沉，一天他向瑞德提起了墨西哥的小镇齐华坦尼荷，他说他要去开家小旅馆，买几只破船，他需要一个无所不能的人做他的帮手，他要瑞德出狱后一定要去巴克斯顿牧场，那是他向妻子求婚的地方，在那棵大橡树下埋着一只铁盒，瑞德会从里面得知真相。

当天夜里雷雨交加，安迪爬过他用了 19 年的时间，用当初从瑞德那里买来的岩石锤掘成的隧道，带着监狱长诺顿的 37 万美元，朝着希望奔去。安迪出狱后，揭发了监狱长贪污受贿的罪行。监狱长在自己存小账本的保险柜里见到了安迪留下的一本圣经，里边挖空的部分放着一把几乎磨成圆头的岩石锤，预感到末日来临的监狱长，在检察人员来抓捕他之前，开枪自杀。

瑞德获释了，他在橡树下找到了一盒现金，两个老朋友在墨西哥阳光明媚的海滩上相拥而笑。

对话人物

1. 安迪

安迪用 19 年的时间以惊人的毅力和耐心，用一柄比手掌大不了多少的手锤，挖通了一条通往自由的道路。相同的工具在不同人的手里作用是不一样的，有人用手锤杀人发泄自己的私愤，而安迪却用它开辟了一条自由之路。有些人很难面对困难，对困难的惧怕甚至超过了对死亡的惧怕，安迪不是。自从蒙冤入狱，安迪便开始了越狱的计划。19 年，是一个太过漫长的过程。其间，安迪遭受了"姐妹帮"的性骚扰、监狱长的欺压以及太多的挫折，安迪能承受，只是因为他信奉自己跟瑞德说的那句话："希望是好事，甚至是最好的事，美好的东西永不会死。"

安迪本来就不应该属于监狱，他是一只渴望自由飞翔的鸟，在从 500 码长的污浊不堪的下水道里爬出去后，安迪自由了。世界上有两种人，一种是适应环境，另一种是改造环境。安迪属于后者。

安迪身上最耀眼的光辉便是他对希望的信仰与坚韧，除此精神之外，他杰出的智慧和精明的头脑毫无疑问也是他希望得以实现的基石，这是安迪身上最显著的特征与本性。

安迪蒙冤入狱之后，他没有抱怨也没有哭泣，而是以超凡的冷静，运用自己过人的智慧，在复杂的监狱生涯中争取做人的基本权利和要求，并且最终胜利越狱逃亡到幸福的彼岸。

从安迪第一次为参加户外劳动的狱友们争取一瓶冰冻的啤酒，从他用监狱的广播室给所有的犯人播放意大利音乐，从他每周一封信去为整个监狱争取几本图书馆的旧书，从他把一间破烂的小房间改造成一个硕大的图书馆，从他开始帮助一些刑期较短的囚犯们学习并获得学历以便他们出狱后的改造……所有的这一切都带给他们一种救赎的感觉。

安迪的思想境界比那些囚犯们要高得多，因为他明白希望本身不需要激情，希望的价值在于坚持，表现为一种不张扬、不炫耀，只是"存在"的状态，并在内心营造一块属于自己的天空，于是他开始散播希望，开始救赎大众。安迪救赎的寓意在于，他的存在净化了犯人们的灵魂和思想，也救赎了他自己。

启迪与思索

所谓"救赎"，只为那些心怀希望的灵魂。很多人会被《肖申克的救赎》中安迪的精神所倾倒，但不是每个人都有这样的力量，我们无可否认，如果和安迪的经历比较一下，我们经历和承受的那些所谓艰难与痛苦实在是渺小无比。

"懦怯囚禁人的灵魂，希望可以令你感受自由，强者自救，圣者度人。"安迪与其说是一个引导的圣者，不如说是一种思想力量的代表，一种顽强自救的态度，一种抗争意识。

每个人的能力相差不大，但有些人的特别之处就在于坚韧不拔、始终如一的精神和干劲儿，坚持到底、持之以恒是一个人战胜困难和厄运的最有力武器。

每个人都有资格和权利拥有希望，每个人都可以自救，也可能救人，只要你愿意。如安迪所说，人生只有两种选择，忙着生，或忙着死，他选择了生，救赎了自己、救赎了瑞德、救赎了整个肖申克，还救赎了我们这些读者与观众。

面对人生的风雨，我们需要勇往直前地走上征程，可是有时候，我们却会因为内心的脆弱而失去抗争的力量，失去重新崛起的勇气，其实，生活中最长久也是最强大的对手是我们自己。战胜自我是一个人达到人格升华的方式，正如一位哲人所说：人，只要过了自己这一关，就无所畏惧了。

古语说："生于忧患，死于安乐。"冬日里的蜡梅，是超然的、脱俗的；石缝中的绿草，是坚韧的、顽强的。人生，只有执着追求，永不放弃，面对困难与挑战，敢于战斗、拼搏，不懈奋斗，才能实现人生的意义和价值。

对一个人来说，对梦想的追逐，除了依靠智慧和努力，还要有一种执着的精神，一种永不言弃的毅力，因为在攀登成功之巅的过程中，最稀缺的资源并非头脑和机遇，而是勇气和毅力，是永不抛弃永不放弃的精神。

当今，社会竞争越来越激烈、越来越残酷，我们每个人都在为了未来的发展和进步而苦苦打拼，当大家满怀希望站在事业的起跑线上时，我们对未来的憧憬、对未来的期许，都是一样的，不一样的只是这个过程和结局，而最终能够获得胜利的那些人，恰恰是那些不抛弃、不放弃，执着到底的人。

2. 瑞德

瑞德说，希望是个可怕的东西，尤其对他们来说。他们不是死囚，所以他们必须抛弃任何希望地活着。一次或者多次的终身监禁，让他们永远也只能生活在这四面高墙之内。从一开始对高墙的恐惧到逐渐地适应，以及最后形成了对高墙的依赖，这样的一个过程其实就是一个逐渐摒弃希望的过程。没有了希望，他们就可以心安理得地在这里面活着，一直到死去。如果没有安迪，瑞德的下场也只能如此。

启迪与思索

瑞德是肖申克监狱里安迪影响最深的人。在无数次的假释申请被驳回后，瑞德已经心灰意冷。他甚至以为，自己出狱肯定和布鲁克一样，注定是一场悲剧，肖申克才是自己的归宿。在肖申克，自己有价值；而到了外面，一无是处。直到安迪越狱后，他在监狱中思念安迪，第一次有了渴望走出高墙的目标，去安迪告诉他的那棵橡树下，看看安迪到底留给了自己什么。

安迪很聪明，他没有告诉瑞德橡树下到底有什么，只留给瑞德一份猜测，同样，也是一种对自由的渴望。希望和信念带领瑞德到了太平洋那个小岛，那是一片远离记忆的太阳花盛开的热土。就像安迪在狱中放的那首大家都听不懂的歌剧，但却代表着自由之声。

瑞德也许是整个肖申克监狱里获益最大的一个，因为安迪在通往自我救赎的路上，带着瑞德一起通往了他最美的那个梦境。安迪感化了瑞德，也使得他获得了救赎与新生。

电影版《肖申克的救赎》中，瑞德和安迪重逢后的那个拥抱给了我们莫大的安慰，至少，在救赎之后，我们可以看到被实现了的希望和自由，而所有的这一切，都有赖于一个人自我的选择和努力。

3. 老布

在监狱中做图书管理员的老布在被囚禁了大半生以后终于获得了自由，这位在监狱里面待了几十年的老人，一旦离开肖申克监狱这个笼子，竟然没有半分的欣喜，而是选择了死亡。自由、现实的社会，对他而言，竟然似没有围墙的监狱，甚至比有围墙的监狱还要可怕。半夜惊醒，因为恐惧而睡不着。没有人引导，没有同类，他无法适应这陌生的世界。他在超市里蹒跚地为货物装袋，脸上的每一条皱纹都带着惶恐，都在绝望地下沉。坐在公园的长椅上，孤独胜过肖申克监狱里的小格子。唯一的愿望是那只有了自由的鸟儿回来看一看他这个孤单的老人一眼。

几十年前，或许他曾经十恶不赦，然而几十年后，他只是一个风烛残年的老人。他走在跟他的认识之间相差了几十年的社会，看到对他而言奇形怪状的新科技，无所适从，他想回到监狱，但已经不可能了。他的身体获得了自由，灵魂却已经被无可挽回地体制化，他终于没有能够摆脱对自由无法适应的困境，悬梁自尽。临终之前，他在旅店的木椽上刻下"老布到此一游"。

启迪与思索

我们没有在监狱里生活的经历，所以我们根本无法体验那种身陷牢笼的痛苦，可这并不表明我们在灵魂和精神上就是自由的。每个人不自觉地都在受到体制化同化的影响，没有人能够逃脱这种被体制化同化的命运。自由是埋在心里的一枚种子，需要我们不时用自己思想的泉水去浇灌。安迪为了拯救那些狱友，不止一次地为他们争取到了自由的阳光。而我们呢？谁来拯救我们自己呢？除了我们自己，还会有谁呢？！

安迪曾经说过："不要忘了，这个世界穿透一切高墙的东西，它就在我们的内心深处，他们无法达到，也接触不到，那就是希望。"的确，正如他所说的那样，监狱的高墙可以束缚住我们身体上的自由，甚至体制化的东西可以束缚住我们精神上的自由，但唯有希望不可以放弃，失去希望的生活是灰暗的，没有生气的，甚至是没有意义的。希望是梦里会开的花，带着梦，带着希望，才能拥抱明天。

那些在生活中步履匆匆的人们也许应该偶尔驻足，跳出来看看自己的模样。我们终会知道，习惯于服从规则的人们将付出巨大代价来习惯本来属于每一个个体的自由。或许，这就是老布给我们的最大教训。

作者·作品

作者

斯蒂芬·金，当代惊悚小说之王，通俗小说大师。1947 年出生于美国缅因州的波特兰，后在缅因州州立大学学习英国文学，毕业后因工资菲薄而走上写作之路。

20 世纪 70 年代中期，斯蒂芬·金声名渐起，被《纽约时报》誉为"现代惊悚小说大师"。自 20 世纪 80 年代以来，在历年的美国畅销书排行榜中，其作品总是名列榜首，居高不下。他的很多作品都成为好莱坞制片商的抢手货，有超过 70 部电影和电视节目取材自他的作品，包括《闪灵》《绿里奇迹》《肖申克的救赎》等，他在 32 岁时成为全世界作家中首屈一指的亿万富翁。

美国最畅销的 25 本书中，斯蒂芬·金一人独占 7 本。30 年中，他写出 40 本小说和 200 个中短篇小说，发行 3 亿本，每部小说的发行量都在 100 万册以上。英国作家克莱夫·巴克说过，美国每个家庭都拥有两本书，一本是《圣经》，另一本就可能是斯蒂芬·金的小说。

斯蒂芬·金的作品，超越于传统的恐怖小说。他不靠具体的意象来获得恐怖效果，而是通过对事件气氛的营造来震慑读者。他用他那魔鬼般的手指一拨，所有紧绷的心弦都为之轰响，在一阵惊悸又一阵心跳中，带你进入战栗的深渊。

"对我来说，最佳的效果是读者在阅读我的小说时因心脏病发作而死去。"他曾如此说自己的小说。

斯蒂芬·金还是第一位在互联网上发表作品并提供收费下载的作家。2003年，他获得了美国国家图书奖的终身成就奖。尽管成就斐然，但是，这位当今全球最成功的畅销书作家有一次在接受《洛杉矶时报》采访时却表示，在完成手边的写作计划后将正式封笔。斯蒂芬·金欲收山的意图曾不止一次向新闻界透露过。其最大原因是想在巅峰时终止写作生涯，而不是在状态、销量、名声一路下滑时"噩梦般的结束"。

其实斯蒂芬·金在内心深处仍有无法言说的心事，那就是他十分渴望成为马克·吐温式的大作家，但不管他如何努力，人们总是称他为"恐怖小说家"——无疑，这令他异常沮丧。

作 品

对于这本书，斯蒂芬·金自称"我花在上面的精力比任何一本书都多"，"也许一生再也不会出版另一本完全相同的书了"。其英文版一经推出，即登上《纽约时报》畅销书排行榜的冠军之位，当年在美国狂销28万册。目前，这本书已经被翻译成31种语言文字，同时创下了收录的4篇小说中有3篇被改编成轰动一时的电影的纪录。

1994年，导演弗兰克·达拉邦特将《肖申克的救赎》拍摄成了电影，在当年的奥斯卡颁奖典礼上，《肖申克的救赎》是《阿甘正传》最大的竞争对手，《肖申克的救赎》获得奥斯卡奖七项提名，被称为电影史上最完美影片、好莱坞最有气势的十大巨片之一。

在好莱坞的电影里一般对影片的商业性很看重，而能像《肖申克的救赎》这部影片，将电影的商业性和艺术性这样完美地结合起来的影片，不是很多。更难能可贵的是《肖申克的救赎》这部电影的艺术性要远远超过它自身的商业性，以至于十几年后的今天，这部电影仍然备受人们喜爱，甚至被认为是"男人必看电影"之一。

忙着去活或是忙着去死，《肖申克的救赎》把生命变成了一种残酷的选择，

"肖申克的救赎"是我们平凡生活中值得一再回味的东西，相信自己，不放弃希望，不放弃努力，耐心地等待生命中属于自己的辉煌，这就是肖申克的救赎。

《肖申克的救赎》让我们体会到监狱中的生活绝对没有乐趣可言，更加谈不上什么希望。很少有人能够在明知道没有希望的状态下还在寻找希望，当安迪战胜命运的时候，我们也可以说这种胜利也恰恰就是命运的一部分。这个故事给我们一种无形的力量，它让我们知道人的一生中应该拥有的最宝贵的东西就是自由和希望，它让众多读者和观众深度地体验到了人类对自由与希望的向往与追求，对希望与自由作了深刻而严肃的再思考；它使我们明白了，人是有思想的动物，人类的自由便是一种思想的产物。

安迪告诉我们：自由是以希望为前提的，一个人没有希望，没有对希望追求的勇气便没有真正意义上的自由；严格来说，一个人很难达到自己理想中的自由，但这并不是说就要放弃对自由的争取，这种争取的过程就是一个人的一生。将这种对理想中的自由的渴望寄托在自己的希望之上，于是，自由和希望就联系在了一起，这就是这部作品的主题意义。

16.《不能承受的生命之轻》

——关于"轻"与"重"的深层思考

作者：米兰·昆德拉（捷克）

出版时间：1984 年

推荐理由：负担越重，我们的生命越贴近大地，它就越真切实在。相反，当负担完全消失，人就会变得比空气还轻，就会飘起来，就会远离大地和地上的生命。

心灵呓语

不能承受的生命之轻

父精母血造就了我们的生命，对于我们的出生，我们无法选择也无法回避，对于我们的未来，我们也难以在短时间内做出断定，但是，我们可以给自己一种最积极的生活态度，给自己一个生命的高度，活好这一回。

没有任何一个生命的降临与成长是一帆风顺的，任何一个物种，任何一个人的活着，都是一场艰难的斗争。活着需要一种强大而坚韧的力量，而这种可以使得我们活着的力量不是来自叫喊，也不是来自进攻，而是忍受，去忍受生命赋予我们的责任，忍受生活赋予我们的一切快乐和痛苦、幸福和不幸……哪怕我们像一张飘在风中的纸一样为死亡的飓风撕扯得粉碎，我们也要坚强地忍受着、承担着。

人就要面对一副又一副重担，勇敢地去挑起，才觉得活着有意义，纵然每天都面对无数的困难和压力，那又怎样？一旦没有了可负的责任，一旦没有了爱与被爱的幸福，没有了期望与被期望，我们将手足无措，无所适从，生命就真的失去了意义和内容。

《不能承受的生命之轻》是一部深含哲学道理的著作，从主人公托马斯的生活和爱情经历中，我们可以感受到：人生其实就是一种承受，一种支撑。支撑事业，支撑家庭，甚至支撑起整个社会。承受痛苦，承受幸福，承受辉煌，承受平淡，承受孤独，承受我们所面临的一切，好的或者坏的……最沉重的负担同时也是一种最为充实的厚重，负担越重，我们的生活也就越贴近大地，越趋近真切和实在。相反，完全没有了责任与负担，人会变得比大气还轻，会高高地飞起，离别大地亦即离别真实的生活。他将变得似真非真，活动自由而毫无意义。

一个沉醉于自身软弱之中的人，意识到自己的软弱，却并不去抗争，他便会一味地软弱下去，会在众目睽睽之下倒在街头，倒在地上，倒到比地更低的底端，而敢于直面命运、怒放生命的人生，将走向永恒。

品味经典

托马斯是一位年轻医生，10 年前与结婚不到两年的妻子离婚。他害怕女人又渴望女人，他认为跟一个女人做爱和跟一个女人睡觉是两种截然不同甚至几乎对立的感情。他发明出一种"性友谊"原则，使自己既能与一些女人私通，同时又与其他许多女人保持短时的交往。很多人不接受他的观点和做法，最理解他的人是画家萨宾娜，她认为托马斯是一个毫不媚俗的人。

不成文的性友谊原则，注定了托马斯一生与真爱无缘，但特丽莎的出现，使他开始了对自我的挑战。

特丽莎家乡的一所医院碰巧发生了一起复杂的病例，他们请托马斯所在的布拉格医院的主治大夫去会诊，可主治大夫碰巧生病，于是派托马斯去代替他。一系列的意外和巧合让托马斯和特丽莎走到了一起。

特丽莎出其不意地来到布拉格，找到了托马斯。随后特丽莎被流感所击倒，在他的公寓里待了一个星期才回去。

带着一只沉重的箱子，特丽莎第二次来到托马斯的身边。托马斯从不与其他人一起过夜，即使是他最好的情人——萨宾娜也不例外。可这一次，他在特丽莎的身边睡着了，等他醒来，发现她还紧握着他的手，他感受到某种莫名的快意。于是他俩都盼着一起睡觉。

在萨宾娜的帮助下，特丽莎找到了一份杂志社的工作，她也因偷看了托马斯的信件而知道了他们的关系。强烈的妒意使她在夜里经常被噩梦惊醒，而托马斯也因同情和理解特丽莎的行为，不仅没有对她发火，而且更加爱她了。为了减轻特丽莎的痛苦，托马斯娶了她，还送给她一只小狗。虽然那是只母狗，但他还是为它取了公狗的名字——卡列宁，他希望它能照顾特丽莎。

卡列宁并不能给予特丽莎快乐，因为她已被托马斯的不忠弄得疲惫不堪，她甚至开始想回到母亲身边。她主动为萨宾娜照相，试图培养自己与她的友谊，她对萨宾娜充满倾慕之情。

在俄国攻占了布拉格之后，特丽莎开始穿行于布拉格的街道，拍摄侵略军的照片，在这些天里，面对种种危险，她才享受到少许的欢乐。为了改善她的心情，托马斯带着特丽莎和卡列宁移居到苏黎世，这样的日子并没有让特丽莎觉得很舒服。

一天，特丽莎带着卡列宁不辞而别，托马斯又回到了单身汉的生活。他感觉自己的脚步轻了许多，他飞起来了，正享受着甜美的生命之轻。两天之后，特丽莎无法忍受在失去托马斯的恐惧中生活，所以她和卡列宁又回到了布拉格。托马斯又一次服从"感情"的驱使，在特丽莎离开五天后回到布拉格的家。

俄军攻入布拉格不久，萨宾娜就移居日内瓦。在那里，她结识了大学讲师弗兰茨，并迅速成为他的情人，定居巴黎。

相貌英俊、学术事业有成的弗兰茨，却天天担心情人的离去。弗兰茨认为，几个小时内从一个女人的床转到另一个女人的床，对妻子和情人都是一种耻辱，对他也是一种耻辱。弗兰茨不断寻找外出旅游的机会，与情人做爱的床离与妻子睡觉的床越远，他的羞耻心也就越轻。弗兰茨把自己的妻子看成他母亲的影子，他尊敬他的母亲，他把对母亲的忠诚表现在对妻子的身上，但他并不知道能迷住萨宾娜的不是忠诚而是背叛。当他终于背叛了他的妻子的时候，萨宾娜同时也背叛了他。

失去萨宾娜虽然使弗兰茨感到悲伤，但他很快又沉浸于自由和新生带来的欢乐之中。这种自由使他在女人面前更具魅力，他的一个学生爱上了他并很快代替了萨宾娜的位置。

弗兰茨显然不是媚俗的信徒，萨宾娜是他精神上爱情的象征，为了表示对她的忠诚，弗兰茨离开了现实中的情妇，与其他医生和知识分子向柬埔寨进军，去救死扶伤。

在异乡，弗兰茨才意识到自己与学生情妇在一起是何等幸福，而柬埔寨之行对他来说既无意义又可笑。他终于发现，他唯一真实的生活，还是他那位戴眼镜的学生。残酷的现实愚弄了他，他被劫匪打伤，虽然他到死之前都在想着自己的情妇，但死了的他却终于又属于他的妻子了。

托马斯生平第一次发现自己陷入了困境。由于发表过一篇有关《俄狄浦斯》的感想，因涉嫌反政权而受到当局的调查。托马斯被迫离开了医院。由于拍了一周的坦克入侵而同样被报社解雇的特丽莎，现在也被迫在一间酒吧里工作。

由于托马斯拒绝和当局合作，他从郊外诊所的小医师彻底沦为擦窗工人。成了擦窗工以后，托马斯又回到了单身汉的日子。他只能在特丽莎半夜从酒吧里回来后才能见到她，每天他都拥有属于自己的 16 个小时，性活动时间变得非常宽裕。在两年的时间里，托马斯自然与不少女主顾们进行冒险活动。

特丽莎无法忍受托马斯头发里的女人气息。托马斯认为爱情与做爱是两回事，她现在不再拒绝理解这一点，她渴望通过尝试能为自己的混乱找条出路，能学会轻松。面对一个工程师的再三引诱，特丽莎终于违背了自己的意愿，她想实践和证实一下托马斯的话。但是，与工程师没有爱的交合，并没有让她觉得轻浮的性与爱情毫不相关，没有让她感到轻松，更没有使她平静下来，她内心深处的灵魂渴望着对方的呼唤。

有一天，托马斯发现只有特丽莎才是他唯一关心的东西。听到特丽莎那令人惨痛的梦境，托马斯觉得心都要碎了，他感到他再也不能承受这种爱了，他渴望平静与安宁。他要从一切"非如此不可"中解脱，终于，他和特丽莎搬到了乡村。

乡村生活是托马斯和特丽莎唯一的逃脱之地，特丽莎庆幸自己终于放弃了城市，甩掉了醉鬼对她的侵扰，还有托马斯头发上的女人味，同工程师的那段插曲也似乎成了一场梦，她终于和托马斯单独生活在一起了。卡列宁也对新环境表示满意，它和村里的一头猪建立起非同寻常的友谊。

好景不长，卡列宁得了癌症，这使特丽莎的心情变得沉重。他们怀着凝重的心情，让卡列宁在微笑中安息。

几年后的一个夜晚，他们没有回家，托马斯拥着特丽莎走进 No.6 房间，这是他们的最后一夜。上帝用一场突如其来的车祸收走了他们的青春和肉体。远在他乡的萨宾娜接到了他们的死讯，泪流满面。

对话人物

1. 托马斯

如果简单总结的话，离婚—失业—车祸身亡是托马斯一生的写照。托马斯是一个厌倦婚姻惧怕责任的男人，离婚后，他又与自己的父母断绝关系，孑然一身。在纷杂的政治斗争中，他从一个优秀的外科医生沦落成一个擦玻璃工。他流连在众多的情人当中，直到遇到特丽莎——这个上帝放在摇篮里，顺水漂来的女人。他搬到了乡下农场，并从擦玻璃工变成农场里开拖拉机的拖拉机手，后来在车祸中，失去了他的生命。

托马斯认为跟一个女人做爱和跟一个女人睡觉是两种截然不同甚至几乎对立的感情。爱情并不是通过做爱的欲望（这可以是对无数女人的欲求）体现的，而是通过和她共眠的欲望（这只能是对一个女人的欲求）而体现出来的。

托马斯是爱着特丽莎的，她打破规则住在他的家里他的床上，她握着他的手入睡，他在她噩梦醒来的时候环抱着轻轻哄她入眠，"在我的怀里睡吧，像一个婴儿，像一个小鸟儿，像一个哨子，像一个哨子吹出的动听的旋律……"然而，托马斯无法停止对其他女人的追逐，无法停止跟她们做爱。

托马斯为了自由，放弃了婚姻；为了信念，放弃了事业；为了爱人，丢弃了情人。他一直都很坚定地过着自己选择的生活，没有后悔和踟蹰。即便是不能再做自己喜欢的"外科医生"，他也没有屈服于压力与权势。

托马斯的生活是沉重的，但他的沉重与大地相接，所以他自己从来都不觉得沉重。可以说他的精神上是值得肯定的。沉重的生命贴近真实，轻松的生命会高高飞起，如一个氢气球，最终找不着它的归宿。生命因沉重而变得丰富多彩，而轻松，只是一种表现，可谓，沉重的不一定悲惨，轻松的不一定辉煌。

启迪与思索

现实中有千万个托马斯与特丽莎，在这个满是诱惑而又极其开放的时代，男女之间的忠诚已经成为一种非常难得的品质。"婚外性""一夜情""闪婚""多角恋爱"……这个时代的男人和女人可着劲地折腾。

性，在空前开放的环境下，成为男人们挂在嘴边的"应酬"，成了他们堂而皇之身体背叛的挡箭牌。面对这样的婚外性，让期待丈夫事业有成的女人委实无奈。

情，是原本成就家庭的基础以及长久和谐美满的重要因子，但人类喜新厌旧的本能，让最先进的科学技术，也不得不以官方姿态承认：感情绝对不会随着结婚典礼的终止而一劳永逸。

面对婚外性，不仅仅女人困惑头疼，男人也如此；情与身体，爱与器官，有时候也令男人头疼，分不清楚自己究竟更需要什么，好像一切的放纵都是为了填充内心的空虚，可是放纵真的能填充内心的空虚吗？

当今，爱与婚姻已经成为和平世界里的一场独特的战争，这场战争属于男人也属于女人，这是男人与女人间的一场战争，在这场战斗里没有胜者，有的只是泪水、血水、沉重与遗憾……

可叹的是这样的悲剧，这样的战争每时每刻都在上演着……不知是男人的无奈还是女人的无奈，是爱情的无奈还是婚姻的无奈！

2. 特丽莎、萨宾娜

特丽莎娇小、执着、单纯，有一点小女人的自私和狭隘，是一个传统的女人。她始终是一个孩子，比如她孩子样的眼睛，婴儿般透红的皮肤，她朴实的看来毫无吸引力的粉色的胸罩，甚至是宽松的底裤，她睡觉的时候一定要握住托马斯的手，不然无法入眠。

她只身从小镇来到布拉格寻找托马斯前，已在街头露宿了一夜，当她第二天又冷又饿地敲响托马斯的家门后几乎晕倒在托马斯的怀中，发着高烧，喃喃呓语，托马斯不假思索地就"收留"了她。这种极轻易地违背自己习惯的行为，令他自己也感到诧异。从此，他们的命运不再分开。

她敢于尝试新事物，却无法接受现实的残酷，所以她说：生命对她来说是很沉重的。她严密地看护自己的丈夫，却仍不能阻止他在外拈花惹草。她为此痛苦，希望他完全是属于她的，包括他的所有。

她是个非常需要安全感的女人，从小生活在母亲的"脸"下，她有着母亲的"脸"，一张对世俗唾弃与对理法鄙视的"脸"。最终，特丽莎背叛了母亲，选择出走，选择托马斯作为人生的彼岸。

苏联入侵后，她用相机拍下很多照片，提供给外国记者。不久，她选择与托马斯一起逃亡，结果又意外地回国，最后，又与托马斯一起到了乡下，一起在车祸中停止生命的脚步。

特丽莎的心灵世界中是充满痛苦的，因为她发现不管是母亲的世界还是托马斯的世界，都不过是肉体的世界，而她看重的是灵魂，所以她觉得她的身体是她的一种拖累。最后，她做了一个试验，看灵肉分离的感觉是如何的。她跟一个工程师完成了这个试验，在那个瞬间，她亲眼看到她的肉体是怎么背叛自己的灵魂的，而就是这种"轻"却变成她无法忍受的痛苦。

萨宾娜是一个职业画家，是托马斯的情人之一。她是一个崇尚个性，追求自由自在，忠于自己心灵的女人。她时刻都在享受生命中的快乐。她的人生信条就是：不能媚俗。也许，这就是她喜欢托马斯的根本原因。

萨宾娜性情与托马斯相似，也喜欢独来独往，不愿受束缚，甚至在一些生活细节上都很相像：做爱后喜欢独自睡觉，否则会辗转难眠。她在做爱前总是戴着一顶男式礼帽，这是她祖父留下的帽子。这是一个意象，她在暗示着，向托马斯，也向其他男人，在你众多女性朋友中我是特殊的一个。"祖父的帽子"，寓意着萨宾娜有自己的来历和传承，不同于任何人。

萨宾娜喜欢不穿衣服戴着帽子站在镜子面前，审视自己。她试图透过自己的身体看到灵魂，她也有自己的情人，不可思议的是，正当情人弗兰茨和老婆闹翻，要追随她的时候，她却突然不辞而别了。

萨宾娜是独立的符号，她的选择则是不停地背叛，她背叛了父亲，后来又背叛了情人和她的同胞，四处漂泊，直到无从着落。她的生活是飘荡、自由、放任的。每一次背叛导致更多的背叛，为了背叛而继续背叛，只是再也无法回到最初，越走越远。无休止的背叛使萨宾娜走向了虚无，她的反媚俗也让她走向了虚无。她本身就处于媚俗与反媚俗、轻与重的两难境地，她始终徘徊于两者之间，这是她最刻骨的痛苦。

如果说特丽莎是顺水漂来的盛着婴儿的篮子，那么萨宾娜则是越漂越远的帆船。借用歌德的比喻，一个是"学习时代"，一个是"漫游时代"。

启迪与思索

如果让你选择，你愿意做特丽莎还是做萨宾娜？

假设你是特丽莎，你愿意用青春去换一个男人短暂的爱吗？如果你身边也有一个托马斯，你会怎样？是离开他吗？是忍受他肉体的叛离，还是奋起反抗甚至以自己的背叛来报复？你注重的是肉体维系的爱情与婚姻，还是爱维系的爱情与婚姻？你的爱情与婚姻能走多久？倘若你的爱情陷入低谷，婚姻出现危机，你又将采取什么样的措施来拯救或者结束？

假设你是萨宾娜，你愿意用青春去换一个不错的社会地位，过着独立自主逍遥自在的日子吗？面对自我的放纵与自由，你会在乎潜在社会秩序的叩问与批判吗？你有叛逆的勇气与魄力吗？肉体的享受也是有时间限度的，孤老一生的滋味也是很恐怖的，背叛与被背叛都需要付出代价，你能承受吗？

其实，世上不只有特丽莎和萨宾娜这两种人生让我们来选择。人性和人生都是多样化的，就像善和恶一样，有时是分不清楚的，我们没有必要给自己戴上紧箍儿。

在不同的时间不同的环境就会出现不同的自我，在时间的洪流里，爱与婚姻也是变化的，不用执拗于非此即彼的选择，倾听灵魂的声音去走自己的路，做自己的事情，无论是爱还是婚姻，是情还是性，或许都会简单些。

3. 弗兰茨

弗兰茨是萨宾娜的情人，是个大学教授，有太太和女儿。一向守旧的弗兰茨，最终也选择背叛家庭，但他又选择去为了正义、公理和美好参加游行和呼吁，并最后进军柬埔寨。

弗兰茨认为把私生活与公开生活分成两个领域是一切谎言之源。一个人在私生活和公开生活中是完全不同的两个人。我们的房间需要窗帘，把私生活关在里面，我们不能生活在玻璃房子里，人人都能看见你，没有任何秘密。当弗兰茨抛弃妻子时，却发现萨宾娜已经在自己的生活中消失了。但是他，作为一个具有成熟人格的男人，坚守了自己真正的爱，在以后的日子里，萨宾娜一直都在他的灵魂深处，即使有一天他有了新的情人，即使有一天，他终于在情人的怀里死去，萨宾娜都一直与他同在。

启迪与思索

弗兰茨是个值得爱的男人，不是因为他是个大学教授，不是因为他也曾无所求地奔赴战场，也不是他至死不渝地爱着萨宾娜，而是他真正懂得自己。

现实中，有一些人在做事情时，往往要为自己找一个冠冕堂皇的理由，以此来掩饰他的错误，为了掩饰这个错误，往往不惜花费很大的力气，再制造更多的错误，来证明第一个错并不是错，结果他们往往用十个错误来掩饰一个错误，再用一百个错误来掩饰十个错误，以至于酿成无法收拾的错误。倘若发现了自己的错误，应该立即下力气来跳出这种错误的怪圈，只要认识到了这种错误，进而努力去改变，生活还是会如期望般的美好。

我们走在自己的人生路上，最重要的是让自己的灵魂活着。倘若走着的只是一个躯壳，那这样的行走就完全丧失了意义与重量。把过去丢在路上，给自己一个更远的目标，终点与希望就在前方，人生的意义就在于不断出发，而非抵达。

4. 卡列宁

卡列宁在某种程度上来说就是作者的一种精神象征。它的母亲是托马斯同事家的一条圣伯尔纳纯种母狗，父亲则是他邻居家的一条狼狗。所以它是一条杂种狗。

卡列宁是一条母狗，却有一个公狗的名字。它的模样像狼狗，可头很像圣伯尔纳纯种母狗。托马斯要让狗名清楚地表明狗的主人是特丽莎。他想到她到布拉格来时腋下夹着那本书，建议让狗名叫"托尔斯泰"。结果特丽莎不肯，而叫了卡列宁。它就是为了减轻特丽莎的痛苦。卡列宁一直跟着主人特丽莎生活，最后因为得了癌症，被它的主人实施了安乐死。卡列宁的一生有两次大的别离，第一次是离开自己的父母，第二次是与主人的死别。卡列宁的一生没有浪漫的爱情，没有真正地享受过生活，没有抱怨，没有太多的痛苦。它来到特丽莎身边时撒了她一身尿，死的时候特丽莎的手感到床单湿乎乎的。特丽莎认为，卡列宁来时给她带来了一片水，走时也给她留下一片水，这湿乎乎的一片，是她诀别的方式，特丽莎为手下的这份潮湿的冰冷感觉感到了幸福。

启迪与思索

卡列宁的一生如此简单，赤裸来，赤裸去，这个简单的循环过程，引起我们很深刻的思考。正如昆德拉所说："狗是我们与天堂的联结。它们不懂何谓邪恶、嫉妒、不满。在美丽的黄昏，和狗儿并肩坐在河边，有如重回伊甸园。即使什么事也不做也不觉得无聊——只有幸福平和。"在昆德拉看来，人与狗的爱也是牧歌式的，因为人对狗的爱，是无私的，不想从狗那里得到什么，而狗对人的爱又是专一而忠诚的。而人与人的爱就不行，因为人们爱上对方的时候就只想改变对方，结果谁也改变不了谁。昆德拉想用爱去让人走出困境，可是，人类的爱是多么的苍白无力呀，还不如人与狗之间的爱。在昆德拉心里，人类是没有达到自己真正想要的那种幸福的，因为人的生活方式是直线的，而狗的生存方式是循环的；人类的直线性，只能走向死胡同，自己毁了自己。大作家陀思妥耶夫斯基在死前还在思考："我有过幸福吗？我从来没有过我想要的幸福。"这不仅是他的悲哀，也是全人类的悲哀。

《圣经》记载，人类原本在伊甸园里自由地生活，但因为禁不住诱惑，偷吃了智慧之树的果子而被上帝赶出了伊甸园。人类是有原罪的，因此被上帝所流放。人类本不应该有智慧的，所以，"人类一思考，上帝就发笑"。米兰·昆德拉借助卡列宁这条狗，再次让我们听到了上帝的笑声。

作者·作品

作者

米兰·昆德拉生于捷克布尔诺市。父亲为钢琴家、音乐艺术学院的教授。童年时代，他便学过作曲，受过良好的音乐熏陶和教育。少年时代，开始广泛阅读世界文艺名著。青年时代，写过诗和剧本，画过画，搞过音乐并从事过电影教学。用他自己的话说，"我曾在艺术领域里四处摸索，试图找到我的方向。"

20 世纪 50 年代初，昆德拉作为诗人登上文坛，出版过《人，一座广阔的花园》《最后一个五月》等系列诗集。在 30 岁左右他写出第一个短篇小说后，从此他确信找到了自己的方向，走上了小说创作之路。

1967 年，昆德拉的第一部长篇小说《玩笑》在捷克出版，获得巨大成功，他在捷克当代文坛上的重要地位从此确定。但好景不长，1968 年，苏联入侵捷克后，《玩笑》被列为禁书。昆德拉失去了在电影学院的职务，文学创作难以进行。无奈中，他携妻子于 1975 年离开捷克，来到法国。

移居法国后，昆德拉很快便成为法国读者最喜爱的外国作家之一。他的绝大多数作品，如《笑忘录》《不能承受的生命之轻》《不朽》等都是首先在法国走红，然后才引起世界文坛的瞩目。

昆德拉曾多次获得国际文学奖，譬如荣获美国"国家文学奖"和以色列"耶路撒冷文学奖"等，被誉为当代最有想象力和影响力的大师级作家，多次被提名为诺贝尔文学奖的候选人。

除小说和诗歌外，昆德拉还出版过三本论述小说艺术的文集，其中《小说的艺术》及《被背叛的遗嘱》在世界各地流传甚广。

昆德拉善于以反讽手法，用幽默的语调描绘人类境况。他的作品表面轻松，实质沉重；表面随意，实质精致；表面通俗，实质深邃而又机智，充满了人生智慧。正因如此，在世界许多国家，一次又一次地掀起了"昆德拉热"。

昆德拉原先一直用捷克语进行创作。但近年来，他开始尝试用法语写作，已出版了《缓慢》和《身份》两部小说。

昆德拉身材高大，平时表情严肃，穿着考究，举止间让人有一种"最后的贵族"的感觉。他反对对文学进行机械式的、所谓科学式的研究，强调个人灵感、强调天才是对体系的超越。他一方面善于提炼出高度凝练的哲学概念式句子，另一方面在小说中追求浅显、易懂、平和的风格。

昆德拉是形式主义大师，他的高明之处永远是思想的世界、想象的世界，也是他所捍卫的艺术家的个人世界，昆德拉在当代小说家中的特殊地位也源于此。

作 品

《不能承受的生命之轻》原来的译本名为《生命中不能承受之轻》，是20世纪最伟大的小说之一，20世纪80年代世界十大杰出的文学作品之一，全世界公认最受欢迎的畅销书，昆德拉最受欢迎并获得好评最多的作品，也是昆德拉的才华得到集中体现的一部哲学小说。

米兰·昆德拉在本书中以其独特的生命视角、冷峻且蕴含某种智慧的思虑，审视了人类灵魂的空虚与充盈、灵肉与轻重，诠释了生命之中某种不曾泯灭的真理。

《不能承受的生命之轻》这部作品，通过外科医生托马斯、女记者特丽莎、萨宾娜、大学讲师弗兰茨等人的感情纠葛和生活轨迹，反映了在捷克事变以后的捷克各阶层人民的勇敢正直、虚弱、惶惑，以及堕落、沉沦的意态情绪。

作品从反对人类境况的一个组成部分——媚俗——出发，从捷克走向人类，由政治走向哲学，由强权批判走向人性批判，揭示了人类的生命中不能承受之轻，勾画了东西方社会的人生百态，折射了从捷克事变到柬埔寨战争的宽广历史背景。书中的四个人物分别代表着人类的四种生存状况：托马斯代表"轻"，特丽莎代表"重"，萨宾娜代表"背叛"，而弗兰茨代表着"媚俗"。

昆德拉以一个哲人的睿智将人类的生存情景加以考虑、审查和描述，由此成功地把握了政治与性爱两个敏感领域，并初步形成了"幽默"与"复调"的小说风格。

对于题目《不能承受的生命之轻》，昆德拉在小说开头用了两章来做解释，但看起来这好像是一个没有结论的解释。更确切地说米兰·昆德拉是在罗列人类自古以来对于"轻"与"重"的深层思考，将本来是两个"无足轻重"的概念"轻"与"重"赋予形而上学的意义，从而实现他最开始的"整体的""形而上学"的"伟大思考"。每个人在阅读这前两章时都在被米兰·昆德拉牵引着走向有关"轻"与"重"的思考和选择。

昆德拉所做的文学探索是不应被忽略的，他把哲理小说提升到了梦态抒情和感情浓烈的一个新水平。还没有哪个现代作家能够像昆德拉那样，穿透变幻莫测的政治云障，直刺人类深层本质的劣根性。

在从共时性的阐述过渡到历时性的诠释中，昆德拉对生命本质进行形而上的批判，从而接触到人类内宇宙的最核心部分，揭示了人类生命中不能承受之轻，但他和我们一样，无力解决这个问题。因为"永劫回归"是不可能的。民族历史、个人生命都只有一次，没有初排，没有草稿，选择也就变得毫无意义。

昆德拉借助《不能承受的生命之轻》这部作品对生命的终极意义表示了怀疑，而那是我们的前人认为理所当然而又深信不疑的。我们无可选择又必须选择，我们反对媚俗又时时刻刻都在媚俗。就像书中所说的那样："事实上，我们每个人在过去的生活中，一直背负着很沉重的负担，所以，无论是从生存状态，还是从个人的情感方面，每时每刻都不敢有丝毫的懈怠和放松。在今天看来，这种负担对于一个人的生命是一笔非常宝贵的财富，它能使我们的生命因此变得愈加厚重而美丽。从这方面说，沉重的生活不仅迫使我们去思考过去、现在，也在思考着未来。它使我们的生命更加真实和贴近大地。"

17.《巴黎圣母院》

——黑暗中的爱之光

作者：雨果（法国）

出版时间：1831 年

推荐理由：雨果，这位全人类的伟大作家把最美好的感情放置
在最丑陋的外表之下，将外在的品质和内在的品质倒置，用无限的
张力塑造了那些令人拍案的角色，打动了一代又一代的读者。

心灵吃语

黑暗中的爱之光

爱情是什么？是一个男人加一个女人，合成一个美丽的天使，这是雨果
在《巴黎圣母院》中的一句话。自古至今，爱情都是人类的一个永恒不变常
说常新的话题，尽管很多人穷其一生也未必明白它的确切意义。爱情有时候
就像一剂迷幻药，它脆弱我们的肉体，腐化我们的心智；有时一个人可以为
了爱变得英勇无畏，有时一个人却也可以因为爱变得多愁善感。再粗野的莽
夫、再丑陋的奴仆在爱情面前也会展现出善良温柔的一面，爱上了维纳斯的
阿尔塞斯特如是，爱上爱斯梅拉达的巴黎圣母院的敲钟人加西莫多如是。有
些时候，想在爱情中保持理智很困难，没有激情的爱情是值得怀疑的，无论

什么时候、在什么背景下，爱情都将伴随着我们的一生，甚至逾越死亡。

伟大的文豪雨果借助《巴黎圣母院》给我们展示了一幅正义和邪恶纠缠、纯洁和淫邪并存的鲜血淋漓的爱情画卷。他怀着"当世界上什么东西都不存在的时候，爱是唯一留下来的"的心为我们描绘着爱与恨、美与丑、高尚与卑鄙，在这种放大的差别中让我们定位自己的人生，追逐心中的梦。

雨果通过这个发生在巴黎圣母院的故事宣扬一种"纯粹而长久"的爱情，在这种爱情中，没有财富，没有血统，没有相貌，没有权力，没有智慧，只有爱。爱是纯粹的，是独立的，这样的文学爱情观，一直影响了几个世纪的文人和读者，这个故事直到现在仍然在启迪、感动着我们。

在文学中，在我们的梦想和憧憬中，人类的爱情永远充满了无穷的魅力，影响着我们每一个人。再大的罪恶，再漫长的黑夜都淹没不了真正的爱情。无论时代如何变迁，真挚的爱情总会穿透历史的时空，永远闪耀在人类文明的天空。

品味经典

这个凄然而带有传奇色彩的故事发生在 15 世纪法国路易十一统治时的巴黎。

愚人节这天，巴黎的市民们聚集在圣母院前欢庆节日，整个巴黎城沉浸在欢乐的气氛中。这里正在进行"愚人之王"的选举，选举的规则是谁长得最丑陋、谁笑得最怪最难看谁就有望当选。最终大家选出了本年度的"愚人之王"，这个人就是巴黎圣母院的敲钟人——加西莫多，人们给他穿戴上用硬纸板做的王冠和道袍，把他抬上绘有花纹的轿子向格雷弗广场走去。

在格雷弗广场，靠街头卖艺为生的吉卜赛女郎爱斯梅拉达轻捷、飘逸、快乐的舞姿和小羊加里的精彩表演倾倒了大家。在欢快的人群中，有一个显得与众不同的中年人，他就是巴黎圣母院的副主教克洛德·孚罗洛，他就在巴黎圣母院隔壁居住。克洛德·孚罗洛不由地对爱斯梅拉达生出了淫念，生出派他的义子敲钟人——加西莫多去劫持爱斯梅拉达的诡计。16 年前，身为畸形儿的加西莫多被人遗弃在巴黎圣母院的门前，副主教出于怜悯之心收养了他，并为他取名加西莫多。加西莫多长大之后，对副主教感恩戴德，唯命是从。

傍晚时分，愚人节联欢高潮已过，人们渐渐散去，爱斯梅拉达带着她心爱的小山羊离开节日广场，当她行至广场旁的小巷时，受命于克洛德·孚罗洛的加西莫多动手劫持爱斯梅拉达，爱斯梅拉达奋力反抗，高声呼救。危急关头，国王的近卫弓箭队队长法比带领他的士兵途经附近，救下了被加西莫多劫持的爱斯梅拉达。劫后余生的爱斯梅拉达毫无顾忌地爱上了英俊的卫队队长法比。

获救之后，爱斯梅拉达赶往"奇迹王朝"，"奇迹王朝"是一个非常大的广场，居住着下层人民，他们中有法国人、西班牙人、意大利人、德国人，他们有不同的宗教信仰，白天是乞丐，晚上是小偷。爱斯梅拉达在这里具有很大的魔力，她回来时，男女乞丐都温柔地排列着，他们凶狠的脸色因为见到她而开朗了。此时，该王朝的乞丐王克洛潘正在审判误入这里的穷诗人格兰古瓦。按"王朝"的法律，格兰古瓦将被绞死，除非有人愿意嫁给他。时间一分一秒地过去了，格兰古瓦命悬一线，关键时刻，善良美丽的爱斯梅拉达挺身而出，向众人宣布愿意与格兰古瓦结为夫妻，格兰古瓦因此免于一死。

第二天，当局草草审判加西莫多后，将他带到广场上当众鞭笞，跪在烈日下的敲钟人口渴难熬，他向士兵和围观的人群讨水喝，但是，回应他的却是一片戏弄和辱骂声。这时，爱斯梅拉达拨开人群走了过来，她把怀中的水葫芦温柔地送到加西莫多干裂的嘴边，看着善良宽厚、美丽纯洁的爱斯梅拉达，加西莫多眼含热泪，充满感激之情。

因为爱斯梅拉达爱上了法比而满怀嫉妒的副主教克洛德·孚罗洛趁他二人幽会之际刺伤了法比，嫁祸于爱斯梅拉达。自私的法比却不敢站出来证明爱斯梅拉达的无罪，爱斯梅拉达被当局判处绞刑，被押到广场行刑。敲钟人加西莫多从教堂里冲了出来，他挥拳打倒了刽子手，把爱斯梅拉达高举在肩上，跳进教堂并将她隐藏在钟楼塔顶的密室避难，无微不至地照顾她。

副主教克洛德·孚罗洛唆使教会把爱斯梅拉达看作万恶的女巫，法院不顾圣母院享有圣地避难权，决定将她逮捕。巴黎下层社会的好心人前来营救爱斯梅拉达，却被敲钟人加西莫多误以为是官兵来抓爱斯梅拉达，拼命抵抗，从钟楼上推下巨石，浇下滚烫的铅水，平民死伤无数。

国王路易十一派兵来攻打圣母院，在一场混战中，克洛德·孚罗洛把爱斯梅拉达劫持出圣母院，威逼她屈服，遭到拒绝，便把她交给官兵，自己蹲在圣母院钟楼顶上眼看着她被绞死。目睹了副主教克洛德·孚罗洛的罪恶丑行，加西莫多义愤填膺，把抚养他成人的副主教克洛德·孚罗洛推下了钟楼，活活摔死，自己则到墓地里面找到爱斯梅拉达的尸体，抱着她一起死去。

一年之后，人们在乱葬岗上发现一男一女两具骷髅，那就是加西莫多和他心爱的吉卜赛姑娘爱斯梅拉达……多年之后，他们一起化为尘土，只有钟声依旧。

对话人生

1. 爱斯梅拉达

16 岁的爱斯梅拉达能歌善舞、姿色过人，小时候不幸被吉卜赛人从家中偷走，跟着一群流浪艺人长大成人。因为在愚人节上的出众表现被巴黎圣母院的副主教克洛德·孚罗洛看中，副主教派敲钟人加西莫多劫持她，在她被加西莫多劫持时，恰巧被英俊潇洒的皇家卫队队长法比救下，她与英雄救美的法比一见钟情，陷入爱河，法比也被她的美貌所征服。

爱斯梅拉达不但有一副美丽的面孔，也有一颗高尚纯洁善良的心灵。当流浪诗人格兰古瓦即将被乞丐王国绞死的关键时刻，她毫不犹豫地以愿意和他结婚的形式救下了他。格兰古瓦被她的美貌和高尚的心灵所震撼，也身不由己地爱上了她，并想成为她名副其实的丈夫。但是爱斯梅拉达平静地拒绝了他，爱斯梅拉达告诉他，和他结婚只是为了救他的命，自己只能和他维持名义上的夫妻关系。

当副主教克洛德·孚罗洛利用种种卑劣手段想强迫爱斯梅拉达接受他的

爱情时，爱斯梅拉达宁死不从，与他进行了不屈的斗争。克洛德·孚罗洛为了获得爱斯梅拉达的爱情，欺骗她说她所爱的法比已经被他杀死，劝她不要再抱任何幻想，并且许诺只要答应跟他在一起，就可以免去她的死刑。爱斯梅拉达义正词严地痛斥了他的阴谋，抵抗到生命的最后一刻。

临刑前，克洛德·孚罗洛来到绞刑架前最后一次诱说爱斯梅拉达，尽管这时爱斯梅拉达已经知道她所爱的人法比还活着，她也找到了失散15年的亲生母亲，她非常想活下去，但面对克洛德·孚罗洛的威逼利诱，她毅然决然地拒绝了。最终她没能逃脱死神的魔掌。

启迪与思索

爱斯梅拉达是一个充满魅力的女人，这魅力不仅来自她的美丽，也来自她那颗高尚纯洁的心灵，美与善在她身上得到了完美的结合。天使一样的她原本是上帝的宠儿，却被处以绞刑，让千万读者为之叹惋。

古往今来，女人都是一样的，一旦陷入爱情中就容易为感情所迷惑，失去理智，爱斯梅拉达跟所有情感戏中的女主角一样，不顾一切地爱上了那个半路上杀出来救了她一命的男人。

爱斯梅拉达像飞蛾扑火一样地沉沦在这份爱情里，没有去想这份爱情是否有结果，对方是否真的爱自己，是否正确和值得，她只知道自己要去爱，不顾一切、无怨无悔地去爱。但是，正是这爱毁了她，正是因为对纨绔子弟法比的过分痴情使爱斯梅拉达最终走向毁灭的深渊。

爱斯梅拉达太感性了，感性对一个女人来说是一种迷人的魅力，也是一种致命的弱点。其实不只爱斯梅拉达，在很多时候，在爱情中，我们往往离理智很远，离感性很近，无论是男人还是女人都很容易冲动。雨果之所以让爱斯梅拉达这样一个大好人沦落到如此地步，正是想借助这样一种类似于夸大化的手法，凸显爱、真诚、善良、宽容、正义等人类生命中诸多美好品质的重要性，无论社会怎样沉沦，时代怎样变迁，这个世界仍然需要爱、需要正义，仍然需要有一种抵抗强权与邪恶的力量。

2. 加西莫多

在小说中，加西莫多的首次出现是以爱斯梅拉达的迫害者的身份出现的，他奉副主教之命在深夜去劫持爱斯梅拉达，最终行动失败，身陷牢狱。加西莫多因犯劫持罪被绑在烈日下受鞭笞示众，他恳求围观的人群给他一点水喝，却无人理睬。在他快要晕死过去的时候，在众目睽睽之下勇敢地给他水喝的人，却正是为他所劫持的爱斯梅拉达。

加西莫多由于长相畸形，身有残疾，被家里人抛弃，巴黎圣母院副主教克洛德·孚罗洛收养了他。加西莫多从小在教堂长大，他从来没有享受过家庭的温暖，长大后，成为教堂的敲钟人，只有两样东西在他心里最为重要，一个是副主教克洛德·孚罗洛，一个是教堂里没有生命的大钟。美丽善良的爱斯梅拉达唤醒了加西莫多内心对美好爱情的渴望，然而这种渴望的觉醒，并没有给他带来任何的快乐，反而使他更加深刻地感受到了生理缺陷带来的精神上的痛苦。面对爱斯梅拉达的美丽，他是那样的自卑、痛苦，他渴望接近爱斯梅拉达，但是又怕自己的丑陋令爱斯梅拉达难受和害怕，他就在这样的爱中承受着肉体和精神的蹂躏。最后，心爱的人被副主教迫害致死，绝望中的加西莫多愤怒地杀死了他的养父副主教克洛德·孚罗洛，也杀死了他自己——他拥抱着心上人爱斯梅拉达的尸体去了另一个世界。

启迪与思索

敲钟人加西莫多对爱斯梅拉达的爱是一种混合着感激、同情和尊重的柔情，一种无私的、永恒的、高贵质朴的爱，完全不同于副主教那种邪恶的占有欲，也不同于花花公子法比的逢场作戏。这个外表粗俗野蛮的怪人，将自己的全部生命和热情寄托在爱斯梅拉达身上，他可以毫不犹豫地为她赴汤蹈火，可以为她的幸福牺牲自己的一切。

在故事中，雨果赋予了加西莫多一种"美丽"，一种隐含的内在美。加西莫多也让我们明白，一个人的外表并不决定一切，人不能过分追逐外表美，心灵的纯洁真诚才是我们一生需要具备的。同样，衡量一个人也要从他的内在品质出发，不能以貌取人。因为丑陋的外表下，可能藏着一颗火热纯真的心灵；英俊美丽的面容下，也可能深埋了龌龊可耻、卑鄙扭曲的人心。

爱上爱斯梅拉达不是加西莫多的错，这是他的自由，渴望和追逐爱情是人的一种天然本性，谁都希望拥有爱情。但我们必须承认，只有愿望是不够的，有追求爱的愿望，更要有爱的能力，爱有时候也是冷酷的，不是任何爱情都可以通过努力争取到的。冷酷一点来说，即便不死，爱斯梅拉达也绝对不会选加西莫多当她的情人，加西莫多对她的爱恋也只能是一份藏在心中的苦恋，永远不会开花结果，现实就是如此，世界上并不是任何两个人都可以产生爱情的。可是，这并不妨碍我们去追求爱情，因为这过程本身就是一种享受，甚至是我们生命的寄托。

3. 克洛德·孚罗洛

同伪君子法比相比，巴黎圣母院的副主教克洛德更令人痛恨和唾弃，36岁的他已经是巴黎教会的副主教，他从小在教会学校里接受教会教育，经过多年的努力，终于爬到了位高权重的位置。但是严格的教会戒律并没能消除他内心的本能欲望，反而因为过度的压抑而变得更加激烈和疯狂。当他对爱斯梅拉达的爱情冲垮了宗教对他的束缚和压抑后，他的欲望便像火山一样爆发，失去了控制，一个以仁爱、责任、上帝为生命主旨的人，摇身一变成了一个杀人的魔鬼。

从某个角度来说，克洛德对爱斯梅拉达的爱是真心诚意的，甚至是热烈的，无可替代的，他愿意为了爱斯梅拉达的爱情，放弃他所有的一切，甚至背叛他信奉了几十年的上帝。但是他的爱情却又是极端自私的，他的心理是畸形、扭曲的，他的人格是分裂的，任何借口和理由都不能成为一个人杀人的理由，任何龌龊肮脏的灵魂都是对爱的亵渎与玷污。

克洛德先指使他的养子加西莫多在深夜里去劫持爱斯梅拉达，行动失败后，又刺杀情敌法比并嫁祸于爱斯梅拉达。当爱斯梅拉达被加西莫多抢救到巴黎圣母院内合法避难的时候，他再次利用权势和阴谋让爱斯梅拉达失去了巴黎圣母院对她的庇护，然后用死亡作威胁逼迫爱斯梅拉达接受他那所谓的爱情。尽管他认为自己是真心地用灵魂来爱着爱斯梅拉达，爱她胜于上帝，但是，他这份爱终究是伪善之爱、自私之爱，最终，他用他的爱，杀了他最心爱的女人。

跟加西莫多相比，克洛德才是一个真正的畸形人，加西莫多只是肉体上的畸形，克洛德却是精神上的畸形、人性的畸形。他煽动宗教狂热、制造迷信、散播对波西米亚人的偏见、伙同王室检察官残害人民，他既是宗教伪善和教会恶势力的代表，又是中世纪禁欲主义的牺牲品。

克洛德的特殊身份使他不能堂堂正正地去追求爱情，身为副主教，克洛德有时把爱斯梅拉达视为魔鬼，但自己又无法摆脱这"邪恶之爱"的诱惑，有时却蔑视所有宗教戒律，干出最无耻卑鄙的勾当，他的灵魂是虚伪和矛盾的，他总是在左右为难的境地里折磨自己，沉沦挣扎在矛盾里，在天堂和地狱之间来回折腾。

宽容一点来看，克洛德也是一个受害者，被他视为生命的宗教否定了他的基本欲求，毁灭了他的人性，使他的灵魂和肉体永远处于尖锐的冲突和分裂状态，造成了他的悲剧。这是作者利用这个人物做出的对宗教禁欲主义的全面否定和辛辣嘲讽。他这个人物形象集中体现出中世纪教会黑暗、残暴和虚伪的社会本质。

启迪与思索

一个人，无论是男人还是女人，在爱着的时候都要理智，首先，对我们所爱的人要有理智的认识，对我们的感情要有理智的认识，正确看待自己的情感，正确处理好感情与事业与生活的关系。

爱是最无私的，同时也是最自私的，这样说，并不矛盾，爱和人性一样，是分裂的。有时候，爱是无私的，当我们爱一个人的时候，整个世界都是我们所爱的人，我们愿意为了我们所爱的人付出一切和承受一切，甚至觉得对方比自己还要重要。有时候，爱却是自私的，当我们深爱一个人的时候，就会理所当然地希望对方也同样爱我们，当我们得不到相应的回报和感情时，我们的内心就会失去平衡，变得不理智，甚至扭曲了心性。爱的无私是有条件的，是建立在对方值得我们爱或对方同样爱我们的基础上的。爱恋中的人以心换心，以情换情，如此逐渐递进和放大，最后就有爱的火花和爱的升华。

现实生活中，无数因爱成恨、因爱成仇而产生的人间悲剧，大多数都是由克洛德这种极端自私、只顾满足自己的情欲、丝毫不考虑对方意愿、不尊重对方、不懂得爱情的人导致的。这是一种极度变态的爱和行为，我们应该怀着一颗善良宽容的心来对待我们所爱的人，不要让感情伤害自己所爱的人，伤害自己。

4. 法比

法比是皇家卫队队长，长得一表人才，英俊潇洒，整天周旋在上流社会之间，是富家小姐理想的白马王子。聪明的法比非常善于利用他的有效资源，他选择了拥有丰富嫁妆的表妹百合花做未婚妻，同时又贪恋和追逐爱斯梅拉达的美色。他的可恶之处在于他只爱恋爱斯梅拉达的美色，却丝毫也不爱惜爱斯梅拉达的生命。爱斯梅拉达是以谋杀法比的罪名被判处死刑的，可是法比在接受治疗中从医院逃出来后，为了不使自己的丑行暴露，竟然不去指证真正的凶手，以解救爱斯梅拉达的生命。

启迪与思索

爱斯梅拉达唯一心仪的男人就是这个御前侍卫队长法比，英俊潇洒的法比以一场英雄救美的奇遇轻而易举地赢得了她的芳心。法比本质上就是一个轻薄成性的花花公子，他对爱斯梅拉达的爱只是逢场作戏，没有真感情。功名心、虚荣心强烈的他压根儿不可能迎娶社会地位卑微的爱斯梅拉达。所以在爱斯梅拉达落难后，法比本来是可以轻易洗脱她的罪名的，却狠心置之不理，并心安理得地跟门当户对的贵族小姐完婚了。

法比是爱斯梅拉达命中的桃花劫，爱上他是一场逃不掉的宿命。古今中外法比这种男人的形象大致一样，他们大多生着一副招人爱的英俊面孔，有一副好口才。但是，这样的男人往往有一颗飘忽的心，不客气地说，法比不会真心爱任何一个女人，他真正爱的人只有他自己，他是个对爱情、对婚姻毫无忠诚的男人，是个无耻的骗子。

生活中法比这样的伪君子并不在少数，虽然他们平时很善于谈情说爱，山盟海誓，甜言蜜语，天花乱坠，但一到关键时刻，爱情对他们来说便立刻变得一文不值，因为在这些人的心里，从来就不懂得什么是真正的爱情。他们只爱他们自己，只知道利用和玷污爱情。

5. 格兰古瓦

格兰古瓦是一个潦倒的诗人，他无法靠写诗来养活自己，所以他不得不到流浪者聚集的乞丐王国里去求生存。结果他连当乞丐的技能测验也没能通过，被当成没有资格当乞丐的人而送上绞刑架。在即将被处死时，被爱斯梅拉达所救。他同样为爱斯梅拉达的美貌和善良所倾倒，但是，却遭到了她的拒绝。他是个有自知之明的男人，他马上就明智地放弃了要爱斯梅拉达做他妻子的想法。因为他感到惭愧，身为男人，在爱斯梅拉达被加西莫多劫持的时候，他没有勇气出面挽救，而他自己的生命，反而是靠爱斯梅拉达的怜悯才得到挽救。面对这样一位"女强人"，只要还有一点自尊的男人，便不会再奢望什么爱情了。所以格兰古瓦和爱斯梅拉达结婚后，便自愿当起了挂名丈夫，每日里随着爱斯梅拉达上街去卖艺。

启迪与思索

格兰古瓦没有像其他几个男人那样对爱斯梅拉达爱得死去活来，究其原因，还是他更爱他自己多一些，他理性地站在这场恩爱情仇之外，苟且着自己的生活，这是一个冷血的男人。格兰古瓦是一个现实主义者，在他的意识里，可能生存比爱情的意义更为重要，虽然他也爱爱斯梅拉达，也想让她做自己的老婆，但是，他也知道自己不配得到她，他始终没有抬起头来，拿出一个堂堂男子汉的勇气和魄力，因此可以说，格兰古瓦不但在精神上是个不折不扣的懦夫，在道德上也是一个自私自利的典型。

格兰古瓦对爱斯梅拉达的爱干瘪、空洞，爱斯梅拉达在他陷入危机时救了他的命，而他在爱斯梅拉达面临绞刑时却不敢挺身相救，在这点上，我们可以窥见他的自私和无情。

现实中，格兰古瓦这样的男人也不少见，他们依附在女人身上，自己没有能力，靠女人的支撑维持生活，他们没有独自面对生活的勇气和魄力，一有危险首先想到的是自己，无力摆脱现实又不安于现状，眼高手低，思想处于分裂状态，在理想和现实中找不到落脚点，他们是语言上的巨人行动上的矮子，这样的男人很难得到女人的喜欢，也很难得到男人的尊重，是一个不折不扣的为大家所不屑的"局外人"。

作者·作品

作者

维克多·雨果是法国文学史上卓越的资产阶级民主作家，19世纪前期法国浪漫主义文学运动的领袖和导师、法国文学史上最伟大的作家之一，更是世界浪漫主义文学史上第一流的文学巨匠。

雨果的一生几乎跨越整个19世纪，他的文学生涯长达60年，作品包括26卷诗歌、20卷小说、12卷剧本、21卷哲理论著等，合计79卷之多，给法国文学和人类文化宝库增添了一份十分辉煌的文化遗产。

贯穿雨果一生活动和创作的主导思想是人道主义、反对暴力、以爱制"恶"。他那鸿篇巨制的小说创作，思如涌泉的诗歌珍品，激情横溢的浪漫戏剧和洋洋洒洒的理论雄文，把一代浪漫主义文学艺术推向了新的高峰。他给人类留下的瑰丽的传世佳作，成为众人交口称赞、努力效法的榜样，曾影响了无数读者，并将继续影响着千百万后来者。

雨果既是一个文学家，又是一个思想者，他将傅立叶主义与圣西门主义融入他热情的浪漫派人生观念里，构成了一个具有鲜明雨果特色的人生之谜。他认为，在文明鼎盛时期造成了地狱般生活和人民苦难的根源在于社会压迫，尤其是法律的不公正；世俗的偏见与社会的不平等是造成犯罪的真正原因。

雨果的长篇小说《巴黎圣母院》《悲惨世界》《九三年》等作品，以无情的笔调揭露了天主教会的罪恶、封建制度的残酷和资产阶级司法的不公正，形成了喜用对比手法、钟情神秘和恐怖色彩的浪漫主义文风。

著名作家张炜在其《域外作家小记》中谈到雨果时说："他是一位飞翔的天才，当大多数人还在地上行走的时候，他已在高空翱翔。只要谈起他，很少有人会使用不恭的口气。他在一个时代里，因为身影过于巨大，几乎挡住了所有的视线。他的那些不朽的篇章映照出一条波澜壮阔的生命河流。在逝去的上一个世纪中，没有几个诗人能够伴他行走。"

雨果自己曾经在《〈克伦威尔〉序》中说："生活有两种，一种是暂时的，一种是不朽的；一种是尘世的，一种是天国的。它还向人指出，就如同人的命运一样，他也是二元的，在他身上，有一种兽性，也有一种灵性，有灵魂，也有肉体。"这段文字深刻而准确地反映了雨果的人道主义思想。雨果是法国的，同时又是属于全世界的，他的不朽作品是全人类共同的精神财富。

作　品

雨果于 1830 年 7 月着手写作《巴黎圣母院》这部波澜壮阔的杰作，他仅仅用了 150 多天就完成了全部创作。《巴黎圣母院》是雨果第一部大型浪漫主义小说。

《巴黎圣母院》艺术地再现了四百多年前法王路易十一统治时期的历史真实，宫廷与教会如何狼狈为奸压迫人民群众，人民群众怎样同两股势力英勇斗争。小说中的反叛者吉卜赛女郎爱斯梅拉达和面容丑陋的残疾人加西莫多是作为真正的美的化身展现在读者面前的，而我们从副主教孚罗洛和贵族军人法比身上看到的则是残酷、空虚的心灵和罪恶的情欲。雨果将可歌可泣的故事和生动丰富的戏剧性场面有机地连缀起来，使这部小说具有很强的可读性。小说浪漫主义色彩浓烈，且运用了对比的写作手法，它是运用浪漫主义对照性原则的艺术范本。小说的发表，使雨果的名声更加远扬。

如今，《巴黎圣母院》已经成为道义与良知的象征，成为纯洁与善良的所在，成为信仰与追求的港湾，成为对"恶"的鞭挞和对"美"的讴歌的形象化的见证。《巴黎圣母院》作为一部浪漫主义代表作，正是由于作者力求符合自然原貌，刻画中世纪的法国社会真实生活，以卓越的手法和浪漫的形式，依据动人的情节发展，将那些内容凝聚、精练在这部名著中而呈现出它们的生动面貌和丰富蕴涵，赢得了继《艾那尼》之后浪漫主义打破古典主义死板桎梏的又一胜利，这是一部愤怒而悲壮的命运交响曲。

雨果不只是借助《巴黎圣母院》给我们讲述了一个简单的故事，同时他还借助这个故事深刻揭示了我们人类内心深处的一些活动，无论在什么时候，什么社会，人的共性是始终存在的，人类对爱的向往与追求，都是人性中的光辉。

18.《茶花女》

——爱情的另外一种方式

作者：小仲马（法国）

出版时间：1848 年

推荐理由："可怜一卷茶花女，断尽天下荡子魂。"作品中洋溢着浓烈的抒情色彩和悲剧气氛，有感人肺腑的艺术魅力，使之无愧为"世界十大经典爱情名著"。

心灵呓语

有多少爱可以重来

谁的生命中没有过刻骨铭心的爱情呢？谁没有因为错失爱情而追悔莫及呢？为什么明明相爱到最后还是要分开？有多少爱可以重来？有多少人愿意等待？当爱情已经桑田沧海，我们是否还有勇气去爱？我们每个人的心中都有一扇门，往往千帆过尽之后才发现那个拿钥匙的人就在身边，只是一直不曾为我们所发觉、所知道。当有一天他或她终于为我们打开那扇门以后，我们还能感觉到那份爱的快乐和幸福吗？

"金风玉露一相逢，便胜却人间无数。""在天愿作比翼鸟，在地愿为连理枝。"此般真情，令人钦羡不已。然而在这凡俗尘世中又有多少个人承受得起这爱情之重？再美好的爱情还是要在世俗的大河里涤荡一回，在这浸泡与沉淀里，又将夭折多少爱情？而那些美好的岁月，却就此蹉跎，再也无从挽回，爱似乎成为一个永远的传奇。

当我们站在通往爱与未来的路口，我们那颗为世俗所囚困的心灵能否突破迷雾的包围，繁华过尽之后，展开我们对爱的执着与坚守？在这个越来越复杂的时代里，我们是否有一种爱的智慧来面对爱情的种种考验，读懂爱的真谛？

有些人不相信爱情，是因为他们视爱情为玩物，丧失了对爱的感觉；而有些人不相信爱情却是因为爱情对于他们来说太过于沉重，太重要，是一件需要心与生命来寄托的事情，他们害怕失败和失去，也许失去了自己的爱人，他们就会失去心、失去生命。面对物质社会中的速食爱情，他们只有选择不相信。也许堕落、也许禁锢，然而在他们心底一直有着最初、最美的愿望：超越平凡的爱。他们不爱则已，一旦爱了就会义无反顾、忘乎所以，宁愿为爱粉身碎骨。

《茶花女》的女主人公玛格丽特用她的爱、用她的死给了我们一份刻骨铭心的感动和震撼，给了我们一份关于爱、关于奉献、关于理解与尊重的思考，让我们看到了爱的另外一种方式。

品味经典

玛格丽特从乡下来到巴黎后就开始了她的卖笑生涯，由于她的花容月貌，引得巴黎的贵族公子争相追逐，成为红极一时的"社交明星"。因为她总是随身携带着一束茶花，因此被人称为"茶花女"。

茶花女不慎感染了肺病，去疗养院接受温泉治疗，疗养院里有位贵族小姐，身材、长相和玛格丽特都差不多，只是她的肺病已到了晚期，不久便死了。小姐的父亲摩里阿龙公爵偶然间发现玛格丽特很像他死去的女儿，便收她做了干女儿。只要玛格丽特脱离自己过去的生活，他便负担她的全部日常费用。但玛格丽特不能彻底做到这一点，公爵便将给她的供养费用减少了一半，很快玛格丽特就入不敷出，欠下几万法郎的债务。

一天晚上，玛格丽特家里来了几个拜访者，其中一个是税务局长杜瓦先生的儿子阿尔芒·杜瓦，他疯狂地爱着茶花女。从一年前，玛格丽特初生病时，阿尔芒就每天跑来打听她的病情，关心她，却不肯留下自己的姓名。玛格丽特得知此事后非常感动。一次，玛格丽特和朋友们跳舞时，病情突然发作，痛苦不堪，阿尔芒非常关切地劝她不要再这样不顾惜自己的身体，并向玛格丽特表白自己的爱情。这个细心又痴情的追求者至今还珍藏着她六个月前丢掉的纽扣。玛格丽特麻木颓靡的心灵再次为爱情而萌动。她送给阿尔芒一朵茶花，对他以心相许。

真挚的爱情重新激发了玛格丽特对生活的热望，她决心离开乌烟瘴气的巴黎和她过去的生活告别，跟阿尔芒到乡下去生活。她为了从旧情人那筹到一笔钱，请阿尔芒暂时离开她一晚上。阿尔芒出去时，恰巧碰上她过去的情人，又怒又恨的他给玛格丽特写了一封措辞激烈的信，说他不愿意成为别人取笑的对象，他将离开巴黎。但脆弱的他并没有走，他只是发泄一下自己的嫉妒与恼怒而已，他已经离不开玛格丽特了，她是他的整个希望和生命，他跪着请玛格丽特原谅他。

一番准备之后，玛格丽特和阿尔芒在巴黎郊外租到一间房子。公爵知道这件事情之后，醋意大发，断绝了玛格丽特的经济来源。玛格丽特背着阿尔芒，典当了自己的金银首饰和马车来支付生活费用。阿尔芒知道此事之后大为感动，决定把母亲留给他的一笔遗产转让给她，以还清她所欠下的债务。

阿尔芒的父亲杜瓦先生写信将阿尔芒骗去巴黎，然后去找玛格丽特。告诉玛格丽特他的女儿——阿尔芒的妹妹爱上一个体面的少年，但是，对方家庭接受不了阿尔芒和玛格丽特的关系，并提出如果阿尔芒不和玛格丽特断绝关系，就要退婚。他赶来请求玛格丽特为了他女儿和他儿子的前程放弃这份感情。最终，为了阿尔芒和他的家庭，玛格丽特只好作出牺牲，发誓与阿尔芒绝交。

玛格丽特非常悲伤地给阿尔芒写了封绝交信，然后回到巴黎，又开始了往日的生活。她接受了瓦尔维勒男爵的追求，成了他的情人。他帮助她还清了一切债务，又赎回了首饰和马车，阿尔芒也怀着痛苦的心情和父亲回到家乡。

阿尔芒仍深深地爱着玛格丽特，失魂落魄的他又来到巴黎。他决心报复玛格丽特的"背叛"。他找到了玛格丽特，处处刁难她，把她视为没有良心、无情无义的娼妇，唾弃她把爱情作为商品出卖的卑劣行为。玛格丽特面对阿尔芒的误会并没有为自己辩解，只是伤心地劝他忘了自己，永远不要再见面。

阿尔芒劝说玛格丽特与自己一同逃离巴黎，逃到没人认识他们的地方，两个人一起过日子。玛格丽特说她发过誓言不能离开巴黎，阿尔芒误以为她和男爵有过海誓山盟，便气愤地推倒了她扔下一沓钞票就转身离去了。被阿尔芒伤害误解的玛格丽特大叫一声，昏倒在地，一病不起。

男爵与阿尔芒决斗时受了伤，为了躲避风头阿尔芒出国了。新年快到了，玛格丽特的病情更严重了，没有一个人来探望她，她感到格外孤寂。杜瓦先生来信告诉她，他感谢玛格丽特信守诺言，已写信把事情的真相告诉了阿尔芒，现在玛格丽特唯一的希望就是再次见到阿尔芒。

临死前，债主们都来了，带着借据，逼她还债。执行官奉命来执行判决，查封了玛格丽特的全部财产，只等她死后就进行拍卖。弥留之际，她不断地呼喊着阿尔芒的名字。一直到死，玛格丽特也没有再见到她心爱的人。

玛格丽特死后，好心的邻居米利为她入殓。当阿尔芒重回到巴黎时，她把玛格丽特的一本日记交给了他。从日记中，阿尔芒才知道了她的高尚心灵。她在日记中告诉阿尔芒："除了你的侮辱是你始终爱我的证据外，我似乎觉得你越是折磨我，等到你知道真相的那一天，我在你眼中也就会显得越加崇高。"

阿尔芒怀着无限的悔恨与惆怅，隆重地为玛格丽特迁坟安葬，在她的坟前种下了白色的茶花，并立下誓言，自己死后要葬在玛格丽特身边。

对话人物

1.玛格丽特

在没有爱情的时候，玛格丽特像其他的妓女一样过着空虚而糜烂的生活，沉沦在纸醉金迷的享受中。作为一名妓女，身边有不少有钱有权的伯爵争着和她一起去看戏，一起过夜，她像别的妓女一样周旋于这些男人之间，不一样的是，她遇上了阿尔芒，一个地方税务局长的儿子，他们相爱了。尽管没有谁赞同这份爱情。为此，玛格丽特不惜告别过去的奢华生活，卖掉自己昂贵的饰品来维持他们乡下的爱情。

当狡猾老到的杜瓦先生以"为了自己儿女幸福"的名义来请求玛格丽特离开，利用玛格丽特的真爱来威胁她时，玛格丽特选择了默默离开，选择了牺牲自己的爱情，而且信守不告诉阿尔芒真相的承诺，带着悲伤回到她早已憎恶的过去。任凭阿尔芒侮辱和误解、任凭他百般打击报复，坚持不再见他，哪怕在病重最需要阿尔芒的时候，她也没有让人去找他回来。

在颓靡、腐败的生活中看惯了那些有钱男人的虚伪嘴脸的玛格丽特遇到阿尔芒之后，再放弃和牺牲这份爱情对玛格丽特来说是异常痛苦的，为了麻痹和驱逐内心的痛苦，她像过节一样，频繁参加舞会和宴饮，她借助这样的纵情欢乐转移痛苦，她希望自己快些死去，最终，在她空荡荡的寓所里，她一个人孤独而痛苦地死去了。

玛格丽特一生中最大的快乐是阿尔芒给予的，但她一生中最大的痛苦也是阿尔芒给予的。阿尔芒的出现，是使她走向悲剧命运的催化剂，也是使她生命大放异彩的火炬，她对阿尔芒的爱是如此刻骨、如此果敢，至今仍在感动着我们。

启迪与思索

尽管玛格丽特是一个妓女，是那群有钱、有权势的伯爵贵族老爷们的"玩物"，但她的心灵、她的思想、她的爱是纯洁的。玛格丽特用她的生命吟唱了一曲令我们流泪和感动的爱情悲歌，让我们知道了什么是真正的爱情，让我们看到了爱情的力量与魅力。

"是谁让我降世为鸟儿却又残忍地折断了我的翅膀？是谁让我生长为玫瑰却又无情地剥夺了我的阳光？是谁送来了鲜花却发出毒液的芳香？是谁让我停止了哭泣却又给了我更深的创伤？"听到这凄婉的哭泣与申诉，你心中又有何感受？

爱情是一个永恒的话题，从情窦初开的少男少女，到步入中年成熟的男人女人，乃至六七十岁的老头、老太，都有追求美好爱情的强烈愿望，但现实永远是一双扼杀爱情的魔手，虽然玛格丽特那个时代已经结束了，可是，生活中，一些人仍然在借助世俗的力量犯着同样的错误，以自己的所谓见解和看法毁坏他人的幸福。

茶花女玛格丽特虽然沦落风尘，但依旧保持着一颗纯洁、高尚的心灵。她颓靡的外表下面仍然有一颗充满热情和希望的心，仍然在渴望和追求着真正的爱情和生活，在希望破灭之后，她甘愿自我牺牲去成全他人，这一切都使这位烟花女子的形象闪烁着一种圣洁的光辉，"茶花女"也因此成了美丽、可爱而又值得同情的女性的象征。生活在这个社会中，每个人的爱情都要接受现实的考验，现实中有太多让人不堪回首的心痛，一个能够坚守内心，能够为了爱义无反顾地奉献和牺牲的人，将永远值得我们尊重与敬佩，这样的精神将永远感动、滋润着我们日渐枯萎的心灵。

2. 阿尔芒

24 岁的外省青年阿尔芒在巴黎邂逅了巴黎名妓外号"茶花女"的玛格丽特，并立刻展开了对她的追求。阿尔芒在当时虽然也算有几个钱的富家少爷，但根本维持不了玛格丽特的日常开销，所以阿尔芒只能用"情"来追求玛格丽特。玛格丽特曾经对阿尔芒说过一句话："我委身于你比对任何男人都快，我可以向你发誓，这是为什么？因为你看到我咯血时握住了我的手，因为你哭泣了，因为你是世间仅有的真心疼我的人。"阿尔芒就是用这样细腻的关爱和真实的情感征服、感动了玛格丽特。

在阿尔芒请求要回那本留有写给玛格丽特留言的书的时候；在他与玛格丽特分别后还每天去打探她的病情，却不留下姓名的时候；在他想尽一切办法找到玛格丽特的坟墓，并且挖开墓土，再一次亲眼看着他的爱人，对着她的尸骨悲痛的时候；在他为她迁坟，送她白色的茶花时，我们可以看出，阿尔芒对玛格丽特的爱是真实而深刻的，他的忏悔是真诚而令人感动的。尽管他曾经深深地伤害、误解过她，尽管他的爱相比玛格丽特的爱要自私许多，尽管在世俗面前，他对她的爱是那样的无力和矛盾。

启迪与思索

如果说疾病和与阿尔芒的分别是玛格丽特身体垮掉的原因的话，那么，阿尔芒对玛格丽特的误解、嘲讽和报复更是她难以承受的蹂躏与摧残，这些打击加快了她走向死亡的步伐。现实中，因为误会，因为彼此的互相猜疑而破裂的感情随处可见，倘若恋爱中的男人和女人们在遇到波折时，都能多几分真诚和信任，少几分虚荣和猜忌，这世上的许多爱情悲剧，或许会有完全不同的结局。

在爱情和婚姻中，信任是维持恋人关系的根本。据调查，很多离过婚或者情感受挫过的男人和女人在面对恋爱对象时，普遍特别谨慎，很难信任对方。譬如，女人关门如厕，男人会怀疑她是躲在卫生间偷打秘密电话；

而女人怎么看男人都觉得他可疑，对自己不专心……真是一朝被蛇咬，十年怕井绳。

可是，如果男女间连最基本的信任都没有，怎么能同床共枕，牵手一生呢？婚姻和爱情都需要信任，只有信任、包容才能使男人和女人的关系走向长久。如果两人的信任度几乎为零，那么，这样的感情就很难维持下去了。爱，就要彼此信任，彼此疼爱。

作者·作品

作者

小仲马的父亲是大仲马，小仲马诞生时，他的父亲大仲马还未成名，母亲卡特琳娜·拉贝是一个普通的缝衣女工。很长一段时间，大仲马一直拒绝承认小仲马是他的儿子。直到小仲马7岁那年，大仲马才记得自己还有一个儿子，于是他找到了已经7岁的小仲马。

因为私生子的身份，小仲马经常受到人们的中伤和凌辱，他的性格变得阴沉、多疑、孤独，时常渴望着报复。后来小仲马说："我从来也没有完全从经历过的这场打击中复原过来，即便是在生活的最幸福时刻，我也从来不能原谅、不会忘记自己所受的屈辱。"

大仲马那种骄奢淫逸的生活方式将小仲马带坏了，他也开始了声色犬马的荒唐生活。好在，大仲马在把小仲马带到声色犬马的生活中去的同时，也引导小仲马走上了文学创作的道路。

成年后，小仲马痛感法国资本主义社会的淫靡之风造成许多像他们母子这样被侮辱与被损害的人，他决心通过文学改变社会道德。他曾说："任何文学，若不把完善道德、理想和有益他人作为目的，都是病态的、不健全的文学。"这是他文学创作的基本指导思想。

小仲马的剧作大多以妇女、婚姻、家庭问题为题材，或描写在资产阶级淫靡风尚毒害下沦落的女性，或表现金钱势力对爱情婚姻的破坏，或谴责夫妻之间的不忠，歌颂纯洁高尚的爱情。作为法国现实主义戏剧的先驱者之一，小仲马的剧作富有现实生活气息，真切自然，情理感人，结构严谨，语言通俗流畅。

小仲马的成名作是 1848 年问世的小说《茶花女》。《茶花女》当时一经出版即轰动全国。小仲马一举成名后，又把小说改编为剧本，上演时剧场爆满，万人空巷。小仲马发电报将《茶花女》演出大获成功的消息告诉远在比利时的父亲大仲马，电报上写道："第一天上演时的盛况，足以令人误以为是您的作品。"大仲马立即回电："我最好的作品正是你，我的儿子！"

作　品

《茶花女》是一部使小仲马扬名文坛的力作，小说所表达的人道主义思想，体现了人间的真情，人与人之间的关怀、宽容与尊重，体现了人性的爱，这种思想感情引起人们的共鸣，并且受到普遍的欢迎。

《茶花女》率先把一个混迹于上流社会的风尘妓女纳入文学作品描写的中心，开创了法国文学"落难女郎"系列的先河。对 19 世纪后半叶欧洲写实主义问题小说的产生、写实性风俗剧的兴起，产生了极为深远的影响。

在中国，《茶花女》可以说是读者最熟悉也最喜爱的外国文学名著之一。早在 19 世纪 90 年代，著名翻译家林纾便用文言体翻译、出版了小说《茶花女》。小说《茶花女》新译本自 1980 年以来已经有 10 多个版本，累计印数已达数百万册。

自 1909 年以来，《茶花女》已经被搬上银幕多达 20 余次，其中最著名的则是格丽泰·嘉宝主演的影片《茶花女》，它已经成为世界电影艺术宝库中的一部珍品。

《茶花女》的故事并非全然虚构，当时巴黎有个妓女，名叫阿尔丰西娜·普莱西。她从诺曼底乡下来到巴黎，沦为妓女，后来得了肺病，死时年仅 23 岁。她就是《茶花女》中女主人公玛格丽特·戈蒂耶的原型，那个令人断肠的爱情故事就是根据她的经历创作出来的。

阿尔丰西娜·普莱西出身卑微，母亲是一位善良勤劳的农村妇女，父亲是一位不务正业的巫师。她 15 岁时离开故乡来到巴黎,一段时间的打工生活之后,她就凭借自己的美貌涉足巴黎各大舞场,成为公子哥儿竞相追逐的对象,进入巴黎的上流社会,成为社交场上的一颗耀眼的明星,并改名为玛丽·杜普莱西。

玛丽·杜普莱西不但相貌姣好,而且聪慧过人,谈吐不俗,平时酷爱读书,文学、音乐、绘画都有所涉猎。一些名作家、诗人、画家、音乐家都倾心于她。在玛丽·杜普莱西的情人里面,就有《茶花女》的作者小仲马。

小仲马在剧院里初次见到玛丽,就为她所倾倒。当晚散场后,小仲马便去登门拜访玛丽,见她正在咳血,深表关切,劝她保重身体,玛丽被他诚挚的关怀之情所感动,对他心生好感,答应和他交往。小仲马和玛丽·杜普莱西之间有过一段温馨缠绵的快乐时光,小仲马对她的感情是相当复杂的,有同情、爱恋,但也有嫉妒的心理,他不能容忍玛丽再同其他男友来往,但玛丽不可能不和其他男人来往,她需要那些比小仲马更加富有的男人来维持自己优裕舒适的生活,这令小仲马十分恼火,最后痛下决心和她分手。不久,玛丽便撒手人寰,当时小仲马正在外地,没能见她最后一面。回来后,小仲马满腔的悲哀和愧疚无处诉说,只能将他们的这段经历付诸笔端,给后世留下一段哀怨感人的爱情故事。小仲马去世后,按他的要求家人把他葬到巴黎蒙马特尔公墓,离茶花女的香冢仅有百米,这也许是小仲马最后的忏悔。

《茶花女》是小仲马为我们讲的一个跟妓女有关的爱情故事,然而,它又不仅仅是一个故事。当爱因为世俗观念而搁浅的时候;当爱情与道德、牺牲与奉献、世俗与真爱相互对抗的时候;当误解、背叛、欺骗、特权成为爱情杀手的时候;当爱变成一种痛苦的回忆与惩罚的时候,你是该坚定不移地爱着,还是该安静地转身离开?

如何在这个复杂而悲惨的尘世里拥有一份美丽的爱情?如何避免类似的爱与心灵的悲剧?我们是否可以在这样的爱情与生命之中的感动之后,参悟到爱情的真谛?

19.《红字》

——走下灵魂的刑台

作者：霍桑（美国）

出版时间：1850 年

推荐理由：《红字》是一本可以提高人们艺术水平的好书。（海明威语）

心灵呓语

走下灵魂的刑台

"世上只有两件东西能够深深地震撼人们的心灵，一是我们头顶上灿烂的星空，一是我们心中崇高的道德准则。"康德如是说。一个没有道德、只有功利和短见的社会是无法长期维持的，而一个没有道德约束的灵魂则会处于永久的黑夜。

所有的灵魂都依托在脆弱的肉体上，灵魂里一直流淌着我们内心的鲜血，我们的灵魂比任何时候都需要救赎，这世界上没有任何一件事情比我们的灵魂的得救更为重要，我们需要审视我们流血的灵魂，需要走下灵魂的刑台的能力、智慧和勇气，如同我们活着要不断呼吸新鲜的空气。但是，我们活着又为了什么呢？许多人认为，生活的意义就在于解决问题和寻求幸福，但幸福通常是一个转瞬即逝的感觉，而我们也从未真正弄明白幸福的含义。

在时代的喧嚣迷离里，我们逐渐偏离了生活的航道，忘却了人类来时的路，我们变得前所未有的心虚和胆怯，害怕被生活击败或者淘汰，害怕面对灵魂的颤抖与清醒，害怕叩问、反省，拒绝忏悔，拒绝拯救，生命就这样倏然而逝，于是黑夜便成为我们重归生活的方式，我们喜欢和习惯把自己和自己的灵魂藏在黑夜里，我们借助它隐藏自己，它将生活真相层层盖住，不露一丝一滴，我们就这样自欺欺人地逃之夭夭，获得了暂时的逃脱。

《红字》中，海丝特用自己胸前那个鲜红的"A"字，完成了她一生的漫长救赎；丁梅斯代尔以他胸膛上的"罪恶"烙印，以他的忏悔和生命的终结，完成了他道德的净化与灵魂的飞升，走下了灵魂的刑台。现实中、故事中那些勇于探寻生活真谛以及人生意义，能够在接近炼狱般的反复悲欢和醒悟中，最终获得超越和解脱的人，必定会有一场近乎九死一生的斗争，必定会有一个个感动天地的故事。

实际上，我们每个人身上都有类似红字A的罪之印迹，我们的灵魂都有罪，都应该在罪中不断反省得到救赎，那么，如何认识我们灵魂的罪？我们如何救赎自我？如何走下灵魂的刑台？我们又该如何构筑自己探索、求证的人生，如何谱写充满感动与激情的历史？

或许，在无人的深夜里，在我们捧读《红字》之后的沉思与感动里，会得到清晰的答案。

品味经典

17世纪中叶，某年夏天的一个早晨，在众人的瞩目下，波士顿一所监狱的牢门打开了。一个怀抱婴儿的年轻女人缓缓地走了出来，她胸前佩戴着一个鲜红的"A"字，她就是海丝特太太。她因为犯了通奸罪而受到审判，并将永远佩戴那个代表着耻辱的红字。

海丝特站在刑台上以极大的毅力忍受着总督贝灵汉和约翰·威尔逊牧师的威逼利诱，忍受着被示众的屈辱和痛苦，始终拒绝透露任何与孩子的父亲相关的信息。年轻牧师丁梅斯代尔忧心忡忡、惊慌失措地站在她身旁。海丝特在人群中发现了她失散了两年之久的丈夫齐灵渥斯——一个才智出众、学识渊博的医生。齐灵渥斯发现海丝特认出了他时，用眼神示意她不要声张。

在狱中，海丝特见到了以医生身份出现的齐灵渥斯，但是她仍然没有对她的丈夫说出孩子的父亲是谁，她向丈夫坦言她从他那里从来没有感受到过爱情。齐灵渥斯威胁海丝特不要泄露他们的夫妻关系，他认为让别人知道他有一个不忠实的妻子是一种耻辱。这样的遭遇会让他蒙羞，他以让海丝特的情人名誉扫地为要挟，威胁海丝特不要暴露他的身份和他们的关系。

海丝特出狱后，带着自己的女儿小珠儿过着离群索居的日子，她靠一手绝好的针线技艺来维持两人的日常生活。小珠儿渐渐长大了，她穿着母亲为她做的红天鹅绒裙衫，奔跑着，跳跃着，像一团小火焰在燃烧！

自从海丝特受审以来，在教民中有着极高威望的丁梅斯代尔牧师的健康便日趋衰落，忧郁与恐慌像血液一样遍布了他的全身。这一切都被以医生的身份隐遁在他身边的齐灵渥斯看在眼里。

一天，趁着丁梅斯代尔牧师正在沉睡，齐灵渥斯走近前来，撩开了他的法衣，发现了丁梅斯代尔牧师一直隐藏的秘密——他的胸口上有着和海丝特一样的红色标记。

齐灵渥斯精心地实施着他的复仇计划，他利用丁梅斯代尔牧师敏感脆弱的性格，抓住他的负罪心理，从精神和肉体上折磨他。就在丁梅斯代尔牧师饱尝肉体和精神摧残的同时，他在事业上却大有成就，公众的景仰更加加重了他的罪恶感，使他的心里不堪重负。

丁梅斯代尔牧师在一个漆黑的夜晚，梦游般走到了市场上的绞刑台上，像一头受伤的狼一样发出一声声悲痛的嘶喊。海丝特和小珠儿刚刚守护着一个人去世，恰巧从这里经过，见到了精神处于崩溃边缘的丁梅斯代尔牧师。

在悔罪感的驱使下，丁梅斯代尔牧师邀请母女二人和他一同站在绞刑台上，对上帝悔过和祈祷，这一切都让跟踪而至的齐灵渥斯看到了，丁梅斯代尔牧师对此极为恐慌，狡猾的齐灵渥斯以丁梅斯代尔牧师患了夜游症为理由，把他带回了家。

几年时间很快过去了，小珠儿已经 7 岁了，海丝特的日子和生活已同她当初受辱时完全不一样了，在这些日子里，她除了一心一意打扮小珠儿，就是尽自己所能去帮助穷人，用宽大的心去包容一切，人们开始不再把她身上的那个红字看作是罪过的标记，而是当成许多善行的象征。

齐灵渥斯却变得更加苍老了，他先前所拥有的那种聪慧好学的品格，那种平和安详的风度，如今已经荡然无存，取而代之的是一种近乎疯狂而又竭力克制的疲惫感。

海丝特请求齐灵渥斯放过丁梅斯代尔牧师，不要再摧残折磨他了，但是沉浸在复仇的快乐中的齐灵渥斯不肯罢手，他要慢慢地折磨丁梅斯代尔牧师，直到他身败名裂，此时，复仇已成为他生活唯一的目的。

在森林里，海丝特见到了丁梅斯代尔，他们互诉衷肠，述说着几年来藏在心底的秘密，两个为痛苦所啃噬的苦命人互诉衷肠。海丝特告诉丁梅斯代尔牧师齐灵渥斯就是她的丈夫，她是为了他的荣誉、地位及生命才隐瞒了这个秘密。海丝特劝丁梅斯代尔离开这里，到一个没有人认识的地方去，到一个可以避开齐灵渥斯双眼的地方去，她愿意和他开始一段新的生活。

海丝特的鼓励以及对未来新生活的憧憬，使丁梅斯代尔重新有了生活的勇气和希望。他们决定坐船到英国去。自这次见面之后，他们每天都被这种新的希望激励着、兴奋着。

丁梅斯代尔决定演讲完庆祝说教后就带她们母女离开，去过美好的日子。新英格兰的节日如期而至，丁梅斯代尔牧师的演讲也按计划进行着，海丝特的脸上多了一种前所未见的表情，陷在不安和兴奋里，她的心里满是对未来的憧憬。遗憾的是，那艘去往英国的船只的船长告诉海丝特，医生齐灵渥斯先生将在同一个时间，同他们乘坐同一艘船去英国，这个消息让海丝特彻底绝望了。

丁梅斯代尔牧师的宣讲取得了空前绝后的成功，内心的负罪感及良心的谴责最终战胜他出逃的意志，在经过绞刑台的时候，他挣脱齐灵渥斯的羁绊，在海丝特的搀扶下登上了绞刑台，他拉着小女儿珠儿，在众人面前说出了在心底埋藏了 7 年的秘密，向众人承认他就是小珠儿的父亲，他扯开了法衣的饰带，露出了烫在胸口的红字，在众人的惊惧声中，辞世了。

齐灵渥斯把复仇当作他生活的唯一目标，可是当他胜利后，他扭曲的心灵再也找不到依托，他的生命迅速枯萎了，死前他把遗产赠给了小珠儿。不久，海丝特和小珠儿也走了，红字的故事渐渐变成了传说。

许多年以后，在大洋的另一边，小珠儿出嫁了，过着非常幸福的生活，而海丝特又回到了波士顿，胸前依旧佩戴着那个红字，这里有过她的罪孽，有过她的悲伤，这里也还会有她的忏悔。又过了许多年，在一座下陷的老坟附近，又挖了一座新坟。两座坟共用一块墓碑，上面刻着这么一行铭文："一片墨黑的土地，一个血红的 A 字。"

对话人物

1. 海丝特

年轻、美貌、贤惠、温柔的海丝特却嫁了一个年纪衰老、体态畸形的丈夫，她感受不到爱情，在无爱的生活中煎熬，在丈夫失踪以后，青年牧师丁梅斯代尔闯进她孤独的生活，他们相爱了。她因这份感情遭到清教政权的惩罚，终生戴着红字赎罪。

在宗教势力的压迫和摧残下，海丝特一刻也没有停止过对爱、对美好生活、对人生平等权利的追求，她敢于面对强大的殖民统治者并与他们据理力争。她敢于指责齐灵渥斯抗议自己那段虚伪腐朽的婚姻。海丝特勇敢地劝说丁梅斯代尔牧师和她一起出逃，她买通船长，定好座位，准备一家人集体出逃。

在孤独的海滨小屋中，在几乎与世隔绝的环境中，海丝特不卑不亢，落落大方，没有一点使人厌恶的媚态，更没有一点叫人可怜的屈从。正是这种独立的自我精神力量以及对生活炽烈的追求，自始至终支撑着她。如果没有一种不满足的精神，没有对新生活的渴望，没有一种坚强独立的自我个性，海丝特不可能身背一个耻辱的红字，在人们的蔑视与冷淡之中坚强地继续她的生活，也无法在那样的社会环境中生存下去。

为了和牧师的感情，海丝特佩戴着三个红字：第一个是那个真实的红色字母，第二个是她怀中的婴儿，第三个是后半生屈辱的生活。她反抗第一个红字的方法是用天衣无缝的针法将这个字母缝制成最美丽的胸花；反抗第二个红字的方法是将婴儿抚养成人，给孩子一个幸福的童年；反抗第三个红字的方法是用心中最纯真的爱，去反抗那个将她推向耻辱泥潭的社会。

海丝特矢志不渝地追求自己所神往的一切，面对宗教和社会强加给她的一切，她——接纳并最终宽恕了丁梅斯代尔，宽恕了齐灵渥斯，宽恕了整个将她推向耻辱的社会，她坚持自己心中的爱和尊严，直至走到生命的终点。

启迪与思索

从海丝特敢于冲破清教戒律与牧师丁梅斯代尔相爱这一事件上，我们可以看出她是一位性格刚烈、注重情感的女性。她的内心是矛盾的，她在爱着的同时，内心同样背负着强烈的负罪感。这负罪感将她心中所有的反抗之火浇熄，她渴望能在这些辱骂声中让罪恶减轻，让自己获得解脱。她的忏悔意识是清晰而强烈的，她勇敢地反抗，也勇敢地忏悔。她的虔诚，她的无畏与彻底让我们深受感动。

现实中，每个人都会犯错，都有罪。罪恶一旦形成便有两个结果：一、在罪恶中堕落，从此永不翻身；二、在负罪感中受尽折磨，请求道德上的宽恕。人之所以与禽兽相区别，最根本的原因就在于人类贵有良知，良知在生活中对人起到控制作用。但这作用却又并不是绝对的，因为在人的身体里还存在着另一种更大的势力——欲望。当欲望膨胀到足以抹杀良知时，恶魔便横空出世了。这也就是我们常说的"良知泯灭"。

在罪与恶的另一边，人也拥有一种趋向于德行的自然倾向，那就是对善的向往，海丝特正是通过这种"向往"努力用自己的善行弥补所犯下的罪，最终净化了她的灵魂，并造就出一个比她失去的灵魂更纯洁、更神圣的灵魂。她身上的红字也不再是受辱和犯罪的耻辱烙印，而是激励精神复活的标志和象征。

海丝特的救赎告诉我们：任何时候，通往向善的超越之路是宽阔的，只要我们愿意忏悔、反省，愿意改正自己的错误，拯救自己的灵魂，上苍总会给我们一个机会，只要能坚持不断地反思赎罪，灵魂就能得到澄清，光明终将驱散黑暗。

2. 丁梅斯代尔

应该说丁梅斯代尔是一个博学多识、前途无量的牧师，他很早就立下了献身宗教的志向，但是，一看见"身体修长，容姿完整优美"的海丝特时，他的"人性"就复活了，并且战胜了"神性"，最终违背教条与海丝特发生了关系。宗教精神像鸦片一样毒害着他的心灵，他头脑中根深蒂固的宗教观念扭曲了他对爱情和幸福的感觉，使他陷入一种极其尴尬的境地，他的内心是矛盾而摇摆的，他把自己与海丝特的爱情关系看成是"冒犯了神圣的法律"，将自己视为一个应该受到惩罚的罪人，但他却不敢站出来公开承担自己的罪责，他既害怕和海丝特一起戴红字示众，又怕上帝不饶恕他。

丁梅斯代尔能躲过众人的眼睛，可是他躲不过内心中对自我的拷问和惩罚，为了悔罪，也为了惩罚自己，他在密室中用鞭子狠狠地抽打自己，直到鲜血淋漓，他不断折磨自己，利用肉体的痛苦驱逐内心的不安，但是，他的良心丝毫得不到安宁。"可怜的牧师一面受着肉体疾病的痛苦，一面受着灵魂极度烦恼的折磨，同时又听凭他的死对头任意摆布"。近似滑稽的是，此时，他的神职事业却获得了前所未有的突破，成为万人瞩目和崇尚的红衣主教。但这并不能免去他内心的痛苦和不安，更使他陷入无比的痛苦深渊之中，他几乎丧失了理智，他处在罪恶的痛苦和悔恨之中备受折磨，心力交瘁，成为宗教制度的牺牲品。

从某种意义上来说，丁梅斯代尔的身上有一个无形的红字，与海丝特相比，他显得怯懦卑劣，这是他受深重的宗教思想束缚的结果。他也想公开忏悔自己的"罪孽"，但他内心中强烈的宗教意识，又使得他害怕自己的坦白和忏悔有辱他为之献身的宗教，因此他不敢将赎罪和坦白的想法付诸行动。于是，他注定成为一个悲剧性的人物，精神近乎分裂的他既要受内心的谴责，又要防外界的窥测；他明明有自己的爱，却偏偏要把这种感情视同邪魔。他在痛苦中挣扎了 7 年，虽然最终以袒露胸膛上的"罪恶"烙印，完成了道德的净化与灵魂的飞升，但他始终没勇气承认自己爱的正当，更谈不到与旧的精神体系彻底决裂。在他身上，我们看到的，是一个可悲可叹的灵魂，一个宗教体制和宗教集团的牺牲品。

启迪与思索

丁梅斯代尔的经历告诉我们，对一个献身信仰的人来说，生命意义的不朽是要做出相应的努力的，从而才能使无依的灵魂和有罪之身获得精神上的安定和肉体上的愉悦，获得最终的超越和解脱。真正的感情，美好的未来从来都是靠勇气和毅力来赢得的。背叛自己灵魂的人注定会受到心灵的折磨，人生中，那些美好的爱情与幸福，无一不是靠斗争与努力争取来的。那些敢于奋斗和勇于反省自我的人们在追求幸福的路上的执着和虔诚让我们感动，也让我们反思。

人活一生要坦荡从容，能够倾听和遵从自己内心的声音，倾听灵魂的号令，服从自己的良知，这样才可以使自己的心灵获得解放，要下决心同一切违反人性的力量作斗争，不要轻易屈服于世俗或者权势的压力，要正视自己的美好情感，大胆追求自己的幸福和自由，不要因为外界的干涉而放弃自己的正确立场，玷污自己的情感。知道自己想要的是什么，知道自己应该怎样去走自己的路，只有这样才可以拥有自己的未来和幸福。

3. 齐灵渥斯

跟丁梅斯代尔相比，齐灵渥斯同样是个悲剧性的人物，他是一个婚姻的受害者，一个清教统治下夫权的牺牲品，一个从未得到人间真情的可怜而痛苦的人。

齐灵渥斯是红字的制造者，他那丑陋的外貌和畸形的躯体，正是他畸形的灵魂的写照。他选择了让丁梅斯代尔活着受煎熬的复仇手段，实际上他成为了阻止丁梅斯代尔赎罪的恶魔。

　　齐灵渥斯和海丝特的结合原也无可厚非，但当这种爱转变成恨，当他把复仇作为生活目标，不惜抛弃"博爱"的基督精神，以啃噬他人的灵魂为乐之后，反倒由一个被害者转变成"最坏的罪人"。最终，在失去复仇这一生活目标时，他在忧郁和空虚中结束了自己的生命。

　　当齐灵渥斯得知妻子对自己不忠后，便开始寻找那个跟海丝特通奸的男人，当他觉察到丁梅斯代尔很可能就是他要寻找的那个奸夫之后，他就以医生和可信赖的朋友的身份与丁梅斯代尔牧师同居一室，用所学的知识挖掘朋友心中的秘密，他反复地激发这位牧师的羞耻感和"良知"，在精神上极力对他进行摧残，使之无法摆脱耻辱和内心痛苦，直到丁梅斯代尔心力交瘁而死。

　　表面上看齐灵渥斯是在维护婚姻的社会地位，主张妇女坚守妇道，向情敌复仇以讨回自己做丈夫的权利及尊严，他俨然是一个道德裁判者的形象，但他的内心是在满足报复的私欲和在心理上、精神上折磨别人的快感。这是他自然属性中最阴险的一面。或许是良心的发现，或许是内心对海丝特的愧疚，齐灵渥斯在临死之前将一笔数目可观的遗产留给了丁梅斯代尔和海丝特的女儿——珠儿，这多少赎了他一些罪过，也是他良知苏醒后对自我良心的救赎。

启迪与思索

　　实际上，每个人都是有罪的，只是每个人对自我罪行的看法不一样而已。海丝特公开承认自己的罪，苦行赎罪，终于把胸前罪恶的标志变成了德行的标志，成为圣者、天使；丁梅斯代尔隐藏自己的罪，备受折磨，耗尽了自己的精力和才华，最后拿出勇气忏悔认罪，在道德上得到自信后死去，成了一名殉道者；而齐灵渥斯从一开始就企图揭露别人的罪恶，一心复仇，害人害己，反而把自己变成一个恶魔，一个真正的罪人。齐灵渥斯最大的悲剧就是他因为内心的仇恨而失去了自我，失去了爱情和生活，甚至失去了生命。原本他是一个很聪明的、有一技之长的拯救人类疾苦的医生，但是，他被仇恨压倒了。他没有勇气正视自己的灵魂，认识不到自己的错误，更不知道应该怎样面对发生问题的爱情，只是一味地把报仇作为自己报复仇敌的目的，毁了别人也毁了自己。

一个哲学家说过，世界上最伟大的美德就是宽恕，宽恕一个人比仇恨一个人要轻松得多，宽恕别人也是在宽恕我们自己，宽恕不是放弃而是放松。一旦宽恕了某个人，你将不会再对他给你造成的伤害耿耿于怀，生活会重归于自然。宽恕不是遗忘，痛苦的经历会让我们吃一堑，长一智，避免同样的事再度发生，同时也教育我们己所不欲，勿施于人。

宽恕同样不是无条件的懦弱和苟且，它是一种智慧，当我们能够站在人生的高度来审视自己、审视自己的情感和生活的时候，我们会发现，其实这个世界上，值得计较的东西真的并不多。拥有一颗感恩、豁达的心是一种修养，也是一种幸福，这样的人才可以问心无愧地行走在天地间。

4. 小珠儿

故事中，小珠儿是最醒目的形象，她就是活的红字，是另一种形式的红字，是被赋予了生命的红字。这个私生的小精灵和她母亲胸前的红字交相辉映，既是"罪恶"的产物又是爱情的结晶。海丝特把红字用金色丝线装饰得十分华美，小珠儿也被她打扮得鲜丽异常，她的美与齐灵渥斯的丑形成强烈对比，齐灵渥斯好比魔鬼撒旦，小珠儿便是天使。"A"字在她身上，具备了更积极、更人性化的含义。小珠儿也是海丝特生命中最重要、最坚强的一部分，她是海丝特能够在屈辱与压制里坚守自己灵魂世界的根本力量，没有她的存在，或许海丝特不会有如此的精神和动力，也不会活得如此有风度。

故事结束时，珠儿借助齐灵渥斯留给她的丰厚的遗产到欧洲幸福地结婚生子，拥有了一个女人所能拥有的完美人生。在这一点上，作者是饱含着深刻的个人感情的，作者以这样一种安排来表达自己对海丝特的敬佩或者说是来补偿海丝特所遭受的一切苦难和磨砺。

珠儿拥有完美的体态，充沛的精力，旋风般的激情，丰富的想象，狂野的性格以及蔑视一切的反抗精神。而且在道德上，四个主要人物中唯有珠儿是完美的。霍桑没把小珠儿当成反叛者来写，没让她背上任何思想或者宗教的包袱，她仿佛从另外一个世界搬迁而来的一个小天使，活的是那样的独特和迥异。作者的高明之处就在于他塑造了珠儿这样一个形象：这个形象屹立于整个社会背景之上，她根本不需要做什么斗争。只要她一出现，那个不理想的社会就土崩瓦解了，这就是浪漫主义作家的情愫。

启迪与思索

珠儿有一颗童心，晶莹剔透，纯洁无瑕，天真烂漫，无忧无虑。因为她小，不知道深浅，不知道害怕，不知道危险。所以，她能够出离于她身边那个污浊混沌的世界，她能像个小天使一样伴随着她的母亲。而她的这份童真，这份童心，对我们今天的成年人来说显得十分的可贵。

珠儿是纯洁的象征和使者，珠儿越是孩子般地贴近现实的大地，就越能冲破世俗的观点说出真相，说出她真实的渴望。珠儿希望牵着妈妈和牧师丁梅斯代尔的手，一起回家，并且不要他总把手护在胸前，像一副病态的模样，她的期待体现了人类对洗脱罪行获得救赎的一丝憧憬。珠儿与牧师丁梅斯代尔在暗夜里、在森林间、在刑台上的对抗及表白是善与恶的转化，是年老的世故与年少的清纯之间的一场力与美的较量。

倘若一个人能在浮躁的生活之中，始终保持一颗同珠儿一样珍贵的童心，该是怎样的一种人生境界？在某些时候，在某些事情上，为什么我们这些大人反倒不如一个孩子心性清明呢？是什么时候，我们彻底地丢弃了珠儿这份可贵的童心的呢？

作者·作品

作者

纳撒尼尔·霍桑出身于新英格兰一个名门望族，他家世代都是虔诚的加尔文教信徒。霍桑 4 岁时，做船长的父亲病死在外，全靠才貌双全的母亲把他和两个姐妹抚养成人。家庭和社会环境中浓重的加尔文教气氛，深深地影响了霍桑，使他自幼性格阴郁，耽于思考；而祖先在迫害异端中的那种狂热，使他产生了负罪感，以致他入大学后在自己的姓氏中加了一个"W"表示有别于祖先。

霍桑 14 岁时，到祖父的庄园住了一年。那附近有个色巴果湖，霍桑经常到那里打猎、钓鱼、读书，充分领略自然风光。他的一生以这段时间最为自由愉快，而他的孤僻个性和诗人气质也是在这里形成的。

霍桑在萨莱姆故居一住就是 12 年，把时间全都用在了思考、读书和写作上。由于不满意自己的作品，他最初的几篇短篇小说都是匿名发表的，他甚至还焚毁了一些原稿。

霍桑在 1837 年出版了他的第一部短篇小说集《重讲一遍的故事》，从此以善于写短篇小说而著称。他的短篇小说大都取材于新英格兰的历史和现实生活，着重探讨人性和人的命运，带有较浓重的宗教气息和神秘色彩。

霍桑总是把他浓厚的宗教情结露之于笔端。读他的作品会让人感到人类不可逃避的罪孽，以及为了赎罪而做的苦修与忏悔。新英格兰的清教主义传统对他影响很深，一方面他反抗这个宗教传统，抨击狂热、狭隘、虚伪的宗教信条；另一方面他又受这个宗教传统的束缚，以加尔文教派的善恶观念来认识社会和整个世界。作家赫尔曼·梅尔维尔曾指出，霍桑的作品中渗透着"加尔文教派的'人性本质'和'原罪'的观念"。霍桑思想保守，对生产的发展和技术的进步抱有抵触情绪，对社会改革持怀疑态度，对当时蓬勃开展的废奴运动很不理解，这些在他的作品中都有所流露。

在艺术上，霍桑独具一格，擅长心理描写，善于揭示人物的内心冲突。他把自己的小说称为"心理罗曼史"。他潜心挖掘隐藏在事物背后的不易觉察的意义，其作品想象力丰富，结构严谨。作为 19 世纪后期美国浪漫主义作家的杰出代表。霍桑的文学作品及其艺术成就对当时与后世都有着重大影响。

霍桑创新并开拓了象征比拟笔法的使用，为梅尔维尔所师法，经过爱伦·坡的评论，转而为法国的波德莱尔所效仿，开创了现代派文学的象征主义流派。至于霍桑那种渲染气氛、深挖心理的手法更为后世所推崇，亨利·詹姆斯、威廉·福克纳，直至犹太作家索尔·贝娄和艾萨克·辛格，黑人女作家托妮·莫瑞森等，无不予以运用，单就这一点而论，霍桑对世界文坛的贡献也是巨大的。

作　品

《红字》是霍桑的第一部长篇小说，该书问世后，霍桑一举成名，成为当时最重要的作家之一。《红字》深入美国民族历史和道德根源，是公认的第一部从美国本身的社会历史条件下产生的，并带有在这种条件下形成的特殊思想文化烙印的，散发着浓郁的美国乡土气息的小说杰作，也是第一部跨出国界赢得世界声誉的美国文学名著。

《红字》以两百多年前的殖民地时代的美洲为题材，但揭露的却是 19 世纪资本主义发展时代美利坚合众国社会法典的残酷、宗教的欺骗和道德的虚伪。主人公海丝特被写成了崇高道德的化身。她不但感化了表里不一的丁梅斯代尔，同时也在感化着充满罪恶的社会。

霍桑借助《红字》这本书思索人本身应有的生命状态，肯定了人在社会中应有合理欲望的追求，揭示了清教不合理的婚姻和伦理制度给人们造成的巨大伤害。无论是有着圣母形象般的伟大女性——海丝特，还是始终生活在痛苦笼罩下的丁梅斯代尔，或者是恶毒但被视为清教教会朋友的齐灵渥斯和漂亮的小珠儿，在他们身上都可以看到追求幸福的影子。

《红字》又是一部充满象征意味的小说，三个主要人物是三种道德类型：或豁达刚毅，或怯懦自私，或褊狭狠毒。小说在人物形象和人物关系的设计上遵循了浪漫主义文学的对照性原则，彼此之间在身份和人格上构成了鲜明的对比，寄寓着作者的讽喻和评价。小说也体现了作者长于心理刻画的特点，对牧师的负疚感和齐灵渥斯的变态心理展露得纤毫毕现，令人信服。霍桑的伟大就在于他能写出悲惨故事背后悲悯的宗教宽容，他肯定人类自赎的力量，字里行间都显露着圣洁的善意。

霍桑用《红字》为我们讲述了在一个不合理的社会中，人类无法避免的悲惨故事，这个故事关注的是人的灵魂，人类各色各样的灵魂，他用人类最强烈的两种情感——爱与恨，讲述人的心灵中有关原罪、信仰、救赎、解脱直至升华的问题，完成了他对灵魂的诉说，他引导我们找到一条救赎灵魂之罪、引导人类走下刑台的路。

20.《包法利夫人》

——别让虚荣毁了你

作者：福楼拜（法国）

出版时间：1856年

推荐理由：《包法利夫人》这部残酷的写实主义名著，在一定意义上是对浪漫主义与浪漫主义小说的一次清算。它熄灭了让人不切实际的幻想光环，令人看见光环底下黯然的真相。没有一点儿让人做梦的企图，你领受到的是更为真实和残酷的现实。

心灵呓语

别让虚荣毁了你

从心理学上来讲，虚荣心是指被扭曲了的自尊心，是自尊心过分的表现，是一种性格缺陷，是人们在理智失衡时表现出来的一种非正常的社会情感。

每个人都有虚荣心，一个人有点虚荣心并不可怕，可怕的是放纵自己的虚荣心。如果缺乏理性的把握和科学的认知，虚荣心完全可以变成一个巨大的无底洞，变成一剂没有解药的慢性毒药，毒害那些走火入魔的人，使得他们慢慢走向人生绝路。

虚荣的错误之处不在于欲望，而在于愚蠢，《包法利夫人》中的艾玛想得到爱情，并没有错，错在她脱离现实，将浪漫小说里所描绘的"爱情"的幻影当作了爱情本身，活在自己的幻想里，活在自己的虚荣心中，一直到死，她都没有意识到自己原本拥有的幸福和快乐（爱她的丈夫和乖巧的女儿），她一味地放纵自我、沉沦于情欲，最终落了个身败名裂、负债累累、服毒身亡的下场。

如何给自己一个心灵的方向，给自己一种生活和爱的智慧，是值得我们认真思考的。在追求理想的道路上，我们只有理智地看待和认识现实与理想的差距，立足现实，积极地投入到生活、工作、感情中，才能得到幸福和快乐，得到理想和爱情的青睐。

品味经典

查理·包法利医生生性胆怯、懦弱，他 12 岁时，才靠母亲给他争取到上学的权利。从医后，他在父母的主张下找了个年收入 1200 法郎的寡妇做妻子。

一天，查理接到一个急诊，患者是拜尔斗的富农卢欧先生，他不小心摔断了一条腿。卢欧的太太两年前就去世了，他的独生女艾玛负责料理家务，这是个具有浪漫气质的女孩子。在 13 岁那年，艾玛就被卢欧先生送进修道院附设的寄宿女校念书，在那里，艾玛受着贵族式的教育。艾玛的母亲死后，父亲把她接回了家。

查理先后花了 46 天的时间才治好了卢欧的腿，小心眼的妻子知道艾玛小姐曾受过教育，会跳舞，爱旅游，会素描、刺绣和弹琴时，醋劲大发。她逼迫丈夫把手放在弥撒书上，向她和上帝发誓，今后再也不到拜尔斗去，查理对妻子的命令百依百顺。

不久后，发生了一件事情，查理妻子的财产保管人带着她的现金逃跑了，查理的父母随之也发现实际上她一年并没有 1200 法郎的收入，于是跑来和她吵闹。查理的妻子在一气之下，吐血而死。

查理爱上了艾玛，他向卢欧老爹提亲，要他将女儿嫁给他，卢欧答应了他们的婚事，春暖花开之后，查理和艾玛就按当地的风俗举行了婚礼。

　　艾玛和包法利结婚了，但是，婚后不久，她就发觉丈夫查理是个平凡而又庸俗的人。他不会游泳，不会比剑，不会放枪。有一次艾玛问他传奇小说中一个骑马的术语，他竟瞠目结舌不知如何应对。艾玛开始为嫁给这样一个木头人而痛苦沮丧，开始鄙夷她眼下的一切，她觉得自己应该生活得更好，应该像一个贵族一样生活。

　　不久之后，因为查理医好了一位声名显赫的侯爵的口疮，侯爵为答谢查理，特地邀请查理夫妇到他的田庄去做客。查理夫妇兴高采烈地坐着马车去了。渥毕萨尔之行，彻底勾起了艾玛内心的欲望和对现实的不满，回来后，她辞退了女用人，不愿意在道特住下去了。她对丈夫老是看不顺眼。她变得懒散、乖戾和任性。查理为了讨妻子欢心，防止郁闷的妻子抑郁成疾，他带艾玛搬到永镇居住。

　　到永镇那天，艾玛认识了郝麦还有另外一个实习律师莱昂，他们在一起吃了顿晚饭。艾玛和莱昂初次见面就很谈得来。他们有相同的志趣爱好。此后，他们便经常在一起谈生活、谈艺术，并且"不断地交换书籍和歌曲"。粗心的包法利先生不以为然，并没有约束妻子和莱昂的交往。

　　艾玛为查理生了一个女孩，起名为白尔特。女儿满月后被交给木匠的妻子喂养。莱昂有时陪她一道去看女儿，他们的关系日益亲近起来，艾玛生日时，莱昂送了一份厚礼，艾玛也送给他一条毯子。

　　镇上开时装店的商人勒乐，是个狡黠的做生意的能手，他看出艾玛是个爱装饰的"风雅的妇女"，便自动上门兜揽生意，并赊账给她，满足她各种虚荣的爱好。

　　艾玛发现自己爱上了莱昂，为了摆脱这样的念头，转移内心的情感，她把所有的心思放在家务上，还把女儿小白尔特也接回家来，并按时上教堂。莱昂也爱上了艾玛，陷入爱情的罗网。但对这份不道德的情感他却感到恐惧，并狠狠心去巴黎念书去了。临别时，他和艾玛依依惜别，他们都为离别感到无限惆怅。

　　艾玛生病了，对莱昂的回忆成了她在病榻上解脱愁闷的蜜糖。一次，徐敕特的地主罗多夫来找包法利医生替其马夫放血。这是个风月场中的老手，每年有 15000 法郎以上的收入。他见艾玛生得标致，初次见面就萌发了勾引她的坏主意。

几个回合下来，艾玛就彻底地爱上罗多夫了，经不起他的诱惑，做了他的情妇。艾玛和罗多夫瞒着丈夫查理常在一起幽会。坠入情网的艾玛狂热地要求罗多夫把她带走，和他一同私奔。为此，她和查理的母亲也吵翻了。

这个罗多夫完全是个口是心非的伪君子。他假意答应和艾玛一同私奔，可是私奔那天，他托人送给艾玛一封信之后，就坐着马车驶过永镇，去卢昂找他的情妇——一个女戏子去了。

艾玛生了一场大病，病好后，她想痛改前非，重新生活。可是，在剧场里意外遇到了过去曾为她动情的实习生莱昂。这样，艾玛又和莱昂好上了。

艾玛回到永镇后，经常借口说要去卢昂学钢琴，实际上，她是赶去和莱昂幽会。这个可怜而昏聩的女人再一次把自己的全部热情倾注在莱昂身上，沉溺在恣情的享乐之中，为了满足和小情人的花销，她背着丈夫向商人勒乐借了一大笔债。

最终，莱昂和罗多夫一样辜负了艾玛的感情。在莱昂母亲和都包卡吉律师的劝解下，莱昂决定和艾玛断绝来往。莱昂不会让他和艾玛的这种暧昧关系，影响他的前程。于是，莱昂开始回避她。

不几天，艾玛接到法院的一张传票。商人勒乐要逼她还债，法院限定艾玛在 24 小时内，把全部 8000 法郎的借款还清，否则以家产抵押。艾玛无奈去向勒乐求情，要他再宽限几天，但他翻脸不认人，不肯变通。

无奈之下，艾玛去向莱昂求援，莱昂骗她借不到钱，躲开了。她去向律师居由曼借钱，可是这老鬼却趁机想占有她。她气愤地走了。最后，她去找罗多夫求助。罗多夫竟说他没有钱。艾玛受尽凌辱，心情万分低沉。回到家，受挫后悲哀无比的艾玛吞下砒霜，结束了自己的生命。

查理为了偿清妻子艾玛生前的债务，当场卖尽了全部家产。不久后的一天，查理也撒手归去了。夫妻俩遗下的女儿被寄养在远房的姨母家里，后来被送进了纱厂做工。

生活还在继续，小镇的人们安居乐业，包法利一家慢慢成为时间的灰烬。

对话人生

1. 艾玛

有一份浪漫的爱情、晋身上流社会是艾玛梦寐以求的事情，她所受的教育，她的出身也都给予了她这样的思想。朴实憨厚的医生查理，娶了这个满脑子幻想的女子。踏实生活的他不懂妻子的浪漫、妻子的理想、妻子的憧憬，像个陌生人一样躺在妻子的身边，戴着睡帽，睡到天亮。艾玛从来没有对丈夫查理产生过爱情，当初嫁给他的最大想法是自己可以离开乡村到城市里去。无数次孤独的哀怨与期望之后，艾玛遇上年轻浪漫的莱昂，疯狂地陷入这份情感中，但是，很快这份情感就随莱昂回巴黎而宣告结束。

失去莱昂之后，诗意十足的大地主罗多夫的追求让艾玛感到心跳头晕，她毫不迟疑地投入到另一份爱情里，将自己的身体、心灵都给了罗多夫。艾玛昏天暗地地沉沦在和地主罗多夫如梦如幻般的爱情中，沸腾的情欲令艾玛如获重生，她开始想着和这个男人长久地待在一起，要求他和自己私奔，并且为私奔做了准备。然而，这一切只是艾玛的一厢情愿而已，罗多夫这个满口爱情、满口宝贝的家伙，却在艾玛要和他一起私奔之前，畏爱潜逃。

接连的情感的伤害使得艾玛大病一场，丈夫查理妙手回春，以一手好医术，医好了艾玛的身体，可是他却无法医好妻子仍旧骚动的心。一次偶然的机会，在剧院里，艾玛与莱昂再度相遇，旧情重燃。艾玛以出去学琴为名瞒着丈夫与莱昂秘密幽会，为了讨情人喜欢，艾玛大肆挥霍钱财，最终，为这份感情艾玛入不敷出、债台高筑，被债主告上法庭。

艾玛找到莱昂，开口问莱昂借钱，却遭到他的拒绝，走投无路之下，艾玛找到她用一生的幸福做赌注的男人地主罗多夫，求他帮自己渡过难关，借3000 法郎给自己。但是，她仍然遭受到了无情的拒绝。

艾玛看清了情人们的冷酷与薄情，看到了她所爱的那些男人的真面目，也看到了自己所追求的那种生活的虚妄，除了死，她已无路可退，崩溃的艾玛吞下了大把的砒霜……

启迪与思索

认真想来，艾玛并不懂得爱，如果她懂，就该知道她的丈夫，那个在她眼里愚笨无能的男人才是真正疼惜她，真正为她喜、为她悲、为她付出一切的人。而她的两任情人，虽然满嘴甜言蜜语，实际上却道德败坏；满肚风花雪月，实际却自私怯懦，只是把她当作玩物而已。艾玛在死前放声狂笑，大喊一句："瞎子！"或许是她最后的醒悟，恨自己是瞎子没看到真正的幸福与爱情。艾玛是虚荣的，她骨子里本是个现实平庸的人，可是却硬要给自己套上高雅脱俗的面纱，去追求表面的尊贵与优雅，这虚荣最终要了她的命。

艾玛的故事，这个人物，如烟花般闪烁在冷与热、是与非之间，留下无限感叹。

艾玛憧憬幸福与快乐，并没有错，错误的是她将自己的幸福与快乐寄托在情人身上，靠依附男人来改变自己的命运，这或许就是艾玛的悲哀，也是千百年来女性的悲哀。对爱情与虚荣的欲望只是隐藏在每个人内心中的众多欲望的一种。人脱离了动物性，成为一个社会性的人，那我们就要受到社会、伦理、道德的制约——这也是人类社会完整维持的原因之一。欲望毕竟是欲望，再放浪不羁的人也不能无视社会规则，无视最根本的道德人伦。在每一座钢筋混凝土的城市里，都有着无数的"艾玛"，在追逐着同样的一种生活，在因为这样的追逐而付出代价，经受生活和命运惩罚和裁判。

所谓"美好的爱情""生活的浪漫"每个人都会向往，但是，艾玛并不理解什么才是"美好的爱情""生活的浪漫"，而这正是她最大的悲哀。艾玛的憧憬和理想，艾玛对生活和爱情的理解过于狭隘，也严重地脱离了现实生活。要知道，浪漫并不排除责任、亲情、回报等美德，浪漫是对生活的一种豁达态度，在困苦和艰辛中也存有浪漫，在单调和乏味中也能找到浪漫。对一个人来说，生命和精神的价值本身就是浪漫，而并非如艾玛所想的那样，融入上流社会，过上奢侈的生活才是浪漫。沉溺于幻想的艾玛忽略了自己本身的条件和能力，没有意识到所谓的浪漫和幸福就握在她的手里，而一直未曾被她发现和珍惜。

如果一切重来，艾玛会满足于现实生活，甘愿平庸，和丈夫过着夫唱妇随的生活吗？他们会幸福吗？也许会吧，但世上没有如果，一切都无法重来。

福楼拜用艾玛的悲剧，给所有易浮躁、好幻想的年轻人敲响了警钟，这部小说是一面反省自我、约束自我的镜子，它提醒我们：要把握好人生，别让虚荣、欲望毁了自己。

2. 包法利

有过一次不幸婚姻的包法利，非常珍爱妻子艾玛，他认为这是仁慈的上帝给他的礼物，他以得到艾玛为幸福。内心里，包法利也一直认为妻子是幸福的，他认为自己一心一意地对妻子好，妻子就是幸福的，他只顾着自己幸福了，却没有感觉到妻子艾玛眼中隐藏着的焦渴与忧伤。

直到死，包法利都弄不明白妻子艾玛为什么要整晚坐在书桌前，开着灯，不肯入睡；弄不明白她为什么那样喜欢弹他听不懂的钢琴；弄不明白她为什么要在房间里摆满鲜花。可他还是纵容妻子做这一切，因为他爱她。因为爱她，所以他缄默、隐忍她的一切。他甚至亲自把她介绍给莱昂，并说服她和莱昂一同看戏，仅仅因为自己太忙，没有时间陪她，怕她寂寞。他答应送她去学钢琴，除了交学费，他再不曾问过任何细节，完全不知道她是用了这些时间和钱去和情人幽会。

包法利一味地宠爱妻子，他让她没有离开的理由，连他的情敌罗多夫和莱昂，都觉得他是那样好的一个男人。他把自己的全部都给了妻子，可他却给不了妻子真正想要的。他不知道什么叫爱情，他从小逆来顺受，他的命运一直捏在母亲的手中，他从来没有过自己的主见，即使是在婆媳吵架的时候，他也只能在一旁流泪，谁都不敢得罪。包法利对艾玛爱得太深了，深得不容点滴怀疑，哪怕她背叛过自己，哪怕她已经死去。他的愚钝让他安心而幸福地过了许多年，一直到她死去。

启迪与思索

包法利不了解自己，也不了解妻子艾玛的浪漫。与妻子相比，包法利是地地道道的"生活守旧派"，是一个现实主义者，他的性格与妻子的性格形成了鲜明的对照和冲突。他和艾玛的悲剧不是偶然的，而是真实与幻想、现实的人性与浪漫主义之间不可撤销的矛盾与冲突决定的。

可悲的包法利到死都没有认识到自己为什么会落得如此下场，没有认识到妻子和自己的错误，他只是把一切都归于命运。其实一切都是他自己选择的，他选择了艾玛也就是选择了最终家破人亡的命运，艾玛像一杯毒酒，被他一饮而尽。命运，始终是公平的，它在给予我们一样东西的时候，总会给予我们多样的选择。当我们做出选择的时候，命运不会给我们任何提醒，它只是冷冷地笑着，放任我们去选择，对，或者错，后果最终都由我们自己来承担。

作者·作品

作者

《包法利夫人》的作者居斯达夫·福楼拜是法国现实主义文学大师，法国 19 世纪小说史上三位巨人之一。福楼拜出生在法国北部卢昂城的一个著名的外科医生家庭。看惯了手术刀的他不相信宗教，崇拜真实——这在他的小说中都有充分的反映。

福楼拜终身未娶，在卢昂城的克罗瓦塞别墅里终其一生，他遁世隐居，只与少数知己来往。这样一来，他的视野就受到很大局限。他不可能具备巴尔扎克那样深邃的历史眼光，把握整个时代的动向；也不可能有司汤达那样的政治敏感。福楼拜自己也承认，他"对生活缺乏一个明确的、总体的概念"。不过，福楼拜的遁世隐居虽说限制了他作品的气魄与深度，却保证了他有足够的精力追求艺术上的完美。

福楼拜毕生从事写作，成品数量并不多，只有两部以当代生活为题材的长篇小说——《包法利夫人》和《情感教育》，两部以历史传说为题材的小说——《萨朗波》和《圣安东尼的诱惑》，三部短篇合成的《三故事》，还有一部未完成的小说《布瓦尔和佩居榭》。

福楼拜主张小说家应像科学家那样实事求是，要通过实地考察进行准确的描写。同时，他还提倡"客观而无动于衷"的创作理论，反对小说家在作品中表现自己。在艺术风格上，福楼拜从不做孤立、单独的环境描写，而是努力做到用环境来烘托人物心情，达到情景交融的艺术境界。他还是语言大师，注重思想与语言的统一。他认为："思想越是美好，词句就越是铿锵，思想的准确会造成语言的准确。"他又说，"表达越是接近思想，用词就越是贴切，就越是美。"因此，他经常苦心磨炼，注意锤炼语言和句子。他的作品语言精练、准确、铿锵有力，是法国文学史上的"模范散文"。

福楼拜的故事使很多人感到惭愧，因为他的一生是那样紧地拥抱着文学，无论何时，文学都是他的第一恋人，以至于他的学生莫泊桑这样深情地回忆他："谁也不如居斯达夫·福楼拜更看重艺术与文学的尊严。独一无二的激情，即热爱文学，贯穿他的一生，直至辞世。他狂热地、毫无保留地酷爱文学，没有人能与他媲美，这个天才的热情持续了 40 多年，从不衰竭。"

作 品

《包法利夫人》是福楼拜的成名作、代表作，小说通过对艾玛悲剧性的情感生活的描写，描绘了一幅 19 世纪法国的社会风俗画。它是一部艺术上极其完美、精致的法语典范作品，是继《红与黑》《人间喜剧》之后，19 世纪批判现实主义的又一杰作，是一部残酷的写实主义名著，它让我们领受到了真实而残酷的现实。

福楼拜以 19 世纪资本主义社会为背景，塑造了《包法利夫人》中的艾玛形象。作者不仅写出了受浪漫主义思想熏陶下的艾玛的精神世界，还把她由纯真到堕落、由堕落到毁灭的全过程呈现给了读者，详尽描写了她追求遇阻的无奈和梦想落空时的绝望。

　　《包法利夫人》对资本主义社会的人情冷暖、世态炎凉体味深刻。福楼拜对自己所熟悉的人们和阶层的表现，是没有一点温情的。从他的作品深处，流出的是一股冷气，他使人们感受到了当时社会畸形、病态的一面。

　　福楼拜并没有因为要塑造艾玛这样一个人物形象而猎奇，而是为"正在法国的 12 个村庄里受罪、哭泣"的妇女们申述，为怀着美好梦想，渴望美好生活，然而到头来终究是在"做梦"的年轻人申述。因此艾玛不仅是千千万万被摧残的女性形象，也是作为一种社会制度的反抗者、社会道德的叛逆者的形象出现在众人的面前。

　　福楼拜将自己对生活的感受、分析，都熔铸在"包法利夫人"的形象之中，他要让读者从"包法利夫人"身上，看到他所领悟到的生活的真相。无怪乎他会意味深长地对朋友说："包法利夫人，就是我！"

　　这个开放的社会给了今天的女性前所未有的自由与勇气，她们和男人们一样，不甘心忍受平庸乏味的生活，凭着爱与理想的名义，掀起一场对于梦想的搏击和追逐，在这个过程中，这些当代的"艾玛"们如何避免悲剧的再次发生呢？

　　《包法利夫人》中艾玛的悲剧提醒我们：一切脱离实际与理性的理想都是脆弱、变质的，想入非非的浪漫与平庸的现实是有巨大差别的。我们应该抛开那些虚无缥缈的幻觉和欲望，去寻找、去创造真正的理想与未来。我们要学会珍惜自己身边的快乐和幸福，懂得约束自己的虚荣心，约束自己的欲望，不能放纵自我，耽于幻想，更不能因追求不切实际的享受和虚荣心而让欲望摧垮了自己。

21.《悲惨世界》

——比天空更开阔的是人的胸怀

作者：雨果（法国）

出版时间：1862 年

推荐理由：苦难不是生命的毒药，苦难恰恰是生命的垫脚石，爱则是感动我们灵魂的力量，是我们生命中最好的养料，最亮的光。

心灵咒语

苦难中的爱与光明

"人间如果没有爱，太阳也会死。"

"把宇宙缩减到唯一的一个人，把唯一的一个人扩张到上帝，这才是爱。"

"人的两只耳朵，一只听到上帝的声音，一只听到魔鬼的声音。"

"世界上最宽阔的是海洋，比海洋更宽阔的是天空，比天空更宽阔的是人的胸怀。"

"……"

一百多年前，伟大的文豪雨果先生借助《悲惨世界》这部小说，对这个世界说了以上的话。

在这漫长的一百多年里，很多东西，很多事情，很多人物，很多声音都消失了，但是，这些话、这本书，连同雨果本人，并没有被近两个世纪堆积而起的尘埃淹没掉，而是穿透历史与时空，犹如一颗钉子一样揳进我们心里，震颤、鞭策、感动着我们这么多个茫然而虚无的灵魂。

从雨果的时代到我们的时代，从昨天到今天，在这一百多年间，历史的波澜如同自然界的风雨一样跌宕起伏。在这一百多年的历史进程中，浸润人类灵魂，唤回生命信念，促使人类在权欲、金钱与炮火中回归本性的力量究竟是什么呢？历史已经给出了最好的答案：爱是温暖生命的火炬，是引导人类告别蒙昧、冲出黑暗与苦难，走向文明与未来的根本力量。

当《悲惨世界》中走出监狱、走投无路的冉·阿让被米里哀主教像贵客一样迎进家里、热情招待的时候，我们被感动了；当巡逻的警察抓住逃走的冉·阿让赶到主教大人家里让他辨认罪犯，主教大人对警察说冉·阿让是他的朋友，他手里的银器是自己送给他的时候，我们被感动了；当冉·阿让路见不平从警探沙威手里救下芳婷，又冒着生命危险，从车轮下救起被马车压住的老人时，我们被感动了；当冉·阿让去法庭承认身份让警察释放被错抓的犯人，接受芳婷临终之托从德纳第夫妇那儿救出小珂赛特时，我们被感动了；当冉·阿让在起义者的枪口下放走沙威时，我们被感动了；当冉·阿让从枪林弹雨里救走马吕斯时，我们被感动了；当沙威为了报恩放走冉·阿让，因自己无法履行职责而投河自尽时，我们同样被感动了……正是这一次又一次的感动，一个又一个让我们感动的人使我们相信：我们心中有多少爱，就能分享多少爱，对别人好的时候，就是对自己好的时候，当我们成为别人的需要时，就会明白，自己是多么的重要，是多么的"命有所值"，爱在爱与被爱中得到证实，世界因为爱而温暖明亮。

品味经典

贫农工人冉·阿让因为饥饿的外甥抢了 1 块面包，被法院判服 5 年苦役，因担心家人，他 4 次逃跑未遂，被加刑 14 年。19 年之后，他才得以假释，结束暗无天日的监狱生活。

出狱之后，冉·阿让到处遭人白眼，没有工作，没有饭吃，他发誓一定要向社会复仇。这时，一个叫米里哀的主教感化了他，他决心行善积德，做一个好人。

冉·阿让化名马德兰，在一个城市办了个工厂，成为富翁。他为贫穷的人提供就业机会，给他们饭吃，给他们房子住，他处处乐于助人，被市民们选为市长。

在冉·阿让的工厂里，有一名女工叫芳婷，年轻的她因一时糊涂，未婚先育，并被负心郎抛弃。为了赚钱养活女儿，芳婷把女儿寄养在德纳第家，自己去做女工。德纳第夫妇一直在以她女儿为幌子，想着法子骗她的钱。

德纳第的一封讨钱信不慎落入芳婷同事手里，她有一个私生女儿的事曝光了，同事们的鄙夷与羞辱让她痛苦至极。最终她被工头赶走。不知内情的冉·阿让签下了驱逐芳婷的公文，芳婷从此流落街头。

为了女儿的抚养费和生活费，芳婷被迫卖掉美丽的头发、漂亮的牙齿，又卖身当了妓女。有一天她和一位无礼的客人发生纠纷，恰好被新上任的警长沙威遇到了，沙威不分青红皂白就定她的罪，要逮捕她。路见不平的冉·阿让出手制止，命沙威放走芳婷，并送她到医院休养。

在沙威欲和冉·阿让为芳婷争论时，街上有位老人被松脱的马车压住，冉·阿让立即冲上前去救出了老人。冉·阿让异常的力气勾起沙威对编号24601罪犯强烈的记忆，他怀疑眼前的市长就是自己追缉多年的获得假释之后逃跑的24601。但他一时之间不敢完全确定自己的判断，一位人见人爱的市长怎么会是罪犯呢？

正在这时，警方不知从哪儿抓到了一位长相酷似冉·阿让的无辜铁匠来顶罪，沙威为自己错怪市长向冉·阿让致歉。正直的冉·阿让不忍心铁匠成为自己的替罪羊，到法庭坦承了自己的身份——他就是犯人24601。

沙威想逮捕冉·阿让，因为心系生病的芳婷，情急之下冉·阿让打昏沙威逃到医院。芳婷临终之际，将珂赛特托付给冉·阿让，让他抚养女儿长大，在对女儿的思念中芳婷结束了她悲凉的一生。

冉·阿让马不停蹄地赶到芳婷所说的小镇蒙佛梅，去解救她可怜的遗孤。

此时，小珂赛特已在德纳第家寄养了 5 年。5 年来，她一直受着可怕的虐待，像女佣般被呼来唤去，而德纳第的女儿艾潘妮，却受尽宠爱。可赞的是，小珂赛特并未怨天尤人，一直默默期待梦中的母亲有一天能来接她回家。

冉·阿让提出要带走珂赛特，狡猾贪婪的德纳第夫妇趁机狠狠敲诈了他一笔钱。珂赛特脱离苦海跟着冉·阿让回到了巴黎。

冉·阿让以一个父亲的身份呵护珂赛特长大，天伦之乐带给这两个苦命人莫大的安慰和满足，然而沙威始终像个不散的阴魂一样追随身后……

时光匆匆，9 年后，巴黎陷入了激烈的社会动荡之中，市政府里唯一受穷人拥戴的拉玛格将军身患重病，引发了一次大骚乱。一个由德纳第夫妇领导的帮派袭击了冉·阿让和珂赛特，意外的是他们竟然被沙威救了出来。直到冉·阿让逃跑后沙威才认出他。后悔万分的他发誓一定要把冉·阿让抓回来。

此时，艾潘妮和珂赛特都已长成青春少女，艾潘妮暗恋同学共和党人马吕斯，可马吕斯却喜欢上了在街头偶遇的珂赛特。

共和党的革命青年们，包括马吕斯，经常在一家咖啡馆集会，他们有着高尚的理想和目标，要解救水深火热中的人们，计划在拉玛格将军过世那一天发动革命。

为了女儿的安全，冉·阿让决定带珂赛特离开巴黎。革命形势有了新的发展，学生们开始建筑防御工事，战斗迫在眉睫。德纳第夫妇打算在混乱中发一笔横财，艾潘妮决心陪伴马吕斯到底，也加入了青年们的工作。

马吕斯派艾潘妮送给珂赛特一封信，让她远离街垒。信被冉·阿让留在手里，为了女儿的幸福，他决定冒险去巴黎劝阻马吕斯参加起义。

在巴黎，冉·阿让发现冒充革命同志打入起义队伍的沙威，他被起义者捆绑起来，等待处决。他自告奋勇处决沙威，借机会放走了他。

共和党人发动的起义遭到了七月王朝的残酷镇压，战斗中革命领袖恩佐拉在枪林弹雨中丧命，加夫罗契为收集弹药中弹而亡，艾潘妮在街垒中弹倒在马吕斯怀里，其他革命者也大多牺牲了。冉·阿让趁乱救走了受伤昏厥的马吕斯。逃亡中，在下水道里他们碰到正在窃取起义者遗物的德纳第和刚被冉·阿让释放的沙威。冉·阿让请求沙威给他时间把马吕斯送到医院，沙威被冉·阿让的仁慈和宽厚所感动，破例放走了他们，随后沙威跳进塞纳河自杀了。

马吕斯逐渐康复，但他并不知道是冉·阿让救了他一命，把一切都归功于珂赛特的照料，冉·阿让对马吕斯坦白了自己的过去，并表示为了不影响他们的未来，他宁愿独居终老。

婚礼上，德纳第夫妇想勒索马吕斯，说珂赛特的父亲是一个杀人犯，并出示了证据：一只他在街垒陷落的那晚从下水道的尸体上偷来的戒指。马吕斯立刻认出那戒指是他的，知道自己误解了冉·阿让，他就是神秘的救命恩人。

马吕斯夫妇赶到冉·阿让的住处，米里哀主教送的那对银烛台，静静地陪伴着病重的冉·阿让。冉·阿让对珂赛特说出了她的身世后，就在女儿怀里永远地睡去了……

对话人物

1. 冉·阿让

雨果在《悲惨世界》这部巨著中，以浪漫主义的手法刻画了一个在悲惨世界里受尽苦难、又聚合了人类最高尚的情操与美德、伟大与慈爱的理想人物，这个人就是冉·阿让。

冉·阿让原是千百万贫农中的一个，他一生偷过两次东西，这两次的偷窃却成了他人生的两大转折点。第一次是在他青年时期，因为失业，又要给外甥充饥，他去偷了 1 块面包，成了阶下囚，被判 19 年有期徒刑。出狱后他被社会所鄙夷、所抛弃，走投无路之下，他去偷米里哀主教大人的餐具。在主教宽宏仁慈的感召下，从此开始了他的新生。

如果说，冉·阿让第一次的盗窃仅仅是他生活上的转变，那么，第二次则是他灵魂上的转折点，新生命的开始。冉·阿让是一个慈善家，同时又是一个气度非凡的能人，尽管他是世界上最不幸的人之一。他使落后贫困的村子变成了繁荣旺盛的城市，自己也从一个囚犯成为一位德高望重的市长。他买宫殿建医院，救助穷人，积德行善是他人生的宗旨，他救治了穷妇女芳婷，又去拯救她的女儿珂赛特。他还认为，对于一切不幸的人自己都没有尽到责任。他广施仁义，甚至连无赖德纳第夫妇也不例外，他的德行使铁石心肠的警官沙威也得到感化，唤醒了沙威的人性，使沙威第一次感受到人活在世上不仅仅是忠于职责。

冉·阿让的伟大不仅表现在他的行善事业上，还表现在他克己济人的高尚情操上。他是一个时刻受到警方追捕的人，当一个年纪相貌和他十分相似的人被误认，顶替了他在法庭上的位置时，他挺身而出，自投罗网；珂赛特是他唯一的精神支柱，他把全身心的爱都贯注在珂赛特的身上，但当他知道珂赛特与马吕斯的爱情将夺去他的爱时，他独自把痛苦全部承受了，成全了珂赛特的幸福。

"世界上最浩瀚的是大海，比大海更浩瀚的是天空，比天空更浩瀚的是人的心胸"——冉·阿让的心胸。冉·阿让这个高大光辉的人物形象，他崇高的精神和品行感动、征服了数以万计的读者。

启迪与思索

冉·阿让艰难坎坷的一生不可谓不苦，但是，这些痛楚与折磨并没有熄灭、扭曲他心中对于爱、对于真理的信仰和追求。他彷徨、失望，甚至堕落过，但他最终遵从了内心的号令，活出了生命的风度。冉·阿让的死将使他的灵魂永生，他的勤奋、谦卑、自强、仁爱、豁达、宽容的精神深深地感动了一代又一代的读者。

事实上，人只要活着，就免不了要遭受苦难。这苦难是指那些给我们带来巨大痛苦的事件和遭遇，譬如，不可抗拒的天灾人祸，遭遇乱世或灾荒，身患重病乃至绝症，失去挚爱的亲人，或者在社会生活中的重大挫折：失恋、婚姻破裂、事业失败等。在困境中，在诱惑中，如何面对人生的苦难，如何保持一种对爱与真理的从容心态，是摆在我们每个人面前的一个重大人生课题。

从某个角度来说，苦难在人一生中是不可避免的，山的高大正是因为它的险峻与巍峨，人生的美丽则正在于它的曲折与磨砺。苦难是人格的试金石，面对苦难的态度最能表明一个人是否具有内在的尊严。不论遭受怎样的苦难，只要我们始终警觉着、追求着，时刻勉励自己以一种坚忍高贵的态度承受苦难，积极乐观地面对生活，为自己的生命和尊严负责，我们就能比任何时候都更加有效地提高自己的人格，点亮生命，活出风采。

每个人都有爱，但有的人只爱自己，爱自己的亲人，爱自己所拥有的一切。而冉·阿让的爱是博爱，他将爱送给所有可怜的、贫穷的、值得同情、值得尊敬的人，甚至是他的对手，这种宽阔的仁爱之心令人感动，非常难得，值得我们敬佩与学习。倘若我们每个人都有这样一份仁爱之心，每个人都献出一份爱，我们这个世界就会多一些和谐与幸福，多一些感动与温暖，变得更加美好、温馨。

2. 芳婷

芳婷的身份是卑微的，她是一个被抛弃、被开除、最后被病魔和社会逼死的悲剧性人物。在那样一个黑暗无序的时代里，她是底层人民的一个缩影，像她那样悲惨遭遇的女子又何止千万。

在懵懂的青春时期，她爱上了一个十足的混蛋男人，在怀了他的骨肉之后却被恶意抛弃了。尽管自己落魄潦倒，她仍然没有失去生活的希望，没有失去伟大的母性意识，为了女儿的生活，她忍痛把她寄养在德纳第的家里，自己出外谋生并定时寄钱回去。由于意外，她有私生女的事被同事揭发出来，遭人唾弃鄙夷，最后被工头赶出工厂。

为了女儿，芳婷变卖了自己所有财产，走投无路之下，去做了妓女。幸运的是，在生命的尽头她结识了仁慈的冉·阿让，将女儿托付给他。

启迪与思索

芳婷是一个伟大的母亲，是一个善良仁慈的天使，尽管她曾经是一个令人鄙夷的风尘女子。但是，她做这一切绝不是自甘堕落，绝不是为了自己，而是为了她的宝贝女儿。她为女儿奉献出了她的所有，连同最可贵的生命。她这种伟大无私的母爱同样令我们感动与敬佩。没有任何一个人有资格来鄙夷芳婷的过去。

芳婷的遭遇自有那个时代的原因，但在感情上，她有着致命的缺陷，倘若她恋爱的时候能多一些智慧，冷静理智一些，能够找一个可以托付终身的男人，或许她的生活不会如此悲惨。

3. 警官沙威

沙威是一个职业警察，他是国家机器的代表，是社会秩序的捍卫者和守护者。当他费尽心思，奔波多年，执着不懈地去逮捕冉·阿让，甚至逮捕落魄无助的芳婷的时候，他都认为自己是在维护法律和正义。

沙威的职业感觉和业务素质都是很高的，在他的思想中，法律和权力至高无上，他相信社会秩序要由准则和法律来维护，每个人都要服从团体规范、严守公共秩序、尊重法律权威。逃犯是为法律所不容的，无论理由如何，法律的权威必须维护。

沙威混入起义组织被发现之后，冉·阿让找机会放走了他，而没有借此报私仇处决这个"奸细"。当起义失败后，冉·阿让和马吕斯在地下道里再次遇到了沙威，这个时候他为冉·阿让曾经放走他而深受感动，自认为再去逮捕冉·阿让是对自己人格的一种践踏，而选择放走冉·阿让则是自己面对法律的失职。他不能逮捕冉·阿让，也不能接受让冉·阿让逃走的事实，他无法原谅自己，无法面对眼前所发生的一切。于是，他用手铐铐住了自己的双手，跳进了冰冷的塞纳河，结束了自己的生命，这无疑也是一个悲惨的结局。

启迪与思索

沙威的人格已经被长期的社会惯性和职业生涯扭曲、异化了，用今天的话来说他已经丧失了自我，迷失了本性。沙威的自尽标志着他本性意识的自觉与清醒。他终于意识到了国家机器与社会习俗加在他身上的桎梏，而他无从摆脱桎梏，只能以死来结束自己的痛楚与怀疑。

雨果说过："世界上存在着两种法律：高级的法律是仁慈和爱，它可以杜绝罪恶，唤起良知，进而改革社会拯救人类；低级法律是刑罚，它依靠惩治，只能加深犯罪。"米里哀主教用道德感化和博爱唤醒了冉·阿让的良知，使他成了真正的人；而警官沙威，则如鹰犬一般跟踪冉·阿让，迫害孤女寡母，如同冷血的动物般履行着所谓的职责，最终，沙威为冉·阿让的宽阔胸怀和高尚人格所感动、所点化，找回了丢失的人性与自我。但是，从另外一个角度上来看，沙威忠实于自己的职责，严格执法、不徇私情的精神也是值得肯定的，他最后的死同样令人惋惜和感动。

4. 德纳第夫妇

小镇蒙佛梅一家酒馆的老板，典型的中下阶级人物，贪财、自私、卑鄙等劣态人格都被这夫妻俩占尽了。夫妇俩可谓天造地设的一对。对珂赛特的剥削和欺压，对女儿艾潘妮的溺爱和纵容，活灵活现地展现了他们分裂的情感。

后来，德纳第沦为丐帮帮主，在义勇军后方搜刮死去的革命者身上的财物，后来两人还在珂赛特的婚礼上演出了阴谋的一幕，真是本性难改，丑陋至极。

启迪与思索

小说中的德纳第夫妇是那么自私、贪婪、庸俗、虚荣、势利、冷酷，完全丧失了人性。这两个小丑一唱一和地为我们演了一出滑稽剧。其实，现实生活中，也能找到一些这样的人，出于对钱财和权势的追逐而丧失了人性，成了金钱和权势的奴隶，为了金钱和权势无所不为，没有爱心，没有同情心，没有正义感，如同一具行尸走肉一样，令人作呕。

面对金钱、权势、欲望，有多少人可以无动于衷呢？有多少人可以不为一己私念，危及甚至伤害他人呢？又有多少人可以在权势与金钱面前，时刻坚守善恶，遵从仁义与法律呢？

好在，我们身边同样有千千万万的不为金钱和权势所动，遵从仁义真理、捍卫法律尊严、满怀爱心正义的人们，我们这个社会、我们这个民族，也正因为有了这样一群人，才赢得了其他民族的认可和尊重，我们才能在这样一个充满希望的社会里，生活得如此滋润，并以此为荣。

5. 马吕斯与珂赛特

马吕斯是 19 世纪标准的革命青年，为革命理想热血沸腾，奋不顾身，为爱情执着真诚。马吕斯能够抛弃祖父的钱财而投身自己的信仰，以贫穷的窘境来承载崇高不屈的灵魂，这种精神是值得赞赏、令人感动的。当然，他身上也有年轻人的性格缺陷：情绪容易波动，爱得迅猛，一受打击极易悲观厌世、一受到鼓动又会热血沸腾。

马吕斯是一个善良本分的人，为人真实，当冉·阿让对他道明了自己的真实身份时，他受传统观念影响，认为冉·阿让是个屡犯窃案的罪犯，有辱自己的名声，义无反顾地要求他离开；当他看到冉·阿让平时的言与行，体会到他高尚的品质，并从别人口中知道了冉·阿让不仅是珂赛特的恩人，并且还曾经几次救过自己的性命的时候，他又为冉·阿让的道德精神所感动，勇敢地跨越了心灵的壕沟，承认自己的错误，与珂赛特一同找到了奄奄一息的冉·阿让，给了他最后的关爱和温暖。

珂赛特是芳婷的私生女，是黑暗社会儿童悲惨的化身，是一个被社会抛弃的贫苦儿童形象，多亏了冉·阿让的关怀与爱护，才得以摆脱被虐待的悲惨命运，逐渐成长为仁慈、博爱、宽恕、善良的姑娘，如同一只天真无邪、洁白的鸽子，吸引了马吕斯，最终收获了幸福美好的婚姻。

珂赛特的出身是不幸的，但她又是被天使偏爱的幸运儿，得到一个深爱她的父亲——冉·阿让，遇到一生的爱侣——马吕斯，她贞洁、忠心，热烈追求纯真的爱情，她是浪漫的化身，也是作者笔下一枚胜利的种子，"仁爱"和"共和"下胜利的果实，是大革命胜利的象征。

启迪与思索

马吕斯和珂赛特能冲破众多阻碍，坚持走到一起的精神深深地感动了我们的心，现在有多少人能像他俩一样坚守爱情与信仰，冲破世俗的阻挡，勇敢地走到一起呢？真正的爱情和信仰，往往是在困境与压制、磨难与考验里得到证实。历史上那些感动我们的爱情故事和人物，正是因为这样一种不弃不离、坚持执着的精神才为我们所崇尚、所肯定。

6. 主教米里哀

笛涅地区的主教米里哀是冉·阿让出狱后唯一愿意收容他的人，以爱心和宽容，以高尚的情操和智慧感动了冉·阿让，也就此改变了他的一生。

启迪与思索

米里哀主教是个完美无缺的基督教人道主义者，他是博爱的化身，他以自己的人格力量，一次又一次地感动、点化冉·阿让，在警察抓住冉·阿让时帮他辩解，施舍穷人……这一切的一切，都出自他的本能，作为一个善良主教的本能，也正因为这颗善良、富有同情心的心灵感化了冉·阿让，使他在人生岔路口做出了正确的选择，放弃了对社会的仇恨，放弃了报复社会的打算，他是一个具有高尚道德情操的人。

后来冉·阿让一生都牢记着米里哀主教的教诲，握着从米里哀主教那里得到的爱的薪火，并以一种与主教一脉相传的精神和爱辉映着身边的人。上帝拯救了米里哀，米里哀拯救、感化了冉·阿让，冉·阿让拯救、感化了芳婷、珂赛特、马吕斯、沙威，同时，也拯救、感化了我们。

雨果借米里哀主教仁爱、宽容、热情的精神宣扬了仁爱万能的人道主义理想，歌颂了光明战胜黑暗的伟大力量，他认为，只有像米里哀主教那样以德报怨才能醇化人心，才能最终消除社会弊病；整个世界是美与丑、善与恶、真与伪、光明与黑暗的搏斗场，他深信善能胜恶、人性能够汰除污秽而不断地自我完善。米里哀主教的言行就是雨果这一思想的再现与印证。

在我们的身边有不少米里哀主教这样的人，譬如，我们的父母、老师、朋友，他们以自己的爱，以自己丰富深刻的专业知识和人生理论，以自己高尚伟岸的人格魅力，引导、陪伴、帮扶着我们跨越艰难的人生，使我们一步步走向成熟和成功。

作品·作者

作者

见《巴黎圣母院》。

作　品

1861年6月30日这天上午，流亡在大西洋的法兰西一代文豪，维克多·雨果，终于为他的长篇小说《悲惨世界》画上最后一个句号。这本书从构思，到动笔创作，直至彻底写完，历时30余年，是一项庞大的写作工程。雨果执着创作、坚韧不拔的敬业精神令我们感动，这部作品是最能反映雨果文学手法、思想观念的文学巨著。

1801年，穷苦农民彼埃尔·莫因偷吃一块面包而被当局判5年苦役，刑满释放后，持黄色身份证讨生活又处处碰壁，走投无路。听说他的遭遇后，雨果萌发了创作这部小说的动机。

雨果借助《悲惨世界》，站在历史与精神的高度，以思考者的身份，全方位地以超越时代的角度去批判社会历史和现状，以捍卫人类生存权利的名义去批判一切异己力量，表现了人类历史发展中的永恒性矛盾。从这个意义上来讲，《悲惨世界》就是一部人类苦难的"百科全书"。

雨果认为：人与人之间应该具有一种淳朴的爱惜、同情、怜悯的"心灵关系"，即"恻隐之心"；在他看来，被侮辱和被损害的人只要得到怜悯和同情、得到爱的滋润，生命力便会旺盛，灵魂便能得救。对雨果而言，艺术家的职责不是描述或记录生活，而是像上帝一样去创造这个世界，让这个活着的世界洋溢着清新、自由、高尚、圣洁的空气和阳光，所以他不是用笔去模仿现实，而是用想象力、用激情和理想在梦幻般的情景中创造一切。

在《悲惨世界》里，雨果用一节的篇幅和诗一般的语言阐明了爱的真谛，他认为爱是同高贵与伟大相联系的，爱就是心灵的火炬，"人间如果没有爱，太阳也会灭"。一个人心中有了爱，任何邪恶都不能滋生。雨果阐明的这种爱是浪漫主义的至上之爱、理想之爱，他正是把这种爱赋予了小说中的人物。他借助这些人物对爱作了最明确的概括：对爱的追求就是对未来的追求，就是对光明的追求。

《悲惨世界》出版后，引起了巨大的反响，小说发行的当天早晨，争相购买的人们就把书店围得水泄不通，初印的五万册书很快销售一空。那些如饥似渴地阅读的人，都被一种不可抗拒的力量所征服了。当然，也有人出来指责雨果，指责他的大胆和狂放，指责他作品中藏着的那股可怕的力量。

雨果在《悲惨世界》的序言中说道："只要是法律与习俗所造成的社会压迫还存在一天，在文明昌盛时期因人为因素使人间变成地狱，并使人类与生俱来的幸福遭受不可避免的灾祸；只要贫困使男人潦倒、饥饿使女人堕落、黑暗使小孩羸弱这三个问题尚未获得解决；只要在某些地区还可能发生社会的毒害，换言之，只要这世界上还有愚昧与悲惨，那么，像本书这样的作品，也许不会是没有用的吧！"

如今，时间和历史已经证实了一切，《悲惨世界》这部伟大的作品，已为全世界所接受，成为一座伟岸的文学丰碑，是世界文学宝库中的一颗璀璨明珠，至今仍在感动、鞭策着我们超越苦难，憧憬光明。

《悲惨世界》中冉·阿让的悲惨人生、悲悯而宽阔的胸怀、积极的人生态度给了我们诸多感动的同时也给了我们诸多的启迪与思索："在现实人生中，当一个人遇到不幸、深陷苦难时，可以叹息、悲观，但是不可以放弃和绝望，只要我们心怀爱与希望，不做苦难与困境的俘虏，积极争取机会，勇敢坚强地去面对人生，不失去对爱、对未来的信心，就会战胜不幸、战胜苦难，迎来光明人生。"

22.《罪与罚》

——用爱拯救生命与希望

作者：陀思妥耶夫斯基（俄国）

出版时间：1866 年

推荐理由："马克思的《资本论》，陀思妥耶夫斯基的《罪与罚》等，都不是啜末加咖啡，吸埃及烟卷之后所写的。""要将现在中国人的东西和外国的东西比较起来，像陀思妥耶夫斯基的《罪与罚》……对比起来，真是望尘莫及。"（鲁迅语）

心灵吃语

人性的罪与罚

人类是需要时刻依附于灵魂的，我们依靠灵魂来感知这个世界，触摸内心的道德底线。我们的血液是热的，我们的灵魂是无羁的，它使我们成为一个始终怀揣希望的人，使我们对生活心怀憧憬，不断奋进，尽管我们必须受着各种束缚和制约。

有灵魂的人也就是有人性的人，人性与动物性不一样：动物性是先天的，而人性是后天的。人性是在社会发展中人类行为进化的结果，是人区别于地球上其他动物的唯一属性。人性也可能暂时受到强权和暴力的压制。压制的极致便是以牺牲人的生命为代价：要么被杀，要么自杀，这是作为人性的载体——人类最不幸的结局了。古往今来，人世间不知有多少这样的悲剧重演。但不可否认的是：个体生命的结束并不意味着人性被彻底根除。英国著名思想家、哲学家培根说："人的天性虽然是隐而不露的，但很难被压抑。"人性像物质不灭定律一样永远存在于这古老的地球之上，除非人类都不存在了。

人性的本质是追求生存的价值、追求表达思想的权利，人获取利益以求生存、得到认同以求体面、改变自己以求发展。人性中既有天然向善的倾向，也有天然向恶的倾向，比如人性中有善良、仁爱、尊严、自由、施舍、富于同情的一面，也存有自私、贪婪、妄图利益最大化的一面。是向善的一面多还是向恶的一面多，取决于社会的文明程度，取决于社会制度与法制是否健全和完善。

作为人，如果丧失了人性中善的一面，而让恶趁机而起，就是一种悲剧。现实中类似的悲剧为数不少，一次又一次地冲击着人类道德与人性的底线，没有人性的人无异于行尸走肉，有谁愿意回到动物世界、回到一个混沌、愚昧的时代？人不能仅像动物那样活着，如果失去了人性、失去了尊严，人活着究竟还有什么意义？人类是最害怕孤独与伤害的，只有在爱的支撑中，人才能感受到世界的稳定与本性的澄明。

《罪与罚》中的男主人公拉斯克里涅克夫陷入杀人之后的罪恶与恐怖里，丧失了生存的意志和人生的方向，因为有了索妮娅的爱，有了她的鼓舞和拯救，才重新有了生活的信心和支柱。在爱的支撑中，他终于感受到这个世界的稳定与人性的澄明。在爱的感召下，拉斯克里涅克夫意识到了自己的恶，感受到了摧毁他人生命的罪过与痛苦。

女主人公索妮娅，这个爱和上帝的化身，这个做过妓女的人，是一个跨过恶的行动事实的天使，用美好的心灵和令人感动的爱情挽回了人性的尊严，她对拉斯克里涅克夫的爱，让我们体验到了爱的力量，看到了爱给生活带来的感动与希望。

品味经典

法律系大学生拉斯克里涅克夫住在彼得堡 S 街一家公寓里。因为交不起学费，他不得不退学。最近，房东一直在向他催讨房租。每次他从女房东厨房门口经过，总是提心吊胆，生怕遇见她，他都是慌忙溜下楼去。

老太婆亚里昂娜·伊凡诺夫娜住在距拉斯克里涅克夫住所附近的四层楼上，她是个靠放高利贷为生的人，为人心肠歹毒，爱财如命。为了糊口，拉斯克里涅克夫不得不把父亲留给他的唯一一块旧表拿去典当。他本想当 4 卢布，可贪婪的老太婆只给他 1.5 卢布，还扣除了 35 戈比的预支利息，他十分厌恶老太婆的苛刻和吝啬。

拉斯克里涅克夫在一家小酒馆，要了一杯茶，坐下来，他突然生出一个奇异的想法，他决定把她杀掉。在另一张桌旁，一个大学生正向一个军官控诉那个该死的老太婆的贪婪与可恶。那个大学生甚至生气地说，他想杀死那个该死的老太婆，抢来她的钱，为多数人服务，为全体谋利益。杀死这样一个人根本不用多愧疚，这样的人根本就不该活在世上。听到这个大学生的话，拉斯克里涅克夫心里大为震惊，他为有人和他起了一样的念头感到奇怪。

回到住处，拉斯克里涅克夫接到母亲从乡下寄来的一封信，母亲为他的退学感到伤心，她还告诉他说，他在地主斯维德里加依洛夫家当家庭教师的妹妹杜尼雅，因受到地主的调戏，也辞职了，打算嫁给比自己大二十多岁的律师卢仁。看了母亲的信，他痛苦极了，他认定卢仁也不是什么好东西。

第二天，起床后，拉斯克里涅克夫在街上发现那个该死的老太婆的异母妹妹理萨威泰正跟一个小商贩谈话，说晚上 7 点钟她要出去办事。他意识到那个时候家中只有老太婆一个人，他正好可以把她杀了。经过一番痛苦的思索，拉斯克里涅克夫开始实施他的计划，6 点钟声敲响后，他拿了房东的一把斧头以典当为名，溜进了老太婆的房间，砍死了那个贪婪狠毒的老太婆，并从她那拿走了一个钱袋和几件典押的首饰。正当他要离开时，女当主的妹妹回来了，还没等她叫唤，拉斯克里涅克夫也把她砍死了，然后他惊魂不定地回到自己的住处。

拉斯克里涅克夫行凶之后，陷入了恐惧与烦躁之中，像得了大病一样。第二天，一阵剧烈的敲门声把他惊醒，看门的人送来一张传票，让他 9 点半钟到警察局去。他以为事情败露了，正准备把犯罪事实供出来，但到了警察局后，他提着的心放下了，原来是女房东要他还债。当他签完了字准备离开警察局的时候，忽然听到几个警察议论老太婆被杀的案件，他几乎要昏倒了，他回到住所后便病了，他的精神几乎崩溃了。

病好之后，有一天，拉斯克里涅克夫来到街上，发现酒鬼马尔美拉道夫被马车轧伤，遍身血污，不省人事。拉斯克里涅克夫协助警察把他送回家去。马尔美拉道夫回家后不久，苏醒过来、因为受到妓女女儿索妮娅的刺激咽下了最后一口气。拉斯克里涅克夫可怜这一家大小，将母亲寄来的 25 卢布送给了马尔美拉道夫的妻子卡捷琳娜。

回到住处后，拉斯克里涅克夫发现母亲和妹妹杜尼雅也来了。母亲和妹妹紧紧把他搂在怀中，亲吻着、哭着、笑着……他踉跄了一下，就昏倒在地上，母亲和妹妹都被他吓着了。

第二天，卢仁又寄来一个便条，挑拨他们母子之间的关系，说他把母亲寄来的钱全部给了一个下贱女人了。拉斯克里涅克夫向母亲和妹妹解释了事件的真相，并在当天晚上当着卢仁的面戳穿了他的谎言。卢仁更加怀恨在心，决心报复。在马尔美拉道夫的葬礼上，卢仁来了。他诬陷索妮娅偷了他 100 卢布的钞票，企图以这来证实她的贫穷下贱，说明拉斯克里涅克夫给她送钱是真实的。这时，拉斯克里涅克夫挺身而出揭穿了卢仁的栽赃阴谋，指出了卢仁的卑鄙目的。他获得了索妮娅的感激与同情。

这天晚上，拉斯克里涅克夫向索妮娅讲了自己想杀死卢仁的犯罪动机，并为自己的犯罪做了无罪的辩解。他的想法遭到了索妮娅的反对，她宁愿牺牲自己也不愿意连累家人。索妮娅的行为深深地打动了拉斯克里涅克夫的心。拉斯克里涅克夫让索妮娅念《新约全书》给他听，他彻悟了，决心去自首，并让索妮娅同他一起去。

第二天，拉斯克里涅克夫向索妮娅说出了凶杀案的真相，说他想成为拿破仑，所以杀了人。他问索妮娅怎么办。索妮娅回答说："应该去受苦赎罪。"并表示愿意跟他去，哪怕是天涯海角。他们的谈话被住在索妮娅隔壁的地主斯维德里加依洛夫偷听到了，他知道了拉斯克里涅克夫的秘密。他写信给杜尼雅，暗示她哥哥犯了严重的罪行，胁迫她嫁给他，杜尼雅拔出早已准备好的手枪打伤了他。

侦探长来到拉斯克里涅克夫的住处对拉斯克里涅克夫说当局已经知道他是真凶，希望他去自首，给自己一条出路。

拉斯克里涅克夫回到母亲与妹妹的住处，告诉她们自己杀死了吸食穷人血的老太婆的真实情况。索妮娅给他挂上十字架，随后陪他来到警察局自首。由于他的自首，他仅仅被判了 8 年有期徒刑。

判刑后，拉斯克里涅克夫被关在西伯利亚的监狱中，不久索妮娅也来到西伯利亚，做了裁缝。服刑期间他得了一场大病，痊愈后的一天清晨，他正在河边，凝视着宽阔荒凉的大河，索妮娅突然出现了，她看着他，愉快地笑着。拉斯克里涅克夫跪在索妮娅的脚下，哭泣着，紧紧地搂着她的双膝。索妮娅从他的眼睛里重新看到了爱的光芒，她知道，并且毫不怀疑，他爱她胜过一切，幸福时刻终于到来了，一切都将是新的开始。

对话人物

1. 拉斯克里涅克夫

拉斯克里涅克夫是一个典型的具有双重人格的人物形象，他是一个心地善良、乐于助人的穷大学生，一个有天赋、有正义感的青年，但同时他的性格阴郁、孤僻，"有时甚至冷漠无情、麻木不仁到了毫无人性的地步"。为了证明自己是个"不平凡的人"，竟然去行凶杀人，"在他身上似乎有两种截然不同的性格在交替变化"。对于拉斯克里涅克夫来说，如果甘愿做逆来顺受的"平凡的人"，那么等待他的就是马尔美拉道夫的悲惨结局，如果去做一个不顾一切道德准则的"人类主宰者"，那就会与为非作歹的卑鄙之徒卢仁和斯维德里加伊洛夫同流合污。他的人格中的主导面终于在白热化的搏斗中占了优势，并推动他最后否定自己的"理论"，向索妮娅靠拢。

启迪与思索

实际上，拉斯克里涅克夫的人本主义的理论存在着非常大的缺陷，无论多么正确的理论，都没有资格成为他剥夺另外一个人生命的借口。像索妮娅说的那样，无论怎样，人终究不是虱子，每个人都需要从上帝那获得自己安身立命的身份地位。犯了罪就应当去受难，用痛苦赎罪，就要勇敢直面自己凶残杀人犯的身份，而不是沉溺于关于"不平凡的人"的幻想之中。

犯错，甚至是犯罪不是最可怕的，最可怕的是对错误、对罪责失去正确的认知，给自己的行为找借口，为自己开脱罪责，意识不到自己的错误和罪责，甚至怀有一种"盲目的英雄主义思想"。一个真正的有生活智慧的人能够敢于正视自己的错误，敢于纠正自己的错误，而只有这样才能问心无愧地面对自己。

生活中总有一些人为自己的腐败、贪婪、淫欲找借口，给自己一些莫须有的理由，甚至把责任都推到别人和社会的头上。一个人要敢于反省自我，勤于反省自我，时刻给自己一杆灵魂的秤，时刻给自己一种忏悔意识，为自己的行为负责，管住自己的罪恶之心。对自我的放纵就是对心灵的扭曲，一切恶的，都是应该避免的，而一颗向善的、进步的心则会获得新生，无论他是否犯过错误、有过罪责，上苍都会给他一个赎罪悔过的机会。

倘若一个人无法驾驭自己的心灵，就会被危险的思想所左右，误入歧途。一个人如果不知道世界有多大，也不知道自己的价值，那么他很难理解作为一个人在世上有什么意义。同样，如果一个人不知道自己该如何来适应现实，适应生活，那么他就很难谈得上改变现实，改变自己，从而实现自己的理想。

2. 索妮娅

索妮娅是一个出身低微的人，但贫苦的生活并没有使她堕落，她的心灵依然非常的高尚和纯洁。她是个天使一样的女孩子，她一生中都把别人的幸福和利益放在第一位，始终在为别人活着，她出卖自己的肉体是为了养活自己的家人，她甚至连死都惦记着他们怎么办。

索妮娅和拉斯克里涅克夫一见钟情。在拉斯克里涅克夫落魄的时候，是她给了他帮助和安慰。当她得知他杀了人，她鼓励他自首，在她看来，一切的犯罪不仅是对自己的犯罪，是亵渎和伤害圣洁的灵魂，还是对上帝创造的世界的亵渎；一切的罪都是违背上帝的律法，这就是说罪人顺服魔鬼的诱惑而公然对抗上帝的绝对主权，这恶必定使人被定罪。无论拉斯克里涅克夫赋予自己什么样的身份，无论是"动物、生物、绳索"，还是"不平凡的人"的身份都不能为他带来安慰和赦免，他永远都是一个犯杀人罪的罪人！

索妮娅在大义凛然地说服拉斯克里涅克夫去自首之后，并没有抛弃他，放弃自己的爱情，而是在他被判 8 年流刑后，毅然去他服苦役的地方陪着他。自始至终，她都承受着苦难，不是为自己，而是为别人。实质上，她就是天使的化身。最令人欣慰的是，拉斯克里涅克夫获得了"新生"，他和索妮娅看到了希望。

启迪与思索

从索妮娅身上我们可以看出比外界更大的悲苦是内心的悲苦，比外界加诸的伤害更大的伤害是自己从内部加给自己的，如果没有足够的精神资源来穿透外界的压力，人一定会内心悲苦。在心灵可能会破碎的时候，索妮娅却保持了一颗宽厚和悲悯的心，轻轻拂去了外界加诸内心的伤害。这样的心灵是温柔的，在当前这个浮躁的社会更显得难能可贵。她对家庭的责任，对爱情的执着，对生活与信仰的虔诚和认真都是令我们感动的。

我们应该向索妮娅学习，学习她直面残酷人生的勇气与精神，给自己一颗仁慈宽容虔诚的心，面对生活的不公、艰难、苦涩，甚至是耻辱，我们都能给自己一个方向，一种尺度，给自己一份从容人生的勇气与智慧。

一个心胸狭隘、无远见、无抱负、无高尚理想、无崇高事业追求、没有开阔胸襟的人，是不会真正拥有幸福人生的；一个斤斤计较蝇头小利，局限于眼前利益的人更不会有大的发展。只有我们合理地规划出自己的人生轨迹，定位准确，目标清晰，淡泊名利，得之不喜，失之不忧，宠辱不惊，才会逐渐找到自己的幸福未来。

3. 卡捷琳娜

卡捷琳娜这个与前夫私奔的上校的女儿，这个被省长亲自颁过奖状的女人，这个最终孤苦无依，为了养活自己的孩子不惜改嫁马尔美拉道夫，又迫使或者说哀求女儿索妮娅出卖身体的母亲，在人生的大海里，汹涌的现实苦难打破了她灵魂的最后一层外衣。

卡捷琳娜的尊严意识已经到了病态的地步，向女房东示意自己高贵的出身；就是与她不常往来的人，她也总要把话题拉扯到自己的出身；她活在自己的出身里，她觉得自己是高贵的，她总是试图通过对自己出身的说明来宣示自己的高贵，而且一有机会，她也要在现实中证明自己的高贵。

马尔美拉道夫死后，她家的境况更濒临绝境了，但是她却把仅有的那一丁点钱（拉斯克里涅克夫赠给她的）用来厚葬马尔美拉道夫，大宴那些素不相识的宾客。在这样证明自己的尊严过程中，她甚至忘记了那些嗷嗷待哺的孩子们，这一点连拉斯克里涅克夫都感到不可思议。

在临终的卡捷琳娜看来，宽恕不宽恕是上帝的事，对自己来说，她问心无愧，所以"即使他不宽恕，那也就算了！"这种带着诅咒的口气多少有些愤怒的成分。就在马尔美拉道夫死去的时候，卡捷琳娜的这些愤怒已经积压了很久了，但是她当时的愤怒还没有指向上帝，她还是把希望寄托在上帝身上，可是自己临终的呼喊已经否定了上帝，有没有上帝已经不重要了，上帝果然始终没有保护他们这些可怜人，她在闭眼的时候不得不抛开那些孤苦的孩子，哪里有什么上帝可言，哪里有什么爱啊！

启迪与思索

卡捷琳娜最大的悲剧不在于苦难的现实，而在于她出身的高贵强化了她的尊严意识，最终发展到病态的地步，当然现实也在不断地催逼着她强化自己的尊严。作者在她的临终呼喊中对人类过度强化自我尊严的行为提出了一个警告，无论你受了多少苦难，真正的出路还是在于谦卑地承受，承受中的爱使苦难不成为苦难，而成为人向上跳跃的一个精神阶梯。

卡捷琳娜对高贵的期望本身并没有错，但是她把目光始终投向尘世的功利功名，妄想用尘世的光辉驱逐尘世的黑暗，她那些已经积累的尊严资本即便没有消失，最后也不可能获得尊严。尊严是人性的一道屏障，但是过分地强调这道屏障，过分地依赖这道屏障，人性就被埋葬了。

卡捷琳娜病态的尊严意识已经将尊严从人性内质中外化出去了，她渴望得到别人的承认，她渴望过着一种在别人欣羡的目光中高贵的生活。其实人性还有一个更重要的精神屏障就是谦卑，当我们完全陷入尊严意识，忘记自己的卑微渺小的时候，怎能不被现实所俘虏呢？

人的力量毕竟是有限的，人能在多大程度上左右自己呢？只有将人的精神品格放在一个适当的位置上的时候，人的精神出路才真正地打开。

作者·作品

作者

高尔基曾多次毫无保留地称赞一个沙皇时代的作家是"最伟大的天才"，并说，"就表现力而言，可能只有莎士比亚能与之媲美"，这个作家就是陀思妥耶夫斯基。

1845年发表的《穷人》为陀思妥耶夫斯基带来了极高的声誉。在思想上，陀思妥耶夫斯基比较接近当时平民知识分子的先进代表人物，他曾参加空想社会主义者彼特拉舍夫斯基的小组，为此被捕，并被判处死刑，后被赦免，改判流放，在鄂木斯克监狱服四年苦役，后来他根据狱中的经历写成了《死屋手记》。

流放使陀思妥耶夫斯基思想上发生了很大的转变，认为在当时的社会上，反抗毫无意义；他只看到压迫、道德基础的崩溃、资产者的胜利、贫穷、卖淫、饥饿……而看不到任何出路。陀思妥耶夫斯基认为，在这样的社会上只有两种可能：压迫和被压迫；只有两种人：压迫者和被压迫者；没有，也不可能有第三种可能和第三种人。

陀思妥耶夫斯基的笔记中有这样一句话："不做奴隶，就做统治者。"这句话表现出他主要作品中主人公们的苦闷，反映出他们心目中的资本主义社会的法则：不做奴隶主，就做奴隶，不压迫别人，别人就压迫你。"主子的道德"是与人性相抵触的。因此陀思妥耶夫斯基选择了后者：宁做牺牲者，不做刽子手，宁被践踏，也决不践踏别人。

陀思妥耶夫斯基的作品是那样的真挚、纯洁、深邃，又是那么的充满了矛盾、犹疑和晦涩。他是不幸的，一生中命运坎坷，好在这一切都没有阻止他成为一位大师，反而是多难的人生成就了他。他与托尔斯泰和屠格涅夫、普希金一起，成为对中国影响最大的四位俄罗斯作家。

正如诗人叶芝所说："透过那些缝隙去注视他衰老的身影，我看到的是一个永远不会忘记的生动面庞，他的开阔的微凸的额头，他反对抽象的说教，而主张从感性生活的深处汲取艺术形象。他超人的想象力、真挚动人的渴求，都一再地打动我。他作为一个诗人的全部生活，那么真实而内在。"

陀思妥耶夫斯基以自己的备受煎熬之躯影响了无数人的心灵，他博大的慈爱让任何时代的读者都不由自主地对他肃然起敬。

作　品

《罪与罚》最早发表在 1866 年的《俄罗斯通报》上。1861 年废除了农奴制。这曾使陀思妥耶夫斯基充满希望。他觉得，对于俄罗斯来说，一个新的时代开始了。但无情的现实粉碎了他天真的幻想，同样也使一部分正在寻找改革道路的青年感到失望，使他们又落进了怀疑的深渊。正是这种失望情绪促使某些知识青年进行个人主义的、毫无结果的反抗，《罪与罚》的主题就是在这样的时代背景下产生的。

最初陀思妥耶夫斯基构思这部小说时，主人公却是马尔美拉道夫，主要谈酗酒问题，书名也不叫《罪与罚》。拉斯克里涅克夫的故事是后来才产生的，这时马尔美拉道夫已经退居到次要地位。陀思妥耶夫斯基最初设想《罪与罚》的主题如下。一、人生来不是为了享福的。只有通过受苦，才能获得幸福（做牺牲者，宁愿被压迫，被践踏）。二、主人公拉斯克里涅克夫的思想：攫取统治这个社会的权力，不择手段。"在小说里，通过他的形象，表现过分的骄傲、狂妄和对这个社会的蔑视"。"支配这个社会。"他想"赶快抓住权力，发财致富。杀人的思想是作为现成的东西来到他头脑里的"。他幻想为人类造福，但是他选择的"斗争"道路却是首先保证个人的"自由"。他力求站在社会之上，对这个社会的"反抗"是个人主义的。这样的"反抗"失败了。但是在写作时，作为一位真正的艺术家，陀思妥耶夫斯基的现实主义思想却占了上风。

《罪与罚》以惊人的艺术力量显示出：如果停留在这个社会基础上，停留在它的现实和意识的界限之内，就绝不可能找到任何出路。整部小说中响彻了被这个社会碾碎的人们怎么也压抑不住的绝望的呼喊：不能、不可能这样活下去。无路可走成了小说的主旋律。陀思妥耶夫斯基的作品中那些震撼人心的悲惨画面，他以非凡的艺术力量塑造的那些庄严的、悲剧性的痛苦形象，都深深印在所有读过他的作品的人的心中。"如果说时间能熄灭爱情的火焰和人类的所有其他感情……那么对于真正的文学作品，时间却会创造不朽。"陀思妥耶夫斯基的作品正是世界文学中这种不朽的作品之一。

在《罪与罚》中，拉斯克里涅克夫像一个犀利阴暗的小男孩，他习惯站在荆棘上看着血流成河，嘴角有残忍的笑。他以一个强者的身份，以正义的名义，提着一把尚方宝剑，执行审判，砍杀他认为该杀的一切。索妮娅却像一个站在荒原上唱歌的天使，表情淡漠，眼睛明亮，带着冷冽和清新的气息。她充满爱的歌声穿过稠重的血海，向世界袒露洁白宽容的胸怀。于是，那些受屈的人们，向她走去，向善走去，她是他们理想的十字架，她使沉默发出回声，使埋葬的殉难者重生，使黑暗中的泪成为宝藏，她是人类的雨和太阳，她使我们相信灵魂，相信灵魂的罪与罚，相信人性的审判，相信生命和爱的智慧，相信真理的不朽。

23.《复活》

——在爱中觉醒的灵魂

作者：列夫·托尔斯泰（俄国）

出版时间：1899 年

推荐理由：《复活》是歌颂人类同情的最美的诗，最真实的诗，书中体现了卑劣与德行，一切都以不宽不猛的态度、镇静的智慧与博爱的怜悯去观察。（法国著名评论家、作家罗曼·罗兰语）

心灵吧语

灵魂的复活与重生

这是一个空前繁荣与发达的时代，这又是一个空前迷乱与浮躁的时代，我们比任何一个时候都容易迷失自我、丧失自我。在人的神性和兽性之间，我们常常难以抉择，无法给自己一条光明大道，无法获得心灵的突破和上升，任凭我们的人性和灵魂一起拥抱着昏昏睡去。

我们失去了最后的庇护地，失去了做人的尊严，不敢面对最真实的自己，不敢正视残酷的现实，内心忍受着巨大的痛苦和失落却无人可以倾诉；我们找不到安静之处，没有一面镜子可以清楚地看清真实的自己，于是，我们只能在无望的挣扎里渴望黑暗的夜空中能亮起一盏辉映苍生的灯，我们在痛苦和茫然中等待、祈祷黎明。但是，我们难以等到期望中的回应，上帝走了，或者死了，我们无从指望他的拯救，只能清醒自我，复活自我，重生自我，这是我们这些俗世之子的唯一出路。

在每个人心中都有两个人：一个是精神的人，他为自己寻求幸福，也是为了别人的幸福；另一个是动物的人，他只是为寻求自己的幸福，而准备牺牲别人的幸福。传说中，耶稣之死是他用自己的生命洗刷人类的原罪，耶稣的复活就是他精神的永生，那么，我们人类自己是否有这样的勇气与智慧？

当下，沉沦在迷乱与浮躁中的许多人正在悄然地埋葬自己的人性和良知，却毫无所觉，但这不是最可怕的，最可怕的是，我们已经没有上帝，没有上帝的拯救与提醒，我们只能成为自己的上帝，只能惶恐而忙乱地进行着自我的寻找与救赎。我们一步一步濒临着危机的考验，我们在惶恐中，准备着又准备着，我们勇敢而又懦弱地挣扎着，情愿不情愿地应付着这猝不及防的人类宿命。

《复活》中，聂赫留朵夫和玛丝洛娃在迷失与沉沦之后，都已经寻回自我，成功"复活"，我们在为他们的精神和行为、为他们的故事感动与感叹的同时，又该如何自救？是否也会如他们一样幸运？我们是否能避免罪孽的重演？是否有反省与忏悔的勇气？我们有多少力量和资本来面对无可预知的诱惑和打击？我们在呼唤未来的时候，对未来又有了何种准备？我们将给这个世界和我们的生活多少感动与思考？

现在，我们比任何时刻都需要一种提醒，甚至是一声当头棒喝：我们能够在灵魂的复活与重生之后，找回迷失的自我，把握和改变自己的命运吗？

品味经典

玛丝洛娃出身贫寒，母亲给女地主索菲亚姊妹照料牛奶场，父亲是个喜欢流浪的吉卜赛人。玛丝洛娃 3 岁那年失去了母亲。女地主把她收养下来。从此，她过着一半小姐、一半婢女的生活。

玛丝洛娃 16 岁时，爱上女地主的侄儿聂赫留朵夫，两年后的一个复活节的晚上，玛丝洛娃禁不住诱惑，和来探亲的聂赫留朵夫发生了肉体关系。临别，他塞给玛丝洛娃 100 卢布，便到部队去了。此后，她再也没有聂赫留朵夫的任何消息，他连封信也没捎给过她。一天，她发现自己怀孕了。

玛丝洛娃怀孕的事情被聂赫留朵夫的姑姑知道后，便把她赶了出去。为了生活，她只好去给人家当女仆。但在新主人的家里，她经常遭到男主人的调戏和侮辱。生下的孩子也死了。走投无路的玛丝洛娃只好到基达叶娃妓院，做了妓女。

10 年后，一个西伯利亚商人司蔑尔科夫到妓院寻欢作乐，茶房卡尔金庚和当过使女的勃契诃娃，对这个有钱的商人起了歹心。他们把一包药粉交给玛丝洛娃，要她放到商人的茶杯里，骗她说是安眠药。当时，玛丝洛娃正被这个商人纠缠得厉害，想摆脱他，就照他们的吩咐做了。商人被药死了。惨案发生后，茶房和使女贿赂律师，把罪责全栽在玛丝洛娃的身上。

在法院开庭审判玛丝洛娃的案件时，聂赫留朵夫作为贵族代表参加陪审。坐在陪审员席上的聂赫留朵夫认出了玛丝洛娃，他心情十分复杂，他认为自己就是造成她一切不幸的罪人。

糊涂的法官们很快就要给玛丝洛娃定罪了，宣判玛丝洛娃押赴西伯利亚服苦役 4 年。玛丝洛娃被押回监狱，犯人们都对玛丝洛娃的遭遇抱以同情，纷纷谴责无情而虚浮的法律。

聂赫留朵夫认为法庭做出了不公平的判决，他去找律师法纳律，准备把案件告到高级法院。同时，他还去找检察官。承认自己曾勾引过玛丝洛娃，要求去探狱，并准备和玛丝洛娃结婚来弥补自己的过错。他宣称，今后自己不再当陪审员了，因为法庭"所有的审判不但没有益处，而且不道德"。聂赫留朵夫去探监时，要求玛丝洛娃宽恕他，并告诉她自己要和她结婚。玛丝洛娃无法宽恕他过去对自己的玩弄和抛弃，狠狠地讥讽谩骂了他一顿。

聂赫留朵夫吃了闭门羹，为了对得起自己的良心，赎自己的罪，他决定即使玛丝洛娃不愿和他结婚，他也要跟她一道去流放。她走到哪儿，他便跟到哪儿。他的思想有了前所未有的转变，他开始批判自己所有过的生活，开始厌烦自己的过去，感到寄生生活的可耻，他要和自己的阶级决裂。

聂赫留朵夫回到自己的田庄，把田地廉价出租给农民。然后，他跑到巴诺佛访问，亲自和农民交谈，了解他们的生活情况，同情他们的贫困和处境。他认为所有的人都应该享受同等的权利。他把土地租给农民，把农民缴纳的租金当作公益金或税款供给农民自己使用。农民们半信半疑地接受了他的这份好心。做完这一切之后，聂赫留朵夫从农村返回省城时，感到从来未曾有过的轻松和快乐，那是一种很新奇的感觉。

聂赫留朵夫带给玛丝洛娃一张姑姑家的合家照片，上面有她和聂赫留朵夫的合影，他告诉她，他要去彼得堡一趟，大理院将要对玛丝洛娃的上诉案件进行二审。同时，他利用关系把玛丝洛娃从监狱转到监狱医院去工作。

玛丝洛娃的上诉案，被大理院以理由不充分驳回。聂赫留朵夫把这坏消息告诉玛丝洛娃时，玛丝洛娃因被人诬告与医务助理员勾搭，而被赶回狱中。聂赫留朵夫再次坚决地向她表示：自己要跟她上西伯利亚去。玛丝洛娃再次爱上了聂赫留朵夫，而且爱得比前一次更深，她开始改变自己，戒了烟酒，不再卖弄风情。但她又不想因为自己妨碍自己心上人的前程。她认为自己和聂赫留朵夫结合，对他是一种不幸。她不能接受所爱的人为她作出的牺牲。

7月的酷暑中，押赴西伯利亚的犯人启程了。聂赫留朵夫为犯人恶劣的处境一路奔波，他几乎成了犯人的袒护者。在他的运作下，玛丝洛娃被调到政治犯行列中。这个队伍比较有素质，在这个队伍里她不再受那些粗俗男人的纠缠。

在流放中，玛丝洛娃感到政治犯都是些"可爱的好人"，并知道了他们跟平民站在一边，反对上层阶级。有一个叫西蒙松的政治犯爱上了玛丝洛娃。玛丝洛娃意识到聂赫留朵夫是出于慷慨，出于对过去的愧疚，才向她求婚。可西蒙松却在她现实的境遇里爱她，只因为爱她而爱她，他的爱更纯粹，而且他们更适合在一起。于是，她接受了西蒙松的爱。

靠彼得堡朋友副检察长塞列宁的帮助，聂赫留朵夫把玛丝洛娃的案件，由服苦役改判为在西伯利亚近处流放。他把消息告诉玛丝洛娃时，再次表白了想和她在一起成家生孩子的想法。但是，玛丝洛娃已决定跟西蒙松走，她不愿意"毁了"聂赫留朵夫的生活。

面对再次的拒绝，聂赫留朵夫已经没有了痛苦的感觉，他已尽了自己最大的努力和牺牲去爱她，他付出了足够的代价来补偿自己的过失，他心平气和地在监狱旁的椅子上睡了一个又香又甜的觉。

玛丝洛娃和西蒙松走了，聂赫留朵夫留了下来，他开始过一种全新的精神生活，他的灵魂得救了。

对话人物

1. 聂赫留朵夫

聂赫留朵夫在读大学时是一个思想进步、道德高尚的纯洁青年，贵族的社会地位和生活环境使他变成了"堕落的、定型的自私自利者"。聂赫留朵夫诱奸玛丝洛娃后，只扔下100卢布就把她抛弃了，造成了她一生的悲剧。法庭上，他被玛丝洛娃的冤案震惊而醒悟，开始认识到自己犯了罪。

在为玛丝洛娃冤案奔走上诉的过程中，他多次探监，了解到大量冤案；他看到了沙俄官僚的昏庸、凶残，认为他们才是真正的罪犯；在自己的庄园，他看到了地主贵族的特权给人民造成的贫困；在和普通农民的接触中，他感到他们才是真正的上流社会；和马车夫的谈话，又使他看到了资本主义的发展给改革后的农民带来的灾难。聂赫留朵夫不仅认清了自己近些年的堕落，更认清了社会现实各方面的黑暗。这一切使他的思想感情与贵族上流社会越来越格格不入，最后他突破了贵族思想的局限，谴责贵族阶级，否定贵族传统观念，放弃贵族特权，跟自己的阶级决裂。

但聂赫留朵夫的思想变化历程是步履艰难的。他打算同玛丝洛娃结婚，最初是抱着一种赎罪心理，接着又产生了施恩于人的骄傲；他打算降低土地的租金，以减轻农民的苦难，但又怕影响自己的生活，他每前进一步都充满矛盾。最后，他放弃舒适的生活，跟玛丝洛娃到西伯利亚。玛丝洛娃和西蒙松结婚后，他在《福音书》中找到了灵魂的归宿，完成了自己的"复活"。

启迪与思索

在当今社会，人们的物质生活日益丰富，精神世界却日趋迷离，人性比任何时候都显得难得而可贵，聂赫留朵夫一次又一次战胜人性的弱点，唤醒精神的人的过程也就是他人性复活、寻回人性与良知的过程，他虔诚的精神和诚恳的忏悔意识非常难得，令人感动。

聂赫留朵夫后来对玛丝洛娃的感情也是真实的，并没有因为她做了妓女、是个囚犯而嫌弃她。他为了替玛丝洛娃减刑、为了改善苦役犯们的生活条件东奔西走，为了自我的救赎，不惜放弃自己的财产，解放自己的奴隶，跟自己的阶级对立的行为和精神深深地打动了我们的心。他也以这样一份虔诚、认真的忏悔感动了玛丝洛娃，得到了她的爱和原谅，同时也感动了读者。

托尔斯泰说过："我们只有返回自己的内心，坚守自己的精神本性，才能足够强大，不容易被其他人和环境所熏染、裹挟、接受错误的生命观而不能自拔。"他给我们指出了保持灵魂清醒的方向。生活或情感中，我们都曾有过这样或那样的过失，但我们未必有聂赫留朵夫那样的自省精神，未必能够像他那样勇敢地剖析和审视自己。这样的行为是一种精神的高度，是一种积极的人生态度。在剖析、审视自己的过程中我们才可以吸取教训，谨慎地对待人生与情感，才能站得高，看得远，主动校正人生方向，放宽心怀，把握自我成功的未来。

2. 玛丝洛娃

玛丝洛娃对聂赫留朵夫最初的感情是一种朦胧却真实而纯粹的初恋，但这可贵的感情却被贵族少爷糟蹋了。怀孕后的玛丝洛娃被赶出家门，历尽沧桑，最后跌落至火坑，过着非人的生活。又被诬告谋财害命，进了监狱，上了审判台。

尽管遭遇凄惨，饱尝痛苦和心酸的折磨，玛丝洛娃心里始终存留着一分善良和厚道。即使在地狱一般的牢房里，她还是时时关心别人，帮助难友。

她看到孩子饥饿的目光，自己不能坦然进食。尽管遭到聂赫留朵夫抛弃，吃尽苦头，但还是在心里承认他是她所认识的人中间最好的一个。当她发现聂赫留朵夫确有真诚的悔改之意，她还是从心底里饶恕了他，并为他日后的生活着想，拒绝了他的求婚。

玛丝洛娃有极强的自尊心，在被士兵押往法庭时，她对路人的轻蔑目光满不在乎，可是当一个仁慈的卖煤的乡下人走到她身边，画了个"十"字，送给她一个卢布时，她却脸红了，低下头来。这个羞涩的表情像一道电光，虽然微弱，却洞照了她的灵魂，显露了她的纯洁的本性。

玛丝洛娃善良的天性使她天然地倾向革命者，正是接受了革命者的影响和教育，玛丝洛娃对她与聂赫留朵夫之间的关系才有了正确而深刻的认识，才能对她和聂赫留朵夫的关系做出正确而坚定的了断。

玛丝洛娃对聂赫留朵夫的每一次拒绝都有新的内容，每一次拒绝都引起玛丝洛娃灵魂的颤悸，并有力地影响着她精神复活的过程。聂赫留朵夫也彻底看到了玛丝洛娃全部心灵的美，明白她的爱情，她对他的关注，玛丝洛娃在他的心目中复活了。

玛丝洛娃的人生之路历经了一个否定之否定的曲折，但她人性的朴素淳厚、善良崇高却从来都是肯定的、不变的。如果玛丝洛娃自身没有这种人性的美点、闪光点，那么任何外在的条件，诸如聂赫留朵夫的复活，革命者的影响和教育，都不可能实质性地帮助和促使她实现精神复活。

启迪与思索

玛丝洛娃身上始终闪烁着人性的光辉，她的堕落，她的庸俗，她的复活，她自我觉醒的过程，证实了在她心里始终有一种力量在引导着她反省自己，寻回自我。她对爱的真挚，对别人的宽容和同情都是她的美德。恐怕没有多少女性能和她一样，在经受如此多的磨难与堕落之后，还能找回自己，还能如此坚毅地走自己的道路。

玛丝洛娃的"复活"与"新生"与聂赫留朵夫也是分不开的，正是他"拯救"自我、"复活"自我的精神，以及他不怕吃苦、百般奔波，为她减刑，为流放犯们争取合法利益，以实际行动对自己过去的罪行进行忏悔和反省的行为反过来催醒、感动了玛丝洛娃，让她开始了自我的"拯救"与"复活"。人只有在自己的真爱面前，才是本真的、自我的、宽容的、大度的，朋友和家人都无法提供最根本的精神支撑，也只有爱人才有这种能力，只有爱情才有这样的力量。

玛丝洛娃的经历也使得我们再一次去思考爱情、尊严、自由对一个女人的意义。如何追求自己的爱情，呵护和捍卫自己的尊严，如何去拥有作为一个女人应该拥有的幸福和生活，如何在困境、在诱惑、在权势，甚至是在人生最糟糕的境遇里去保持自己的人生本色，是值得当今女性朋友认真思考的问题。

作者·作品

作者

托尔斯泰犹如巍峨高山，令后世所仰止，他以自己有力的笔触和卓越的艺术技巧辛勤创作了"世界文学中第一流的作品"，因此被列宁称颂为具有"最清醒的现实主义"的"天才艺术家"。

作家张炜提到托尔斯泰时，满心崇敬："我始终相信，他是赢得作家的尊敬最多的一个作家。没有一个人敢于用轻薄的口吻谈论他，没有一个当代艺术家不去仰视他。他的天才、难以企及的技巧，比较起他的伟大人格，似乎都是可以略而不谈的因素了。没有人敢于断言自己比他更爱人、爱劳动者，比他更为仇恨贫困和苦痛、蒙昧。他的作品多得不可胜数，又由于都是从那颗怦怦跳动的伟大心灵中滋生出来的，所以一旦让我们从中加以比较和鉴别时，就不由得使人分外胆怯，涌起阵阵袭来的羞愧。它们都与生命之丝紧紧相连，不可分割，不可剥离，真正成为一个博大的整体。于是他的一部鸿篇巨制和一篇短文同样伟大。我们在现代作家的机智和领悟面前发出惊叹时，最好忘掉托尔斯泰，因为一想到他，现代作家的那些光华就要受到不可思议的损失。在他面前，聪明和睿智都显得不太必要，也似乎有些多余了。"

虽然出身于贵族之家，但从他的创作初期开始，托尔斯泰就始终不渝地真诚地寻求接近人民的道路，"追根究底"地要找出群众灾难的真实原因，认真地思考祖国的命运和未来，因此，他的艺术视野达到罕有的广度。托尔斯泰从懂事起就熟悉和喜爱农民的生活。他十分依恋的奶妈就是一个淳朴的农妇。面对农奴们过着牛马般的生活，他痛恨农奴制，感到自己也有罪过。但当他试图帮助农奴改善生活时，农奴们仍把他看作老爷，这使他十分苦恼。

从 19 世纪 50 年代起，托尔斯泰的思想就逐渐趋向激进，他曾在庄园内多次进行改革，把土地分给农民耕种。后来又致力于普及教育，创办波良纳学校，亲自担任国民教师，向农家子弟传授文化。1861 年农奴制改革后，他在家乡积极参加社会活动，主张彻底解放农奴，为维护农民的利益奔走呼号。托尔斯泰的这些做法，引起地方官吏和地主们的仇视，一天夜里，当地宪兵团长率领警察突然搜查了他的家，翻遍所有地方，也没找到什么秘密印刷机。托尔斯泰正好在外地休养，没有在家，但此事不仅使他十分气愤，也引起俄国作家们的一片谴责之声。

晚年的托尔斯泰，思想发生更明显的变化。他憎恶社会上的纷扰，讨厌亲友间的应酬，对自己优越的生活感到良心不安。他一再希望离开故乡，实现平民生活。

从 19 世纪 80 年代起，他开始从事农业劳动，人们经常可看到白发苍苍的托尔斯泰赶着马犁田，或者砍柴……他穿一件宽大的白衬衫，腰上系着皮带，下身是土布裤树皮鞋，加上头顶草帽，完全像一个普通农民。他不再出席贵族们举行的社交晚会，甚至不在自己家里接待那些高贵的客人。但是，托尔斯泰想用"自由平等"的小农社会生活，来代替沙皇农奴制的主张，不但没有得到任何人的响应，甚至遭到妻子和儿女们的反对，引起家庭矛盾。这一切，使得托尔斯泰失去了继续在波良纳庄园生活下去的信心，最终，他于 1910 年 11 月 7 日，给妻子留下一封信之后，悄然离家出走。

在托尔斯泰离家出走后的第 11 天，在阿斯塔波沃火车站站长家的一栋小屋里，这位世界文学的伟人与世长辞。

作 品

《复活》是世界百部经典著作之一，俄国文学史上的经典名作，是托尔斯泰三大代表作中最晚的一部，是这位伟大作家在思想、宗教伦理和美学探索上的总结，被认为是托尔斯泰创作的"最高峰"。

作为托尔斯泰的"艺术遗嘱"的《复活》足可跻身于歌颂人类同情心的最华美的诗章之列，如罗曼·罗兰所言，《复活》较之其他作品，能让人更清楚地看到托尔斯泰那双直达心灵的眼睛。

《复活》情节起伏跌宕，人物刻画入木三分。以托尔斯泰晚年炉火纯青的老辣笔法，比其任何其他作品都更为深刻地反映了男性与女性在"灵与肉"之间的痛苦挣扎。它把 19 世纪末整个俄国的现实熔铸进去，这部史诗般的经典著作没有一点幻想的、虚构的、编造的东西，全都是生活本身，被誉为"19 世纪俄国生活的百科全书"。

《复活》中的男主人公聂赫留朵夫的原型是托尔斯泰的一个朋友——检察官柯尼讲的一个真实故事：有位上流社会的青年，在他陪审的案件的被告人中发现被他诱奸过的姑娘，那姑娘已成了妓女，被指控偷了嫖客的 100 卢布，并被判以 4 个月的监禁。那青年良心发现，想方设法同女犯见面，并请求柯尼的帮助，表示愿意同女犯结婚以赎罪。不幸的是，那女犯因伤寒死于狱中。这个故事给托尔斯泰强烈的震动，他觉得案情非常动人，决心把它写得非常出色。但从他听到这个案情，到动手写作，经过了两年半的时间，而把"柯尼的故事"写成《复活》，一共写了 10 年之久。

创作这部小说的过程中，托尔斯泰苦心构思，六易其稿，保留下来的原稿就有 7000 页之多。玛丝洛娃出场时的肖像反复写了 20 个方案，而定稿中只用了 14 行字，可见他是如何精益求精。托尔斯泰经历丰富，生活根基极其深厚，他把自己所熟悉的上流社会的豪奢竞逐、纸醉金迷与挣扎在死亡线上的人民的灾难、莫斯科郊区和城市贫民的疾苦都熔铸在这部小说中。

在《复活》这部鸿篇巨著中，玛丝洛娃精神复活的描写与刻画，体现了托尔斯泰在艺术上的重大成就，反映了托尔斯泰在思想上的一大发展，也彰显了这位文学巨匠在他的艺术创作劳动中孜孜不倦的追求与奋进。此外，托尔斯泰也把他自己的观察和思考所得，融会在聂赫留朵夫这个艺术形象中。实际上是把自己的思想感情，把自己对社会、人性的见解全部融汇在这部作品之中。他自己的说法是："我以为，这是我所写的全部作品中最好的东西。"通过《复活》中的各色人物，我们也看到了人类迷失本性的可怕，感受到了人性的光辉和美好，懂得了人类对于公平、正义、自由、真理的永不放弃的追求，才是救世与自救的力量源泉。或许，这正是《复活》之所以超越国界、跨越时空，感动众多读者，流传不朽的原因。

人不能没有灵魂，人的灵魂是人之所以为人的根本，丢失了灵魂的人就如同行尸走肉，缺乏灵魂的文字就是符号的罗列与堆砌，失去了本应有的厚度与张力。《复活》表达的正是托尔斯泰对贫苦大众和弱势群体的同情和爱护，对统治阶级的憎恨，对贵族的蔑视，对革命者的敬意，对官办教会的鄙夷，它充满了浑厚的人文主义精神。它是托尔斯泰用自己的灵魂写出来的，它是人性的人的复活，也是人性的复活。故事的主人公勇于忏悔、勇于赎罪，寻回自我、寻回人性、复活灵魂的经历和精神和故事中蕴含的深刻、浑厚的人文思想，深深地感动和启发了我们。

24.《安妮日记》

——永不凋零的生命

作者：奥托·弗兰克，安妮（德国）

出版时间：1947 年

推荐理由：一个普通的犹太少女，一本扣动全世界读者心弦的日记，一朵被一场惨绝人寰的战争碾碎的温柔之花，至今仍在影响着这个世界。

心灵咒语

永不凋零的生命

有一个女孩名字叫"安妮"，她写了一本《安妮日记》，半个多世纪以来，安妮以她的微笑、她的命运、她的勇气、她温柔的悲伤以及她那梦幻般的希望写成的文字，至今仍然萦绕铭刻在无数个读者的心里，相信这份感动仍将继续下去。

日记是安妮的心灵唯一可以飞翔的地方，安妮在没有日记陪伴下孤独地死去，是她的哀伤，但日记没有随她而逝却是我们的幸运，我们应该珍惜这个幸运，珍惜这份来之不易的感动。

当新鲜的空气与自由的活动成为人们生活的必需品，当生活的舒适与物质的享受已经成为孩子们理直气壮的要求，我们怎么来理解这个发生在"二战"时的平常故事？我们又该怎么来理解安妮这个犹太小女孩，在这般艰苦、血腥、绝望的环境中仍然乐观、感性地写日记的行为？当恶劣的环境像大山一样压在我们头上的时候，我们是立刻改变自己的行为，想方设法顺应环境苟且偷生，还是以环境为放弃理想、信念与原则的借口？

安妮说："我常常沮丧，但从不绝望，我把这段躲藏的生活看作有趣的冒险，它仅仅是趣味生活的美丽开端……残酷终将结束，和平与宁静会重新来临，我会更加坚定自己的理想，也许有朝一日我能够实现所有的梦想。我绝对不会将自己的生活建立在混乱、痛苦和死亡之上……不管怎样，我仍然坚信，人们的内心是善良而美好的。"

最终，说这番话的安妮没能逃脱法西斯罪恶的魔窟，安妮死了，但是，《安妮日记》使安妮获得了新生，安妮以她的文字让我们看到了那种"身在绝境仍心存希望与美好的精神"。

历史已经证明《安妮日记》会一直流传下去，控诉战争与丑恶，宣扬和平与友善。安妮的精神，安妮的生命，就像一朵永不凋谢的鲜花，永远盛开在热爱和平的世界人民心中。

品味经典

1942—1944 年，是历史上最黑暗的日子，对犹太人来说更是一场空前绝后的灾难。战争的炮火与种族灭绝的阴云布满了天空，盖世太保的魔爪伸向了每一个无辜的犹太人，上演了一场惨绝人寰的浩劫。

安妮原本是位天真可爱的犹太少女，她最大的愿望是做一名记者和作家，疯癫的时局破坏了她幸福的憧憬。1942 年 6 月 12 日，她收到一本日记本作为生日礼物，从此开始写日记。7 月，13 岁的安妮和家人为逃离纳粹恐怖统治，躲藏在荷兰阿姆斯特丹一间仓库里，1944 年 8 月 4 日因被人检举而遭到逮捕，8 人中除她父亲外均遭不幸。

这本日记就是安妮遇难前两年藏身密室时的生活和情感的记载，从 1942

年 6 月 12 日写到 1944 年 8 月 1 日。安妮的日记中刚开始记录的是她在学校的趣事和一个孩子的思考，后来更多的是记录避难时期生活的困窘，多次描写阿姆斯特丹被轰炸所造成的恐惧，不断谴责种族歧视，谴责法西斯的暴行。这样真实的记录在平凡中打动着人心，让我们从一个少女的笔下见证残酷的战争与种族迫害。

起初，安妮这本日记是纯为自己而写。后来，荷兰流亡政府的成员杰瑞特·波克斯坦从伦敦广播电台宣布，他希望在战争结束之后，能收集有关荷兰人民在德军占领之下苦难生活的目击报道，公诸大众，并特别以信件与日记作为例子。安妮收听到这段话，为之动心，于是决定在战争结束之后，要依据她的日记出版一本书。安妮开始将她的日记加以改写、编辑、润饰，删去她认为不够有趣的部分，并且靠回忆增加一些内容，同时，安妮也保留了原始的日记。

1945 年 3 月，安妮死于德国一个集中营，死因是那里暴发斑疹伤寒。她的亲人中只有父亲奥托·弗兰克活着走了出去。

战后，奥托的朋友将劫余的《安妮日记》交付给奥托，奥托将其删修，于 1947 年第一次出版。

对话人物

安妮

密室里的生活对安妮这样一个活泼好动的 13 岁女孩来说太枯燥了。单调的饭菜、性格怪僻的居伴、长时间不能出门、用水和去卫生间都有非常严格的限制，而且常常担惊受怕。这一切扼杀了安妮的快乐童年。但是，这一切并没有荒芜她充满梦想的心田，安妮仍执着她的理想，仍然对未来充满憧憬。

经过密室中无数个漫漫日夜，安妮由一个任性、少不更事的女孩蜕变为一名成熟的少女。在安妮的 15 岁生日时，她有了惊人的成长。她已将自己的反省提高到了社会层次，开始思考男女平等等问题，她认为现代妇女要争取完全独立的权利。但独立还不够，妇女还应该获得尊重。

安妮最终没有逃过被纳粹残害的命运。当她在贝根贝尔森集中营永远地闭上双眼时，距自己 16 岁生日尚差 3 个月。

启迪与思索

战争有时确实能摧毁一切，但唯独不能侵占一颗坚强、勇敢、自由的心。安妮在残酷中恐惧，在欺凌中坚强，在杀戮中平静，她从没放弃过对未来的期盼，最终怀着对生活不变的热情、好奇，甚至憎恶，安静地守望，在守望中结束自己短暂的一生。她的一生也许残缺，也许不幸，甚至悲惨，但至少她用自己的全部阐释了她对生活的态度。

安妮对生活的态度决定了她是强者，即使在逃避追捕的人群中她显得很弱小，即使站在空旷的街道上她显得很渺小，即使看到冒着黑烟的焚尸炉烟囱时她显得很无助，但是她内心对和平的渴望和坚定的信念使她的强大异于常人。孱弱的外表与坚强的内心矛盾地勾画出在特定年代背景下，人们所具有的特定的气质。她渴望用年轻的激情、勇气和天性的善良拥抱自然，拥抱世界，尽情展示着生命的顽强，用智慧赢取生命。

安妮用行动告诉我们，即使是在生命消逝的前一刻，你也可以让灵魂飞舞，让微笑宣示胜利。安妮坚信未来的精神，虽身处逆境却不屈不挠的灵魂将永远感动着我们、鞭策着我们。

作者·作品

作者

1929 年 6 月 12 日，安妮丽丝·玛丽·弗兰克带着她响亮的哭声，来到了人世。安妮到来的着实不是时候，此时德国国内政治环境已经开始紧张，弗兰克与荷兰德两家的家族生意正面临着巨大困境。大人们疲于为生活奔波，此时只有孩子可以仍然待在他们自己和平的小天地里。

安妮从小就喜欢表现自己，也因此她从来不会让胶片上的自己不出彩，安妮在的地方总会听到她那永不知疲倦的说话声。

从 1935 年开始，德国犹太人的生活每况愈下。很多犹太人无辜地被从工作岗位上赶下来，从而失业；犹太孩子们不可以和其他德国小孩子一样上公立或私立学校，只能上犹太人自己办的学校；一切交通设施都对犹太人禁止。世上的一切似乎开始与犹太人无缘了，除了更大的伤亡。但是，此时的安妮依然在过着她的好日子：上学，放学，玩圈圈，和朋友们去逛街。对她来说，假期仍是那么充满着吸引力。她的世界仍然还是如此的美好与和平，没出什么事儿。

1942 年，荷兰的政治局势逐渐对犹太人不利，弗兰克家也面临了所有犹太家庭所遇到的问题：逃离，或是坐以待毙。同一年，已年满 16 岁的安妮的姐姐玛各收到了纳粹政府的服役令，父亲奥托更意识到逃亡已是迫在眉睫的事。

奥托选择了他公司的上层为他们一家躲藏的地点，他那几个心地善良的雇员帮助他们一家把行李搬离原住所，他们更在日后充当了家庭用品采购员的角色。密室二楼以上是安妮他们这群犹太人的生存之地，该栋建筑位于荷兰阿姆斯特丹市普林桑赫特街 263 号。

1944 年 8 月，因被人告密，隐匿的 8 个人被捕并被关进了集中营。后来，安妮因伤寒在集中营里病逝，当时距德军投降仅一个星期。

作为密室 8 人中唯一一个活着从集中营出来的人，奥托在一段时间内曾经十分消沉，在秘书及其他友人的帮助下，他最终鼓起继续生活下去的勇气。

奥托后半生致力于宣传女儿的日记，他希望能实现女儿希望"成为一个有用的人，一个对世界作出贡献的人"的愿望。另外，他还致力保护曾经的密室不被政府拆毁。他办的安妮基金会为全世界数以千计的学校及青少年和平组织提供了帮助。

1980 年 2 月，奥托·弗兰克去世，享年 91 岁。

作　品

　　《安妮日记》被评为"二战"以来影响世界的十部书之一，安妮·弗兰克被作为撼动世界的女孩和人类历史上的杰出女性载入史册。

　　《安妮日记》就是安妮以一个小女孩的视角记述"二战"期间密室里的人的生活实录。它告诉我们的就是一个成长期的少女如何面对战争、种族迫害、自我成长与定位，以及男女角色等问题。它不仅是一名成长中的少女心灵世界的独白，更是德军占领下的人们苦难生活的目击报道。

　　阴冷、黑暗的集中营成为安妮生命的终点，真挚的情感与卑微的希望，贯通整本日记。写作时的孤独与秘密的保存，却转为世人的广大回响，毕竟善良、正直才是普世的价值观。

　　《安妮日记》以飓风般的气势震撼、冲击我们的精神世界，自从发表以来，她的日记已经被翻译成60余种文字，销售3000万册。根据《安妮日记》改编的话剧和电影也在世界各地引起了极大的反响。

　　安妮曾说过："没有日记，也就没有我。"日记带着她化为一只和平的飞鸟，飞翔在历史的天空。她以另一种方式真正地实现了她的愿望："我希望在我死后，仍能继续活着，走入世界，为人类尽一份力量。"

　　如今，《安妮日记》已经成为一笔人类共同的精神遗产，安妮的生命止于青春，却化为巨大的精神财富，穿过时空感动我们的心灵。

　　"二战"结束后，安妮躲藏的密室已经人去楼空，破旧不堪。1955年，一家荷兰公司申请在此地修建办公大楼，阿姆斯特丹人听到这一消息后非常生气，他们自发成立了"行动委员会"，并找到阿姆斯特丹市的市长。其中一些有实力的企业家还表示愿意出资建立一个基金会，把安妮密室遗址改建成一个博物馆。1960年，安妮故居博物馆成立。

　　最初10年里，欧洲大陆极少有人去参观，主要的参观者来自英、美以及那些没有被纳粹占领过的国家。因为他们没有经历过大屠杀，他们希望通过《安妮日记》来了解一下过去的历史。

　　安妮·弗兰克已经在天堂中沉睡了80年，但是80年来，人们对那场战争和屠杀的反思，以及对这个勇敢的犹太小女孩的怀念，从未停止。人们并没有因为"二战"的远去而淡忘历史，每年都有百万人来此参观，博物馆为了方便游客，不得不决定把每天的开放时间延长至 12 个小时，从上午 9 时到晚上 9 时。

时至今日，安妮已经成为一个"世界标签"，她象征着纳粹德国统治下的受害者，甚至已经成为宗教迫害和暴政统治下受害者的象征，安妮博物馆已经成为阿姆斯特丹历史最真实的见证。

25.《小王子》

——一个不老的童话

作者：安东尼·德·圣埃克絮佩里（法国）

出版时间：1943 年

推荐理由：如果我有一个月的时间，只一个月，我便去看一本法国作家圣埃克絮佩里著的《小王子》，用一个月去看它，可以在一生里回味其中优美的情操与思想。（三毛语）

心灵呓语

美丽的童话永垂不朽

时光流逝，岁月无情，仿佛一个睡梦的工夫，我们美好天真的童年已经渐行渐远。离开学校，离开父母，步入社会，我们开始了一地鸡毛般的现实生活。无情的岁月带走了我们童年的快乐和记忆，销蚀了我们曾经的那份童稚和纯真，我们戴起面具沉溺于人世的喧嚣与浮华，背负着心灵的沉重桎梏，开始我们茫然的人生。

好在，我们还有童话，在童话的世界里，只要我们愿意，我们仍然可以找回童年的感觉，仍然可以寻回一份纯真的童心。

《小王子》里面的小王子是个小小的忧伤的人儿，柔情善感，让人心疼。

他用他旅行的故事让我们这些已经长大的人，从他的经历中，重新寻回往日的感受，唤回那些曾经感动我们的记忆和故事。

《小王子》是一部让我们这些渴望童年、怀念童年的人看的童话，是一部写给大人的童话。所有的大人都曾经是孩子，我们都曾做过孩子，都曾为了一颗丢失的糖果而哭泣，为了一条花裙子、一支玩具枪而开心。在我们的孩提时代里，太阳不一定是金色的、圆的，月亮可能会睡着，草不一定是绿的，只要愿意，我们可以让它像鲜花一样微笑。但是我们长大了，就好像修伯里所说的那样，长大了的我们只关心我们字典里那所谓"重要"的事情，那些跟数字有关的东西——年龄、金钱、成绩。长大了的我们开始用大人的眼睛来看待这个世界，变成了遵守"规律"的忙碌者，我们开始体会不到一些细小的快乐，我们开始丧失一些灵敏的感受，我们开始丢掉了自我，我们开始——长大了。

从什么时候开始，我们想象力的翅膀就开始变得羸弱，甚至到了最后，我们完全丧失了它呢？是从什么时候，我们开始仰望星空，却感觉只能看到星星而不是许多善良的眼睛在眨动呢？是从什么时候，我们开始认为天空就是蓝色的，草地就是绿色的，又是从什么时候开始，我们开始以为世界就是我们所看到的那个样子，而再没有多余的思考和想象了呢？难道，这就是我们所谓的长大和成熟吗？如果再给我们一次机会，我们是否愿意，再用孩子的心，孩子的眼睛来重新感受一下这个被我们这些大人遗忘和忽视的世界呢？

《小王子》还给了我们一个童话，还给了我们一个童话的世界，在这里有一个永远不肯长大的小王子。他邀请我们进入他的世界，进入另一个星球，那里没有忧伤，充满新奇，令人神往。那些画，那个虚伪的人，那个可怜而又快乐的酒鬼，那个地理学家，那个点灯人，那朵小王子最爱的花儿，还有那只狐狸……以及所有的梦想，一切都是那么栩栩如生，这一切将深深地感动我们，这个阅读的过程是如此的美好温馨，仿佛逝去的童年就在眼前，给我们再生一般的快乐与幸福。

品味经典

在一颗遥远的很小、很小的星球上，住着一位小王子，他和一朵玫瑰生活在一起，爱和宽容，在他的心里波澜起伏。但是他在大人的世界里找不到一个说话投机的人，因为大人都太讲究实际了。于是，他怀着忧伤离开了自己的星球，离开了深爱的玫瑰。

小王子在旅途中到过六个星球，碰到过一个目空一切的国王，一个爱慕虚荣的人，一个消磨光阴的酒鬼，一个唯利是图的商人，一个循规蹈矩的点灯人和一个学究式的地理学家，小王子不明白他们都在追求些什么，是权力，是虚荣，是利益，还是……小王子最后到了地球，在偶然的机会他与"我"在撒哈拉沙漠相遇。他们在沙漠中共同拥有过一段极为珍贵的友谊，他们一点一点心灵交汇，深深地感动了我们，使我们再度成为一个孩子，微笑或哭泣。

最后为了回去看玫瑰，小王子舍弃了自己的身躯，飞回到了自己的星球，守护着自己的爱……当小王子离开地球时，"我"非常悲伤。"我"一直非常怀念他们共度的时光。"我"为了纪念与小王子的友谊写了这部小说。

对话人物

1. 叙述者"我"

童话的叙述者是个飞行员，他讲述了小王子以及他们之间友谊的故事。飞行员坦率地告诉读者自己是个爱幻想的人，不习惯那些太讲究实际的大人，反而喜欢和孩子们相处，孩子举止自然，令人愉悦。飞行员因飞机故障迫降在撒哈拉大沙漠，在那里遇见了小王子。飞行员写下这段故事是为了平复自己与小王子离别的悲伤。那次与小王子的相遇，既让飞行员悲伤，也使自己重振精神。

启迪与思索

飞行员其实就是作者的化身，我们可以在圣埃克絮佩里的生命痕迹中找到英雄色彩——他身负多处伤害，左手曾经被医生判决截肢，在他一再要求下才勉强留下了这只无法抬高的残手。就是在这种身体条件下，他仍然强烈要求驾机出行，他坚定地与反人类的残酷行为战斗，坚定地追随内心的呼唤，在天空中进行孤独之旅成了他实现自我的一种最直接的方式。在他心里，至高无上的并不是生命本身，而是生命传达给他的信念和理想。所以，对圣埃克絮佩里来说，飞行的同时还意味着静心的思考和反省。

飞行员在大沙漠里的孤独并不是一种完全个人的体验，它和人们童年时代不被他人理解的孤独、成年以后不愿理解他人的悲哀相映反射出故事的发展及含义。于是，我们就会看到两个流落到相同环境中具有不同思想的人——一个是有着一颗怀念质朴心灵不能融入人群的大人，另一个是来自异域渴望了解他人及自己的小精灵，他们不断地试图超越这种忧伤，找寻生命及幸福理念的源泉。

2. 小王子

小王子是一个神奇人物，具有随意在星际之间遨游的超人能力。他满头金发、身着长袍，既无国籍，也无家园，生活在人类社会之外，不受任何陈规陋习的束缚，是无牵无挂而又天真无邪的传奇式的儿童形象。他是永葆童贞的天使之化身，是智慧和真理之源泉，是作者理想之象征。

在小王子那不曾被玷污的、纯净的内心世界里，没有贫富之分，没有金钱的诱惑，更没有仇恨、贪欲的立足之地。他充满了希望了解外部世界的好奇心和执着探求的欲望，他在沙漠之中与飞行员巧遇之后，就友谊、金钱、爱的责任、价值观念等问题不停地提问，而且一定要"问个水落石出"才肯罢休。正因如此，小王子才更容易引起世界各国儿童和曾经是孩子的大人心灵上的共鸣，被他们所接受并得到他们的认同，才具有更加普遍的象征意义和审美意义。

历经各种考验之后，小王子发现，到处是荒唐与龌龊，到处是黑暗和被扭曲了的心灵。人类世界美的东西无时无刻不在遭受着摧残，真情与友谊无时无刻不在受到破坏，纯洁与高尚无时无刻不在遭到玷污。为此，他灰心丧气，在哀婉而留恋、安详而静谧的氛围中离开了人世。

小王子的死象征着淳朴的心灵与圣洁的沙漠之融合，象征着从错综复杂、荒诞无稽的人际关系中的超然解脱，象征着一个新的生命走向美好未来的开始。同时，小王子之死也是地球上成千上万个像"莫扎特一样的天才"受到充满铜臭味的"现代文明"的摧残而夭折的象征。

在童话中，小王子象征着希望、爱、天真无邪和埋没在我们每个人心底的孩子般的灵慧。作者以小王子的孩子式的眼光，透视出大人们的空虚、盲目和愚妄，用浅显天真的语言写出了人类的孤独寂寞、没有根基随风流浪的命运。作者通过对小王子秘密身世的一步步探寻，知道了这个世界上隐藏的种种丑恶，也悟到了美好的追求真挚友谊、博大情怀的理想境界，同时，也表达出作者对金钱关系的批判，对真善美的讴歌。

启迪与思索

现实世界里有那么多自私自利的人，如果全世界的人都像小王子般的单纯和善良，这宇宙赋予地球这颗美丽的星球将会活得更精彩、更美丽。在书中，自以为是的国王、想要逃避一切的酒鬼、忙于数字堆的实业家、贪慕金钱的男人以及超级固执的点灯人，这些执着于自己的人，如此自负、自私，却又不了解生命的遗憾、意义。现实中，有多少这样的人、多少这样无聊的行为，如此悲哀却真实地存在着呢？

就像故事中小王子驯养的狐狸所说："唯有心才能看得清楚，眼睛是看不到重要东西的。"每个人都要为自己的所作所为负责。文明的社会中，人们日渐疏远，不知不觉当中建了一座既冷漠又无情的坚固的高墙，渐渐地驻足在高墙内，淡忘了墙外的美好事物。所以我们必须先拆除我们心中的那座高墙，这样我们才能去亲近一个美好、和平的世界。

"珍贵的事物是眼睛看不见的"，所以任何事都要用童心去看待，用心去体会,把每一天当一生来活并全力以赴,或许对日常中不是那么的重要,却是日常生活中随处可见的东西,能用心去对待的话,我们的生活将会更精彩。

3. 狐狸与玫瑰

小王子在沙漠见到狐狸。聪明的狐狸要求小王子驯养他,显然狐狸在两者中显得更有知识,她使小王子明白什么是生活的本质。狐狸告诉小王子的秘密是:用心去看才看得清楚;是分离让小王子更思念他的玫瑰;爱就是责任。

玫瑰是一朵喜欢卖弄风情的花,她的自负和幼稚没能让小王子明白她对他的爱,反而令他无法忍受而离家出走。在分开的日子里,她却时时出现在小王子的思想和心里。

启迪与思索

狐狸的出现,是个奇迹,她告诉了小王子关于爱的一切秘密。小王子那时才明白,世界上有成千上万朵玫瑰,可是属于他自己的却只有那一朵。狐狸被小王子驯服了,小王子对她来说是独一无二的,可是她只能看着小王子从她生命中离开,在视线内消失。这是一种悲哀,她对小王子说:面对那金色的麦田,我会想起你。而我,也会爱上倾听麦浪翻滚的声音。

如果把小王子简单地看成一个男人,那么小狐狸和玫瑰花不过就是两个性格迥异的爱他的女人。玫瑰花任性而美丽,而且比小狐狸更早一步地出现在小王子面前。小王子在还不懂得什么是爱的时候,便爱上了她。小狐狸成熟懂事,她教会了小王子什么是爱,也培养出了自己对小王子的爱,而最后她得到了爱,却放弃了爱人。

在另一个遥远的星球上,当小王子和玫瑰深深地相爱的时候,狐狸在地球上望着金色的麦田,活在自己的爱里。不可否认,小王子和玫瑰是幸福的。那么小狐狸,她幸福吗?就像书里说的:"实质性的东西,用眼睛是看不见的。"或许,他们三个都很幸福。

作者·作品

作者

圣埃克絮佩里少年时就迷恋上了飞行，他经常在学校旁边的机场附近溜达。21 岁时他接受征召，进入法国飞行战斗连队服役，取得了军方飞行员的正式执照。在 1923 年的一次飞行中他头部受伤，被迫退役，但是他心中飞翔的翅膀并没有停止扇动。他担任过邮航飞行员，做过外派记者，也曾在撒哈拉沙漠上救助遇险的飞行员。1929 年他开始从事非常危险的试飞员工作，一些前所未有的新航线就是由他和像他一样充满冒险精神的先驱者开辟的。

在此期间，圣埃克絮佩里开始了文学创作。那些出生入死、惊险离奇的飞行经历是他取之不尽的文学素材。1927 年他创作了《南方航线》，1930 年创作了《夜航》，这部描写飞行员不畏艰险、进行意义重大的夜间航行的小说一经出版就大获成功。据说因为这部作品，当年法国报名参加空军当飞行员的人数翻了一倍。

1943 年，《小王子》在纽约出版，这部薄薄的童话册子一下子打动了地球各个角落的读者，被认为是阅读率仅次于《圣经》的书籍。

1927 年，圣埃克絮佩里与康素爱萝在布宜诺斯艾利斯相遇，康素爱萝生于中美洲的萨尔瓦多，是一个不太有名气的雕塑家、画家。她纤秀、敏感，一头乌发，一双明亮的黑色眼睛，"无论内心还是外表都具有旷野的美"。像大男孩一样的飞行员马上被这位优雅、美丽的女郎迷住，当场将她"劫持"到空中去看星星。有几个女人不会被这样的求爱方式打动？ 1931 年，两人终于走进了婚姻的礼堂。

1939 年，德国法西斯入侵法国，鉴于圣埃克絮佩里曾多次受伤，医生认为他不能再入伍参战。但在他的强烈要求下，他回到法国在北非的抗战基地阿尔及尔。他的上级考虑到他的身体和年龄状况（超过飞行员规定年龄 8 岁），只同意他执行 5 次任务，他却要求到 8 次。1944 年 7 月 31 日，他执行最后一次飞行任务时消失了，兑现了他曾说过的豪言壮语："我不仅准备去死，而且愿意去死。"

在去世 31 年后，圣埃克絮佩里终于拥有了自己的一颗星星。在他的星星上，一定开满了花朵。他会看到他的玫瑰花康素爱萝吗？如果看到，他会像小王子一样说那句话吗？"我太年轻了，不知道怎么去爱。"

作　品

世纪之交，法国人举办了一次 20 世纪最佳法语图书评选活动。出乎人们的意料，最终脱颖而出摘得桂冠的是飞行员作家安东尼·德·圣埃克絮佩里初版于 1943 年的哲理童话《小王子》，一本区区数万字、不过百余页的小书。在一部几乎纯粹较量"人气"的竞赛中能够压倒《追忆似水年华》或《蒂博一家》这样的辉煌巨著，也许其意义并不在于奠定这部广受欢迎的作品在文学史上至高无上的地位，而仅仅是验证和强调了它同世间所有普通平凡的心灵接近的程度。

《小王子》这部哲理童话是作者圣埃克絮佩里思索生命的结晶，它借助于一个孩子的思维迫使我们重新审视一番成人世界的价值观，并力图向我们揭示出生命中的大美与大善。几乎没有任何一本书能像《小王子》这样，获得这般伟大而神奇的殊荣。它迄今为止已被译成 100 种以上的文字，它是一本与《圣经》同样畅销的世界名著。

《小王子》是作者圣埃克絮佩里的"心灵的传记"，在这本表面是童话的书中，他把自己渴望单纯的内心部分演绎成了小王子。他说："应该把人们推向一种坚强有力的生活。这种生活会带来痛苦和欢乐，但只有这种生活才有价值。"

著名作家安德烈·纪德的一句话告诉了我们这本书的全部："我万分感谢圣埃克絮佩里揭示出这个不同俗见的真理，它对我有重大的意义：人的幸福不在自由之中，而在责任的承担之中。"

所有的大人都曾经是孩子，所有的大人也都再也变不回孩子，阅读《小王子》所有关于人类的美好的感情：梦想、美丽、善良、理想、忧伤、希望……

这里都有；所有关于大人们的执拗、固执、贪婪、任性……那些失去了本真的生活乐趣的大人们的言行，都在这里得到反思。

　　小王子是对的，我们渴望得到爱，却忘了先要去爱别人。我们渴望得到美好和快乐，却总是让自己陷入忧郁的情绪。也许我们曾有过小王子般的童年，曾像小王子那样爱过一朵玫瑰花，也曾驯养过一只狐狸。那么后来呢？后来我们是可以得到幸福的。生活的原色：简单、快乐的原色，在所有的色彩都褪去的时候，我们可以找得到。

　　《小王子》是一部写给曾经是一个孩子的大人的书，随着阅读的深入与心灵的靠近，我们会渐渐地领悟到书中贯穿的那种远离儿童的黯然，它不停地引导我们质疑，质询自己那成熟的灵魂和教化的思维方式。让我们像小王子一样，渴望一种心灵的纯净，渴望啜饮来自自然的精华，渴望自己的心灵和生活像清泉一样潺潺流淌，滋润着我们借以为生的世界。

　　当我们不再是孩子时，我们恐怕已不能怀着和小王子一样美丽的心情去看日出、日落。我们神情焦虑地行走在车水马龙的城市里。有时候甚至无法说明焦虑的缘由。我们在找寻什么？当小王子发动他的引擎，再次消失在夜空中的时候，我们还有什么理由拒绝自由地加入？醒来的窗前依然还有他留下的光亮，他仿佛在告诉每个做梦的孩子，在星空中翱翔一定会实现，只要不让那一瞬间的灵感逝去，你依然有拥有梦想与感动的权利。

26.《夏洛的网》

——友谊、爱与生命同在

作者：E.B. 怀特（美国）

出版时间：1952 年

推荐理由：一部可与《小王子》媲美的世界名著，一本让你读一万遍、感动一万遍的书；这是一个善良的弱者之间相互扶持的故事。除了爱、友谊之外，这篇极抒情的童话里，还有一份对生命本身的赞美与眷恋。

心灵吃语

友谊、爱与生命同在

在我们的生活里，有一种宝贵的财富叫友谊，它是用金钱买不到的。要是我们的人生里没有朋友，没有友谊，那么，我们的生命将是多么的乏味和黯淡？我们的人生将会是多么的孤独与失败？

《夏洛的网》中的威尔伯是幸福的，因为他有一个成天陪伴他，愿意为了救他而牺牲自己生命的朋友——夏洛。夏洛对威尔伯的爱和关怀，夏洛舍己为人、积极向上、热爱生命的精神让我们懂得：爱和生命的价值高于一切，爱能超越物种差异、消除隔阂、去除仇恨和误解，沟通心灵。

在这个童话世界里，生命是平等的，没有高低贵贱之分，没有生死由命的悲观，也没有人类现实社会中的弱肉强食。爱是永恒的主题，她可以穿越任何现实的障碍，直达对方的心灵深处，她也可以抛开任何世俗的习惯势力，让生命在蜘蛛网上得到蔓延。

夏洛用蜘蛛丝为威尔伯织出了一张爱的大网，也给我们人类编织了一张大网，那上面绣着一个光辉的大字：爱，真正的大爱。夏洛织就的生命网，温暖感动了每一个渴望温情的灵魂，一只小小的蜘蛛为了对朋友的一句承诺，投入了毕生感情和精力，不图回报，无怨无悔，甚至牺牲了自己的生命，这多么值得我们感叹与敬佩。

透过这个童话故事，我们可以感受到夏洛的无私奉献和它为了后代牺牲自我的高尚情操，这种精神不就是我们这个社会所追求、所倡导的吗？一只蜘蛛能做到的，我们人类能做不到、做不好吗？

看了这个故事，大概每个读者都在心里羡慕着威尔伯有个夏洛，夏洛有个威尔伯，憧憬着这样一份友谊与爱，而这个世界正是因为有了爱，有了人与人之间的关怀与帮助，才会如此温暖而精彩。任何时代，真诚无私的友谊、爱都将永远与生命同在。

品味经典

清早刚起床不久，小姑娘弗恩就看到父亲亚伯手里拿着把斧头匆匆往外赶去，便问她母亲和父亲要去干什么。妈妈告诉她说，昨晚家里的老母猪生了一窝小猪，其中有一只必须被"干掉"。弗恩一听就急了，赶紧冲上去抢下父亲手里的斧头，父亲告诉她，那只小猪先天不足，又瘦又小，恐怕是很难养大。弗恩对父亲说："我也又瘦又小，难道也应该被干掉？"

亚伯先生被女儿的话震住了，他答应放过这头小猪。弗恩获得父亲的许可，独力喂养这只小猪，并为他取名为威尔伯。养到5个星期的时候，威尔伯已经太大，弗恩也养不了他了，于是听从父亲的劝告，5美元就把威尔伯卖给了她舅舅查克顿，这样她还可以经常去看望他。

在查克顿舅舅的畜圈里，威尔伯一天到晚吃吃喝喝，晒晒太阳，感到很满足。就当他开始变得膘肥体壮的时候，旁边的鹅羊马牛以过来人的身份发出了"盛世危言"。他们明确地指出，威尔伯的未来就是圣诞节的火腿。威尔伯吓坏了，在大家的怂恿下，他盲目地进行了一次逃亡，结果当然是失败。他又被关回了猪圈，当夜晚来临的时候，威尔伯躺在烂泥里，想着过去的幸福生活，想着迫在眉睫的悲惨结局，忍不住悲从中来，哭成了个泪人儿。"我不想死啊，我不想死啊！"可是又有谁能救得了他呢？猪的命运难道不就是这样吗？

就在威尔伯万念俱灰的一刹那间，从猪圈的黑暗中传来了一个清朗的声音："你不会死的。"说这话的是一只叫作夏洛的蜘蛛。夏洛答应威尔伯，她一定会想办法拯救他的生命。她告诉威尔伯："我会做你的朋友，你醒过来，睁开眼睛，就会看见我。"

一开始，夏洛老实承认自己还没有具体的计划，但是她会在每天穿梭织网的时候不停地思考。最后，聪明的夏洛终于想出了一个绝妙的办法。查克曼家的帮工蓝午在早晨来到猪圈，倒完猪食后，他抬头一看，猪食槽上方有个大大的蜘蛛网，网上明确无误地结着两个大字——"好猪"。

消息顿时传遍了乡里，威尔伯成了一头名猪。来参观的人络绎不绝，查克顿一家乐开了花。名气确实不是一件坏事情，至少对猪来说是如此，但是威尔伯的命运仍然在空中飘荡。在一个贪吃的老鼠坦普尔顿很不情愿的帮助下，夏洛用她的网上艺术为威尔伯的名声层层加码，连续推出"光焕""杰出"等光辉字眼。

最后，威尔伯参加了当地的农业博览会，在危急关头，已经衰老的夏洛，使尽全身的力气，用一个即兴发挥的"谦虚"把临阵怯场的威尔伯推上了金奖的宝座和名声的顶点，从而彻底地化解了威尔伯的生命危机。当胜利的消息传来，也是夏洛自觉衰老将亡的一刻。

夏洛缓慢而又安静地死去，但是在死以前，除了拯救威尔伯，实现自己对朋友的承诺以外，她也完成了一件自己的最重大的作品，一个水密的囊袋，里面安安稳稳地装着她的 514 个未来的儿女。威尔伯想尽办法把囊袋带回了农场，到了来年春天，小夏洛们一个个地破囊而出，乘风而去，但还是有三个小蜘蛛愿意留下来陪伴威尔伯，继续他们的母亲和威尔伯的友谊。

对话人物

1. 威尔伯

威尔伯是一头小猪，如果没有夏洛，他的命运就是在肥硕健壮之后，成为一桌菜。他没有能力反抗，也没有意识反抗，只好任人宰割。看似渺小的夏洛唤醒了他的求生意识，她用蛛丝织出被人视为奇迹的赞美字眼，使威尔伯获得了大奖并安享晚年。

自始至终，威尔伯都没有变，保持着原有的单纯以及它敦厚可爱的本性。即使人们用那些美好的形容词来赞美他，即使每个人都在惊叹夏洛为他创造的奇迹，即使他最后得到了特别奖的奖励，他也只是偶尔昏厥一下，表示了他的腼腆。其他什么都没变，他没有变成自大的让人讨厌的猪，也没有失去他身上原先有的天然的东西。他始终是威尔伯。

小猪威尔伯近乎完美的性格，为他赢得了农场朋友们的信任，化解了牧羊犬和绵羊们之间长久的误解和矛盾，他的存在本身就是一个神话、一个奇迹。

当夏洛不得不离开的时候，威尔伯终于为这个已经给他做过很多很多的好朋友，做了一件事情，把她的孩子带回了农场，并且看着夏洛的子子孙孙出世，然后离开，然后再出世，再离开。

威尔伯也永远忘不了夏洛，他虽然热爱她的子女，孙子女，曾孙子女，可是这些新蜘蛛没有一只能取代夏洛在他心中的位置，夏洛是无可比拟的。

启迪与思索

小猪的故事在童话里我们听到过很多，但是，通常都是作为愚笨代表的形象出现，在这个故事里，猪的形象被作者完全地改变了，小猪威尔伯光彩照人，人见人爱。

纯真善良、坚强勇敢的小猪威尔伯从不吝啬用自己的爱心去关怀、帮助他人，即使是被人误解也从不放弃；尤其是他自强不息的奋斗精神，可以说是成就了这个动物版的"美国梦"的关键。

正如大作家巴尔扎克所说："单独一个人可能灭亡的地方，两个人在一起可能得救。"在黑暗和困境中，友情是光，是希望，它使我们走出绝境，获得新生，它使生命有了新的意义，给我们生存的勇气，这就是友谊最大的意义及价值。小猪威尔伯和夏洛用生命凝结成的友谊，深深地感动了我们。

这个故事再次说明了一个道理：没有任何一个人能够独自在这个世上生活，无论是谁，都需要别人的关怀和认可。沙漠中的旅客最知道水的可贵，友谊的价值，总是在我们最需要朋友的时候表现出来，友谊能创造我们想象不到的奇迹。

2. 夏洛

夏洛虽然只是一只普普通通的蜘蛛，但是她却在她短暂的生命中做出了不平凡的事，在小猪威尔伯最需要朋友的时候，夏洛出现了，并陪他聊天。夏洛为了不让威尔伯在冬天的时候被送进烤箱，夏洛向威尔伯保证让他看到冬天的雪，而夏洛为了兑现这个承诺，不停地努力着，一遍又一遍织着神奇的文字——神奇的猪、勇敢的猪……她为了织这些神奇的文字，不知失去了多少美好的光阴。因为过度的疲劳，她终于在小猪威尔伯获奖之后走了，但她留下了对威尔伯承诺的兑现和自己辛辛苦苦织成的蜘蛛卵囊。威尔伯终于看到了冬天的雪。又在下一个春天，夏洛的孩子们出生了，夏洛的最后一个心愿也完成了。

启迪与思索

一只蜘蛛的生命价值是什么？仅仅是忙碌着捕捉、吞食小飞虫，整日生活于阴暗、灰色的角落……给我们的感觉是可怕的，是厌恶的。这也注定了它的生命价值毫无意义。然而，夏洛的生命价值却深深地震撼着我们。夏洛与威尔伯的友情与爱让我们这些凡夫俗子深受感动，现代社会中这样的友谊、这样的朋友越来越少了。

夏洛用几个用丝织成的字挽回了威尔伯的生命，夏洛之所以愿意为威尔伯付出，是因为她爱威尔伯这个好朋友，她希望在她的生命里留下这个好朋友，也希望在自己活着的时候为自己的好朋友付出一切，这就是朋友之间的真情。

夏洛为了朋友，勤勤恳恳地为威尔伯忙碌，她觉得友谊比生命更加宝贵，更加重要，为了朋友她宁肯放弃生命。就在夏洛生命即将结束时，她仍然祝福着威尔伯，为他畅想着美好的未来，这一点是非常令人感动的。

夏洛就像一堆篝火，在朋友最孤独、最冷清时点燃自己温暖了朋友，这样的友谊非常难得。夏洛用蜘蛛丝编织了一张美丽的大网，这网救了威尔伯的命，也唤起了每一个读者心中无尽的温情。它让我们明白：友谊不是雨后就能长出来的蘑菇，顷刻就可丛丛一片。友谊是一棵大树，是要经历风雨慢慢长大的。人与人，贵在彼此理解、彼此关爱，贵在将心比心、以心换心。

夏洛临死前对小猪威尔伯说："一只蜘蛛，一生只忙着捕捉和吃苍蝇是毫无意义的，通过帮助你，也许可以提升一点我生命的价值。谁都知道人活着该做一点有意义的事情。"我们今天不正需要这样的精神吗？

夏洛的生命虽然走到了尽头，但她的崇高将永远留在人们心中，激起你我对生命的爱与温情。

作者·作品

作者

一位作家，在世的时候就特别成功，而且活着就一直开心自在，死后更是声名远播，在时间的长河中渐渐不朽。这是比较罕见的。E.B. 怀特就是这样的作家。怀特生前的声誉主要得益于散文作品，他是美国 20 世纪屈指可数的幽默作家和文化评论家，他给孩子们写的三部中篇童话：《小老鼠斯图加特》《夏洛的网》和《吹小号的天鹅》，令他在身后获得了不朽声誉。

怀特有一个非常幸福的童年，父亲是纽约成功的钢琴制造商，怀特家里有一大帮哥哥姐姐，他是最小的孩子。父亲在缅因州的一个湖上租有一间露营小屋。每年的 8 月全家都会到那里去度假，在此逗留整整一个月。这段生活是怀特童年最美好的回忆，也影响了他一生。当怀特也做了父亲的时候，他每年都会带孩子到那里去度假。他的堪称美国散文史上经典之作的《再到湖上》就是叙述的这段回忆；他的享誉全世界的最完美的童话作品《夏洛的网》，就是在这里完成构思的。

作为一个地道的纽约人，怀特一生的大部分时间却居住在他家的农庄里，他毕生热爱梭罗的《瓦尔登湖》，总是随身携带在身边。怀特一辈子都在写作，他自己都记不清楚是从何时开始写的，只记得一辈子都在写。他曾经对很多朋友说过，他不知道自己为什么要写作，只是写作令他很开心，因为自己画画不好，所以只能用笔写了。

怀特大学毕业后就进入了纽约新闻界，很快，他以独特的轻松、俏皮而优雅的文风享誉文坛，他为《纽约人》杂志成为美国最著名的杂志之一立下了汗马功劳。在功成名就后，怀特成为一名自由撰稿人，举家迁往一座乡间农庄，过着恬静的田园生活。

怀特住在农庄里，一边写作一边照顾农庄、饲养动物。他说在那里，动物们能给他更好的灵感，而且透过玻璃窗就能看见大海和山林。

作　品

《夏洛的网》是一本关于友谊的书，更是一本关于爱和保护、冒险与奇迹、生命和死亡、信任与背叛、快乐与痛苦的书，它是一本完美的、不可思议的杰作。《夏洛的网》是一部可以与《小王子》相媲美的世界名著，成为美国童话作品中的经典。虽然作者书写的是一个童话故事，但它给人以无限温情、感动和憧憬，不仅受孩子们欢迎，也是一部给大人阅读的童话。

怀特喜欢养猪，并且是一个经验丰富的养猪高手，《夏洛的网》中很多情景就是取材于他自己的生活，在一篇谈自己创作的文章里，怀特充满感触地写道："对一个喜爱动物的人来说，农场也是一个恼人的地方，因为绝大多数的牲畜的饲养者，同时也就是它们的谋杀者。牲口们平静地生活，却可怕地暴然死去，命运的不祥之音始终在它们耳际回荡。我养了一些猪，春天下的崽，我喂了它们一个夏天，一个秋天。这种情形令我苦恼。我和我的猪一天天地熟识，它也一样。"怀特下决心要拯救一头小猪的性命，于是有了我们所看到、所欣赏的《夏洛的网》。

《夏洛的网》这个故事中，充满了让我们为之感叹和落泪的力量，当夏洛用尽气力织出"谦虚"这两个字时，当夏洛与威尔伯永别时，当威尔伯全心全意地用爱呵护夏洛的514个孩子时，不少读者为此流下了感动的泪水，大家被这份可贵的友谊深深打动。怀特用柔韧无比的蜘蛛丝编织了一张理想的、温暖的、美丽的、爱的大网，感动了世界上无数的人，夏洛以她的生命和友谊凝结成的网，让我们这些活在世俗社会里的人见证了一种动人心魄的情怀，她为我们织出了一个完美的童话般的世界。

怀特曾经对他的读者说："这个故事当然不是真的，它们是想象出来的故事，但是真的生活也不过是生活的一种罢了——想象里的生活也算一种生活。"怀特的话，触动了我们内心深处的痛，我们之所以会被这个故事感动得一塌糊涂，也是因为它触及了我们内心深处的这种痛——它终究只能是我们"想象"中的一种生活罢了。或许，所有的解读和分析对于这本童话来说，都是多余的，甚至是一种破坏。我们只有在沉浸于其中的时候，才能深刻体味怀特所描述的那种生活的单纯、丰富和美丽。

《夏洛的网》这本书不只是童话，也是怀特对于生命和死亡所做的一次最严肃的思考。书中写到的农场的四季正是人生的四个阶段，悲欢离合尽在其中，繁华、喧闹之后，只留下令人感喟的思索和追忆。生命是严肃的，死亡也是，夏洛的死不是一个悲剧，因为它的生命已经达到了圆满，夏洛的精神必将被我们一再地"深思"，夏洛的灵魂是永生的、不死的、闪光的……

27.《白轮船》

——红色童心

作者：艾特玛托夫（吉尔吉斯斯坦）

出版时间：1970 年

推荐理由：在这纷繁浮躁的尘世中，一个人如果能遇上一本深深震撼心灵甚至对你人生产生重要影响的书，那无疑是你的福气。艾特玛托夫的《白轮船》正是这样的一部著作。

心灵呓语

童心是红色永不消退

人是有童心的，就像种子有胚芽一样。没有胚芽，种子是不能生长的。不管世界上有什么在等着我们，只要有人出生和死亡，真理就永远存在……这是《白轮船》中的一段话，这段话告诉我们，一个人怀有一颗童心是很可贵的，虽然成年之后的我们很难准确地说明什么是童心，怎样捍卫和保护我们的那份童心，但是，我们不可否认童心是一种让我们为之感慨的情感，这情感是先于语言存在的。

整部作品从一颗童心来批驳现实的黑暗，是十分独特的。儿童的眼睛是纯洁清亮的，从那里面能看到最美丽的世界，一个人只有保持这种天真无邪的心理，才可能发现自然生活中的美好，才可能坚持自己的信仰。可是，在我们长大之后，我们的童心哪里去了呢？是被我们所抛弃了，还是被外界的诱惑抑或压力所磨灭？又有谁没有过童趣盎然的举动呢？凭着绚烂的想象，恣意做自己想做的事情，童心的魅力对孩子们来说是天性，对成年人来说却是一种难以回返的精神诱惑。

不可否认，在披满荆棘的成长路上，我们那颗曾经纯真的童心已蒙上灰尘，失落在某个不知名的角落。表面上，我们一本正经，衣冠楚楚，其实，我们的内心深处仍然期望某一天，某一个时刻，我们仍然能像一个天真的孩子一样，躺在草地上打个滚，不在乎弄脏身上的衣服，也不在乎别人把我们看作神经病。可是，我们有这样的心，却没有这样的胆量去做了。我们以所谓的"成熟"为幌子厮杀在江湖一样的生活中，每日为世事和人情所累，逐渐遗忘了可贵的童心，远离了那份红色的童心所给我们带来的灵魂的欢愉。而很多东西就随着童心的远去而消失了，这不能不说是我们永远的痛，我们成熟了，可我们却为这成熟付出了太大的代价。

作者塑造出了白轮船作为自己心灵的寄托，孩子的心是那样的坚强而博大，美得让人心碎，一切世俗的东西在碰到这样的心灵后都会得到升华的。这个故事，这个故事里的孩子使我们明白：童心永远是美丽的，也并不全是缘于天性而有了年龄的限制。童心取决于个人的生活态度、生存信念，取决于个人的生活方式，取决于生存的社会环境。希望我们能够给自己一份童心，永远有一种因这童心而起的美丽和幸福。

品味经典

在树林的深处，有一个护林所，居住着三户人家。7 岁的小男孩与外祖父雷蒙住在一起。他的父母已经离异，母亲在一个遥远的城市组建了新的家庭，父亲在一艘船上当水手，他们都从来没有回来过。他和外祖父靠林区临时工的微薄工资相依为命。孩子有两个故事，一个是他自己的，谁也不知道；另一个是外祖父讲的，关于长角鹿妈妈的故事。

雷蒙外祖父是个善良而懦弱的好人，他非常疼爱自己的外孙。他给外孙买了书包，送他到学校读书，但是，孩子的学校在离家很远的地方，外祖父每天都要骑马送孩子上下学。孩子喜欢听外祖父讲故事，其中神奇的长角鹿妈妈挽救了吉尔吉斯民族的故事深深地打动了孩子的心：远古时代吉尔吉斯人在种族仇杀中几乎灭绝，美丽的长角鹿妈妈就带走了两个吉尔吉斯孩子，用自己的乳汁将他们抚育成人，使吉尔吉斯民族得以繁衍复兴。但后来，吉尔吉斯人的一支布古族恩将仇报肆意猎鹿，长角鹿妈妈不得不带着最后的鹿离开人类，一去不返。

孩子有一个梦想，他一直期待着有朝一日，长角鹿妈妈能再次归来，快乐地和人们一起生活在护林所周围的森林里。闲暇的时候，孩子最喜欢爬上山顶拿起外祖父的望远镜眺望在远处湖中航行的一艘白轮船，孩子固执地认为他当水手的父亲就在这艘船上工作。他一直期待着白轮船能开近一些，让他能看清船上的人。孩子甚至希望自己能变成一条鱼，在外祖父的水池中游来游去，然后，顺着河流去找那艘让他朝思暮想的白轮船，游到白轮船跟前对白轮船说："你好，白轮船，我来了！"

有一天，为了接放学的孩子回家，向来懦弱的外祖父居然和小孩的姨父奥罗兹库尔发生了剧烈的冲突。孩子的姨父是护林所的土皇帝——外祖父的领导，外祖父因为反抗和冲撞上级领导面临着失去工作的困境。这时护林所附近忽然出现了三只活生生的鹿，这令孩子惊喜万分，他的愿望实现了，长角鹿妈妈要回来和他生活在一起了。为了保住工作，为了孩子，外祖父不得不屈服在女婿的强压下，他违心地向母鹿开了枪，心里的矛盾冲突和深深的负罪感，让外祖父痛苦不堪，喝得酩酊大醉，倒地不起……

这时，孩子正好病着，他拖着身子到屋外来，看到在他心目中无比圣洁的长角鹿妈妈，几小时前还隔着河岸彼此注视的长角鹿妈妈，已经变成了一具血淋淋的尸体，大人们，他的那些亲人正在喝酒跳舞，吃着鹿肉。

看着眼前令人恶心的一切，孩子痛苦极了，从小支撑着自己精神世界的长角鹿妈妈已经被大人们毁掉了，美好的梦想一下破灭了，孩子再也忍受不了，他从床上爬起来走出屋子，他大声地呻吟着、哭着，反复说："我还是变成鱼好……"最终，孩子走到河边，迈进了水里。水流越来越湍急，孩子被冲倒了，他在激流中挣扎着，顺水流去，逐渐闭住了气，冻僵了。这时，从院子里传出了醉鬼们的歌声、叫声。"你已经听不见这支歌。你游走了，我的小兄弟，游到自己的童话中去了。"……

对话人物

1. 小孩

故事中的主人公"小孩"没有名字。作者认为"小孩"就是他最好的名字。他象征着天真、纯洁、憧憬、信仰。长期生活在深山密林里，这样的日子是枯燥而单调的。但是，小孩凭借自己丰富的想象，令自己整日遨游在优美的童话世界里，满山的荒草、林立的怪石，还有外祖父送给他的书包、望远镜都是他最亲密的伙伴。他对外祖父给他讲的所有的神话传说都深信不疑，他固执地认为是长角鹿妈妈把吉尔吉斯族在一次大灾难中仅存的两个孩子历尽千山万水带到他所居住的地方来，吉尔吉斯族人都是"长角鹿妈妈"的孩子。他幻想自己能变作保护她的大脑袋、大耳朵的人鱼，顺着清澈的山溪，游向蓝蓝的伊塞克湖，游向雄伟美丽的白轮船……

当小孩在现实世界中真正地看到美丽的长角鹿时，他以为长角鹿妈妈宽恕了人类的罪孽。小孩希望人们从此爱护长角鹿，报答她当年的救命之恩，人们能和长角鹿一起生活着，但是，母鹿却在奥罗兹库尔的命令下被外祖父雷蒙杀死了，母鹿的死打破了小孩的一切美好的幻想，痛苦失望的小孩用自己的方法，表达了对大人的抗议和愤恨……

启迪与思索

从某个角度来讲，孩子并非死于自杀，孩子是被他所爱的人杀死的。对孩子来说，活在被大人们玷污和扭曲的世界里，比死还可悲。所以他让自己变成一条鱼，去寻找远处的白轮船。他要找到那艘白轮船，对它说："你好，白轮船，这是我！"

和孩子的那些亲人们相比，孩子是纯净的，他从未被世俗和血腥所污染，没有被杀戮仇恨所俘虏，孩子是一个纯净的人。跟那些大人们比，孩子是弱小的，但是，他却用自己弱小的死亡否定了这个世界。与孩子相比，最可悲的是那些大人，那些自以为掌握和征服了世界的大人们。世上还有什么比一颗善良纯洁的童心更可贵的吗？孩子善良纯洁的心灵像金子一般珍贵，可是这样的孩子却无法在这个世上生存下去，这是谁的罪过呢？

孩子在现实的世界里，看不到自己想要的爱和希望，看不到人们对动物的爱护和友好，看不到让他感到快乐和轻松的生活，于是他要变成鱼，游到伊塞克湖，去寻找白轮船。"白轮船"在孩子这里，代表了一种美好的东西，一种信仰。在美好的信念和理想被严酷的现实击破后，孩子选择了死亡。这死亡是一种逃避，也是一种抗争。孩子的逃避和死亡都是对大人们的一种抗议，一种唾弃，孩子的死像一记耳光一样，狠狠抽打了那些自以为是的大人们。

今天，环顾四周，我们痛惜地看到，美好的信念正从更多人的心中流失，金钱已成为更多人的上帝和主宰，更多像奥罗兹库尔一样疯狂的人早已使长角鹿妈妈的故事遭到幻灭，而更多的孩子，是不是只有像"孩子"一样游走才能得以安宁呢？在世俗和血腥里难以自保的我们，在孩子的面前，已经无话可说。

很多时候，我们之所以说孩子代表人类的未来，其实是指孩子身上具有成年人不具备的永恒价值。纯真、善良、友爱、和平等诸多闪光的精神，这些被成年人逐渐踩躏和抛弃的特质，恰恰存留于孩子身上。大人们蛮横地掌控和操纵着这个世界，世界是大人们的天下，而不是孩子们的，在大人的世界里，孩子无路可走，要么活着像所有大人一样苟且偷生，要么去死，去寻找他的"白轮船"。可"白轮船"哪里有呢？

2. 雷蒙外祖父

　　快腿雷蒙外祖父是一个没有脾气的老好人，谁都可以拿他不当回事，他也是个从不计较的人。在护林所，虽然他名义上是个辅助工，可是管理森林的就是他。他"从早到晚都在干活，忙忙碌碌地过了一辈子，可就是没有学会使人尊敬自己"。"雷蒙有自己的不幸和伤心事，他往往因此十分苦恼，夜里常常哭。这一点外人几乎一无所知……"虽然他是奥罗兹库尔的岳父，但因为女儿不能生育，奥罗兹库尔一喝酒就将她打得遍体鳞伤，雷蒙也无可奈何。他只是拼命干活，把奥罗兹库尔的事也全干了，甚至讨好地为女婿牵马，扶着醉醺醺的女婿进屋，但是，因为他的女儿不生育，他仍然没有得到奥罗兹库尔的好感。

　　最终，他屈服了，为了保住工作，他在奥罗兹库尔的逼迫下向长角鹿妈妈举起了枪……他不知道，是他的这个举动毁灭了孩子，使孩子心中美好的长角鹿妈妈的故事幻灭了，直接造成了孩子的死亡。之后，他将为自己造成的悲剧痛悔终生。

启迪与思索

　　雷蒙外祖父的身上，充满着仁爱、信义、勤劳、善良、忠厚和对大自然的热爱，但他骨子里是一个懦弱的人，他委曲求全，容忍邪恶的行为造成了自身的悲剧。但是，雷蒙对现实生活是有着清醒认识的，正因为对现实有着清醒的认识，他才把孩子作为他全部理想的寄托，孩子是他全部的爱，是他全部的未来。也正是为了不失去工作，能给孩子提供更好的生活，雷蒙外祖父才向强权低了头。他害了孩子，也害了自己。

　　孩子毕竟是孩子，他不明白大人的世界里有着怎样的爱恨和规则，他想不清楚为什么他的亲人们容不下一只长角鹿，想不清楚为什么人们会这样的血腥和贪婪，会这样残暴地毁灭了他的理想，更想不清楚，他的理想的世界到底在哪里，他曾经想过很多次，但是，他搞不明白为什么人世间会这样，搞不明白为什么有的人歹毒，有的人善良，有的人幸福，有的人痛苦，有的人大家都怕，有的人谁也不怕？为什么有的人有孩子，有的人没有孩子，有的人可以不发给别人工资？他想了很多次，也没有想明白，最终，他选择了逃避，选择了从这个世界上消失，到水里去，去寻找他的"白轮船"，去寻找他的"爸爸"，也去寻找他理想的王国。

作者·作品

作者

艾特马托夫生于吉尔吉斯斯坦塔拉斯山区舍克尔村，他最初引起公众注意是在 1958 年，这一年，艾特马托夫发表了《查密莉雅》，小说描写一位农妇不顾旧观念和旧习俗，敢于追求自己的爱情和精神生活，作品一发表就受到一致好评，它与后来的《我们包着红头巾的小白杨》一起获得 1963 年列宁奖金。除了这些，他最为中国读者所熟悉的作品当属中篇小说《白轮船》。他的创作富于吉尔吉斯民族特色，内容丰富深刻，文笔优美，他的小说已被译成近 200 种语言文字。

艾特马托夫的文学创作灵感孕育于家乡的高山峡谷之间，源自他对生活的细致观察和对人性的深刻思考。他的作品洋溢着浓郁的生活气息和浪漫主义激情，具有鲜明的民族风格和强烈的抒情色彩，提出了尖锐的道德和社会问题。他的作品跨越了世界精神文明发展史的诸多时空，古代神话、荷马史诗、基督诞生、文艺复兴、浪漫主义、现实主义、现代主义，以及科学幻想等在他的作品中都有表现，对中国当代作家产生了深刻的影响。

1999 年 4 月 8 日，为纪念艾特马托夫 70 周年诞辰，吉尔吉斯斯坦政府决定设立艾特马托夫金质奖章和文学奖，以表彰那些对世界文学、艺术、科学和文化有巨大贡献的人。2006 年，俄罗斯出版了他最后一部小说《山倒之时：永远的新娘》。

2008 年初夏，土耳其著名作家帕慕克访华。在一次讲座上，当他被问起对艾特马托夫的看法时,帕慕克说:"他在土耳其也很受欢迎,我读过他的小说。但我更喜欢他早期的作品,那是人类生活的精华,纯真而且简单……我觉得他应该得诺贝尔文学奖。"

2008年6月10日,艾特玛托夫与世长辞。6月14日,吉尔吉斯斯坦宣布今天为国悼日,悼念这个国家"国宝级"的大师,因为是他把这个仅有300万人口的国家带到了世界文学的前列。

艾特马托夫曾在作品中这样写道:"如果人死后,灵魂有所变,我希望成为白尾鹰,可以自由飞翔,能从空中望见永远也看不够的故乡大地……"艾特马托夫的作品及其所表现的人性的善良、正义与人道关怀已然成为雄鹰,将永远在人们心灵中展翅翱翔。

作 品

《白轮船》提出了一个古老的永恒主题:善与恶的斗争,但却以崭新的角度,从一个刚满7岁、充满童心的男孩的眼光来观察以奥罗兹库尔为代表的"大人"世界中的恶。而界定善恶的标准是如何对待大自然——人类的母亲。长角鹿妈妈的传说正是为了加深作品的哲理内涵。

作家对他的小主人公寄托了深深的爱,孩子的悲剧结局,使作家感情升华,他从幕后走向台前,直接面对小主人公说话了:"我现在只能够说一点——你否定了你那孩子的心灵不能与之和解的东西。而这一点就是我的安慰。你短暂的一生,就像闪电,亮了一下,就熄灭了。但闪电是能够照亮天空的。而天空是永恒的。这也是我的安慰。我的安慰还在于:在人的身上存在着童心,就好像种子里有胚芽一样,——没有胚芽,种子是不能生长的。不管世界上有什么在等待我们,只要有人出生和死去,真理将永远存在……"

《白轮船》发表后曾遭到评论界的指责,说艾特玛托夫有悲观主义情绪,作品结尾太悲惨,没有给人留下一线希望。以致作家不得不在《几点说明》中对《白轮船》的主题思想和创作方法进行阐述。直到小说改编为电影时,孩子幻梦中的英雄库鲁别克的形象加强以后,才得到官方认可,授予1976年第9届苏联电影节大奖,与人合写的同名电影剧本,获1977年苏联国家奖。

　　作者借助这个故事，给我们讲述了一个遥远的传说，他借助这个故事告诉我们，一个美丽的传说，一个虚幻故事的破灭，或许就是一个人成长必需的阵痛，这个道理对于整个民族，都有深层的含义。

　　作者在故事中，真实地为我们描绘了善的弱小与恶的强大间强烈的反差，人们对大自然、对传统的崇敬与人们对自然的破坏和毫无顾忌冷酷的对照。作者通过这些形象的描写，试图号召大家仇视残酷和血腥，懂得以善报善而不要以恶报恶，懂得感恩与回报，这个道理是每个人都应该懂的，但是，大人们，那些以武力和权势掌握了世界的大人却残忍地扼杀了孩子们的空间，使得孩子们没有了灵魂和希望的栖息之地，只能选择逃避和死亡，这难道不是最大的罪恶吗？还有什么罪行比毁坏一个孩子的梦想更为罪恶的呢？

　　在很多人迷恋着有朝一日自己能够飞黄腾达、荣华富贵的时刻，在很多人迷恋以成熟、圆滑、中庸为时尚为主流的时代，大人们肆意地轻视着孩子们受伤的童心，肆意地扭曲和践踏着原本属于孩子们的世界，也肆意地改变着自己的心灵，告别人类最初的温暖和善意。

　　如今，似乎只有孩子，才会执着地对生活和世界抱一份温暖的爱和希望，才会一如既往地为此而投入。只有在孩子的童心里面才会有一个纯洁、宽容、善良、友好、和平的世界，这难道不是我们这些"成熟""强大"的大人们的悲哀吗？

　　从某个角度上来讲，"白轮船"就是一个象征，是孩子一生追求的理想目标。阅读这篇小说也是我们对心灵的一次检阅，在鄙弃崇高、漠视民族、金钱主宰一切和享乐疯狂、物欲横流世风日下的时代，品读一遍《白轮船》，无疑就是一次灵魂的洗礼，我们会为自己心灵中还存留着那一份对人类苦难感动的悲悯情怀而安慰，更为自己还没完全丧失人的良知和一颗未泯的童心而庆幸。

28.《盔甲骑士》

——泪水也是一种力量

作者：罗伯特·费希尔（美国）

出版时间：1980 年

推荐理由：骑士的故事震撼了全球读者的心灵，因此本书被誉为"当代最震撼心灵的寓言故事""能改变你一生的一本书"。李嘉诚先生对其推崇备至并在多种场合大力推荐。

心灵吮语

谁说泪水不是力量

生活就是一场战斗，在生活的战场上，我们每个人都是骑士。有的人是胆小的骑士，有的人是善战、英勇的骑士。我们也都穿着各式各样的盔甲，我们也都有着骑士身上所具有的自私、自负，我们也会如他们一样，在功利、虚荣中迷失自己。迷失自己的时候，我们也会像骑士一样，渴望着寻回自我、解脱自我、证明自我。

书中有一段话说："如果你真的是一个心地善良、充满爱心的好骑士，那为什么还要证明呢？"很多时候，我们都希望自己能成为别人和自己所希望的某种人，要求自己达到某种程度，得到别人的认可，甚至更多的时候，我们都是为了换取别人的认可和肯定，都在迎合别人的要求，并且以别人的标准去打造自己。智者说："如果你不辞劳苦要变成希望成为的人，你就不可能享受真正的自我。"

可是，我们是从什么时候开始在迎合中丢失自我并没有知觉的呢？我们付出这么多的代价，是否值得呢？我们期望自己成为什么样子，在别人的期望里成为模范的我们，还是我们自己吗？当我们在满足之后的空隙里，为突然袭来的空虚和怀疑所击倒的时候，当我们为此而流泪的时候，我们是否还记得来时的道路？是否记得我们最初的梦？

像骑士一样，自以为是，失去自我是多么可怕的事情！我们是否有能力如骑士一样去寻回自我呢？我们是否能够在寻找自我的路途中去除那套将我们自己牢牢套着的盔甲，回归自我呢？

事实已经证明，一个人有自知之明是非常重要的。一个人能始终倾听自己内心的声音，能够服从自己内心真正的想法，接受内心的指引，会少走不少弯路，而一个人最难的或许就是了解自己，我们或许会了解很多人，但是，我们未必能像了解别人一样了解我们自己。倘若，我们真正地了解了自己，信任了自己，我们就不会害怕失去自我，不会害怕任何东西会使我们丧失立场与原则，我们不会把生命和心灵依托给任何外物，同时，我们也就能放下对外物的依赖。

一个成功的人，最可贵的品质就是能够经常审视、检讨自己，同自己的内心对话，不让任何东西奴役自己，任何时候都不丢失自我，放弃希望，迷失方向，并且永远都明白什么才是自己真正需要的，他知道，真实的自我一旦失去就再也找不回来了，再也没有什么东西比真实的自我更为重要。

骑士去寻找自我、去除盔甲的过程，也是一个寻回自我、证明自我的过程，他的泪水是觉醒的泪水，是促使他寻回自我的泪水，这泪水重新洗刷了他为名利所累的灵魂，擦亮了他蒙尘的眼睛，使得他回归了自己，这泪水赋予了他重新开始人生、寻回真爱的力量。每个人都会在迷离的人生中，迷失方向，这并不是最可怕的，只要我们肯放弃盔甲，肯寻回自我，一切美好都能重新来过，这便是美国著名喜剧作家罗伯特·费希尔借《盔甲骑士》这部伟大的寓言作品所要告诉我们的道理，值得我们品味与反思。

品味经典

传说中，很多年以前在一个离我们很遥远的地方，有一位名扬天下的骑士，这个骑士之所以名扬天下，除了他英勇善战之外，还因为他拥有一副金光灿灿、耀眼夺目的盔甲。

当我们的骑士穿上盔甲出征时，他像太阳一样夺人眼球，英勇的骑士披上那身闪耀的盔甲，跳上战马，向敌人们冲去，把那些卑鄙、邪恶、作恶多端的敌人和恶龙统统杀死，将遇难的人们解救出来……骑士的丰功伟绩传遍天下，人们都对他赞不绝口。骑士自己也为之高兴。即使在家里，骑士也穿着盔甲，摆出一副威风凛凛的样子，他开始滔滔不绝地夸耀自己的光辉业绩，他甚至在吃饭和睡觉时都不愿意脱下自己的盔甲。渐渐地，连他美丽的妻子朱丽叶和可爱的儿子克里斯托弗都记不清骑士的真实面容了，最后连他自己也忘记了自己真实的面孔。

日子渐渐久了，有一天骑士的妻子对丈夫说："你爱盔甲远甚于爱我。我和儿子打算离开你，到别处去。"听了妻子的话，骑士非常惊慌，他想立即脱下盔甲，以真实的面目面对妻子，可是，盔甲已经生锈了，怎么也无法从他的身上脱下来。

心急之下，骑士去请全国最有名的大力士铁匠来帮忙，为他去掉头上的盔甲，但是，大力士铁匠却无功而返，没能帮他实现心愿。问题越来越严重了，无奈之下，骑士做出了一个重大的决定，他要到远方去寻找能帮他解开盔甲的人。在国王的小丑乐袋的指点下，骑士打算去漫无边际的大森林中寻找亚瑟王的老师、神秘的魔法师梅林。临走之际，乐袋还对骑士说了句令人深思的话："人人皆困盔甲中，只因盔甲处处有。"

从此，骑士开始了解脱盔甲、寻找自我的征程。在历经沉默之堡、知识之堡和智勇之堡后，骑士踏上了真理之巅，他终于卸下了那身盔甲，得到了解脱。

对话人物

骑士

一直以拯救他人为己任的骑士，突然之间，陷入了严峻的危机之中。导致他这样的遭遇的正是给予他功名利禄的盔甲。这套盔甲是国王赏赐的礼物，是用一种世界上稀有和太阳一样闪亮的金属所制成的。骑士非常喜欢自己身上的盔甲，喜欢穿上盔甲的自己，他逐渐习惯了人们的诧异与赞扬，习惯了盔甲给他带来的力量和荣誉感，习惯了隐在盔甲后面的另一个自我，他沉浸在盔甲的世界里难以自拔、忘乎所以……直到有一天，因为三年看不到他的真面目，他的爱妻要带着儿子离他而去，骑士才意识到脱下盔甲的紧迫性。可是这个时候，盔甲却因为生锈脱不下来了，他请大力铁匠用斧子砍他的盔甲，结果盔甲变形了，致使骑士无法睡眠，进食，甚至不能正常喝水。盔甲像个魔鬼一样，在威胁着他的生命。于是，他不得不离开家门，去寻找一个能帮他去掉盔甲的人。

启迪与思索

是什么最终解开了骑士身上那坚硬的盔甲呢？是骑士心灵深处真诚涌出的热泪，完全溶解了沉重的盔甲，使骑士重获了自由的身体和自由的心灵。

骑士的盔甲，蕴含着多重的含义：它是一种人生的幻象，是一种人格的面具，是一种失去自我的虚拟的声名，它甚至就是一个美丽的谎言。因此，这不是一个神话故事，也不是一个单纯的励志寓言。盔甲骑士，不仅仅是一个很久很久以前的传说，他就生活在我们今天，就在我们的身边，他甚至就是你和我。

仔细想一想，我们每个人的身上都有一副无形或者有形的盔甲，我们每个人都曾经期望着这身盔甲能够给我们带来无限的荣耀，我们也曾因为这些盔甲而感受爱的可贵和温暖，无暇聆听大自然的天籁之音……我们也曾因为这盔甲而高度膨胀，以至于忘了自己是谁，我们为了成功不择手段、背信弃义、丧失原则和心性；我们为了追逐金钱和财富，丧失了自我和灵魂，完全变成金钱的奴隶，遗忘了灵魂的家园；我们为了欲望、为了爱、为了仇恨、为了名誉、为了地位，无时无刻不以一副盔甲包裹自己，伪装自己，无时无刻不受着盔甲的包裹和禁锢。

人生中有无数具盔甲，光荣、梦想、胜利、天才、美丽、青春、仁慈、友谊，都是一具又一具的盔甲，紧紧地锁住我们，一不小心这些盔甲就悄无声息地穿到了我们的身上。骑士所经历的种种艰辛，其实就是对我们现实生活的写照，骑士的经历提醒着我们："任何时候，任何情况下，都别丧失了真正的自我，迷失了灵魂的家园。"

作者·作品

作者

罗伯特·费希尔是美国著名喜剧作家，曾创作出许多当代经典的喜剧作品，其中有《格鲁克·马克斯》《鲍勃霍普》《红色骷髅》《露西尔·保尔》。另外他还独自或与人共同创作了无数个广播节目电视节目，其中包括《艾莉斯》《好时光》《家庭》《杰斐逊》《莫德》等。

罗伯特与他的好友兼搭档亚瑟·马克斯，编写了无数的百老汇舞台剧，许多好莱坞著名影片的剧本也出自他们的手笔。

在中国，我们是从《盔甲骑士》一部作品知道罗伯特·费希尔的，这部作品使得我们以极大的兴趣去关注他这个人，关注与他相关的一切。

读罗伯特·费希尔的作品就像饮一杯醒目爽神的绿茶，片刻之间，我们就会觉得神清气爽，读他的作品也像在寝室里独自与一面镜子对话，一个照面之间，我们已经纤毫毕现，再也不敢有任何的伪装和做作。

罗伯特·费希尔太厉害了，他怎么能把人性和生命的本质看得如此透彻，挖掘得如此彻底呢？难道他有一双神赐的眼睛？罗伯特·费希尔以独到的观察力和天才般的表现力，使这个 3 万余字的故事有了一种近乎神奇的力量，像一道闪电一样击倒了我们。

看着罗伯特·费希尔的这部小说，我们内心深处时常会涌起一份不安和羞愧，我们不就是那个骑士吗？这个形象和我们是如此的贴近，仿佛我们隐藏在内心深处的一切都被罗伯特·费希尔看到并写下来了，尽管我们非常不情愿，但是，我们还是完全地裸露在他的面前，一切都被他看在眼里，没有一丝的疏漏，在这样一个智者面前，我们还能藏住什么呢？

在很短的时间内，罗伯特·费希尔凭借这个骑士的故事，凭借这一小本书，征服了大半个世界的读者。他之所以能有如此的魅力，是因为他是个善于探索生命和人性本质的作家，这是一种美好而重要的品质，这种品质也正是一个作家、一部作品走向成功甚至走向伟大的根本。

作　品

《盔甲骑士》自 1980 年问世以来，已成为全球最畅销的书籍。第一版就在英国和西班牙各售出了 400 万册，在美国的销量超过了 800 万册，全球销量超过几千万册。问世 40 余年经久不衰，被译成几十种语言文字。

骑士的故事震撼了全球读者的心灵，获得数以亿计的读者的珍爱。骑士的故事传遍了世界的每个角落，骑士的盔甲已成为禁锢人们自由身心的一切面具的代名词。

李嘉诚先生也被《盔甲骑士》这本书所感动，他曾经把这本书推荐给很多人看，说这是一本感动过他无数次的书，他甚至在香港公开大学李嘉诚专业进修学院命名典礼上给大家讲了《盔甲骑士》这个故事，号召大家学习盔甲骑士勇于找回自我的精神。

故事中，盔甲骑士明白自己之所以被"盔甲"所困是因为自己的内心世界出了问题，他没有退缩和放弃，也没有怨天尤人，而是勇敢地面对新的挑战。他四处求教，寻找新知识、新方法，鼓起勇气，克服疑惧，终于成功地摆脱了束缚他的盔甲，找到新的出路，重新寻回了自我。骑士寻找自我的过程，寻找自我的虔诚和勇敢，令我们感动和敬佩，在感动我们的同时也唤醒了我们，使得我们沉下心来反省自我，振奋精神。

我们身在尘世，为了生计疲于奔波，很容易在不知不觉中为习惯所习惯，为困惑所困惑，而造成这一切的却都是"自我"在作怪，我们每个人都是那穿着盔甲的骑士。在岁月与生活的洗涤里，当我们蓦然回首时，才发现我们已经身陷泥潭，无法自拔。

其实，环境都是外在的，我们最大的对手就是自己，最大的救星也是我们自己。正如梁漱溟先生所说："深深地进入了解自己，而对自己有办法，才得避免和超出了不智与下等。"为了更好地适应时代的竞争，不至于为时代所淘汰，我们必须彻底地了解自己，重新出发，去寻找那个真实的自我。

在生活和工作当中，难免会遇到各种困难和挫折，我们只有勇敢地接受生活的历练，真真实实地面对自我，才能不断地提升和超越自我。再大的困难，都会有解决的方法，关键是我们能不能想到和敢不敢去想，所有的恐惧和疑虑都来自我们的内心，所有的羁绊也都来自我们的内心，就像骑士一样，如果他老是抓着自己过去的名利不放，他就无法登上"真理之巅"，无法从"盔甲"里面解放自己。迷失自我并不可怕，可怕的是我们不能或者不敢寻回自我。

29.《廊桥遗梦》

——当爱情遭遇责任

作者：罗伯特·詹姆斯·沃勒（美国）

出版时间：1992 年

推荐理由：爱情不管怎样，都是有责任和义务的，每个人都不可能在爱情中自私地只为了自己。或许这正是《廊桥遗梦》让全世界人感动的奥妙之所在。

心灵咒语

爱在时间与死亡里永生

或许，世间最敏感、最神秘的情感就是爱情吧？至今仍然没有任何一种情感定律适用于它，也没有任何人敢拍着胸脯称自己是一个爱情专家，爱情一直都像一面充满着神秘色彩的魔镜，吸引人们为之迷乱，并衍生出各式各样的令人感动的爱情故事。

理想中的爱情或是浪漫美丽或是凄然传奇，但现实中的爱情却总是那么让人难以捉摸。正如有人所言：爱情是一场赌博，赌注就是我们的一生。既是赌博，就有输赢，每个向往爱情、追逐爱情的人都注定要赌一次，都要经历开盘前一刻的惊心动魄，情感的历程就是在爱的高峰与低谷间跌宕的过程，就是一次在天堂与地狱间进行的寻找与徘徊，或许，这是对爱情的最好注解。

在社会和时代急剧变革的今天，爱情也不可避免地发生变化，人类的爱情似乎走入了一个空前复杂的怪圈，金钱与功利下的爱情变得面目全非。但是，在那些真正懂得爱情的人那里，爱情永远是一朵开放在人生四季的玫瑰，仍然值得我们追逐和崇尚，我们仍然会为美好的爱情，为相爱的人们而感动。

《廊桥遗梦》为我们描述了一段经典的爱情故事，让我们看到了爱情的另外一种形式和面孔，让我们明白了爱的"承诺"与"等待"。弗朗西斯卡是没有承诺的，漂泊而来的牛仔罗伯特也没有任何承诺，但四天激情之后，他们在以后的漫长岁月里仍然坚守着对方的爱，直到生命最后一刻。尽管他们谁都知道不会有"再见"，不会有"重逢"，不会有"结果"，然而谁也没有放弃心里的那份触动与思念，那份期待与祝福。这一对痴情人用时间和死亡给我们演绎了一段刻骨铭心、凄婉绝伦的爱情传奇。

品味经典

卡洛琳和迈克是姐弟俩。一天，这姐弟俩得到了一个不幸的消息——他们的母亲——弗朗西斯卡在乡下去世了，两个人匆忙赶回乡下料理母亲的后事。

在母亲的遗物中，姐弟俩发现了母亲留给他们的一封长信，在这封长信中，深埋着母亲的一段感情秘密。

1965 年的一天，农夫理查德带着女儿卡洛琳和儿子迈克去参加农业博览会，留下妻子弗朗西斯卡独自照看家园。

《国家地理》杂志社的摄影师罗伯特·金凯的工作就是终日驾着他那辆旧车浪迹天涯，并把他所看到的美丽的一切拍下来。他来到了弗朗西斯卡所在的乡村，想拍摄艾奥瓦州麦迪逊郡的遮篷桥（即廊桥）。路上，他遇到了弗朗西斯卡，并请求她为自己做向导，带他去廊桥，于是，他们就这样相识了。

在去廊桥的路上，两个萍水相逢的人互相讲起了自己的婚姻和家庭：罗伯特与前妻离异，而弗朗西斯卡伴着丈夫和一双儿女过着单调而乏味的婚姻生活……两颗寂寞的心突然之间有了某种共鸣，弗朗西斯卡留罗伯特在家中共进晚餐，在轻柔的音乐舞曲中，他们情不自禁地相拥共舞……在这短暂的四天中，他们有了一段刻骨铭心的爱情。

临别时，罗伯特要带弗朗西斯卡和他一起浪迹天涯，弗朗西斯卡没有答应他的请求，尽管她也非常想和他一起到任何一个地方。但是，她不愿因为自己而丢弃家里人和整个家庭。

罗伯特离开后，弗朗西斯卡把这段爱情深深地埋在心底，从未再对任何人说起过。

1982 年 3 月，弗朗西斯卡得知了罗伯特的死讯，并收到了他寄来的属于他们俩的物品。

弗朗西斯卡在给家人的遗嘱中要求子女们将她的骨灰撒在廊桥。她说，活着的时候她把自己给了丈夫和儿女，死后她要将自己交给罗伯特，要和他在一起。

卡洛琳和迈克都被母亲的传奇般的故事所打动，母亲的爱情故事，母亲对待家庭的责任和对他们的爱，让他们对家庭和责任心有了更深的理解，也看清楚了自己的婚姻和人生，从母亲那儿，他们生平第一次深刻地理解了自己的母亲。最终，他们按母亲的吩咐把她的骨灰撒在廊桥下。

安顿好母亲的后事，姐弟俩放弃了离婚的念头，回到家中，认真地开始自己的婚姻生活。

对话人物

1. 弗朗西斯卡

曾经做过私立学校教师的弗朗西斯卡，有一双儿女，有一个不太懂得浪漫柔情的粗心丈夫。她一天的和生活内容就是喂喂牲畜、做做饭。她居住的小镇是个普通、保守的地方，多少年来，她一直过着循规蹈矩的生活。直至遇到摄影师罗伯特，两人一见钟情，他们一起度过了终生难忘的四天。

虽然弗朗西斯卡表面沉稳平静，内心却丰富、敏感，罗伯特的突如其来扰乱了她沉寂平静的心，打乱了她的生活。弗朗西斯卡曾经有过和罗伯特一起远走的念头，但她并没有付诸行动。为了孩子和丈夫，为了家庭，她放弃了跟罗伯特远行天涯的打算。在她和丈夫回家时，罗伯特的车就在他们前头停着，他在等她下车跟他一起浪迹天涯，她很想不顾一切地打开车门走上前去，最终她的理智和责任还是战胜了她的感情，她死死地盯着他的汽车，直至他在滂沱大雨中缓缓开走，望着远去的车，她已是泪流满面。

最终，弗朗西斯卡并没有跟随摄影师罗伯特云游四方，她选择留在农庄度过余生。他则继续他没有归宿的旅程。从此以后，他们再也没有见过面。一直到死，她都活在美妙的关于那四天的记忆里。

很多年以后，弗朗西斯卡收到了律师寄来的包裹，从来没有打扰过她的罗伯特，在死去之后，将属于他们两人的东西留给了她。相机，刻着她名字的圆牌项链,为她拍的相片,她钉在桥头的那张字条等,并要求律师将他的骨灰撒在廊桥。

在弗朗西斯卡留给孩子的遗书中，她请求儿女理解自己的感情，要求孩子把自己的骨灰撒在廊桥，她对儿女们说，她已经把活着的生命给了家庭与儿女，但愿能把死去的灵魂给罗伯特。

弗朗西斯卡心底是幸福和满足的，毕竟她和罗伯特彼此拥有过，相爱过。因为这弥足珍贵的爱和回忆，她才能在庸俗平淡的生活中如此幸福而满足地走完一生。

2. 罗伯特

罗伯特先后有过三个女人，但常年近似于放逐的生活断送了他以往的感情，他从未承认自己爱那些女人，反过来，那些女人也并不懂得爱他。直到罗伯特与弗朗西斯卡相遇，才完成他一生的爱情历程。

罗伯特称"自己不属于这个地球，是世界上最后一个牛仔"，他精神上是叛逆而骚动的，内心世界是荒芜而杂乱的。尽管他很优秀，是一个集音乐、摄影、文学于一身，集游历、灵感、智慧于一体的优秀男士，但是，他一直没有遇到自己的真爱，在遇到弗朗西斯卡之前。

罗伯特和弗朗西斯卡只在一起了四天，在这短暂的四天中，他们经历了爱情的整个过程：最初的吸引，交谈的愉悦，身心的激荡，选择的苦闷与分离的伤痛。四天后，他在大雨中离去，继续旅行，而她继续她的农妇生活，仿佛什么都没发生过。

在这短暂而又漫长的四天中，罗伯特和弗朗西斯卡全身心地相爱着，他们超越了庸俗的爱与生命，进入了另一个空间。他们用四天的时间演绎了一场足以持续一生的爱情。再也没有谁比他们更爱彼此，更了解彼此了。他们的心灵并没有因为距离、时间而有过片刻的分离，他们是一直在一起的，从相遇相处到死去直到他们最后的团聚……

启迪与思索

为了责任，为了家庭和儿女，弗朗西斯卡放弃了和罗伯特一起离开的机会，放弃了自己的幸福。因为爱，因为理解，罗伯特接受了弗朗西斯卡的决定，独自离去。两个相爱的人就这样从此别过，牵念终生，这是一份怎样的感情？这对相爱的人又是怎样的一种心情？他们的牺牲与奉献是何等的悲怆，何等的感人？

罗伯特和弗朗西斯卡创造了迄今世上最为伟大完美的爱情，这份爱情如莲花一样纯洁，如火山一样热烈。令我们感动的不仅是这份伟大而完美的爱情本身，也不仅是他们灵肉交织的默契，还因为他们人性中崇高的理性、克制、成熟以及忘我的精神境界。

弗朗西斯卡和罗伯特让我们看到了情欲背后的那种至爱真情。或许，在今天某些人眼里，他们这种有些理想化、诗意化和古典化的脉脉温情，早就过时、过气，甚至显得"小儿科""虚幻"，但是，这样的感情将永远被懂得真爱的人们所传颂。

现实生活中，我们每个人都面临着诸多的诱惑和拷问，当爱情与传统伦理道德相抵触的时候，我们到底应该怎样选择？是选择自由的爱情，还是选择对家庭的责任？

美好的爱情总是充满悲伤，令人动容，错过了一次就会错过一生，或许这就是爱的遗憾与艰难。但是，我们同样要坚信爱情的坚贞和伟大，真正的爱情能够经受住岁月和磨难的推敲、洗礼，真正的爱情在于过程，而不在于结局，只要真心爱过，爱便与生命同在。

弗朗西斯卡和罗伯特的情感遭遇也提醒我们：选择一个爱人就是选择一种命运。找到那个懂得赏识你、疼惜你的人，是一个人必须对自己尽到的义务。否则，你将为你的选择而终生难安。因为你永无满足。

3. 理查德

理查德一直生活在安稳沉寂的生活与婚姻中，他怕改变，他们婚后生活的任何改变都令他感到害怕。理查德看到妻子戴上金色的耳环就说她像个"轻佻女子"。他对浴室里的妇女用品感到不舒服，用他的话来说，"太风骚"。他特别不愿谈性爱，性感这东西对他来说是危险的，在他的思想中是不体面的。源于思想深处的大男子主义，导致了理查德对性爱的误解，他患了性功能障碍，进而对性爱反感，这给他的夫妻生活蒙上一层厚厚的阴影。

性爱不是夫妻生活的全部，但却是夫妻爱情生活中的重要组成部分，由于理查德没有摆正性爱的位置，所以给弗朗西斯卡的婚外情创造了条件。性既可使婚姻幸福，家庭和谐，社会稳定，也可使家庭破裂。理查德人为地压抑着自己的性欲，同样也压抑着妻子的性欲，这无疑为弗朗西斯卡的婚外恋埋下了一条导火线。

启迪与思索

在现实生活中像理查德这样的男人比比皆是。许多男士，尤其是那些事业心强的男士，他们一直保持着严谨刻板的心态，即使在家里也是这样。在他们的潜意识里，浪漫的生活情调会冲淡人的斗志，消磨人的精力。长此以往，往往会冷淡自己的伴侣，影响夫妻之间的关系。

情爱，是一种包括个性、理想和情操的混合体，它更多的具有社会属性。情爱是爱情的心理方面，主要是指对异性的思想感情和男女之间的心理相容。性爱是人的一种生理本能，没有对异性的性欲，就不可能有对异性的爱情，也不可能有爱情的真、善、美。

情爱、性爱与爱情三者之间的关系是：爱情是性爱与情爱的统一，情爱是爱情的灵魂，性爱是爱情的躯体，性爱又是情爱与爱情的生理基础。

罗伯特与弗朗西斯卡追求的是情爱、性爱与爱情的和谐的统一，而理查德与弗朗西斯卡却陷入一种缺乏情爱与性爱的残缺的婚姻生活之中。爱可以经得住血与火的洗礼，却未必经得住岁月的考验。爱会因为岁月消磨而懈怠，性会因为激情不再而乏味，这似乎是每对夫妻都可能要面临的结果，所有的婚姻，所有的固定的关系都有可能陷入这种惰性。

随着时代的进步，女人们的精神与情感要求也在与时俱进，她们渴望自己的男人既是诗人的同时又是勇猛而热情的情人。忙于打拼事业的男人往往缺少一颗浪漫的心，往往会冷淡妻子，冷淡自己的爱情与婚姻。于是夫妻双方在一个屋檐下却过着同床异梦的生活，这不能不说是我们的悲哀。

因此，爱情和婚姻需要经营呵护，只有爱情不断更新升级，才能使夫妻生活充满活力与生机。当然，爱情的更新并不意味着"喜新厌旧""朝秦暮楚"，而是说爱情应该随时间的流逝不断升华，不断"锦上添花"，夫妻间的感情逐步达到"水乳交融"的程度。这样才能使爱情之树常青，激情常在，这就是《廊桥遗梦》给我们的最好的启迪。

作者·作品

作者

罗伯特·詹姆斯·沃勒是当世著名的作家、摄影家、音乐家。他在美国的一个小城市洛克福德长大，曾在爱荷华的北方大学和印第安纳大学受过教育，并曾留在母校当过教授和经管学院的院长。

罗伯特·詹姆斯·沃勒还曾经做过歌手、歌曲作者，他的唱片《麦迪逊民谣》曾由亚特兰大唱片公司发行。他通常穿一身黑衣，开着一辆车窗玻璃涂成暗色的黑色轿车，经常抱着吉他出现在当地的一家酒店大堂里弹唱，所以有人称他是"陷在学术躯体里的一个牛仔"。

除《廊桥遗梦》以外，罗伯特·詹姆斯·沃勒在他的另一部作品《梦系廊桥》中详细描写了卡莱尔·麦克米伦寻找他生父的经过。此外，兰登书屋 2005 年 6 月推出《高原上的探戈》，已销售几百万册，被视为沃勒的巅峰之作。

1992 年的《廊桥遗梦》、2001 年的《梦系廊桥》、2005 年的《高原上的探戈》被合称为罗伯特·詹姆斯·沃勒的"廊桥三部曲"。

罗伯特·詹姆斯·沃勒的笔调始终闪烁着人文主义和自然主义的光芒，他塑造的男主人公个个都是"在充斥着艺术家和文人的世界内唯我独行"的人。他借助《廊桥遗梦》和《高原上的探戈》等一系列作品弘扬了一种贴近自然、远离工业文明戕害的生活方式，这一点得到越来越多有识之士的共鸣。

罗伯特·詹姆斯·沃勒用他的作品为我们指出了一种人生的选择，一种人生理想。它仿佛是一面镜子，映照出现代都市人的生命情怀。生活在现代化都市中的人们，远离自然，生命被禁锢在很小的空间里，人们的生活更加程式化，人的真正自我在哪里？信息时代的我们到底需要的是什么？这些问题都是值得我们认真思考的。

作　品

在《廊桥遗梦》中，罗伯特·詹姆斯·沃勒向读者展示了罗伯特·金凯与弗朗西斯卡从相逢、相恋到相别的全过程。这是一段婚外恋情，一个被作家用"真实性""悲剧性"和"死亡"包装过的浪漫的婚外情故事。

罗伯特·詹姆斯·沃勒以婚外恋为切入口，展示人们情感生活的深度和柔美境界。他的成功在于他没有让罗伯特·金凯与弗朗西斯卡的恋情有悖于读者的道德判断。他让弗朗西斯卡在爱情与责任的选择中，选择了后者——责任。并非常谨慎地"给相逢以情爱，给情爱以欲望，给欲望以高潮，给高潮以诗意，给离别以惆怅，给远方以思念，给丈夫以温情，给孩子以母爱，给死亡以诚挚的追悼，给往事以隆重的回忆，给先人的爱以衷心的理解"，一切都安排得那么好。

《廊桥遗梦》这个故事非常适合现代人的欣赏口味，也暗合了那些对沉闷的婚姻有所不满的人们隐秘的心理追求，同时由于它的力趋保守、伤感和悲剧结局，让观念传统的人也会产生认同。

1992 年，罗伯特·詹姆斯·沃勒的《廊桥遗梦》出版后，立即成为一部风靡世界的作品，罗伯特·詹姆斯·沃勒也借着《廊桥遗梦》跻身全球最畅销书作家之列。

1995 年，美国华纳兄弟影片公司投资邀请了著名导演克林特·伊斯特伍德亲自改编执导，将《廊桥遗梦》搬上了银幕，伊斯特伍德和梅丽尔·斯特里普成功地演绎了这部中年爱情悲剧，斯特里普也因此获得了奥斯卡与金球奖最佳女主角提名。

同时，廊桥这座 1883 年建成的普通木桥，也因为本书的畅销而美名远扬，成了美国历史名胜，每个月都要吸引数千游人慕名前来瞻仰，每年秋天要举行热闹非凡的"廊桥节"。该著作出版后不久，曾经有 350 多对情侣，在廊桥上举行过浪漫的结婚典礼。可见《廊桥遗梦》的魅力之大。

《廊桥遗梦》这部书引起世人关注的焦点在于，它把一段本来不应该存在的婚外情，摆在一个美好的托盘中端到你的面前，使得婚外情与婚姻终于可以并列进行，看过这部书或电影的人，大都会被这段婚外情所感动。但是，现实中的婚外情，真的能与婚姻并列存在吗？这才是值得人们思考的。

罗伯特·詹姆斯·沃勒用他的作品小心翼翼地打开了婚外恋的隐秘的情感天地，使人们从足以引起指责的越轨和羞耻的恋情中看到了坚贞、永恒、理智以及情感深厚的一面。

罗伯特和弗朗西斯卡只不过是一个范本，我们期待美好的爱情成就美好的婚姻，敬佩罗伯特在漂泊流浪中，慢慢消解他的爱情和相思，同情弗朗西斯卡在思念中度过她漫长而无奈地为责任和爱情所折磨的岁月。

罗伯特·詹姆斯·沃勒也借助《廊桥遗梦》告诉我们："真正的爱是奉献和牺牲，是忘却自己，全心全意为对方着想，可以不顾一切的一种情感。爱与被爱都是一种幸福，而那些为爱而陷入迷恋和疯狂，一切都从自我出发，不顾对方的愿望与感受，甚至不惜因此而掠夺他人幸福的人，是万万得不到真爱的，那不能算是爱，那只是一种自私的感情占有。爱一个人并不一定就要得到，得到了，也许反而是一种破坏，藏在心底的爱，站在远处的爱情，因为无私无欲，反而会获得真正的永恒。"

正如杜拉斯所说："没有爱情可以代替爱情。"在这个爱情故事之外，我们看着罗伯特和弗朗西斯卡相爱，又看着他们分离，这份爱情是那样的感人，那样的痛心，仿佛我们就是他们，他们就是我们。如今，我们已没有必要再去考虑这份爱的对错，唯有感动，唯有祝福。

30.《追风筝的人》

——生命因忏悔而美丽

作者：卡勒德·胡赛尼（美国）

出版时间：2003 年

推荐理由：该书一经出版便广受好评，是美国 2005 年的排名第三的畅销书。该书获得法国《ELLE》读者票选的年度最佳小说，卡勒德·胡塞尼也凭借这部作品获得了 2006 年的联合国人道主义奖。

心灵呓语

灵魂上空的风筝

从我们出生开始，我们就开始了一生的学习与积累，我们在学习与积累中逐渐懂得生活，懂得爱，我们接触不同的人，阅读不同的书籍，我们奔波在各个地方，做着各种成功或者不成功的事情，我们逐渐开始有我们自己的人生与感情观……但人生中最重要的东西却只有生活才能教给我们，这些东西往往无比重要，却又是常常被我们所忽略的。

生活是浮躁的，人生也是，我们几乎每个时刻都会犯错误，大的或者小的，我们承认的或者不承认的，与此同时，我们也在逃避错误和责任。逃避错误和责任是我们人类与生俱来的习惯，它比我们犯下错误更像一种本能。我们在犯下错误之后，会难以逃脱地陷入良心的不安中，除却那些丧尽良知、失却灵魂的人，大多数人会为自己的错误感到愧疚和痛楚。

一个人或许很容易就会犯下错误，但是，直面错误、遗忘错误却比犯错误要困难得多。"二战"时期纳粹分子对犹太人的大屠杀，是对整个民族犯下的罪行，这是怎样的血腥和怎样深刻的仇恨？可是从联邦德国总理勃兰特在华沙犹太人殉难者纪念碑前下跪的那一刻起，许多东西已悄然改变，虽然有些伤痕是无法愈合的，但人心毕竟不是冰冷的钢铁，奥斯维辛、越战纪念碑、南京大屠杀纪念馆……这些地方是人类反省错误的地方。它们的存在，展现了人类面对错误的勇气，也展现了人性的光芒。的确，我们并非没有面对错误的能力，我们只需要战胜自己。当我们面对错误不再恐惧时，或许我们就已经焕然一新。世界需要面对错误的勇气，我们每个人也都需要。

《追风筝的人》最为重要的意义便是让我们知道，面对我们曾经犯下的错误，我们要学会并且勇于忏悔，面对错误的态度，最终决定我们会成为怎样的人。主人公阿米尔是这样，哈桑是这样，爸爸是这样，我们所有的人都是如此。

阿米尔在 25 年之后仍旧回到阿富汗，为自己的错误忏悔，他说："许多年过去了，人们说陈年旧事可以被埋葬，而我终于明白这是错的，因为往事会自己爬上来……"12 岁那年冬天的错误，其实他一直都记得，一直在他心里未曾远去，更未曾消失。他难以容忍后半生继续生活在一个谎言之中，难以因为过去的错误使自己活在摇摇欲坠的幸福美好之中。

阿米尔说这话的时候，他的目光望向遥远的天空，那里有纯净的雪花飘落，有五彩斑斓的风筝，还有世世代代欢叫着追风筝的孩子。从这里开始，他引领我们踏上了一片神奇的土地，他交给我们最宝贵的孩童记忆，还有他漫长的朝圣之路。这是一次命定的回归，我们和阿米尔一起，穿越硝烟的洗礼，抵达纯洁的彼岸。

人这一生中将会许下许多承诺，我们许诺给别人的，别人许诺给我们的，当我们背负着一身的承诺时，我们是否忘记了誓言的可贵？面对困难的阻挠，我们是否守得住心中的诺言，是否会为了我们的诺言义无反顾？

《追风筝的人》为我们寻找到心灵安定的力量：那就是敢于正视自己的错误，不仅仅是悔恨，不仅仅是内疚和自责，更重要的是，我们要勇敢原谅，原谅那些过错和阴暗，原谅那些伤害，豁达地对待未来的人生。

从某个角度上说，我们每个人也许都是追风筝的人，每个人的灵魂上空都有一只风筝，只要我们相信自己，永不放弃，我们每个人都将追到自己最想要的那只风筝。

品味经典

故事的主人公阿米尔出生在阿富汗一个富足的家庭里，他的爸爸为人正派高尚，在当地非常有威望。仆人阿里是阿米尔做法官的爷爷收养的一个小孤儿，他是阿米尔父亲小时候的伙伴，两人情同手足，阿里的儿子小哈桑是个有先天缺陷、长着小兔唇的孩子，他是童年阿米尔最亲密的伙伴。

和阿米尔一样，哈桑很小的时候也失去了妈妈。他对阿米尔忠心耿耿，就像自己的父亲对老爷那样死心塌地。在阿米尔遭受坏孩子的欺负的时候，他也是挺身而出，为朋友两肋插刀。可是，在阿米尔内心深处并没有把这个出身低贱、目不识丁的哈桑当作自己的朋友。

冬天赛风筝是阿富汗的传统，按照惯例那些被击落的风筝可以被看作是胜利者的奖赏，哈桑聪明机灵，是个追风筝的能手。1975 年的那个冬天的赛风筝会却让阿米尔和哈桑友情彻底地决裂。那次的比赛，阿米尔成了冠军，哈桑为小主人去追那只被击落的风筝。"为你，千千万万遍。"哈桑高呼着、奔跑着，回过头来朝阿米尔微笑。——这样的一个微笑，在哈桑离开的很多年后，阿米尔都还记得。

阿米尔满心欢喜地等着哈桑为自己带来战利品，可哈桑迟迟没有回来，原来，追到风筝的小哈桑遇到了麻烦，他正被几个曾经找过阿米尔麻烦的坏孩子挟持，对方逼迫他拿出风筝，而哈桑不愿意，于是，这几个坏孩子强暴了哈桑。即使是这样，哈桑仍然死命地保护着那只被击落的风筝。这一切，都被站在巷口的阿米尔看在了眼里，可是，他却没有勇气走上前来解救哈桑。

回家之后，阿米尔内心就开始被羞愧与痛苦所折磨，因为不堪整天面对哈桑带给他的内心的折磨，阿米尔在父亲面前撒谎说哈桑是小偷，让父亲赶他们走。出乎意料的是，哈桑毫无怨言地承认了阿米尔对自己的诬陷，虽然爸爸执意留下他们，他们还是黯然地离开了。

"9·11"事件之后，阿米尔随父亲去了美国，在美国的日子，他们过得很窘迫，靠着父亲卖力打苦工，阿米尔终于顺利地完成了学业，开始工作、恋爱、结婚，直到父亲去世。对他而言，平淡的生活正好是他用来淡忘过去回忆的良方。

父亲去世后的某一天，阿米尔居然意外得知哈桑居然是自己同父异母的弟弟。回到阿富汗时，哈桑却已经在战乱中死去，阿米尔想尽办法找到了他留下的孩子，往事历历在目，阿米尔决定替哈桑承担起做父亲的责任，将孩子抚养成人。

阿米尔带着哈桑的小儿子一起去放风筝，这一次，他听到自己在对哈桑的孩子说着当年哈桑对自己所说的那句话："为你，千千万万遍。"多少年来，淤积在阿米尔心中的忧郁和自责终于在那一刻得到了释放，在那一刻，阿米尔终于明白了，与其终日忏悔，郁郁寡欢，还不如去为解脱、为救赎而努力。

对话人物

1. 阿米尔

童年在阿富汗，他和哈桑如影随形。他们一起放风筝，追风筝。然而也正是追风筝，成了阿米尔和哈桑心中永远的痛。当哈桑去为他追那只被割断的蓝风筝时，阿米尔发现哈桑为保住风筝遭受了凌辱，但他并未挺身而出，两人友谊破裂。时过境迁，阿米尔远迁美国，但他对哈桑的负罪感未减，后来他知晓了有关家庭的巨大秘密，原来哈桑是他同父异母的弟弟。为了找回"再次成为好人的路"，阿米尔重返阿富汗，而哈桑已死，经过千难万险，阿米尔救出哈桑的孩子，回到美国。为了温暖孩子孤寂的心，他和孩子一起去放风筝，当内心涌出哈桑曾说过的"为你，千千万万遍！"并捕捉到孩子唇边的一抹微笑时，他才真正得到了救赎……

启迪与思索

故事的最后，阿米尔问索拉博，你想要那只蓝色的风筝吗？然后，他在心里默念："为你，千千万万遍。"曾经，是哈桑这样对他；最后，是他这样对哈桑的儿子。当阿米尔说出这句话时，表达的是人类强烈的自我救赎的愿望。

现实生活中，许多人都曾面临过与阿米尔类似的困境：在生命中某个成长的阶段，总会有过那么一些记忆深刻难以忘怀的错误，缺陷、遗憾，甚至难堪，让我们耿耿于怀，痛心疾首。即使有过千百回的反思、痛悟、自责，也难找出口，这些记忆如梦魇一样，隐藏在我们的内心深处，随时伺机而发。

每个人都会犯错误，然而，我们如何面对错误，面对错误做出怎样的选择，才是最终决定我们会成为怎样一个人的关键。阿米尔是这样，哈桑是这样，爸爸是这样，我们所有人都是这样。

没有人愿意因为一次的错误就甘心承认自己是堕落的，丑恶的，每个人也都有对于错误的认识，都有纠正和改变错误的意念。在我们所生活的当今，错误遍地都是，从一个人到一个团体，到一个国家和民族——到处都会有错误的发生，也到处有对于错误的纠正。犯错误并不是最可怕的，最可怕的是逃避责任，拒绝承认错误，拒绝忏悔和改正错误。

实际上，在错误面前，我们无处可逃，除了认错之外，我们逃不过良心的拷问和谴责……我们并非没有面对错误的能力，我们只需要战胜自己，当我们面对错误不再恐惧和逃避时，这个世界就会焕然一新，我们自己的灵魂也会得到洗礼，我们从俗世中来，最终还要到灵魂里去，世界需要面对错误的勇气，我们每个人也都需要。这恰恰是我们人类明天的希望之所在。

2. 哈桑

哈桑出身卑微，他的父亲是阿米尔家的仆人，他也随父亲做了小仆人。阿米尔对哈桑的感情，始终是游移的，不确定的。在阿米尔的面前，哈桑完全泯灭了个人的悲欢，阿米尔的需要和情绪，便是他的需要和情绪。他对阿米尔的感情，看起来是一个忠实的仆人，但又完全超越了一个仆人——那是一个纯真少年对伙伴的全部忠诚和无条件的爱，是优雅人性的自然流露。

哈桑勇敢、正直、忠诚、宽容，只有付出不求回报，在他最无助、被伤害的时候，他最信任、最好的朋友背叛了他，之后他选择的只是忍让，没有恨，没有埋怨，没有责怪，甚至在他又被朋友陷害后竟然还为他隐瞒，承认一切莫须有的过错，直至被抛弃。

在离开阿米尔少爷的 20 年岁月中他一直想着，关心着这个曾经背叛他的人。他想着阿米尔少爷有一天会回到这所房子，所以他精心打理这所大房子，却只肯住在用人房，他一直等待着老爷和阿米尔少爷有一天会再回来。他也从未怨恨过刚把他生下来就狠心抛弃他的母亲，当亲生母亲 30 多年后再度出现他毫不犹豫地接纳了她，就仿佛从来没有经历过这么多年的分离。但结局是令人心酸的，战火纷飞、饱经创伤的阿富汗并不能给哈桑任何希望，甚至在他被塔利班枪杀后他也不会知道，自己是老爷的儿子，是阿米尔少爷同父异母的亲弟弟，他也有高贵的血统，并不只是一个下等的扎哈拉人。他留下的，是一个像他那样卑微却优雅的儿子，他一样持有弹弓，一样弹不虚发，一样内心纯洁不染丝毫尘埃。

哈桑心中没有恨，他永远以一颗单纯的赤子之心看待这个世界，虽然活得卑贱，但心中永远是安详幸福的。

启迪与思索

"为你，千千万万遍。"哈桑这句话蕴含了巨大的感情力量，他让我们看到了"为朋友两肋插刀和一诺千金"的精神。虽然，哈桑为这句话付出了沉重的代价，但是却给了我们挥之不去的温暖和感动。这是怎样的一份承诺呀，每个人都需要这样的承诺，都要敢于对别人这样的承诺，每个人都需要能对他说出这样的话的人，听到这一句话的人是幸福的。

哈桑就是忠诚和善良的代名词，这个人物就像飞在高空的风筝，让我们渴望，追寻。哈桑不是一个懦弱的人，他在重重压迫与委屈中的乐观坚强是值得我们敬佩的。他在如魔鬼般充满战争的世界，却依然那么勇敢、正直、忠诚、善良、热爱生活，这些品质让我们感动。在今天，这样的品质也越来越显得珍贵，到哪里去找这样好的朋友，能够拥有这样的朋友又是多么的幸运和幸福！

作者·作品

作者

卡勒德·胡赛尼，1965年生于喀布尔，他出生在一个受过良好教育的、上层中产阶级家庭。他的母亲在一所高级女子学校里教波斯语和历史。他的家族和朋友圈子里的女性很多都是有专业职业的。他们很多都是律师、医师、大学教授。后来他随父亲逃往美国。

胡赛尼毕业于加州大学圣地亚哥医学系，现居加州执业。《追风筝的人》是他的第一本小说，因书中角色刻画生动，故事情节震撼感人，出版后大获好评，获得各项新人奖，并跃居全美各大畅销排行榜，并由梦工厂改编成电影。

胡赛尼的第一本小说《追风筝的人》成为近年来国际文坛最大黑马，胡赛尼本人更因小说的巨大影响力，于2006年获得联合国人道主义奖，受邀担任联合国难民署亲善大使，促进难民救援工作。

《灿烂千阳》是胡赛尼四年后出版的第二本小说，出版之前即获得极大关注。2007年5月22日在美国首发，赢得评论界一致好评，使胡赛尼由新人作家一跃成为受到广泛认同的成熟作家。

因为特殊的生活背景，胡赛尼的写作受到西方作家的很大影响，但阿富汗文学、阿富汗文化是他创作的根源，他继承并开拓了阿富汗人说故事的方法。他的作品充满了浓厚的人文主义精神。他超越历史与现实性的目光和他游刃有余的讲述手法，使我们看到他笔下在生活中挣扎的那些故事，那些人物，对我们而言，既是新鲜的，又是同样属于我们的。

我们在阅读他的作品时，往往会不自觉地以自身来体验他书中主人公的感受，并通过他的小说去理解异域的文化和信仰，进而关注人类成长、苦难、爱和救赎这一系列重要命题。

作 品

在一次访谈中，胡赛尼说，真正迸发出写这部小说的灵感是在看了一条新闻之后，新闻报道说在阿富汗，塔利班禁止人们放风筝。这件事情让他很震动，他是一个在喀布尔长大的人，他的成长是伴随着放风筝和斗风筝的，那是阿富汗的孩子们最重要的活动。后来他写了一个短篇故事，内容是关于两个在喀布尔长大的男孩之间的爱和斗风筝的故事。这个故事写好之后一直被他搁置起来，直到 2001 年 3 月，他重新拿起它，发现这个小故事里面其实还隐藏着一个更大的故事。从那时起，他让自己开始面对一个新的挑战：把这个故事扩展成一本书。很快，他沉浸在阿米尔、哈桑和爸爸的世界里，15 个月后，就完成了初稿。

在接受采访时，胡赛尼说："我的本意就是想让阿富汗展现在世界面前，让世界关注那里正在发生的事情。"这一点他做得相当成功，他通过一个阿富汗故事，讲述了永恒的人性，吸引了全世界的目光。

《追风筝的人》虽然穿插了部分爱情描写，但本质上是一部关于亲情和友谊的小说。自 2003 年出版以来，几乎囊括英语世界所有文学新人奖，迄今仍停留在《纽约时报》平装本小说排行榜上，并且被翻译成数十种语言文字。布什总统的夫人劳拉·布什曾经看过这本书，她称赞这本书"非常了不起"。《追风筝的人》的电影由梦工厂制作，导演是马克·福斯特，他曾经执导过《寻找梦幻岛》《死囚之舞》等影片。影片播出后再次引发了一次"追风筝"的狂潮。

在《追风筝的人》中，风筝是象征性的，它既可以是亲情、友情、爱情，也可以是正直、善良、诚实。"追风筝的人"既是哈桑，也是阿米尔，更是我们每个人。对阿米尔来说，风筝隐喻他人格必不可少的部分，只有追到了，他才能成为他自我期许的阿米尔。

卡勒德·胡赛尼因《追风筝的人》一书获颁 2006 年度联合国人道主义奖，他在获奖时说："每个布满灰尘的面孔背后都有一个灵魂。"那的确是他的内心使命——他就是要拂去那些阿富汗普通民众面孔的灰尘，将灵魂的悸动展示给世人。

《追风筝的人》不仅仅是写给西方人看的，在东方人中也引起了强烈的共鸣，我们从中看到了文化和文化的融合，看到了个人感情和社会制度的对立，看到了真实的生活世界，看到了时代的节奏和变迁。胡赛尼将国家的命运和苦难、种族的对抗与融合、人性的扭曲和挣扎结合在一起，深深地感动了我们，影响了我们。我们为哈桑的悲惨遭遇伤心欲绝，我们为阿米尔的犹豫不决痛心疾首，我们为"爸爸"的能屈能伸暗自赞叹，并且我们最终为阿米尔终于追到了他的风筝庆幸不已，难道不是因为我们每个人心中都有一个尚未追到的风筝吗？

《追风筝的人》也是一部哲学著作，胡赛尼以他超越性的目光和他游刃有余的讲述手法，使我们看到一个在挣扎中成长的普通人，一个孤独而卑微的英雄形象，他的自私与懦弱，他受折磨的良心，他渐渐强大起来的内心和信仰的力量。故事中处处折射出我们每个人都曾经有过的思想和心绪，比如伤害别人时的快意和犹疑，在紧急时刻的懦弱和无助，亲人面临困境时我们的慌乱和无措，遭遇爱情时的惶恐不安，失去亲人时的悲伤和无奈，面对责任时的自私推诿，以及清醒时分毫无抵挡地涌上心头的自责、自卑和赎罪的冲动……胡赛尼的笔犹如一把尖利的刻刀，将人性的真实刻画得近乎残酷，却没有一点一滴的哗众取宠。

透过此书，我们仿佛重新开始了一次精神的跋涉，仿佛重新开始了一次灵魂的呐喊，仿佛听到了哈桑从云端中传来的声音："为你，千千万万遍！"